K INK INK INK INK INK INK
NK INK INK INK INK INK I
K INK INK INK INK INK INK
NK INK INK INK INK INK I
K INK INK INK INK INK INK
NK INK INK INK INK INK I
K INK INK INK INK INK INK
NK INK INK INK INK INK I
K INK INK INK INK INK INK
NK INK INK INK INK INK I
K INK INK INK INK INK INK
NK INK INK INK INK INK I
K INK INK INK INK INK INK
NK INK INK INK INK INK I
K INK INK INK INK INK INK
NK INK INK INK INK INK I
K INK INK INK INK INK INK
NK INK INK INK INK INK I
K INK INK INK INK INK INK
NK INK INK INK INK INK I
K INK INK INK INK INK INK
NK INK INK INK INK INK I
K INK INK INK INK INK INK
NK INK INK INK INK INK I
K INK INK INK INK INK INK

INK INK INK INK INK INK
NK INK INK INK INK INK IN
INK INK INK INK INK INK
NK INK INK INK INK INK IN
INK INK INK INK INK INK
NK INK INK INK INK INK IN
INK INK INK INK INK INK
NK INK INK INK INK INK IN
INK INK INK INK INK INK
NK INK INK INK INK INK IN
INK INK INK INK INK INK
NK INK INK INK INK INK IN
INK INK INK INK INK INK
NK INK INK INK INK INK IN
INK INK INK INK INK INK
NK INK INK INK INK INK IN
INK INK INK INK INK INK
NK INK INK INK INK INK IN
INK INK INK INK INK INK
NK INK INK INK INK INK IN
INK INK INK INK INK INK
NK INK INK INK INK INK IN
INK INK INK INK INK INK
NK INK INK INK INK INK IN
INK INK INK INK INK INK

INK

文學叢書

169

談文藝 憶師友

夏志清自選集

夏志清◎著

目次

〔導言〕

夏志清的人文精神

劉紹銘

夏志清教授是學界中人，要評定他的成就，自然得看他的學術著作。他一生在美國大學教書，作品要讓行家賞識，得要寫英文。他在這方面的貢獻可圈可點。一九六一年耶魯大學出版了他的《中國現代小說史》。十年後再版發行。一九九九年印第安那大學買了版權推出第三版。此書一九七九年的中譯本原出版人是香港友聯出版社。十二年後，台灣的傳記文學出版社重排上市，而香港的中文大學出版社亦因應市面需求，於二〇〇一年根據友聯版本重印出版。二〇〇五年上海復旦大學亦出了節刪本。

事隔二十六年，《中國現代小說史》終於在中國大陸坦然見天日。爲了適合「國情」，復旦大學出版社把一些「敏感」篇章循例刪去。沒有整篇拿掉的，也酌量做了些節刪。原著因政治考慮被迫「整容」，不但志清教授有切膚之痛，我忝爲中文版的編譯，也因此感到若有所失。但長遠來看，我覺得此書雖然不能以全貌跟大陸讀者見面，其實際意義不會因篇幅的改動而失色。夏志清的著作，不論寫的是什麼題目，用的是什麼語言，「吾道一以貫之」的是他安身立命的人文精神。這種精神，濃得不可開交，來復出現，節之猶存，刪之不去，對新一代中國讀書人的心靈，有振聾發聵的作用。

當年錢鍾書讀了《中國現代小說史》，讚曰：「文筆之雅，識力之定，迥異點鬼簿、户口冊之倫，足以開拓心胸，澡雪精神，不特名世，亦必傳世。」夏著迥異點鬼簿的地方，就是他一生奉行的人文精神。我在舊文〈夏志清傳奇〉說過，「先生讀古人書，懷抱『人者仁也』善心，看《水滸傳》時，覺得哥兒們對待女人的手段和處置『仇家』的凶殘，實在說不上是什麼『忠義』行爲。假『替天行道』之名，像『同類相食』（cannibalism）這些勾當，也可以『合法化』了。如此看來，這本素以『陽剛之氣』見稱的流行小說，在某些程度上，亦可做中國傳統文化陰暗面的索引看。」

近代中國學人中，夏先生特別推崇胡適，不但因爲他的學問淵博，更因爲他立言的道德勇氣。胡適認爲中國人講了七百年理學，竟沒有一個「聖賢」站出來指出纏足是極不人道的野蠻行爲，這都是使我們「抬不起頭來的文化制度」。夏志清對舊中國婦女的悲慘命運，時做不平之鳴。在〈人的文學〉一文，他特別引了《三國演義》第十九回爲例。話說劉備匹馬逃難，借宿少年獵户劉安家：

> 當下劉安聞豫州牧至，欲尋野味供食，一時不能得，乃殺其妻以食之。玄德曰：「此何肉也？」安曰：「乃狼肉也。」玄德不疑，乃飽食了一頓，天晚就宿。至曉將去，往後院取馬，忽見一婦人殺於廚下，臂上肉已都割去。玄德驚問，方知昨夜食者，乃其妻之肉也。

爲了餵劉備吃「野味」，爲夫的竟然把枕邊人殺了，眞是人間何世！難怪夏教授忍不住以譏諷的口吻說：「殺妻而不求報，態度更何等落拓大方！只吃了臂上肉，劉安至少可以十天不打獵，在家裡伴著老母吃媳婦的肉。」

志清先生的英文著作，除《中國現代小說史》外，還有 *The Classic Chinese Novel*（《中國古典小說》），一九六八年由哥倫比亞大學出版。此書分章討論《三國演義》、《水滸傳》、《西遊記》、《金瓶梅》、《儒林外史》和《紅樓夢》六大名著。一九九四年安徽文藝出版了中譯本，題爲《中國古典小說導論》，譯者是胡益民、石曉林和單坤琴。二〇〇一年江西人民出版的《中國古典小說史論》，題目雖然改了一個字，但譯者還是胡益民等三位。書內沒有夏志清的前言或後語，想翻譯尚未得作者認同。

夏志清憑《中國現代小說史》和 *The Classic Chinese Novel* 奠定了他在歐美漢學界的地位。如果哥倫比亞大學二〇〇四年沒有把他歷年發表過的單篇代表作結集出版了 *C.T. Hsia on Chinese Literature*（夏志清論評中國文學），一般人也許還不知道他除了專治新舊中國小說外，對中國傳統戲曲也有心得。此書就收了他討論《西廂記》和《牡丹亭》兩篇論文。

夏志清的英文著作，是學術文章。學院派英文自有其清規戒律，沒有多大空間讓作者顯其情性。但夏教授是學者，也是中國文人。他的英文出類拔萃，母語卻是中文。上世紀七八十年代，先生應台灣報章雜誌之邀，寫了不少在 C.T. Hsia 名下不大可能出現的隨筆與雜文。他用母語暢所欲言，痛快淋漓。〈外行人談平劇〉有此一段：

> 我這個人，年紀愈大，新舊文學讀得愈多，對舊社會的反感也愈深。要我好好坐定看一齣程派青衣悲劇，或者是才子佳人悲歡離合式的青衣喜劇，簡直等於受罪。看到一齣對我胃

口的好戲，雖是票友演出，照樣很滿意。幾年前在紐約看了短短一齣崑曲《思凡》，為小尼姑的唱詞所感動，不禁熱淚盈眶……好多年前我剛開始看台港電影，有一次看到鄭佩佩在《大醉俠》裡單刀獨戰羣僧，真想在電影院裡大聲叫好。

先生快人快語的天性，也只有在隨筆雜文中才能充分流露出來。在〈人的文學〉中他就這麼說過：

在美國教詩，我常對學生說，中國詩人大多數想做高官。做官不得意，牢騷滿腹，就喝酒尋樂，或者想退隱，或者想成仙……我既不想做官，也不愛喝酒，也不想退隱，更不想成仙，古代讀書人的幾個理想，對我來說，毫無吸引力，讀他們的詩篇，簡直很難發生同感。

我國有不少「先天下之憂而憂」的名臣，他們一方面直言奏諫皇帝，一方面也關心民間疾苦；但他們的詩文，往往也難免落於俗套，僅寫些個人感受和牢騷……到了宋代，多少詞人傷春悲秋，讀他們的作品，有時不免驚訝我自己感覺的遲鈍。對我來說，柳絮滿天飛的暮春天氣（當然住在紐約，連柳樹也看不到），不冷不熱，有什麼可悲的。

志清先生評議中國文學，時發諤諤之言，端的是個「異見分子」。四十多年前他在《中國現代小說史》中，稱許張愛玲是「今日中國最優秀最重要的作家」，的確教人側目。四十多年過去了，張愛玲研究今天已漸成「顯學」。用英文來說，夏志清當年擇善固執的膽識，今天已見 fully vindicated。在《中國現代小說史》中，他以同樣的識見稱譽過錢鍾書和沈從文等備受主流文史家冷落的作家。夏志清論文學，算不算「離經叛道」？當然是。我在中文大學重印發行的《中國現代小說史》序言中說過這樣的話：「難得的是他爲了堅持己見而甘冒不韙的勇氣。他的英文著作，大筆如椽，黑白分明，少見『無不是之處』這類含混過關的滑頭語。他拒絕見風轉舵，曲學阿世。也許這正是他兩本論中國新舊小說的著作成爲經典的原因。」

志清先生一介布衣，既不是中央研究院院士（編按：夏志清先生甫於二〇〇六年七月當選中研院院士，時年八十五，已從哥倫比亞大學東亞語言文學系退休），也不是哥倫比亞大學的講座教授。他該感到驕傲的是，他在業界的成績深爲行家賞識。已退休的哈佛大學韓南（Patrick Hanan）教授，也是中國傳統和現代小說專家。韓南在閱讀 *C.T. Hsia on Chinese Literature* 的文稿後結論說：「毫無疑問，夏志清是上世紀六十年代以來最有影響力的中國小說評論家。」韓南教授說話素有分寸，不輕易抬舉別人。他認爲夏志清的評論文章是名副其實的 seminal，識見過人，開風氣之先。名位止乎其身，未若文章之無窮。諒先生也樂聞。

〔自序〕

先談我自己

一

一九九二年七月，我退休了才一年，發現自己患有心臟病，不能再像在匹茨堡大學、哥大教書的三十年間一樣，專心一意治學，即在八、九十年代早已在台港報刊上發表過的文章也懶得去整理，出成兩本文集。進入新世紀以後，健康情形似有好轉，至少校閱書稿之類的工作可以勝任了。因之我接受了王德威教授之託付，先編校了十六篇已發表過的學術文章，由哥大出版所出了一部五百三十頁的專集，題名《夏志清論評中國文學》（*C.T. Hsia on Chinese Literature*，二〇〇四）。接著我又聽從了老友劉紹銘的建議，爲香港天地圖書公司編集了一冊以《談文藝　憶師友》爲正標題的《夏志清自選集》，集了散文二十篇，十五篇選錄自六種原在台北出版的集子：《愛情．社會．小說》（一九七〇）、《文學的前途》（一九七四）、《人的文學》（一九七七，三書皆由純文學出版社發行）；《新文學的傳統》（時報文化出版公司，一九七九）、《雞窗集》（九歌出版社，一九八四）、《夏志清文學評論集》（聯合文學出版社，一九八七）。另外五篇則選自雖已刊登於台港、大陸、美國的報章而尚未結集的文章。不少讀者早已藏有我的六種文集，《自選集》裡應有幾篇不易見到的散文供他們閱賞。

不論是談文藝或憶師友，一本散文集最主要的角色當然就是作者本人，所以本書第一輯即以「談我自己」爲題。嚴格說來，我六種文集之間，只有《雞窗集》名正言順是本散文集，但在本輯裡我只採用了它的兩篇：〈上海，一九三二年春〉和〈紅樓生活志〉。台北《聯合文學》特爲我編排了一個專輯，刊於二〇〇二年六、七月號那兩期。我自己也特爲六月號寫了一篇自敘長文〈耶魯三年半〉，將來配合了其他文章，一定也會交聯合文學社去出書的。本輯只選錄了其首節〈北平、上海、俄亥俄〉，讓讀者知道我住在紅樓當北大助教的那一年，如何蒙燕卜蓀（William Empson）識拔而能赴美留學。抵達俄亥俄之後，我又如何憑蘭蓀（John Crowe Ransom）之鼎力推薦，與其門生勃羅克斯（Cleanth Brooks）之熱誠相助，才能立即去耶魯英文系當研究生的。這三大詩評家對我恩重如山，終生難忘。

我於一九四八年二月九日從俄亥俄乘火車抵達紐海文，四十三年之後，又於一九九一年五月四日從早到晚在哥大教職員俱樂部（Faculty House），參與了慶祝我當退休教授的熱鬧情況。我原無意自己寫一篇，但台北《聯合報．副刊》主編瘂弦兄來電話懇求，只好從命，雖然離五四那天日子已不多了。我只好趕快去寫，寫出一大部分即傳眞給瘂弦。這樣傳眞了三次，〈桃李親友聚一堂〉果然於五四早晨見報，連載了三天。不多天後，北美《世界日報》也把該文重刊，知道我退休的人也就更多了。

〈書房天地〉這篇原刊〈聯副〉的小品文，告知讀者，除了專治中西文學之外，我讀書興趣很廣，包括繪畫、電影、建築在內。住在紐約眞是福氣，每去大都會博物館一次，也就多給我機會去重賞那些名畫。重映舊片的小戲院這樣多，二、三、四十年代的歐美名片實在是看不完的。

在退休前四十三年間，我主要念到了一個博士學位，寫了兩本研討中國現代小說、古典小說的英文專著，和集於《論評中國文學》的那十六篇文章。尤其早在六、七十年代，我實在很忙，若有文章發表於台港報刊，則不是悼文，就是受託於人而非寫不可的序跋和書評。第二輯「師友才情」就集了追念先兄濟安、陳世驤、張愛玲的悼文三篇和推介宋淇、何懷碩新書的序文兩篇。〈重會錢鍾書紀實〉則可說是篇廣義的訪問，同樣散文味道很重。一九四三年我在上海宋淇府上初會錢先生之後，直到一九七九年四月二十三日（星期一），才有機會在我辦公室裡同他單獨談話。他自謂雖然過了七個月的勞改生活，卻沒有吃多少苦，且「多少享受了沉默的自由」。這段話雖不敢完全相信，寫那篇訪問的時候，我心境卻特別好，且爲錢氏夫婦稱幸。後來看到了楊絳的《幹校六記》和在〈聯副〉上發表的長文〈丙午丁未年紀事（烏雲與金邊）〉，才知道二老在「文革」期間遭難受辱的情形，不比其他留學歐美的文化界名人好多少。因此我對〈重會錢鍾書〉此文的看法略有些改變，雖然明知若非出於無奈，錢老絕不會在我面前撒謊的。

同其他評者一樣，黃維樑教授在其新作《文化英雄拜會記：錢鍾書、夏志清、余光中的作品與生活》（台北九歌出版社，二〇〇四）裡，特別重視我對中國小說研評這方面的成就，但他對我的中文文章也寫下了我認爲是切當的評語，例如下面那幾句：

在夏氏用中文寫的散篇文章中，序跋和悼念文章占了多數。這類文字，評論、敘事、抒情兼之，例如在先後所寫追悼陳世驤和劉若愚的文章中，夏氏縷述生平、文學成就、交往等等，洋洋萬言，可說是具體而微的評傳。

但我雖寫了不少篇悼文和序跋，悼念劉若愚那篇一九八七年五月見於台北《中國時報》（也見於《香港文學》同年六月號）之後，我下一篇悼文即是一九九五年九月初刊而已收集本書的〈超人才華，絕世淒涼——悼張愛玲〉，再下一篇就是一九九九年二月號《明報月刊》所載的〈錢氏未完稿《百合心》遺落何方？錢鍾書先生的著作及遺稿〉。張錢去世，為二友各寫一篇紀念文字，是我逃不掉的責任，但同時期凋亡的好友如台大外文系教授侯健、散文家兼翻譯家蔡思果，我雖因患有心臟病而至今尚未寫文悼念他們，總不免有愧於心。

滬江老同學張心滄、丁念莊夫婦久居英國劍橋，二〇〇四年五月至七月間先後謝世。念莊雖是愛丁堡大學語言學博士，卻並未以治學爲專業，心滄則在同校拿到英國文學博士後，同我一樣兼治中國文學，且在劍橋大學教導了好幾位博士生，並出了一套親自編譯的中國文學讀本。到了今天滬江大學停辦已有五十四年了，畢業生間以從事學術研究而出名的一向就不多。在英美著名大學英文系拿到博士學位的，想來就只有心滄同我二人，能在英美名校任教中國文學而以英文著譯聞名的，也只有我們兩位。但心滄不寫中文文章，長居英國連大陸也沒有回去過，美國也沒有來過一趟，在各地華人間，他的知名度實在不高。無論如何，我將寫篇文章，試論其治學之成就並追敘我同心滄夫婦交往的經過。我在這裡先做廣告，主要給自己壓力，早把文章寫出。

二

「談文藝」的文章我選錄了九篇，但其中有幾篇很長，總頁數要比「師友才情」那六篇多了一倍以上。因此爲了讀者的方便，我把討論中國文藝的那五篇——〈勸學篇〉、〈人的文學〉、〈外行談平劇〉、〈曹禺訪哥大紀實〉、〈眞正的豪傑們〉——集成一輯，稱之爲「文學・戲劇」，餘下討論西洋文藝的那四篇——〈A.赫胥黎〉、〈文學雜談〉、〈羅素與艾略特夫婦〉、〈談談卡萊・葛倫〉——則稱之爲「英美大師」。我寫文章力求明暢，不需要什麼註釋。對於三、四兩輯的文章，我至多只能供應些自傳性的資料，讀者看到後，對某幾篇或許會更感興趣。但序文實在已很長了，下文只供應了我寫〈A.赫胥黎〉、〈談談卡萊・葛倫〉此二文時的自傳背景。

〈羅素與艾略特夫婦〉是篇考證精密的翻案長文，相比起來，〈A.赫胥黎〉卻是篇精簡小品，給人的印象好像是我雖深愛赫氏（A. Huxley）的著作，卻無時間或興趣爲他同樣的寫篇長論。事實上，尚未出國前，我就爲他寫了篇長文了，只可惜早已不知它的下落。一九四二年大學畢業後，我就開始閱讀艾略特（T. S. Eliot）、赫胥黎所有的作品。艾氏的詩集、批評文集能在上海找到的我都看了。赫氏作品豐富，我看了他的長篇小說五、六種、散文集七、八種，興致眞高，滬江同系好友吳新民兄有求於我，謂有位朋友正在籌辦一份雜誌，我非寫篇文章不可。新民兄廈門人，長住在八仙橋青年會，同他見面非常方便，他既有誠意邀我寫一篇，我即以赫胥黎爲題，好好下工夫寫了篇三、四十頁的長文，而且是生平第一次要用眞姓名去發表的。赫胥黎這個姓氏原是嚴復爲 Aldous 的祖父 Thomas Henry Huxley 所音譯的，我把它改寫成「赫克斯雷」，不僅音譯準確，而且要比文謅謅的「赫胥黎」響亮得多了。我那篇文章即稱之爲〈赫克斯雷論〉。

到了今天，寫了一篇文章，影印一兩份留在家裡，非常方便。在當年上海，只有利用複印紙，把自己寫的文稿、書信都留一份副本，才不怕原件寄給編輯、朋友後，遭遺失之虞。但我非職業作家，從無利用複印紙的習慣。我把〈赫克斯雷論〉稿改正謄清之後，即乘車去交給新民兄，也不問一聲他的朋友究竟是誰，他的雜誌預期何日可出版。交了文稿，自己少了一樁心事，好像以後也並未常在新民面前，追問此事。六十多年後爲《自選集》寫序，才又想起此文來，且覺得假如四十年代初期即在上海刊物上發表，很可能應是全面評介赫氏思想、學問和文藝創作的第一篇中文論文。

大學畢業後，我才專心一意攻讀英美文學，兼及歐陸文學。拿到耶魯博士學位後，倒又改行主治中國文學，直至今天。但早已看過〈上海，一九三二年春〉此文的，應該知道我家無藏書，到上海去住了一陣後，眞的迷上了美國電影，雖然影片看得並不多，《新聞報》或《申報》「本埠附刊」所載之美國電影廣告同消息則看得非常之仔細。一九三五年春，我在滬江附中住讀了一學期後，遷往南京跟父母親同住。有一天，濟安哥帶回一期一九三四年的《時代周刊》（*Time Weekly*），封面人物爲大導演西席·地密爾（Cecil B. DeMille），他的新片《傾國傾城》（*Cleopatra*）剛開始在全國放映，《時代》乘機會也重敘其開發好萊塢、攝製各色各樣影片之光榮史，看得我津津有味。這是我生平第一次看《時代周刊》，也是第一次看了有關美國電影的英文報導。但手邊無零用錢，哪裡會去買本英文電影雜誌來看？每換新片，我到住家鄰近的新都大戲院去拿一份說明書，一年半積下來倒也是相當厚的一疊影迷紀念品。

一九三七年七．七事變之後，父親率領全家租居上海法租界一幢弄堂房子的三樓加亭子間，自己返南京後，也就隨公司到大後方去了。一．二八事變那年，我還是個小孩，能看戲、看電影就很滿足了。大了五六歲再來上海，看到法租界霞飛路多的是地攤，二手貨美國電影雜誌，類如 *Photoplay*、*Screenland*、*Motion Picture*、*Modern Screen* 等，都大廉價出售，我簡直不易相信，乃向母親索款，多次巡街買了七八十冊，連二十年代的電影雜誌也買到了。年份愈早的雜誌，我買到了愈開心，雖然我只能把它們放在客廳地板上，遲早都要丟棄的。

八．一三滬戰爆發後，我當然也異常興奮，關心國是。但整個暑假我都在研究美國電影，翻閱任何一冊舊雜誌，都能得到些新知識，自感樂趣無窮。想不到一兩年後，我竟能在《新聞報》上發表了一篇連載了兩天的文章〈好萊塢大導演陣容〉，略加討論的導演約有二三十位。筆名是「澂」一個單字，因爲我原名澂元，字志清，顯然父親盼望我有「澄（即『澂』）清天下之志」（語見中華版《後漢書．黨錮列傳》第八冊，二二〇三頁）。大學四年（一九三八至四二年），我用同一筆名在《新聞報》寫過幾篇好萊塢報導，主要賺些稿費，否則看電影都得向母親討錢，感到非常不方便。

除了初到上海那幾個月專心一意閱覽電影雜誌外，抗戰那幾年，我只能算是趣味較高而仍以看美國影片爲主的普通影迷而已。一九四七年十一月來到美國之後，這個原則未變，雖然多有機會看到歐洲、日本的名片了。一九六二年七月，我因來哥大任教而遷居紐約之後，即去英國牛津附近開了一個會，再去巴黎遊覽幾天，在一條大街上看到了一大張舊片重映的廣告：劉別謙（E. Lubitsch）監導的 *To Be or Not to Be*（卞之琳曾把莎翁此語譯成「活下去還是不活」），賈克・彭尼（Jack Benny）、卡洛・朗白（Carole Lombard）主演，我大爲驚訝，怎麼世界上會有這樣一部電影的？這部諷刺希特勒（A. Hitler）侵占波蘭的經典喜劇名片一九四二年發行，珍珠港事變之後當然不准在上海放映。而我於一九四七年底來美之後，十四年間一直忙於讀書、寫書、教書，竟無時間去購置一本電影參考書看看！

進入六十年代後，好多好萊塢新拍的名片已不對我胃口，曼哈頓專映老片子的小戲院這樣多，對我來說眞是天堂。劉別謙那部 *To Be or Not to Be* 我已看過了三遍，另一部我移居紐約後才初賞的經典喜劇《天堂的煩惱》（*Trouble in Paradise*，一九三二），我已看了五遍。紐約下城 Film Forum 影院舉辦過兩三次劉別謙特展：因之我看到了好多部他在德國和美國監導的無聲名片，連他最早期在柏林自演丑角的滑稽片，也看過了一兩部。同樣情形，西席・地密爾的無聲片在紐約雖然未有過特展映出，兩三年前我曾在一家法國影院裡，看過他特聘當年歌劇紅星費拉（Geraldine Farrar）主演的《女子貞德》〔*Joan the Woman*，一九一七；天主教會於一九二〇年才尊崇她爲聖（Saint），蕭伯納（B. Shaw）的名劇《聖女貞德》（*Saint Joan*）寫成於一九二三年〕。二十多年前我特到現代藝術館（Museum of Modern Art），去看了一場地密爾於一九一三年初抵好萊塢後，在該地攝製的第一部長片（feature-length film）《印第安婦人的老公》（*The Squaw Man*）。在蘇州桃塢中學附小當小學生時，我早已糊裡糊塗看過一場《萬王之王》（*The King of Kings*，一九二七），對地密爾這部敘述耶穌生平的名片，一點印象也沒有保存。

卡萊・葛倫（Cary Grant）一九八六年十一月去世後，我感慨很多，覺得三十年代崛起的好萊塢巨星都已凋亡，剩下的兩三位也早已退隱了。進入八、九十年代後，葛倫同亨佛萊・鮑嘉（H. Bogart）早已超過賈利．古柏（G. Cooper）、克拉克．蓋博（C. Gable），而成為盛名持久不衰的美國二十世紀兩大男星。實情確是如此，但我總覺得兩人的劣片也不少，其最耐看的佳片都得歸功於他們與其導演之盡心合作。故我寫一長文〈談談卡萊．葛倫〉，而盛讚其稱得上為「大師」的英國導演希區考克（A. Hitchcock）、美國導演霍華．霍克斯（H. Hawks）同喬治．寇閣（George Cukor）。寫該文時，我才六十多歲，身體很好，總覺得七十歲退休後，我有充分的時間，把談論電影的文章一篇一篇的寫出來，讀者看到後也會高興。但患有心臟病後，我雖對劉別謙、地密爾早有意各寫一篇，且做了不少準備，卻至今尚未動筆，因此對那篇早已完成的〈談談卡萊．葛倫〉更增添了一份偏愛。

不久前孫康宜教授寫了篇文章，稱我為〈快人夏志清〉（台北〈聯副〉，二〇〇六年四月二十一日；北美〈世副〉，四月二十八日），但畢竟我年紀大了，在會場上說笑話，事前固然不必準備，但寫篇讀來讓自己滿意的文章，總得很花心思的。《自選集》序文，一開頭就寫得不順手，寫得紹銘弟不時傳眞短簡來催問。屢經修改後，拙序終於有了份定稿，我想顏純鈎先生看到後，一定也會喜歡，而把我的《自選集》趕快去出版成書的。

二〇〇六年五月十七日

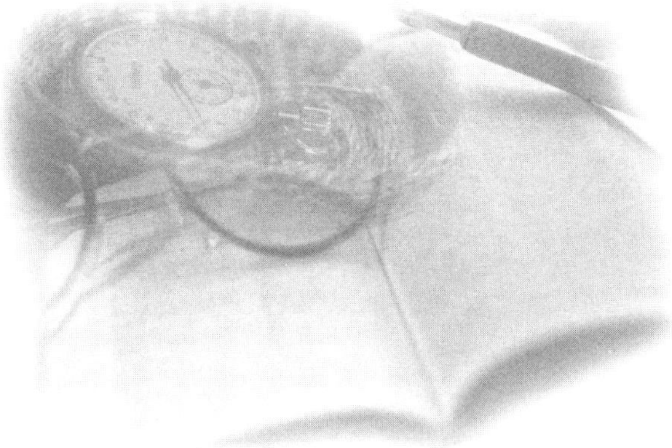

輯一

談我自己

上海，一九三二年春

我六歲進小學，二十六歲來美國深造，這二十年間（民國十六年秋到三十六年十一月），只有兩個時期不天天讀書，過著比較自在的生活。修畢高一那個暑期，也有三個月不近書本，那是因爲受軍訓，天天操練，當時不勝其苦，可能眞把身體鍛鍊得結實了。出國以來，一轉眼已三十載了，照舊過著讀書生活，而且近年來變本加厲，假如翌晨沒有課，總要到清晨五六點鐘才上床，連我的另一半也覺得我生就的勞碌命，五十七歲了，一點福也沒有享過，何苦來哉！我自己雖不覺其苦，有時回想那兩段少年時期不讀書的生活也是滿有趣的。

抗戰勝利時，我賦閒在家，有位親戚奉命接管台北航務管理局，我也跟他去當了十個月「專員」。日裡辦公時間，照例讀我的書，但住在公家宿舍，人太嘈雜，晚上實在不便讀書，只好閒蕩。這一段不讀書的日子，寫來太長，本文要談的是民國二十一年春季的那段日子，那時我十一歲，跟父母避難在上海。

很少人知道我生在浦東，黃浦江對岸即是十里洋場的上海。父母親皆是蘇州人，但我出生的前後那幾年，父親卻在浦東工作。住宅雖小，印象中客廳天花板正中那個燈泡很明亮。四五歲那年返蘇州居住，住宅沒有電燈設備，晚飯後家裡黑黝黝的，靠幾盞洋燈（石油燈）過日子，我心裡就老大不願意。舊式房子，也無保暖設備，冬天特別冷，普通婦女隨時隨地抱著個銅手爐或是熱水袋取暖；男人則把雙手袖起來，即使小學生也給人「少年老成」的感覺。我晚上在洋燈下讀書，好像也是把雙腳放在銅腳爐上的。

小學五年半，我們寄居在桃花塢母親娘家何姓老宅。不知何故，到了我要讀小學六年級下學期的當口，我們遷居廟堂巷夏家的老宅，我不得不轉學到蘇州中學附小，每天上學放學要走好長的一段路。我原先讀的桃塢中學附小，只收男生，蘇中附小卻兼收女生，六年級那班好像有五六十人，女生占少數。有些沒有家教的男生，常愛說髒話，在黑板上畫圖取笑女生。我從小生來「俠骨柔腸」，見到有人侮辱女性，心裡非常煩。加上自己是轉學生，一個朋友也沒有，天天長途跋涉，非常不開心。那時碰巧「一．二八」事件發生，十九路軍在淞滬區同日軍交戰，蘇州居民也很恐慌，怕捲入戰禍。那時父親在上海交通銀行任職，我上課才兩星期，就把我母子二人接到他宿舍去暫住一陣。濟安哥早已去江灣立達學園住讀，民國二十年想已轉學上海中學。

父親愛看平劇，我們住在浦東的時期，有時他看完戲擺渡過江，母親總很擔心風浪。我幼年時也去上海看過夜戲，看的是小達子（李少春父親）主演的連台戲《狸貓換太子》，可惜一點也記不得了。十一歲再去上海，停學半年，心裡實在高興。蘇州雖也算是文化古城，我們家裡窮，也接觸不到什麼文化。早晨上學，鄉下人進城，正在逐門逐戶蒐集糞肥，各家門前老媽子也正在洗刷馬桶，街道又狹，眞可謂臭氣沖天。蘇州人特有的娛樂是聽說書，但到了民國二十一年，那些彈詞名家，諸如夏荷生、李伯康、徐雲志以及朱耀祥、趙稼秋、沈儉安、薛筱卿、蔣如庭、朱介生這三對響檔，早已到上海灘賺大錢去了，他們一方面在電台上廣播，一方面也在旅館附設書場裡彈唱，忙是夠忙了，但收入也多。留在蘇州茶館裡彈唱的，除了少數老藝人外，都是二三流腳色。此外城內有幾家私人花園，算是很有名的，但看來看去，不外乎那幾堆假山，比起上海的西式公園來，氣派小得多了。

交通銀行總行行址設在漢口路（三馬路）口外灘，灰溜溜一幢西式建築，好像是四方形或是馬蹄形的，中間留著空地，可以停汽車。夜裡看守大門口是個壯大虬髯的錫克教徒，俗稱印度阿三，我是小孩子，他同我還滿和善，可以用上海話攀談。他一人在異國獨居，家室不在，也很寂寞。父親在庶務科任職，辦公室面對院子。專供庶務科使用的一輛藏青色的別克牌汽車，哥哥同我都坐過，對它特別喜愛，至今還記得它的牌照號碼是三九〇七。我從沒有學過開車，但初到美國的時候，對各種汽車的式樣很留心注意，一眼就能看出它是哪個牌子的。晚近幾年來，每年秋季在雜誌上看到新車廣告，簡直無動於衷，一點也感不到興趣。

父親宿舍在二樓，長方形一間房間，三人住可能擠一些，但電燈亮，可能還有暖氣，住起來比蘇州的破屋子舒服些。房裡想來可能無爐灶，附近也沒有菜場可供母親去買菜，但印象中我們並沒有到銀行公用食堂去吃飯，每日三餐如何打發，簡直想不起來了。附近南京路（大馬路）的五芳齋，原來也是蘇州老店，有時有人帶我去吃肉心湯團，眞是鮮美無比。我在宿舍裡，鎮日無事，當然也看些書。不知哪裡借來的一套《施公案》，一套李涵秋的《廣陵潮》，那時作夢也想不到自己會專攻中國小說的，看小說只是「殺時間」而已。每天看一份報紙，想來不是《新聞報》即是《申報》，十九路軍英勇作戰的消息當然看了很興奮，但最感興趣的是二報的《本埠附刊》。那時的《申報》、《新聞報》頗有些《紐約時報》的規模，《本埠附刊》也是厚厚的一

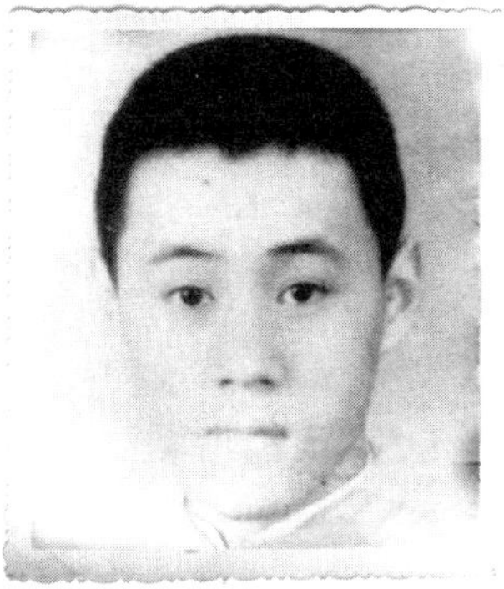

■一九三七年秋，夏志清在上海大夏大學附中就讀高三。

份，那些平劇、外國電影廣告特別令我神往。那時中國電影水準實在太低，我已看過了胡蝶主演的《紅淚影》、《歌女紅牡丹》，黃耐霜主演的《雨過天青》，對中國電影實在不感興趣（愛看國片，還是近十年的事），尤其是粵曲配音的哀情片，我那時年齡雖小，已不敢領教。「一・二八」時期有哪幾位京派名伶在上海演出，已記不清了，因爲父親沒有帶我去看。父親帶全家去看的倒是三星舞台新編的連台戲《彭公案》，海派名伶趙如泉演怪俠歐陽德，滑稽突梯，簡直堪同馬克思三兄弟裡的葛勞卻（Groucho）媲美。演彭公的想是毛韻珂，當家武生已記不清是何人，想來不是王虎辰，此人那時很紅，自己已獨挑大梁。反正每本《彭公案》裡，總有我不愛看的老生青衣一對，演受盡冤屈的父女或夫婦二人，哭哭唱唱。此外就是機關布景武打，加上滑稽，讓十一歲的男孩看來，實在有趣。離開上海的前一日，又去看了一本，恰巧隔日就要排演一本新的，節目單上預告大俠馬玉龍上場，情節熱鬧，非同小可，眞想懇求父親在上海多留一天，把這一本也看了；回到蘇州後，這種好戲再也看不到了。

我初中小學時期，手邊從無零用錢，要看電影也得向母親啓口，母親終日勞苦，有時不好意思向她討錢，所以我雖是影迷，電影看得極少。「一・二八」時期情形也是如此，加上年紀還小，父母也不放心我一人去街上亂跑。《本埠附刊》上廣告看得爛熟，電影卻看得不多。記憶中那時期看過的片子有：弗特立・馬區（F. March）、蜜琳・霍金絲（Miriam Hopkins）主演的《化身博士》（*Dr. Jekyll and Mr. Hyde*）（麥穆林導演）；希佛萊（M. Chevalier）、克勞黛・考白（C. Colbert）、蜜琳・霍金絲主演，劉別謙（E. Lubitsch）導演的《駙馬豔史》（*The Smiling Lieutenant*）；葛烈菲士導演，華爾德・休斯頓主演的《林肯》（*Lincoln*）；埃第康泰主演的五彩歌舞片《普天同慶》（*Whoopee*）；羅潑・凡麗（Lupe Velez）、約翰・鮑爾士（John Boles）主演的《復活》〔托爾斯泰（Tolstoy）小說改

■家族合影，攝於上世紀四十年代，上海。後排左起：夏濟安、夏志清，前排左起：父親夏大棟、母親何韻芝、六妹夏玉瑛。

編〕；卓別林（C. Chaplin）的《城市之光》（*City Lights*），此外還有一部勞萊、哈台的鬧劇，已不記其中英片名了。

在上海遊手好閒了三四個月，只看了七八部電影，不能算多。其中《化身博士》在美國也是一九三二年才發行的，因爲我是在首輪影院大光明大戲院（Grand Theater）看的，該院屋頂上豎著一根奶白色方形玻璃長柱，到晚上發出照耀四周的白光。大光明的建築想是所謂Art Deco型的，內部的富麗堂皇不亞於紐約市的無線電城音樂廳。大光明大戲院在「文革」期間可能改了名，但想來那根白柱沒有給紅衛兵敲碎，雖然晚上不再發光了。抗戰八年，上海新蓋的建築物極少。回去省親的朋友都說，今日的上海還是四十年前的上海，已是個暗舊不堪的老都市。

《化身博士》外，別的那幾部都是一九三一、一九三〇年的片子，因爲都是在二三輪影院看的。今春金像獎候選片五部公布後，我自感非常得意，因爲其中一部也沒有看過。一方面工作忙，一方面大半新片子不對我胃口，可說已把想看新片的癮戒掉了。「一．二八」時期我看的那幾部，且不說麥穆林、劉別謙、葛烈菲士、卓別林都是名垂青史的大導演，即使是製片巨頭高爾溫監製的《普天同慶》，現在拍起來成本也太高了。爲了該片，高爾溫特別聘用柏克萊（Busby Berkeley）來設計那些歌舞場面，把那些服飾豔麗的高爾溫美女，排列得整齊，憑她們手足之移動，而翻演出如萬花筒裡的瑰麗仙境。柏克萊後來導演一連串華納公司《掘金女郎》歌舞片裡的舞蹈場面而成大名，但在《普天同慶》裡，他拍攝舞女集體表演，不斷翻新花樣的圖案美，在那時還是創舉。

那幾部電影中，我最想重看的是《駙馬豔史》，因爲我對劉別謙的導演手法特別佩服，他的好多電影我看過三遍，但該片底片據說已失傳人間，從此看不到了，非常可惜。三十年代初期，美國有位評論家，好像是塞爾德斯（Gilbert Seldes），說過一句話，電影是攝製給十三歲智力年齡的人看的。對一般電影而言，這話沒有說錯，但劉別謙的名片，卻要年齡大、閱歷廣後才能充分欣賞。我第一次看他導演希佛萊、麥唐納（J. Macdonald）合演的歌唱喜劇《璇宮豔史》（*The Love Parade*，一九二九），還在「一．二八」之前，只能領略其歌唱之悅耳而已。第二次看，也在大光明大戲院，那時我已在讀大學，但片子拷貝太舊，看來不順眼、不順耳，雖然喜劇場面已能比較領略其好處。四五年前在紐約重睹該片，才眞正擊節歎賞，劉別謙初次拍攝有聲音樂片，有此成績，實在難能可貴。憑其聰明和機智（wit），劉別謙實在堪同詩人蒲伯（A. Pope）、劇作家莫里哀（Molière）媲美，加上他是拍電影的，另具一種僅憑文字無法表達的 visual wit。他的電影裡，很多場面，沒有對白，但「此時無聲勝有聲」，導演手法之簡潔細緻，近三十年來，無人可及。

講來講去，又是電影，實在我少年時代少同人來往，電影的形象反而在腦子裡留下較深的印象。

小學同學的名字連一個也想不起來，老師的名字也只能記起一二，說來自感慚愧。喬哀思（J. Joyce）、普魯斯特（M. Proust）這樣的大小說家，可以把童年、青年時期的生活全盤裝在記憶中，他們不寫小說，也比普通人福氣，可以隨時把一段事蹟追憶起來，連某人某次穿的什麼衣服，講的什麼話，也不會漏掉，這樣寫小說，才能得心應手，容易給人眞切感。現今的父母，可以自攝電影，把孩子生活的片段攝錄下來。他們長大後，放映這些影片，還可重溫一下童年時期的樂趣。我小時候，家裡未備照相機，除了兩三張照相館拍的小照外（也不知還在不在），可說一點記錄也沒有。出國帶出一張最早的相片，貼在高三借讀生的學生證上，那時平頭長衫，還沒有戴眼鏡。比這更年輕的樣子，手邊已不再有攝影的記錄了。

在桑敦・威爾達（Thornton Wilder）名劇《我們的小鎭》裡，二十多歲的愛蜜利難產死了，剛做新鬼有些不甘心，特在過去的歲月間，挑選自己十二歲過生日的那天，來重溫一下人間的溫暖。她已故的媽媽那天清早起來做早飯，煞有介事的叮囑愛蜜利把早飯吃飽，有些送禮物的人也早已身在鬼域了。愛蜜利想不到母親曾這樣年輕過，家裡人卻各做各的事，沒有時間領略人生的愛和樂趣。愛蜜利激動過度，也就不想把那天的情景再看下去了。我十二歲生日（照傳統算法），一定是民國二十一年那年在上海過的，小孩子小生日不會有人送禮，但壽麵是一定吃的。假如那日的幻景能在我眼前重映，感情上雖有些激動，我一定會一直看下去。父兄雖已去世，能見到他們當日的神采，心裡總是開心的。母親還健在，能見到她四十六年前的樣子，更不知何等興奮。父親爲了職業，不能同母親住在一起，那年春天，父母天天在一起，至少也多吃了幾次館子，多看了幾場戲，要比往年開心得多了。可惜過去的歲月，不像一部電影，可以重映一遍。自己又不是大小說家，一兩年前的經歷，回想起來，已相當模糊，更不要提我十二歲那天的小生日了。

離開母親，差不多已三十年有半了。她認不得幾個字，當然不可能寫信，我寄往上海的家信都是父親、六妹讀給她聽的。信上不能多寫什麼，主要是寄幾張近照。我有位朋友，兩度返滬省親，我都囑她去看看我的母親和六妹。憑她美僑的身分，初會那次還帶她們到國際飯店去吃飯，對我母親來說，這也是近年來罕逢的盛事了。普通小民，即令有足夠的「人民幣」，也沒有法子到貴族館子去暢吃一頓的。去夏那位朋友從上海回來後，寄給我幾張她自攝的彩色照片（家裡寄來的都是黑白的），母親神氣精神都很好。入秋後六妹寄來的照片，母親頓然衰老了，畢竟是八十七歲高壽了。照片上她手抱一個洋娃娃，好像那娃娃已是她不可或離的寶貝，想來已步入了第二個童年。面對照片，我心酸了半天。

「訪舊半爲鬼」，坐在紐約小電影院裡看三十年代初期的舊片，銀幕上的男女主角都是青春玉貌，到今天一大半都已是鬼域裡的人物了，不死也已老態龍鍾了。但我在電影院裡，回到一個固定不變已死去的時代，心裡還是滿高興的。有時看少年時期已看過的舊片，帶來的回憶更多。弗雷・亞斯坦、琴逑・羅吉絲（G. Rogers）主演的《楊柳春風》（*The Gay Divorcé*，一九三四），我是在南京看的，那時已是舊片重映了。因爲喜歡這部電影，五十年代初期在紐海文重映的時候，再去看一遍。名曲 *The Continental* 我早已忘懷了，片子裡亞斯坦、羅吉絲一再跳舞，伴奏的歌曲就是那首 *The Continental*，實在使我心花怒放，說不出的開心。五十年代後期我在菠茨坦小鎮教書的時候，看了場畢利・威爾達（Billy Wilder）導演的 *The Spirit of St. Louis*。主角詹姆・史都華（J. Stewart），演少年飛行家林白，一九二七年春季從紐約一人飛渡大西洋，安抵巴黎，這是轟動全球的大事。片子開頭，林白住在紐約旅館裡（想必是華爾道夫大飯店），累了一天，收聽無線電，播唱的正是《麗娃麗妲》（*Rio Rita*）那首名曲，全曲沒有唱完，林白即把收音機關了，但帶給我的卻是莫大的激動，少說已有二十多年沒有聽到此曲了，調子是這樣熟悉，眞想把那支曲子聽完。歌舞大王齊格菲（F. Ziegfeld）一九二七年二月公演歌舞劇《麗娃麗妲》（意譯應作《麗妲河》），立刻轟動紐約，威爾達在影片裡播唱此曲，主要是製造一九二七年春季的氣氛，紐約人那年都在哼這個曲子：「麗娃……麗妲」。此曲在上海流行想必已是該劇一九二九年搬上銀幕之後〔約翰・鮑爾士、琵琵・黛妮兒（Bebe Daniels）主演〕。據說當年大夏大學校園裡有一條小溪，就取名 Rio Rita。我也是在「一・二八」那個春季在電影院看到了《麗娃麗妲》的預告片（當然一定是三輪電影院），故事是墨西哥背景，有放槍的場面，想是愛情悲劇，也聽到哀婉悠揚的「麗娃……麗妲」曲，當然預告片上曲子也只奏唱了幾句。那時《麗娃麗妲》電影沒有去看，想看而未看的電影實在太多，也不大在乎，想不到這支曲子埋藏心頭多少年，那年看威爾達的電影，使我激動得這樣厲害。約翰・鮑爾士生死不明，琵琵・黛妮兒早幾年去世了，但《麗娃麗妲》在紐約是會重映的，屆時不論如何忙，也要去看它一場，在海外異國，重溫我少年時代的上海繁華夢。

一九七八年四月十六日完稿

原載同年五月十日台北〈聯合報・副刊〉（下文簡稱〈聯副〉）

紅樓生活志

一、日常生活

我同濟安哥是民國三十五年九月底乘船北上，十月初從天津乘火車抵達北平的。同船還有聯大高材生馬逢華，可惜當時互不相識。北京大學表揚學術自由，行政方面也自由得近乎馬虎。我們兄弟報到得早，紅樓好多單人宿舍都空著，濟安就選定了一間陽光充足、面對沙灘的大房間四六三號，我就在隔壁四六二號那間住定。濟安房間左手那間歸趙全章，再過去一間歸袁可嘉，二人都在外文系教書，袁可嘉任某報文藝副刊編輯之職，頗有詩名。靠近樓梯那一間，則爲一對夫婦所占有，他們還有一個嬰孩。四樓未備女廁所，大家公用的男廁所，水龍頭裡只放冷水，根本沒有洗澡設備，洗滌尿布就非常不方便，不談其他。但男的也是外文系教員，可能分配不到宿舍，自己租房子住太貴，校方竟讓他在紅樓住下，這就是北大的「自由」。

我是江南人，加上早一年剛在台北住了十個月，習慣於亞熱帶氣候，初到北平，反覺太乾燥。雖是十月晴秋，嘴角上也生了熱瘡。交冬以後，天氣轉冷，紅樓晚上九點就不供暖氣，我是熬夜的人，只好穿了西裝大衣讀書，實在不方便。濟安哥中西服裝俱全，夜間穿了棉袍、絲棉袍子，既溫暖又方便。我大三那年就改穿洋裝了，這次北上沒有把舊的中裝帶來，後悔莫及。每晨校工手提水壺，逐室滿注一熱水瓶開水，供一天之用。濟安清早有課，盥洗之後，就趕出門去吃油條豆漿。我是助教，只教一門先修班大一英文，不必早起，生活悠閒得多。濟安教三門課，雖然薪水多一些，比我辛苦何止三倍？我懶得出門吃早飯，訂了一瓶新鮮牛奶，自備一罐 ground 咖啡，起床後即在煮水鍋裡放些咖啡，再注入牛奶，在電爐（hot plate）上煮咖啡吃，飲完牛奶即把咖啡顆粒倒掉，倒很可口。星期二、四兩天我得乘三輪車去國會街教先修班，就在那處跟學生一起吃午飯，別的日子則等濟安教書回來，一同到沙灘對面食堂去吃。

沙灘名副其實是個沙灘，北大大門口這條街道，按理鋪條柏油路也不算過分。但那時國難當頭，市政府也窮，大家想不到這一點。冬季沒有風沙，沙灘上鋪了冰雪，倒也光潔；一到春天，塞外的風吹來，飛沙走石，實在吃不消。婦女春天上街，頭上都籠了一塊綢布，滿蓋臉部，像我這樣的未婚男子，逛街連女孩子的臉也看不到，實在殺風景。我自己星期二、四兩天，教書回家，非得洗臉洗髮把那些沙土洗掉不可。學校大門對面只有兩家小館子，一曰大學食堂，一曰小小食堂。大學食堂也只備有七八只小桌子，比小小食堂大不了多少，老闆娘人高臉白，相當能幹，可供應些最簡便的熱炒。小小食堂則一無新氣象，桌面油膩髒黑，到那裡平常叫一碗炸醬麵，有時來一小盆醬肉。江南人愛吃魚蝦，那年差不多每日兩餐都在這兩家食堂吃，實在乏味之至。虧得當時我不懂營養，吃飽肚子就算了。炸醬麵這樣鹹，長期吃對身體實在是不宜的。學校裡有食堂，可以包飯，便宜得多了，但濟安哥不主張包飯，同學生擠在一起，情願天天吃館子，多花些錢。常在兩家食堂見面的有好友程靖宇，袁可嘉同他的女友（住在灰樓，也是外文系助教），同潘家洵教授。潘也是蘇州人，他主管大一英文，可說是我們兄弟的頂頭上司，不好不敷衍他。我們兄弟在上海住得太久，講的蘇白已帶有上海腔，潘家洵則是一口純正的蘇州話，當年能在異鄉聽到，也眞不容易了。

兩家食堂之外，校門對面還有一家洗衣店，我穿西裝，襯衫不得不交他們洗。紅樓沒有熱水，那家小店也沒有熱水，嚴冬期間他們洗襯衫根本不用水，領口袖口都用酒精擦，擦破後，再用縫衣機密針補牢。我去北平時，帶了好多件司麥脫牌子的新襯衫，一到冬天都已遭了殃，當時又買不起新襯衫，穿那幾件領子密針縫滿的襯衫，實在很痛心。我西裝根本沒有幾套，剛到北平還沒有上課，有一天兄弟逛街，濟安慫恿我在地攤上買了一件人家穿過的上裝，所謂 sport jacket，既不美觀，又不合身，穿起來總有些疑心，買了放在衣箱裡，同別的衣服放在一起。有一天要換冬裝了。開箱子一看，這件上裝裡有不少堅甲利齒的蟲，把我別的衣服也咬破了，眞是傷心透頂。衣服實在不夠，只好到王府井大街去訂做一套厚呢雙排扣子的西裝，所費不貲。北平裁縫做西裝，上身特別寬大，裡面可以多穿毛衣禦寒。民國三十七年初，我已在耶魯，這套西裝只穿了一年，還算是新的，穿起來這樣肥大，加上那時美國根本不流行雙排扣子的西裝，實在自慚形穢，三十年前耶魯學生穿著特別講究，哪裡見過我這樣的怪物？上海做的那幾套舊西裝，雖然較合身，但上裝都太短，實在也不像樣。我初到美國，一無自卑感，就是那幾套西裝害得我好苦。

北大只有灰樓女生宿舍，盥洗室有淋浴設備（當年有無熱水，待考），所以住在裡面的女生，還可以沖洗一番。男生就不同了：他們如去不起澡堂，只好長年不洗澡。紅樓頭三層都是教室，四層以上才是單身教員宿舍。有時不湊巧，我下樓剛剛下課，樓梯上擠滿了學生，簡直是奇臭難聞。北平人愛喝白乾，有時乘公共汽車，人擠的時候，除了乘客身上、衣服上發出的臭氣外，還加上那股酒味，也實在不好聞。

上海蘇州都有澡堂，我是從來不去的，尤其是大家一起洗澡的混堂，想想就可怕，多少人有皮膚病、白濁、梅毒，這裡面的水怎麼可以把身體泡進去？但住在紅樓，沒有辦法，每隔兩星期，我們兄弟只好到澡堂去一趟，我們當然是洗單人浴盆，但事後總有人來伺候。北方人又客氣，「您您您」的實在令人生厭，照例浴後他送來一杯香片。茶葉是劣等貨，加上香片，實在不好喝。上海蘇州一帶不流行喝香片的，不知怎的，香片在台灣這麼流行。常有不太熟的人來紐約看我，不好意思空手，總帶一兩罐茶葉，客人走後，打開罐頭一看，若是香片，只好備而不用，我藏有的香片茶葉眞有好多罐（品質較好的已轉送了朋友）。我每晚沖一杯全祥茶莊的特超級龍井，前天在朋友家喝了一杯全祥超級南岩奇香，覺得味道更醇更香，當年大陸也沒有這樣好的茶葉品種。

在台北那一年，在辦公室無聊，學會了抽紙菸，眞是貽害終生。假如當年報章上不斷有人警告，抽菸會生癌症，我是絕對不會去碰紙菸的。去了北平，飲食不佳，生活上沒有調劑，兄弟兩人都抽上了癮。當時美國煙四大名牌是 Camel、Lucky Strike、Philip Morris、Chesterfield。其中我最愛抽的 Philip Morris（北平人簡稱「飛利浦」），味道實在好，可惜價格太高，實在抽不起，只好改抽美國雜牌 Marvel。六十年代美國有家機構調查各種牌子香菸所含尼古丁和 tar 的成分，卻是 Marvel 牌成分最低，這是我意想不到的。紅樓四樓那幾位同事，劣牌香菸也買不起，有時他們來坐坐，不知眞正目的是來閒聊還是抽菸。趙全章總要抽完三支，才心滿意足地回到自己房間去。

我是新人，英文系年輕同事不知我實力如何，談話時不免有些戒心，不易建立深交。我們兄弟的看戲朋友是歷史系研究生程靖宇，我同他交往關係將在另文提及。另外一位朋友也是研究生，印度人許魯嘉，此人早兩年前被印度政府派來西南聯大跟湯用彤先生研究孔子思想。初到昆明的時候，自求清靜，住在和尚廟裡，不料廟裡廁所太髒，竟染上了淋病，大呼負負。這次北大復員，他也跟了北上，雖然湯用彤遠去柏克萊加大，根本無人理睬他的研究。他是吃長素的婆羅門，我們兄弟吃完晚飯，走上紅樓五樓，他總在電爐上煮大鍋菜，裡面黃蘿蔔、大白菜之類蔬菜甚多，其實比我們兩家食堂裡的飯菜營養豐富。他不斷在無線電上收聽印度電台廣播的家鄉音樂，同我們三人造「橋」，玩玩紙牌，有時講講家庭往事。我總覺得東方社會太不人道，二次大戰期間，他哥哥早亡，留下一位年輕嫂子，叔嫂見面總不免脈脈含情，但婆羅門教是不准寡婦再醮的，許魯嘉只好跑到中國來向孔子問禮，留下老母寡嫂相伴過日子。許魯嘉體格健美，春秋時分，常在操場上長跑，竟有人鍾情於他。那位女生鍾小姐，也是濟安的學生，跟R.E.同班。我在耶魯的時候，看到濟安寄來他們二人婚後小照，說不出的高興。中印交惡後，想來許魯嘉全家早已被遣送返國了。

二、讀書生活

我印象中，在台北那十個月，晚上無法讀書。當年航務管理局同事、老友范伯純兄去歲來紐約，談起我晚上常在蚊帳裡讀書的事，想來他沒有記錯。最近無意間重翻一遍四十年代我在上海、台北、北平所記的一本備忘錄，發現在台北期間也讀了二十多種書，包括小說名著《湯姆瓊斯》（*Tom Jones*）、《塊肉餘生述》（*David Copperfield*）、《白鯨》（*Moby Dick*），陀思妥耶夫斯基（F. M. Dostoevski）的長篇 *A Raw Youth* 等六種，柯勒律治（S. T. Coleridge）的《文藝生涯》，華滋華斯（W. Wordsworth）的長篇自傳詩《前奏曲》，布雷克（W. Blake）的預言詩篇，莎翁時代劇作家密德爾登（Thomas Middleton）的劇本三種。在北平時期，雖然冬季不可能熬夜太久，有時晚上還要停電，書當然要比留台期間讀得多了。那幾個月我致力的範圍有四方面：一、重溫德文；二、當代英美批評著作；三、莎翁時代的戲劇；四、布雷克研究。此外赫胥黎（A. Huxley）四十年代的幾種新作，威爾遜（Edmund Wilson）一度遭禁的那本短篇小說集，勞倫斯（D. H. Lawrence）《查泰萊夫人的情人》（*Lady Chatterley's Lover*），也是到北平後才讀的。

我德文在大三那年讀了一年，大四那年因須必修「會計」、「銀行」這兩門課程（否則輔修科學分不夠，不能畢業），無時間讀第二年德文。畢業後，在家裡自修，修到某一程度後，就專讀名著：歌德（J. W. Goethe）、海涅（H. Heine）的詩，席勒（F. Schiller）的詩劇。最後決定，看樣子今生不可能讀荷馬（Homer）、但丁（Dante）的原文，非把歌德《浮士德》（*Faust*）上下部讀通原文不可。就這樣的英、德文對照的讀下去。有一段時間日裡讀《浮士德》，晚上讀但丁《神曲》（*The Divine Comedy*）（當然是英譯本），這樣醉心歐西古典，自感非常得意。去台北一年，德文當然荒廢了不少，返上海那個月即重讀《浮士德》，紅樓期間把它讀畢。民國三十六年七月返滬，十一月才來美國。這一段時期，定不下心來做研究，有空就讀德文，看了托瑪斯・曼（T. Mann）《威尼斯之死》（*Der Tod in Venedig*）之類的中篇，也讀了他早期的一個長篇《殿下》（*Königliche Hoheit*），再讀了大半本艾克曼（J. P. Eckermann）的《歌德談話錄》，看來竟毫不費力。當時我想，如能精讀一遍托瑪斯・曼最有名、最具現代意識的長篇《魔山》（*Der Zauberberg*），德文就不可能再忘了。出國反正乘船，帶了一箱子書，其中放了上下兩冊《魔山》，預備來美後再讀。到耶魯，一下子把德文考過後，除了「古英文」、「古代冰島文」這兩門課寫報告，非看德文資料不可，哪裡再有時間去碰德文。現在這兩冊《魔山》束之高閣，要看也看不懂了。三十年來，學問在某些方面大有進步，在某些方面反而比不上蟄居紅樓的時代。這是讀書人沒有超人的記憶力最大的悲哀。

北平有一兩家像樣的西文書店。太平洋戰爭發動以來，在上海再也看不到英美學術界新出的書籍，在北平書店看到新書，豈不心癢？北大圖書館，由助教、講師推薦買新書，事實上是不可能的。美國四、五元一本書，等於我半個月的薪金，但有兩三本書，對自己研究有用，非買不可，也只好忍痛買了。這種情形下，我買了一冊休勒（Mark Schorer）的 *William Blake: The Politics of Vision*，休勒那時可能還只是柏克萊加大的助理教授，現在人已物故了。另一本濟安同我覺得非買不可的是勃羅克斯（Cleanth Brooks）評析幾首英詩的《精緻的骨罈》（*The Well Wrought Urn*）。當時一般學者公認，評析詩篇最具巧思的，英國人間首推燕卜蓀（William Emposon），美國人間首推勃羅克斯。可是燕卜蓀當時在北大教書，也相當清苦，不免孤陋寡聞。我們兄弟看了《精緻的骨罈》後，就借給燕卜蓀看。他看後，竟自動寫篇書評寄美國的《墾吟季刊》（*Kenyon Review*），編者蘭蓀（J. C. Ransom），大爲高興，這是燕卜蓀初次同美國「新批評」家有了聯絡。翌年（一九四八年）蘭蓀即請他去「墾吟文學批評專班」教一個暑假，那幾位新批評健將，加上屈靈（Lionel Trilling），都聚在一處，可謂盛況空前。但燕卜蓀最討厭上帝、教會，蘭蓀等人都是虔誠的基督徒，關係沒有搞好。燕卜蓀乘船返北平，他愛喝老酒，所賺的美金竟在船上給人偷掉了。

我既私淑艾略特爲我的老師，他文評裡討論的作家，我盡可能去讀他們。艾略特寫過一連串莎翁時代劇作家的評論，我也跟著讀他們。譬如說艾略特寫了篇馬璐（Christopher Marlowe）的短篇，二十分鐘即可讀畢了，但要眞正領略其見解之精深，你自己也非讀馬璐不可。我在上海期間，馬璐全集早已讀了，彭強生（Ben Jonson）劇本差不多也全讀了，莎翁全集也讀了一大半，別的劇作家也零星讀了些。讀出味道來，實在認爲莎翁時代的戲劇是英國文學的頂峯，不僅莎翁超羣絕倫，詹姆士一世（James I）時代好多位劇作家同樣的文字圓渾有力，暢寫七情六欲，無所忌憚，同時代抒情詩人約翰・鄧（John Donne）比起來，也不免近乎纖巧，不夠雄偉。我在台北讀了密德爾登的三齣劇本，叫好不已。在北平我繼續攻讀莎翁全集，也讀了韋伯斯特（J. Webster）、圖爾納（C. Tourneur）、福特（J. Ford）、查普曼（G. Chapman）的代表作品。現在長期閱讀我國的傳統小說和戲劇，實在很難得到同樣的樂趣。我留學志願書上寫的是專攻莎翁時代的戲劇，到耶魯後，雖然劇本讀得更多，那位莎翁專家普勞狄教授（C. T. Prouty），劍橋出身，專講版本考據，道不同不相爲謀，我只好把原定計畫放棄。普氏自己未受耶魯同儕重視，鬱鬱不得志，早幾年前即已故世了。

胡適之校長上任不久，消息即傳出來，紐約華僑企業鉅子李國欽先生答應給北大三個留美獎學金，文、法、理科各一名。北大全校資淺的教員（包括講師、助教在內）都可以參加競選，主要條件是當場考一篇英文作文，另交一篇英文書寫的論文近作，由校方資深教授審讀。文科當然包括哲學系、歷史系、中文系，不僅是外文系。這些資淺教員在聯大吃苦多少年，重返北大，通貨膨脹，收入更少，想去美國深造的當然大有人在。濟安非聯大嫡裔，我靠他面子進了北大，人事上更一無關係，但既有此出國機會，當然不便放棄。我在四十年代初期即對布雷克特有偏愛，留台期間也還在讀他難懂的「預言詩」，就決定寫篇布雷克的論文。北大圖書館藏有牛津版兩巨冊《布雷克全集》，參考書也有三四種（似略勝上海工部局圖書館），就這樣先讀全集（不少詩篇已是重讀、三讀了），把〈密爾頓〉、〈耶路撒冷〉等怪詩都讀了。但春季要交卷的前幾天，也不免緊張一番，把二十多頁的論文謄清打出，做了些文句上最後的改動。濟安哥當然也參加了競考，他選定華滋華斯爲題目，但他功課忙，華氏卷帙比布氏更爲繁重，不可能讀全集，論文專檢討〈汀潭寺〉這首詩，雖然寫得很好，分量不免輕些，也可說受「新批評」之誤。作文考試由一位客座教授眞立夫（R. A. Jeliffe）主持，當時會考，的確人數不少，他出的題目是「出洋留學之利益」，眞可謂「八股」之尤，實在很難按題發揮，寫篇像樣、有深度的文章。作文時間限定一小時或兩小時，我已記不清了。反正大家都得寫虛假的八股文。我那篇拿到八十七、八分，有沒有人拿到九十分以上的，我也不清楚。外文系的論文由燕卜蓀看卷，但歷史系、哲學系的論文總也不能由他看卷，最後決選，文科得獎人是我，法科是經濟系的孫禖錚、理科是數學系的程民德。評選委員會是哪幾位教授，我也不清楚。總之，得獎人名發表後，文科方面，至少有十多位講師、教員聯袂到校長室去抗議，夏志清是什麼人，怎麼可以把這份獎由他領去？胡校長雖然也討厭我是教會學校出身，做事倒是公平的，沒有否決評選委員會的決定。那些抗議的人，我一個也不認識，也無所謂；只要風波不鬧大就好了。但濟安哥年齡比我大，我比他早有出國機會，爲此不免耿耿於懷。七月二十五日那天下午，濟安哥一人送我到機場，我去上海同父母六妹團聚，把他一人留在局勢日益惡化的故都，上機臨別，眞不免有斷腸之感。

一九七八年七月二十一日完稿

原載同年八月八日〈聯副〉

北平、上海、俄亥俄

一九四六年九月底，我隨濟安哥從上海乘船北上，到北平北京大學去當一名西方語文系的助教。那年秋天，胡適之先生也從美國返北大任校長之職。「上任不久，消息即傳出來，紐約華僑企業鉅子李國欽先生答應給北大三個留美獎學金，文、法、理科各一名。北大全校資淺的教員（包括講師、助教在內）都可以參加競選，主要條件是當場考一篇英文作文，另交一篇英文書寫的論文近作，由校方資深教授審讀。」

上文引自〈紅樓生活志〉。凡是看過該文或另一文〈我保存的兩件胡適手跡〉（載《傳記文學》一九八七年八月號）的，都知道那次競考的文科得獎人是我。但我是教會學校出身，胡校長竟認爲哈佛、耶魯簡直不必去申請，我的獎學金限期兩年，連個碩士學位都拿不到的。新任北大西語系副教授的王岷源是個國立大學畢業生，在留美期間即同胡校長相識。他在耶魯讀了四年才拿到個碩士學位。我在北大時並未申請耶魯，而終於一九四八年春季進了該校研究院的英文系，在本文裡此事先得加以交代。

一九四六年英國名詩人、批評家燕卜蓀重返北平，在北大任教。同秋美國歐柏林學院（Oberlin College）眞立夫（Robert A. Jeliffe）教授也來北大客座一年。歐柏林是俄亥俄州的名校，眞立夫一定是個好老師，但算不上是個名學者。我聽了胡校長的話，爲保險起見，請眞立夫幫我申請了歐柏林。該校規模較大，是設有碩士班的課程的。後來我同眞教授重會於歐柏林，他說年輕時曾寫過一部小說，標題即雪萊（P. B. Shelley）一首名詩的首行 When the Lamp Is Shattered。日後我發現耶魯圖書館果有此書，但哪有閒情逸致去看它。美國教授來中國教書，表示他對中國或東方有一份感情。果然老妻亡故後，眞立夫再去菲律賓教書，娶了一位華裔女郎度其晚年。

爲了參與留美考試，我寫了一篇英國詩人布雷克（William Blake）的論文。大學畢業後不出一兩年，我即對布雷克大感興趣，把他的預言詩讀了不少，也看了名批評家墨瑞（John Middleton Murry）論他的專著。在北大圖書館我也找到了兩三種專論，但也都是二三十年代的著作。有一天專訪一家高級西文書店，看到了一本一九四六年剛出版的布雷克專書，題名 *William Blake: The Politics of Vision*，著實興奮，雖然書價美金四、五元等於我月薪的一小半，還是把它買了。作者休勒（Mark Schorer）那時才是柏克萊加大的助理教授，不出兩年，他寫了篇名文"Technique as Discovery"，傳誦一時，也算是「新批評」派的健將了。休勒早已去世，他的生平巨著乃是一九六一年出版的《辛克萊．劉易士評傳》（*Sinclair Lewis: An American Life*）。

五十年前，加州眞是人間天堂，柏克萊加大的聲望也比哈佛、耶魯差不了多少。我想何不寫封信給休勒，對他的新書恭維幾句，表達一番自己想去柏克萊進修的誠意。休勒獲信，知道連中國的學人都在看他的書，當然高興，立即拿了我附寄的滬江成績單（可能未附燕卜蓀爲我寫的推薦信），去見英文系的主任或研究生主管（Director of Graduate Studies）。他的回信轉達了系方的意見，謂我的成績雖好，但還得補修幾門大學本部的課程，才能進得研究院。看了回信，我覺得系方無從考察我畢業後自修苦讀的進境，有些冤枉，但單憑我的大學成績單，我主修的英美文學課程實在太少了。滬江全校沒有幾個有Ph.D.的教授——英文系一個也沒有——各系的高級課程都開得太少，每個學生都得選定兩種副修學科（minor subjects），在此大範圍內多選幾門課，才能湊滿學分畢業。主修、副修的課程又不准全是文科的，因之我選修了歷史、哲學這兩類副修的課程卻又不合格，大四那年不得不加修兩門商科的課程（會計、銀行學），把我自己的計畫打亂，連第二年德文這門課也只好不念。

看了休勒教授的那封信，我也不想憑自己的努力去申請其他第一流的研究院了。現在想想，當時濟安哥同我一樣是外行。早在五四時期北大即已送學生出國留學了。到了一九四六年，輔導學生出國留學的辦事處一定有的，否則與我同屆的兩位李氏獎金得主，數學系的程民德怎麼會去普林斯登，經濟系的孫禩錚怎麼會去安那堡密西根大學的？當然他們有其老師、同事們幫忙。我則雖同胡校長見了三次面，卻從未看到過一本美國研究院的章程（bulletin），塡寫過一份研究院的申請表格，只是在得不到校方任何指導的狀態下暗中摸索而已。

我對美國南方文學進入二十世紀後繁榮的情形早已略有所知，在北大那年我看了凱辛（Alfred Kazin）一九四二年出版的成名作《土生土長》（*On Native Grounds*），專論美國近五十年的文學發展（詩歌不在其內），其中有一章暢論三十年代以來「批評界之兩極」（Criticism at the Poles）。假如馬克思文評家占據了北極，占據南極的則爲比較守舊，代表傳統文化的南方文藝批評家。凱辛以蘭蓀（John Crowe Ransom）爲此派的領袖。他也是位名詩人，早年在田納西州的范德比爾大學（Vanderbilt University）任教，教出了大徒弟詩人、批評家兼小說家阿倫・泰脫（Allen Tate），詩人、小說家、劇作家兼批評家羅勃・華倫（Robert Penn Warren），批評家勃羅克斯（Cleanth Brooks）等人。後來蘭蓀轉往俄亥俄州甘比亞村的墾吟學院（Kenyon College），創辦的一份極具影響力的《墾吟季刊》（*Kenyon Review*），照舊有年輕詩人如洛威爾（Robert Lowell）等到墾吟去跟他學習。

我當年自己也算是專攻英詩的，名校的研究院既覺得我還要補修大學課程，何不直接去墾吟？蘭蓀很快就給我回信，表示歡迎，但也警告我，墾吟通常是連碩士學位也不給的（特殊情形例外），我還得再三考慮。收到信，已該是七月二十一、二日，我也得準備買機票返滬了。手邊只有兩張小大學的入學證，講出去自己沒有面子，心裡也不太高興。

七月二十五日回到上海，只當自己要進研究院的，有空就看德文書。看了一本托瑪斯・曼早期的長篇小說，大半本艾克曼（J. P. Eckermann）記錄的《歌德談話錄》，覺得自己德文眞有了進步。但申請出國護照，不知何故倒很麻煩，我得親自到南京去一趟。那時錢鍾書的《圍城》剛出版，我已看了一小部分，上火車後繼續津津有味地看下去，倒是難得的經驗。事後想想，領取護照延遲了我出國的日期，也是我的福氣。否則九月下旬剛開學即繳了學費，不管去歐柏林或墾吟，對我都是不適合的，換校就很困難了。

事實上十一月十二日我才在上海碼頭乘船駛美，二十八日抵達舊金山。在那裡住了幾天後，再乘火車於十二月五日到達歐柏林。翌日我在該校的Graduate House吃晚飯，有兩位楊姓女子，一名Miriam，一名Grace，也都是得到眞立夫幫助而來歐柏林深造的。我同她們見面倒有些親切之感。但在該校聽了幾堂課，就不想聽了。講得同滬江老師一樣淺，我是無法忍受的。虧得寒假就要到了，我於十五日乘火車到紐約去領取李氏獎金（親自到場領錢的笑話見〈兩件胡適手跡〉），也就在曼哈頓度假五六天，看了一場在百老匯已上演多年的歌舞劇《奧克拉荷馬》（*Oklahoma!*）和夜總會的歌舞表演。十八日晚上也特去新澤西州看看當年滬江英文系主任卡佛（George A. Carver）及其夫人，二人都在一家私立中學教書，兒子倒已進了耶魯的法學院了。

到了歐柏林不多天，我即乘火車到墾吟學院去謁見蘭蓀教授，他那時五十九歲，是個很慈祥的老人。眞的遷居甘比亞，住在墾吟神學院的宿舍裡，已是一九四八年五月五日的事了。倒不是我想跟蘭蓀念一學期書，而是一方面聽他一門課，一方面請求他託人給我機會去進研究院，實在不甘願在一個小大學再留下去了。歐柏林男女同學，環境比較宜人。墾吟全校都是男生，晚餐後陪幾個文藝青年喝啤酒，覺得一點意思也沒有。我可能是全村唯一的華人，養犬的人家不少，那些狗聞到我的氣味同白人的不一樣，就會叫起來，連我散步的權利都喪失了。蘭蓀只看過我布雷克那篇論文，我長日無事，就再寫一篇評析約翰・鄧（John donne）一首長詩"*An Anatomy of the World: The First Anniversary*"的論文請他審閱，報謝他提攜之恩。

蘭蓀是全校聲望最高的一位教授，卻同一位英文系同事合用一間在樓房底層（basement）的辦公室，我初次拜訪，覺得好奇怪。他給我的每封信都是自己打出來的，連一個書記也沒有。那天我同他談到讀研究院的事，他說沒有問題，我先替你找愛荷華大學（University of Iowa）的奧斯丁・華倫（Austin Warren）好了。華倫同威來克（René Wellek）合撰的《文學理論》（*Theory of Literature*）於一九四九年問世後，才大大有名。那時他的聲望不算高，愛荷華在我心目中也只能算是一家農業區的好大學，但我知道華倫是《墾吟季刊》的顧問編輯，蘭蓀自己的好友，哪敢同他爭辯？只要能跳出墾吟苦海，我就滿足了。

差不多十天之後蘭蓀才收到回信，華倫已就聘於密西根大學，明年要移家安那堡，不能再在愛荷華收留學生了。蘭蓀對我說，我再給哈佛麥西生（F. O. Matthiessen）寫信如何？我當然高興，麥西生之成名作《艾略特之成就》（*The Achievement of T. S. Eliot*），我早已拜讀過；他的 *Henry James: The Major Phase* 我在上海研讀詹姆斯（Henry James）的晚期小說時，也曾翻閱過。他的輝煌巨著《美國文藝復興》（*American Renaissance*，一九四一）我尚未拜讀，卻早在《時代周刊》上看到過對它大加讚揚的書評。我希望蘭蓀給他的信生效，麥西生的回信卻說，英文系研究生名額已滿，不便再添新生云云。蘭蓀安慰我道：不要緊，我去試試勃羅克斯罷。

勃羅克斯任教耶魯還不到一年。他看到蘭蓀老師給他的信和燕卜蓀的推薦信，立刻去找英文系的研究生主管曼納（Robert James Menner）教授。曼納認爲有空額，歡迎我去。勃羅克斯也就寫了封親筆信給蘭蓀。蘭蓀看到信也很高興，馬上打了封信，並附勃羅克斯手札，寄我宿舍。見信後，我也立赴蘭蓀辦公室拜謝，並聽從勃氏的指導，寫封正式的申請入學書給耶魯研究院的教務處。據我當年記載大事的日記本上所載，那是正月三十一日的事。我收到研究院副院長辛潑生（Hartley Simpson）的回信後，即於二月八日由蘭蓀教授親自開車送我到弗農（Mt. Vernon）小城的火車站。我乘車到俄亥俄的首府哥倫布（Columbus），再換一班車，於九日中午直達紐海文。我乘船來美，帶了一鐵皮箱書。抵達舊金山後，又買了一架打字機，沒有人接送，簡直難以行動。留居美國已五十三年，還沒有第二個長者詩人學問家爲我這樣服務過，至今每想到蘭蓀，還是不知如何報答他。

不過五十年前，學者們還沒有打長途電話的習慣，我爲了等候蘭蓀三友的回音，一個月心神不定，十分難受。再說，蘭蓀爲了我的緊急大事，同時寄出三封信，也不能算對不住他的朋友。但蘭蓀是個老派君子，一封信有回音後，再寄第二封。虧得我吉人天相，錄取我的耶魯，也是我最想去的學校。我原無意去愛荷華大學跟任何人念書。假如麥西生肯收我而我去哈佛跟隨他，也會後悔不止的。

一九五〇年五月三十日晚上，麥西生在波士頓一家旅館開了一間房間，留下幾封關照親友的遺書，然後開窗縱身一跳。一兩天後，我在《紐約時報》（*New York Times*）首版看到了此段消息，著實吃了一驚。麥西生自殺前，我只知道他是個大學者，哪裡知道他是個同性戀，且是個反美親蘇的左派分子?他的死因較複雜，當時我功課太忙，未加深究。麥西生曾來耶魯演講過一次，我覺得他陰陽怪氣，無精打彩，一點也不喜歡。假如當年眞去哈佛，我一定同他合不來，而去另找一位導師的。

本文係《耶魯三年半》之第一節，原載台北《聯合文學》第二一二期（二〇〇二年六月號）
本文也見《萬象》第四卷第一期（瀋陽，二〇〇二年一月）

桃李親友聚一堂

——退休前夕的慶祝和聯想

哥倫比亞大學（不包括醫學院在內）址設紐約市的晨邊高原（Morningside Heights），校園不大，樹木也不太多，但每屆春季，木蘭花領先，接著羣芳爭豔，紅白相映，也頗可觀。連貫東西校門的College Walk是進出校園必經之路，每逢大考季節路旁兩排櫻桃樹剛剛盛開，當然最受人注意。今年春季來得早，四月下旬校園裡的櫻花即已盛開，到了五月四日那一天，College Walk上可能已是落英繽紛了。但到了那天，我不會去注意校園裡花開花落的情形的。大概九時許，王洞和我即要從家出門，穿過一一六街的小鐵門走往坐落在晨邊馳道（Morningside Drive）和一一七街之間的哥大教職員俱樂部（Faculty House），去參與慶祝我光榮退休這一整天的節目了。百餘來賓之間，不少是我哥大的同事和我們紐約地區的友好，但我既算是告老杏壇，那天最讓我感動的，當然是能見到不少二十九年來我親自教導過的哥大學生，也還有不少是當年先兄濟安的台大老學生。這兩類學生之外，更多人我從無機會教過，但他們讀了我的著作後自承是我的學生，多年來一直以師禮待我，日子久了，也眞的轉成我的知交了。五四那天此三類桃李滿聚一堂，大半自費遠道而來，要親自同我致敬道賀，帶給我做人一世最大的快樂。

一九九一年五月三日晚在紐約山王飯店聚餐。前排左起：孫筑瑾、夏志清、羅郁正、夏王洞，後排左起：葛浩文、劉紹銘、劉宇善（劉夫人）、鄧瑚烈（羅郁正夫人）、高克毅、張鳳、宋秀雯、楊慶儀、王德威。

所謂「洞房花燭夜，金榜題名時」，都是年輕人得意之事。但婚姻不一定幸福，一位進士、博士拿到學位後，主要憑自己的努力，一小半也憑機緣和運氣，才能在仕途上、在學術界春風得意，有所建樹。到了七十歲，親友間有人替你祝壽，你的工作單位鄭重其事的給你開一個榮退大會，你自己也眞應該跟著興奮的。這些祝賀的舉動不一定證明你有什麼了不起的成就，但漫長的七十年給你活過來了，日常生活上還看不到什麼衰老的徵象，一家人同舟共濟，眞是值得慶賀的。你在工作單位上並無實權也無顯赫的地位，而參與你榮退大會百餘人之間，竟有近三十人是遠道乘機趕來的，憑這一點，你也可以安慰自己說，至少你做人是成功的。

我提拔後進、樂於幫忙早已出了名，因之一年到頭忙著爲學生、同事、朋友寫推薦信，讓他們拿到獎學金、研究費，再不然給他們機會升級跳槽，換到更理想的教職。在美國寫封敷衍了事的八行書是沒有多大用的。既要幫人家忙，信要寫一整頁，甚至一頁有半，人家得獎、升級的機會也就大得多了。我愛做好事而不求報，到了慶祝我退休的大日子，好多受惠於我者當然樂於趕來向我道賀致敬了。

籌備一個慶祝大會，總要有人出面辦事才對，我這個會得到眾人支持，最先要感謝三位自告奮勇的好友：哥大新任中國文學副教授王德威，密西根大學東亞語文系主任肯尼斯・狄華斯根（Kenneth DeWaskin），哥大東亞語文系理事琪那・卜古（Adminstrator Gina Bookhout）。王德威才三十七歲，已著有《從劉鶚到王禎和》、《眾聲喧譁》二書，國內早已公認為小說專家、評論家之間最傑出的新秀。他的英文巨著《中國現代寫實主義：茅盾、老舍、沈從文》（*Modern Chinese Realism: Mao Dun, Lao She, Shen Congwen*）一兩年內出版後，其中國現代文學專家之國際地位也必然高升無疑。德威早已任職哈佛為助理教授。兩三年前我就不時提醒系主任安德勒（Paul Anderer），王德威乃我最理想的繼承人，現在海外名氣還不太大，再隔幾年，各校爭聘，哈佛也會給他終身職，我們就悔之晚矣。安德勒教授專治日本現代文學，後來眞的細讀了德威的英文書稿，才同我一條心，力排異議，把他請來。三十一、二年前，我的哥大前任王際眞教授在耶魯出版所看了幾章《中國現代小說史》的書樣，就去遊說當時的中、日文系主任狄百瑞（W. Theodore de Bary），一定要他把我請來；三十年後我也不論私交為德威說項，同樣維持這個「走馬薦諸葛」的優良傳統。

一九八六年暑期，我和德威同在西德小鎮參與一個研討當今世界各地的中國文學大會才相識，以前眞的並無交情可言。雖然如此，他是台大外文系高材生，出國後去威斯康辛大學深造，跟劉紹銘教授寫論文。紹銘弟既是先兄濟安的得意門生，講師承關係，德威也算得上是夏門三傳弟子。我同他當然都是新腦筋，不講究這一套，但他既知道我即要退休，去秋一來哥大，即為這個大會做準備，首先向中國時報基金會請到一筆錢，這樣貴賓遠道而來，下榻哥大旅館那兩三天，就不必自己花費了。德威也同我商議，選定五月四日星期六為慶祝大會的日期。秋冬期間德威也經常同紹銘師、洛杉磯加州

■夏志清、王洞在時報廣場附近的 Sordi's Restaurant

大學李歐梵教授等同行前輩通電話，以便聽取他們有關此會的建議。

同時期，我的好幾位老學生也在互通電話討論此事。老師即要退休了，他們應該有些舉動以謝教導之恩。狄華斯根公推爲此事之代理人，他也就很快同王德威取得了聯絡，從此二人電話不斷，合作無懈。慶祝大會的第一封邀請書是由狄教授從密西根大學分發給我的學生、親友、同事的，發信的日期是二月二十五日。

狄華斯根原是哥大本部的學生，我在一九六三年秋季即教過他「東方名著」這門課了。那時對他印象不深。到了一九六六年秋，我在台北休假，正好狄氏夫婦（肯尼斯和茱迪斯）那年也在台北，因之同他們過往較密。到那年，肯尼斯早已決定主修中文（文學與文化）了，那時正在師範大學進修語文方面的課程，讀得很起勁，連茱迪斯也會上街用普通話討價還價了。我同前妻卡洛每同他倆飯後談話，發現肯尼斯對中文之了解，悟性極高，不免對他另眼相看。一九六七年初返哥大後，即爲他寫了封非常堅強的推薦信，校方也就給他一個四年爲期的校長獎學金，以便他順利念完博士學位。博士論文他寫干寶《搜神記》和志怪小說之傳統，後來濃縮成一篇論文，載浦安迪（Andrew Plaks）主編之《中國敘事文學論文集》（*Chinese Narrative*，一九七七），極受內行重視。之後肯尼斯出了兩本書：《一二知音》（*A Song for One or Two: Music and the Concept of Art in Early China*，一九八二）同《方士列傳》（*Doctors, Diviners, and Magicians of Ancient China*，一九八三）。前書探討古代中國之音樂和藝術概念，非常難能可貴，因之大獲好評。後書選載了好多類似左慈、華佗、費長房諸人的傳記，皆譯自《後漢書》、《三國志》、《晉書》這三部正史，也極見功力。狄氏夫婦生有二男一女，皆已長大。女兒 Rachel 現讀哥大大一，猶憶初教其父時，肯尼斯也不過是大三學生，時間過得眞快。

狄、王二友策畫了一個對我表示敬意的討論會（Symposium in Honor of Professor C. T. Hsia），此會上午九時半開到下午四時半（午餐休息一時半），爲了此會，他們就得同好多人接洽，忙得可以。外埠的同事友好被邀五四大會者原先不太多，但消息傳出去，不少人自動要參加，當然對這些貴賓，同樣要表示歡迎。連討論會上自願發言的人數也超過了預算：有些人報名太遲，四個 panels 早已排滿，狄、王二友只好心領其誠意而向他們道歉不迭了。二人忙，系務理事琪那．卜古當然也忙碌異常。一切金錢出入，都得由她收管，同學校旅館、俱樂部接洽事宜，也都得靠她。連來賓如何分排各桌，讓每人感到兩旁都有可談之酒伴，也是樁相當頭痛之事。但琪那處理此類節目，已有二十多年之經驗，而且眞肯花心思把這個宴會辦得眾口交譽，自己也有面子。琪那係越南華僑，來美後嫁給一個荷蘭裔的美國人，名叫佛蘭克．卜古（Frank Bookhout），女兒現已進了衛斯理女子學院了。自己是華僑，琪那對我和王德威這兩位華人教授也就特別感到驕傲，爲我們做此事，也就特別賣力。五四大日子過後，眞要請琪那夫婦大吃一頓，聊表謝忱。

上文提到了稱得上是夏門桃李的三類貴賓。但王德威以外，所有參與此會的哥大教授、講師都只是我的同事、朋友，眞的沒有什麼輩分可講的。哈佛的韓南（Patrick Hanan）教授，專治我國傳統小說與戲劇，我對他的治學成就一向尊敬，這次他也來參加宴會，我感到非常光榮。前兩天我終於看到了一份尚待修改的討論會節目表，十四位發言人之間，高克毅（喬志高）、梅儀慈（Yi-Tsi Mei Feuerwerker）都只是我的朋友，同我一無師生關係。

我在中學期間，即已拜讀了克毅兄報導美國生活的幽默文章，一直目之爲前輩。想不到我來哥大後常有機會同他相敘，一下子轉成無所不談的摯友了。克毅兄比我大九歲，照中國人算法已是八旬老翁，雖然看起來比我還年輕。這次爲了我的慶祝大會，他先從佛羅里達飛回馬里蘭寓所，再乘火車趕來紐約，於五四上午宣讀一篇幽默文章之翻譯讓我高興，眞怕他累壞了。梅卿嫂原要一起來的，但臨時香港有親戚來訪，只好留在家裡候駕了。兩年前克毅的侄女兒 Gloria 也曾上過我的課，他也要帶她和她的未婚夫一起來參加宴會。也在兩年前，我教了佘素麗這位來自柏克萊加大的研究生。她對我說，她母親曾在台大上過我哥哥的課，因之也關照她一定上一門我的課，雖然她是主修中國史的。這則故事太美麗了，附帶記下以備遺忘。

除了我家玉瑛妹外，這次宴會來賓中，要算梅儀慈我認識最早了。五十年代初，耶魯女同學劉天眷在校園教堂裡結婚，來賓之一即梅儀慈。她是梅光迪先生的女公子，正在哈佛讀比較文學，我自己可能已拿到英文系的博士學位了。那時來自中國的哈佛耶魯研究生人數非常之少，念文學的更是少之又少，我同梅儀慈教堂初會當然有講不完的話要說。可是以後並無機會再見面。七十年代初期二人安那堡重逢，她早已是中國經濟史名教授費爾韋克（Albert Feuerwerker）的太太了（二人原是哈佛同學），在他們家裡看到的那個男孩也已八九歲了。

梅儀慈在密西根大學任教中國現代文學已很久。一九八二年出了本《丁玲小說》（*Ding Ling's Fiction*）專論後，在學界非常活躍，我也常在學術會議上同她見面。去年五月間，威德茉（Ellen Widmer）教授同王德威在哈佛召開一個中國現代文學大會。會畢我總結發言半小時，好多朋友都當面加以謬獎，認爲我說了他們想說而不敢說的話。梅儀慈回安那堡後，竟也寫封信來盛讚我這段總結，且附寄一篇梅光迪先生回憶恩師白璧德教授的英文文章。此文已罕見，拜讀之餘，感觸頗多，但雖然如此，我同儀慈信札來往一向很稀，五四宴會也就不敢去驚動她。但她自動要參與此會，且寫了篇比較「三言」與《十日談》的論文要在會場上宣讀，眞的再度爲其友情所感動。到了退休的年齡，按常情朋友應該逐漸減少，但這次五四宴會卻證明了一個相反的事實：世上關懷我的桃李友好（且不說那些不知名的讀者），眞比我自己估計的多得多。我同儀慈相識四十年，友情如酒一樣愈久而愈醇，眞是十分難得的。

討論會上高克毅、梅儀慈要宣讀論文給我聽，九點半開幕致辭的羅郁正兄也是我最親密的朋友，至少也該寫他一段。一九六六下半年恰好郁正兄嫂也在台北度假，我同二位年齡相仿，背景相同（他們讀上海聖約翰大學英文系，我讀滬江；出國後郁正先去哈佛，我留在耶魯），在台北時常見面，一下子轉爲至交。回美後，我就同郁正兄嫂經常交換幽默信件，此類英文信件，十年、二十年後重讀仍帶給我極大的喜悅。十多年前我寫了篇散文，謂朋友間克毅、郁正二兄寫的英文信要比海明威（E. Hemingway）的書信好得多多（那年《海氏書信集》剛出版，我看到的一些，文筆非常蹩腳）。台北編者們從不改動我的文字，校閱我那篇散文的某編者，看到我把自己的朋友同美國大文豪相比，簡直太荒唐，就自作主張把此句刪了。現在有機會把舊話再說一遍，希望〈聯副〉編者不要皺眉。英國怪才柏吉斯（Anthony Burgess）曾寫過篇短評，也認爲海氏書信實在寫得很馬虎的"Hem Not Writing Good"，載柏氏 *But Do Blondes Prefer Gentlemen?*（紐約，一九八六）。

郁正兄比我年輕兩三歲，但前年五月即已退休，我也曾飛往 Bloomington 向二位祝賀一番。這次他們來紐約，希望能住上兩星期，同我們多有暢談機會。僅憑書信互通款曲還是不夠的，何況我的寫信衝勁不如當年，收到郁正兄的長信後，總得隔一段時間，才有閒情逸致去寫封回信。

講了自己的幾個朋友，再講先兄門下的那些台大桃李。有兩位——張婉莘、石純儀——我未來哥大前即已相識了，但所有台大出身的文壇名流，都是一九六二年我來哥大後才逐一交識的。第一個相識的當然是叢甦，因爲她當時正在墾德堂東亞圖書館工作。第二個應該是印大比較文學系研究生劉紹銘，因爲六月間我們剛搬居紐約，即飛往 Bloomington 去參與該系所主辦的一個東西文學比較大會了。回紐約後即收到紹銘一封長信，從此二人通信不斷。紹銘情願寫便條短簡，也不打電話。偶爾有事打電話找他，講完正事他即把電話掛斷，我想主要爲我節省些電話費。但這次他特地帶太太一起來祝賀我退休，所費不貲，更讓我看到他對我情誼之深厚。紹銘爲人正直不阿（叢甦也如此），很多文壇、學界的名人，他覺得他們品行不正而不加以理睬，偏偏一直對我另眼相看，我想不止因爲我是他恩師胞弟的關係。

劉紹銘、李歐梵在大學期間即是最要好的朋友，這次二人都要在討論會上宣讀與我有關的論文，好不讓我感動！紹銘近年來與閔福德（John Minford）合編一部二巨冊的中國文學英譯讀本，出版後必爲各校採用爲課本無疑。歐梵則勤於英文著作，三年前出了部鑽研魯迅的 *Voices from the Iron House*，備受各國專家之推崇。

白先勇跟李歐梵是同班同學。他們台大外文系那一屆畢業生——包括陳若曦、王文興、歐陽子在內——不論創作、治學都建樹卓越，非常難得。先兄教了他們一年即飛往美國，但有人認爲他們如此出眾，多少得力於濟安師之啓導，至少白先勇自己是一直如此肯定的。先勇深愛濟安師，連著跟我的關係也非常親。這次來紐約之前，他先寄我一套《最後的貴族》錄像磁帶。我習慣於在電影院看影片，去年雖買了一架VCR，從未動用過。但妹妹、妹夫也想看這部名片，有一天晚上我們在附近館子吃了飯後，即回家叫外甥焦明試用這架VCR，《最後的貴族》居然映出無誤。該片是根據《謫仙記》改編的，但我認為不見小說的那段威尼斯情景，拍得最為動人。我曾花了好幾個晚上修改先勇自譯的《謫仙記》英文本，少說也該是二十年前的事了。

我請了李歐梵、白先勇，卻未託王德威也給陳若曦寄一份請帖。不是忘了她，只想起近年來她並無固定收入，為了從舊金山來一趟紐約，耗費很多，還是不去驚動她罷。再說，遠道而來的桃李友好都是教授，若曦知情也會原諒我的。但想想還是不妥，前幾天寫了封信給她，希望她不會生我的氣。不知如何，我對濟安台大最後這一班學生如此有情。四月中旬我去新奧爾良市參與亞洲學會的年會，見到了長住德州奧斯丁市的張誦聖教授（原也是台大外文系畢業生）。她說歐陽子有隻眼睛眞的瞎了，獲訊好不難過。隔一天晚上，我在宴會上見到了謝文孫、楊美惠夫婦，又大為高興。謝文孫（筆名「江南書生」）原也是先兄的得意高足，楊美惠乃是陳若曦、歐陽子的同學，因之十年不見面也沒有關係，見面總是興奮得要跳起來。

略談了濟安門下的桃李（五四大會，莊信正夫婦也要來一整天，我曾有專文講及信正為人之可靠和可愛，這裡也就不贅了），接著我要講二十九年來，我自己在哥大訓練的學生了。碩士的人數記不清了，博士十四名，平均每兩年培植一個。但每篇論文，從初稿看起，少說要審閱三遍。碰到中文英譯的片段，還得逐字校閱，是相當吃力的。普通一般中國文學教授，各有專長，不在自己研究範圍內的論文題目，他就不想指導。學生投其所好，只好寫他歡喜的題目。一位教授，一二十年來連續指導三四篇元曲論文或者三四篇《金瓶梅》論文，是常見的事。

對我來說，除了《易經》、《大藏經》、《道藏》這幾類我不愛讀的書籍外，古今中文書籍——不僅是文學——都不太難讀，也都感興趣。一般人都以為我是小說專家，其實唐詩、宋詞、元曲、明清戲劇，這些課程我都開，一方面充實自己，一方面也爲了研究生的方便。因之學生寫博士論文，全憑其興趣決定，只要題目不太空泛不實，我總會通過的。我教出的四位最有建樹的美國學生——高友工兄戲稱之爲夏門「四大弟子」——上文已說過狄華斯根論文寫的是晉代《搜神記》、華府喬治・華盛頓大學教授齊夫斯（Jonathan Chaves）寫的是北宋詩人梅堯臣，聖路易華盛頓大學東亞語文系主任何谷理（Robert E. Hegel）寫的是清代《隋唐演義》，康乃爾大學亞洲系主任耿德華（Edward Gunn）寫的是抗戰期間的京滬文學（「京」指北京）。四人所寫的文學時代都不一樣。

中國學生我教的不多（可能哥大學費太貴），只訓練了三位博士：哥大同事吳百益寫白蛇傳說之演變（他是我學生之間最早拿博士的一位，近著 *The Confucian's Progress*，論及民前中國之各種自傳作品，很受學界重視），陳李凡平寫見於文學名著的楊貴妃，唐翼明寫魏晉清談，題目也各自不同。我也教出兩位日裔女博士：松田靜江（Shizue Matsuda）寫李漁，吉田豐子（Toyoko Yoshida）評析清代女子所寫之彈詞數種。英國女博士畢瑞爾（Anne Birrell）也是華茲生（Burton Watson）的高足，但她寫《玉台新詠》論文時，華教授已移居日本，等於由我一人指導。

耿德華之後我也指導了四名美國博士：何思南（Richard Hessney）的論文研討明末清初的才子佳人小說、漢孟德（Charles Hammond）研討《太平廣記》裡的唐代故事、史華德（Catherine Swatek）評析了馮夢龍改編之湯顯祖戲曲三種、索希基恩（Diran Sohigian）爲林語堂寫了評傳。索君要到五月三日才爲其七百頁的論文做答辯。當天通過考試後，我們先在系辦公室開香檳慶祝，翌日就是我的大日子了。

十四人之間，只有遠在溫哥華（史華德）、英國（畢瑞爾）、日本（吉田）、台北（唐翼明係新任文化大學中文系副教授）的四位不克參與盛會，乃意料中事。餘子皆能出席不稀奇，其中倒有六位特別準備了講稿——而且大半是要談到我治學、做人、教書各方面的講稿——眞教我感激萬分。早在一九八五年，何谷理、何思南已奉獻給我他們辛辛苦苦合編的一本學術論文集——《中國文學裡的自我表現》（*Expressions of Self in Chinese Literature*，哥大出版）——參與寫稿者還有上文已提到過的桃李友好（畢瑞爾、齊夫斯、史華德、韓南、李歐梵、耿德華、劉紹銘）。我要退休了，更多的人要以宣讀論文的方式來表示他們對我的一份敬愛，我多少可以安慰自己，我的教學生涯是成功的。

指導寫論文，學生和老師都甘苦自知，但時間久了，留下的只是甘味，而把那苦味忘掉了。每個學生，我憑記憶都可以寫一段，但指導期間不勝其苦而回想起來甘味無窮的，要算是去年協助唐翼明寫論文的那大半年了。翼明來自大陸，絕頂聰明，早在武漢大學讀碩士學位即已發表論文多篇了。但他的第二外語是俄文，來美國後雖先在哥大苦修了一年英文，要達到寫博士論文的水準還是不夠的。好在我是英文系出身，在美國教過五年大一英文，改作文也是拿手。我把翼明的論文一字不放逐頁改來，連改三遍，整篇論文果然清通可讀了。我那時的快樂，眞像希金斯（Higgins）教授〔瑞克斯·哈里遜（Rex Harrison）〕在《窈窕淑女》（*My Fair Lady*）裡發覺到伊莉莎（Eliza）〔奧黛麗·赫本（Audrey Hepburn）〕已會講標準英語時一般無二。翼明易稿三次，當然英文寫作能力也大爲進步了。

執教哥大二十九年，不止是我訓練出來的博士，任何聰明用功的學士、碩士，只要他們同我保持聯絡，到頭來都是我的好友。梁恆只讀了碩士，他跟我念書時即是我家裡的常客了。還有一位楊慶儀，她同梁恆一樣要來參與五四整天的節目，也是我們最親密的朋友。她原是台大中文系的優秀學生，來美國後先去耶魯，再跟我讀了一年，終因經濟困難而改習圖書館學，多年來一直在波士頓市立圖書館身任要職。

再說寇志明（Jon Kowallis）讀了四年大學即離開哥大了，也一直同我保持聯絡。他先去夏威夷大學，再去北京大學苦修多年，最後去柏克萊跟白之（Cyril Birch）教授讀博士，論文寫清末民初的好幾位舊體詩名家。去歲我同他在哥大重會，對他說，你的論文題目至少在美國從無人寫過，很有意思。他的回答連我也不敢相信。他說題目不是白之給他的，而是多年前我給他的指點。一九八三年夏季，我出國後初訪大陸，行蹤不定。寇志明知道我已去上海，即從北京乘快車南下，到我妹夫家問訊，才知道我已偕妻、妹、妹夫早一天去了杭州了。寇志明再從上海趕到杭州，同我們遊覽西湖半天，傍晚再上樓外樓吃鯉魚。妹妹、妹夫絕想不到洋學生會如此尊師崇道，對寇志明敬佩不已。我自己也深愛其人，五四那天的節目特寫信去威廉學院（Williams College）通知他，以便同他多一個重聚的機會。

文章已太長，所謂我的第三類桃李實在不能舉例多寫了。近年來每年都有不少大陸學生讀了我的著作，寫信來表示有意申請哥大跟我念書。這些仰慕者我面也沒有見過，實在不能算是我的學生，否則眞的要「桃李滿天下」了。五四那天杜邁可（Michael Duke）、金介甫（Jeffrey Kinkley）、孫筑瑾（Cecile Sun）都要在討論會上宣讀論文，若稱之爲我的學生，他們是不會否認的。但杜、金二人勤奮爲學，我也從他們著作裡學到不少東西，我同他們只能以平輩身分兄弟相稱。猶憶多年前金介甫剛拿哈佛博士學位，即把厚厚的一本沈從文論文寄給我，我翻看之下，大爲驚奇，從無人研究湘西的地理歷史如此透徹的。杜邁可治中國現代文學，的確受我影響，但我自己無暇鑽研八十年代的大陸小說，也就只好依賴他的判斷了。

孫筑瑾比我年輕得多，信上一直稱我爲「老師」、「吾師」，也就只好默認了。筑瑾原是台北師大外文系高材生，深爲余光中老師所賞識。有一次他在給我信上譽之謂「玉潔冰清」，一點也不假。她來美後去哈佛念東亞語文系，那些漢學教授對她未加賞識。筑瑾鬱鬱不得志來紐約，先在哥大東亞圖書館工作一暑假，旋即考進聯合國爲口述翻譯員，待遇頗豐。

筑瑾性愛音樂藝術，在聯合國那幾年有空即去聽音樂演奏、看芭蕾舞，不免光陰蹉跎。我就一直勸勉她重進研究院，讀一個博士學位。她終於聽話，我才把她推薦給印大比較文學系，先兄高足劉紹銘、莊信正、胡耀恆三人都是該系博士。筑瑾用功三四年，果然博士到手，早已在匹茲堡大學講授中國文學多年。匹大文學院長同我素昧平生，在做最後決定之前，深夜打電話給我，謂孫筑瑾和某女士都是我大力推薦的，究竟孰強，更適合匹大之需要。某女士亦爲我所器重，但不如筑瑾才女這樣的兼通中外古今，乃在電話上詳陳她的種種優點，果然說服了對方。那晚上床，我睡得又甜又香，多少年像自己子女一樣的栽培了筑瑾，現在她可以獨立了。三星期前電話上邀請她來參與我的盛會，她當然一口允諾，順便也告訴我，她那本中國詩學專著早已完成，出版有期了。

我在哥大的教書生涯已告結束，但身爲中國文學退休教授（Professor Emeritus of Chinese Literature），我的研讀寫作生涯當然是不會停頓的。不教書了，反可多有時間去完成那些自己預定的寫作計畫了。但面對這個屬於自己的五四佳節，心裡充滿了激動和興奮，先把本文寫出，至少可以對來自各地的桃李友好以及住在紐約地區的親友、同事、學生們，及早表達我由衷的謝忱。大日子過後，我和王洞還得大忙兩三星期搬個家。我辦公室四壁的書籍家裡無法安置，一一三街的新址要比一一五街的舊址寬敞些。有人說人生七十才開始，六月初搬進新屋後，至少可以說我退休後的新生命已經開始了。

一九九一年四月二十六至五月二日完稿於紐約

原載同年五月四至六日〈聯副〉

書房天地

我年紀愈大，在家裡讀書的時間也就愈多。剛來哥大的那幾年，每天在校的時間較長，即便無公可辦，我也定得下心來在自己辦公室裡讀書的。到了今天，早已不習慣全套西裝（領帶、皮鞋）坐在辦公室或者圖書館裡讀書了。十多年來，讀書簡直非在家裡不可——一星期總有三四天到離家僅一箭之遙的墾德堂去教書、看信、開會、會客，但回到家裡即急不及待地脫掉皮鞋，穿上舊衣褲，這樣才有心情去讀書、寫作。我在家裡，從起床到上床都是穿著台製皮拖鞋的（王洞有機會去台北，總不忘多帶幾雙回來），情形同英國大詩人奧登（W. H. Auden）居住紐約期間相仿，但他穿的想是西式拖鞋，質料太軟太厚，我是穿不慣的。平日熟朋友來訪，我也不改穿皮鞋，只有自己請客，或者有遠客來訪，只好打領帶、穿皮鞋把自己打扮起來。但真正不熟的同行，我還是在辦公室接見的時候較多。我的辦公室每晚有人略加打掃，而且環壁皆書也，看起來既整潔又神氣，不像我家的書房和會客室，到處都是書報雜物，再加上脫下後即放在大沙發上的大衣、圍巾、帽子，見不得人。

我穿了舊衣褲，帶了閒適的心情去讀書，但卻不愛看閒書。即使讀了所謂「閒書」，我還是抱了做學問的態度去讀它的。好多留美學人，日裡在學校做研究、做實驗，回家後把正經事丟開，大看其武俠小說——這樣涇濁渭清地把「工作」和「消遣」分開，對我來說是辦不到的。三十多年來，我一

■夏氏兄弟與中國文學研討會於哥大 Faculty House（教職員俱樂部）舉行。二○○五年十月二十八日，在頭一天會議結束後，赴晚餐之前，家族合影。左起：夏志清的大女兒 Joyce ，Joyce 次子 Jason ，夏志清，王洞，Joyce 長子 Joseph ，夏志清妹妹夏玉瑛、妹夫焦良。

直算是在研究中國小說，新舊小說既然都是我的正經讀物，也就不會隨便找本小說，以消遣的態度把它看著玩了。同樣情形，我看老電影，也是在做學問。在電影院裡聚精會神地看部經典之作，同我在家裡看部經典小說一樣，態度是完全嚴肅的。《時代周刊》大概可算是我每周必看的消遣讀物，但目的也並非完全消遣：我對美國新聞、世界大事有興趣，也眞關心，讀《時代》總比每天看《紐約時報》省時間得多了。

年輕時我愛讀英詩，後來改行治小說。現在中國舊小說讀得多了，發現此類小說所記載有關舊中國的情況，大同小異，眞不如讀二十四史、讀古代文人留給我們的史實記錄，近代學人所寫之中國史研究，反而更讓我們多知道舊中國之眞相。但到了將退休的年齡，再改行當然是太遲了，儘管我眞認爲若要統評中國舊文學，就非對舊中國的歷史和社會先有深入的了解不可。有一個問題最值得我們注意：爲什麼歷代正統文人、詩詞名家接觸到的現實面如此之狹小，爲什麼朝廷裡、社會上能看到多少黑暗而恐怖的現象，他們反而不聞不問，避而不談。

假如有人以爲我既身任文學教授之職，就該一心一意研究中國文學，連旁涉中國史學也是不務正業，那近年來我看的閒書、做的閒事，實在多不勝言了。我自己卻從不把自己看成一個單治中國文學的專家：年輕時攻讀西洋文學，到了今天還抽不出時間到英、法、德、義諸國去遊覽一個暑假，眞認爲是莫大憾事。但紐約市多的是大小博物館，具有歐洲風味的歷史性建築物眞也不少。我既無機會暢遊西歐，假如平日在街上走路，不隨時停下來鑒賞此高樓大廈、教堂精舍，也不常去大都會博物館看些古今名畫同特別展覽，也就更對不起自己了。因此近十年來，即在街上走路，我也在鑒賞建築的藝術。哥大的晨邊校園原是大建築師麥金（Charles F. Mckim）於十九世紀末年開始精心設計的。那座洛氏圖書館（Low Library），以及周圍那幾幢義大利文藝復興式的高樓，二十五年來天天見到，而且眞的愈看愈有味道。

自己興趣廣了，藏書也必然增多了。譬如說，洛氏圖書館既同我相看兩不厭，我對麥金、米德、懷特（Mckim, Mead & White）這家公司所督造而至今公認爲紐約市名勝的那好多幢大小建築物早已大感興趣了。前幾年在《紐約時報星期書評》上看到了一篇評介兩種研討這家建築公司的新書，雖然價昂無意訂購，也很興奮。去年在一份廉價書目廣告上看到其中一種已在廉售了，更爲高興，立即函購了一冊。此書到手，單看圖片也就美不勝收。

我對西洋畫早已有興趣，近二十年來收藏名家畫冊和美術史專著，當然要比淺介建築學的書籍多得多了。其中我參閱最勤的要算是約翰・華克（John Walker）所著《國家美術館》（*The National Gallery of Art*）、已故哥大教授霍華・希伯（Howard Hibbard）所著《大都會博物館》（*The Metropolitan Museum of Art*）這兩種。在家看書裡的圖片，有空跑大都會，自己對西洋名畫的鑒賞力眞的與日俱增。華府的國家美術館我只去過兩三次，但最近大都會舉行了法國十八世紀畫家弗拉戈納（Fragonard）的特別展覽，我又有機會看到國家美術館收藏的那幅《少女讀書圖》，眞是欣喜莫名。華克書裡複印的那一幀，雖然色澤也很鮮明，但同原畫是不好比的。

我從小研究美國電影，近二十年來電影書籍充斥市場，我少說也買了百種以上了。此類書籍良莠不齊，那些老明星請捉刀人代寫的傳記、回憶錄看不勝看，大都沒有閱讀價値。那些學院味道較重的研究、批評，眞正出色的也不多。對我來說，反是那些巨型的參考書最有用。其中有一套紐約皇冠出版社（Crown Publishers）發行的英國書，詳列好萊塢各大公司自創立以來所發行的無聲、有聲長片（feature-length films），差不多每片評介都附有劇情插圖，圖文並茂，最對我這樣老影迷的胃口。此套叢書首冊乃約翰・伊姆斯（John Douglas Eames）所編撰的「米高梅故事」（*The MGM Story*，一九七五年初版，一九七九年增訂本英美版同時發行），載有一千七百二十三張影片的圖片和簡介，米高梅公司一九二四至一九七八年間所發行的長片，一無遺留，眞爲全世界的影迷造福。伊姆斯曾在米高梅倫敦辦事處工作四十年，對其所有出品瞭如指掌，寫這本「故事」眞是駕輕就熟，報導一無錯誤。之後，他又出了一部《派拉蒙故事》（一九八五），同樣讓我看到他編書之細緻和學問之淵博，雖然派拉蒙歷史比米高梅更爲悠久，出品更多，不可能每張長片都有圖文介紹。華納、環球、聯美、RKO這四家公司的「故事」也已出版，它們的編撰人若非英人，也是久居倫敦的美國人，好萊塢的知識同伊姆斯差不多淵博，寫的英文也算得上漂亮，遠勝美國書局策畫的同類書籍。當年好萊塢八大公司，只有二十世紀福斯、哥倫比亞這兩家尚無「故事」報導，但想也在編寫之中了。

討論繪畫、建築、電影的巨型書，因爲圖片多，通常也算是coffee-table books，放在客廳咖啡矮桌上，供客人、家裡人飯後酒餘翻閱消遣之用的。我自己則並無坐在客廳沙發上看書的習慣。即使看中英文報紙，也得把它放在書桌上，坐下來看的。一來，客廳燈光不夠亮，坐在沙發上看書傷眼睛。二來，繪畫、建築、電影每項都是大學問，自己雖非專家，只有把書放平在書桌上，認眞去讀它，才對得起自己，也對得起這項學問。不少中外學者只關心某項學問的某一部分，有關這一部分的專著、論文他們看得很齊全，對其他學問則不感興趣。這樣一位專家，可能在他的小天地裡很有些建樹，但本行之外的東西懂得太少，同他談話往往是很乏味的。我自己的毛病則在興趣太廣。每兩星期翻閱一份新出的《紐約書評雙週刊》（*The New York Review of Books*），差不多每篇書評（不論題目是宗教、思想、政治、文藝、名人傳記，不論是哪個時代、哪個國家的事情）讀起來都很津津有味，只好克制自己，少讀幾篇。孔子勸老年人，「血氣既衰，戒之在得」。我不貪錢，從不作發財的夢，想不到即屆退休的年齡，求知欲竟如此之強，每種學問都想多懂一點，多「得」一點。這，我想，也是「血氣既衰」的症狀。年輕的時候專攻文學，我忍得住氣，並不因爲自己別的學問懂得太少而感到不滿足。

一九四八年初抵達紐海文後，我在一個愛爾蘭老太婆家裡，租居了一間房間，住了八九個月。我的書桌右邊放了一只極小的舊式檯燈，事後發現那幾個月左眼近視加深了一點，非常後悔。假如老太婆給我兩只檯燈，左右光線平均，近視就不會加深了。但是旅美四十年，搬出老太婆家後長年熬夜讀書而至今目力未見老化，實在說得上是有福氣的。這同我每天必服維他命、礦物質當然很有關係。但五十年代初期我讀了A.赫胥黎剛出的那本小冊子《看的藝術》（*The Art of Seeing*），更是受惠終身。赫氏童年時患了一場大病，差不多雙目失明，因之他對保養眼睛之道大有研究。他認爲書房的燈光應明亮如白晝才不傷眼睛，因此三十多年來，我在書桌上總放著兩只一百燭光的檯燈，天花板上那盞燈至少也是百燭光的（二十多年來，我早已改裝了螢光燈），果然保持了我雙目的健康。美國華裔小學生好多患近視，想來在家裡伏案做功課時，燈光不夠。希望賢明的家長們，不要爲了節省電費而吝惜燈光——子女很小就戴了眼鏡，做父母的看到了，心裡也該是十分難受的。

讀書不僅光線要充足，衣鞋要舒服，在我未戒菸之前，「雞窗夜靜開書卷」，當然少不了菸茶二物作伴。每晚散步回家，沏好一杯龍井坐定，也就必然點燃一支菸卷，或者一斗菸絲，一口口地吸起來。這樣眼睛忙著看字，手忙著端茶送菸，口忙著品茗吐霧，靜夜讀書，的確興趣無窮。到了七十年代，靠了茶精、尼古丁提神，我經常熬夜，假如翌晨無課，五六點鐘才上床。但雖然入睡了（尤其在冬天，窗不能暢開），呼吸的還是充滿菸味的空氣。我吸菸近四十年，原先菸癮不大，但少說也有三十年，天天在煙霧中生活，如此不顧健康，現在想想實在可怕。

菸終於在三年半前戒掉了，而且早在戒菸之前，連早餐時喝咖啡的習慣也戒了。只有書房裡喝中國茶的習慣沒有去改——戒茶並不困難，但明知飲茶對身體無益而可能有害，我卻不想去戒。留美四十年，我生活早已洋化，思想和我國古代文人不一樣，連飲食習慣也不太一樣。王洞在我指導之下燒的中國飯——不用白米、豬肉、牛肉，絕少用鹽和醬油——古代文人一定皺眉頭吃不下去的。但假如蘇東坡、袁子才有興訪遊紐約，來到寒舍，我給他們每人一杯新沏的龍井或烏龍——雖然自來水比不上泉水、井水——他們還是覺得清香可口的。因此我一人在海外書房讀書，讀的可能是西文書，也可能是當今大陸、台灣學者痛批中國傳統的新著作——但一杯清茶在手，總覺得自己還是同那個傳統並未完全脫節的讀書人。而且戒菸之後，下午讀書也得沖一杯，我的茶癮也愈來愈大了。

一九八八年四月十七日

原載同年五月一日〈聯副〉

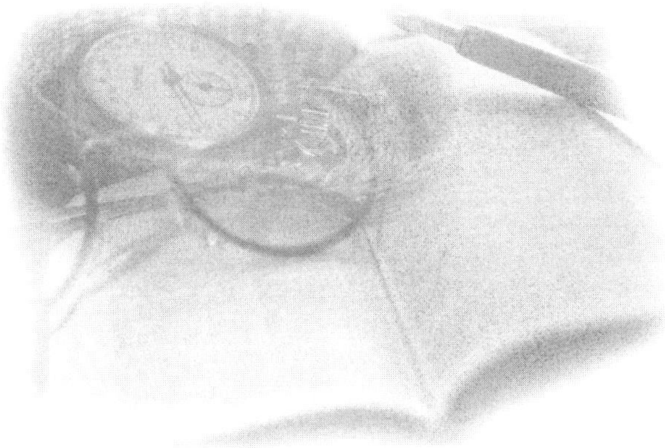

輯二 師友才情

亡兄濟安雜憶

三月一日[1]從舊金山飛回紐約，隨身帶了五只手提箱，所裝的差不多全是濟安哥的遺物。其中最珍貴的一部分是我自己和許多朋友一二十年來寄給他的信件，和他一九四六年正月至七月所記的一本日記。濟安對朋友給他的信件特別珍惜，每一封都連信封保存著，即是僅具署名的賀年卡也捨不得扔掉。好多老朋友的信都是一九五九年三月出國時帶出來的，我自己的舊信重睹後感觸最多的，是一九四六年五月十三日從台北寄出的那一封。那時濟安才三十歲，在昆明西南聯大教書，對他大一英文班上的一位女生發生了強烈的愛情，但因爲他從來沒有好好交過女朋友，爲了此事不免手足無措，還沒有追求先存了退卻之心。我信上鼓勵他不計成敗，努力去追，想不到濟安竟把這封信當作座右銘，從昆明帶回上海，從上海帶到北平，後來逃出北平，重返上海，從上海轉飛香港，去台北，兩度出國，這封信想來一直在他身邊。濟安同他最親密的朋友也避免討論自己的戀愛生活，他情願自己受苦，不願意訴苦求助，增加朋友們精神上的負擔。他給台灣、美國好多朋友的印象是明朗愉快的性格，和與世無爭安命樂天的態度，只有在他自己的日記上和給我的信上，才能看到他內心生活的深刻和求愛專一無我無邪的精神崇高處。我所見到的濟安高足（現在都是我的好友），他們都把他敬爲誨人不倦的良友益師，把自己在文藝創作和學術研究上的努力都歸功於夏老師的啓發；曾與濟安同事的好友，因爲日常接觸機會更多，想起他的談笑風度、機智才華、學問人品，更是如喪了自己親人一樣的哀悼他。他們所留下的一個濟安生前的印象是正確的，但我總覺得假如濟安沒有一個充實的內心生活，他不可能成爲眾人所景仰的良師摯友，更不可能成爲促進文壇繁榮的領導人物和在學術界有特殊成就的學者。濟安發表的創作不多：一首詩，兩篇中文小說，一篇在《宗派雜誌》（*Partisan Review*）上所發表的〈耶穌會教士的故事〉（*The Jesuit's Tale*），但凡讀過他近年發表的英文專著的，都知道他是創造力極強的傳記家。他那幾篇中國現代文人研究（將由美國華盛頓大學出版成書）[2]，一貫法國大批評家聖伯甫（C. A. Sainte-Beuve）和美國當代批評家威爾遜（Edmund Wilson）的傳統，把那些文人的作品和生活打成一片，抓住中國近代社會的複雜性，夾議夾敘地道出他們內心的苦悶和病痛。那些作家自己的作品可能是幼稚粗糙的，但在濟安細膩的文筆素描下，他們都變成中國社會大轉變時期的不朽的典型。

濟安對那些現代作家特別寄予同情，因爲他自己也是過渡時期的人物，對新舊社會交替下的生活現象特別注意，對這種社會中長大的青年所面臨的問題特別敏感。濟安二三十年前就有志寫一本英文長篇小說，記錄他自己在抗戰前後中國所有的印象。一九四六年他曾寄兩章給我看（可惜那些早期的文稿和信件都留在上海家裡，不知何時再能看到），一九四六至一九四七年我們在北大同事一年，沒有見他續寫，想這個寫作的計畫一直沒有完成。我奔喪回來，不斷地重讀他的舊信，忽然想到他二十年來給我的一大束書信，實在比那本假以年月可能寫成的長篇是更好的生活實錄，更可爲傳世的文學作品。在我所讀過的文人書簡中，只有英國詩人濟慈（J. Keats）的信件給我同樣的眞切感覺。濟慈對詩的創作和文藝的欣賞，悟力特別高，這是任何以書簡聞世的文人都不能和他相比的。濟安同濟慈一樣，能把自己的靈魂在書信中表露出來：任何感想，率直道來，沒有半點虛僞；任何瑣事，在他的

■夏濟安（左）、陳世驤在柏克萊。

筆下，變成了有風趣有代表性的人生經驗。濟慈的弟弟喬治（G. Keats）結婚後移居美國，他那貧病交加而不斷爲戀愛苦惱著的長兄竟一封一封長信寫給他。我自一九四七年十一月來美國後，每兩三星期濟安總有一封長信寄來，帶給我安慰和喜悅，也讓我分擔著他生活上的煩惱。和濟慈的弟妹一樣，我從小有這樣一位長兄照顧我，信託我，這是我一生最大的福氣。濟安早年也生過肺病，抗戰初期在上海他身體一直不太好，但後來到了內地後，把身體鍛鍊得結實了，第二次來美國，我更覺得他精力充沛，遠勝當年。想不到天不假以年，竟因腦溢血倒地後神志不清，永遠不能再醒過來了。

童年時代我們常在一起。「一・二八」事變前後，濟安曾在上海立達學園、上海中學讀過一陣書，但我那時不在蘇州，即隨父母逃難避居上海租界，還談不到通信。我讀小學時，他在聖公會辦的桃塢中學讀初中。高中時期濟安最崇拜的思想家是尼采（F. Nietzche），他受了他超人哲學的影響，要打倒偶像，在自己的書上愛簽著「耶和華・夏」的英文名字。我那時在初中讀書，尼采根本看不懂，但我模仿性極強，在高中二三年竟把羅馬主神周必特（Jupiter）的名字當作我的英文名字，後來想想覺得自己幼稚可笑。

濟安在蘇州中學讀高三的一年，我們有一天逛玄妙觀，吃了不清潔的點心，回家後濟安竟染上了猩紅熱，這一場病相當嚴重，復元期間體重不能恢復正常，種了後來患肺結核症的根苗。因爲愛好哲學，高中畢業後他考進了中央大學哲學系。那時父親也在南京，濟安想鍛鍊身體，老在南京寬闊的馬路上騎腳踏車，不多時竟吐血病倒了。我高二那年（一九三五），全家搬到南京，有一天晚上我同濟安去新都大戲院看《戰地英魂》（*The Lives of a Bengal Lancer*），戲院人太擠，濟安受不住逼人的熱氣，電影看了一小半就離開了戲院。我因爲貪看戲，沒有伴他回家，這事至今印象很深。

一九三七年六七月間，父親把全家搬到上海租界區，自己到內地去。父親收入不多，加上那時內地匯款到淪陷區不很方便，母親憑一些積蓄在生活費日夜高漲的上海度日子，還得送我們兄弟讀大學，生活是極艱苦的。那時濟安轉讀光華大學英文系，我在大夏大學附中讀完高三後，也進滬江大學讀英文系。我們先在邁爾西愛路靠近蘭心大戲院的一幢弄堂房子內做三房客，不久搬入地段相近、國泰大戲院斜對過的一幢弄堂房子。兩幢房子格局相仿，我們租住的是三樓一層加上一間亭子間。亭子間是濟安的臥室，我則每晚在會客室兼書房兼餐室的那間三樓正房內，用兩條長凳搭鋪睡覺，數年如一日。那間正房靠窗處直放著兩只書桌，兄弟兩人對坐讀書，濟安坐在右邊，我坐了左邊，右邊靠牆放著一只書架。我右手靠牆放著兩只單人沙發，作會客之用。這些便宜的家具都是濟安初到上海在廉價鋪子買來的，但到濟安一九四三年離開上海還一直用著。一九四四年我們搬到靠近兆豐公園的兆豐別墅，房子比較像樣些，但我們租住的面積仍是三樓一層加亭子間，並不大。

濟安光華的同學都是比較闊的，至少鄉下有些田地。濟安最怕有不太熟的朋友登門拜訪，看到他住所的狹小鄙陋。但熟朋友來聊天則很歡迎，常來的有蘇中老同學、現任洛杉磯加州大學數學系教授的胡世楨，光華英文系同學鄭之驤和宋奇。光華外文系沒有什麼名望，但抗戰初期有哈佛博士張歆海和張夫人韓湘眉在那裡執教，陣容還不算弱，學生方面，除濟安外，宋奇和張芝聯都是北平名大學轉學來的優秀學生。宋奇和張芝聯畢業後主編了一種雜誌叫《西洋文學》，濟安也是編輯委員之一，常常撰稿。《西洋文學》辦了一年多就停刊，我在上海家裡還存著全套，但這套雜誌在台灣和國外恐怕絕少見到。

在未辦《西洋文學》前，濟安即以「夏楚」的筆名，在《西風》雜誌上發表過不少譯述的文章。《西風》是模仿美國《讀者文摘》較俗氣的刊物，濟安爲它撰稿完全是因爲可以領到些稿費，否則要看電影，買舊書，身邊都沒有零錢。那時在《西風》上經常撰稿的有喬志高，他好幾篇報導美國生活的文章，極受讀者歡迎。張愛玲的處女作《天才夢》也是在《西風》上發表的，我當時讀了覺得這女孩子對中國文字這樣敏感，就留下了很深刻的印象。多少年後，張愛玲曾在濟安主編的《文學雜誌》上發表過小說和譯文，他們還同譯了一本《美國散文選》，雖然一直都沒有見過面。一九六四年三月下旬，美國亞洲學會在華府開會，濟安的老友吳魯芹介紹他和喬志高相見。喬志高帶我們弟兄去見張愛玲，還在一家館子開了一瓶香檳，同席有濟安的摯友陳世驤。回想起來，對我這也是最有紀念性的一次聚會。當天下午濟安伴我飛回紐約，順便去看看他的弟媳婦和他最疼愛的侄女兒。但他在我家也只留了一晚上，第二天（三月二十三日星期一）在哥大附近新月酒家吃了午飯後，即匆匆送他到機場，趕回柏克萊。以後一直再沒有談話的機會，今年二月二十一日星期日飛西岸，在奧克蘭（Oakland）城一家醫院病房相見時，他早已不省人事，帶著熱度，呼吸急促地爲自己的生命做最後掙扎了。

在上海數年給我印象最深的，即是濟安潛心自修學習寫英文的那一段努力。近年來，他英文愈寫愈漂亮，讀起來令人覺得口頰生香，這種成就，還得歸功於上海數年所打的基礎。張歆海夫婦開了不少英國文學的課，但教來教去好像都是十九世紀。濟安那時有兩本厚厚的、上海龍門書店翻印的美國教科書——一本是十九世紀英國詩選，因爲封面是綠色的，我們叫它「綠書」；一本是十九世紀英國散文選，我們叫它「紅書」。這兩本書，字印得密密的，加上是翻印，讀起來很吃力。濟安對「綠書」好像興趣不太大（雖然後來他對華滋華斯很下過一番研究工夫，在北大五十周年紀念論文集上還發表過一篇論文，題名"Wordsworth By the Wye"，專論"Tintern Abbey"那首詩），但對那本「紅書」讀得特別起勁，我坐在書桌對面，他搖頭朗詠的情形，至今猶在目前。他今天讀麥考萊（D. Macaulay），隔一陣時間讀亞諾德（M. Arnold），再隔一些時間讀紐門（C. Newman）。此外卡萊爾（T. Carlyle）、羅斯金（J. Ruskin）的名文他也照樣的一讀再讀。那些維多利亞時代的散文大家都以氣勢見勝，文句特別長，文法結構特別複雜，普通學寫英文的人，學了這種文體，往往反而學壞。濟安後來教英文，也勸學生多學二十世紀名家乾淨利落少鋪張的文體，但他自己學維多利亞文體卻是學到家了。他兩次來美所寫的文章，用的字和成語都是二十世紀的，但在句法、章法上顯然深得十九世紀文體的好處。不論說理或敘事，他運用很多句子，把事理細細道來，起初給人清麗「婉約」的印象，但讀完全文，覺得文氣這樣足，文章這樣前後有照顧，又不能不令人歎服他「婉約」中所含蓄的「豪放」。前兩天讀他的舊信，讀到一九五九年十一月二十日所寫的一段，比較我們兄弟英文的風格：

現在再仔細看看：你的文章和我的大不同是你的是一句有一句的分量，一段有一段的分量；我的大約是這樣：有一點 idea，至少總要寫上三句句子，求 embellishment，求 variations on the theme；而且非但一處出現，隔了一些時候，這個 idea 似乎還有一個漂亮的說法，我是還要叫它再出現一次（或兩次、三次）的。你的文章看了一句得一句之益；我的是一句只好算一個「分句」：句子本身並不成爲「思想的單位」。看你的文章，隨時應該停下來想一想；看我的，是一口氣的帶過去的。

他所誇獎我「思想緊密」的文體，其實只好算是沒有個性的 academic style。在研究院多寫了學期報告，再寫一兩篇碩士博士論文，人人都可學會這種看上去「思想緊密」而讀起來枯燥無味的文章。濟安這種活潑潑有生氣讀了使人不忍釋手的文章才是眞正好文章。〈耶穌會教士的故事〉發表後，我曾寫信給濟安，告訴他這篇小說在文體和結構上都和康拉德（J. Conrad）好多篇以第一人稱瑪路（Marlow）爲講故事人的中短篇小說有相似處。現在想想，這個比較很妥貼，康拉德也是外國人苦心自修，熟讀維多利亞散文後自成風格的散文大家。當今外國人用英文寫小說，文章靈活而深得十九世紀散文神髓的，當推納白喀夫（Vladimir Nabokov）爲首屈一指。但納白喀夫雖是俄國人，從小保母就用英法語同他說話，嚴格說來，英語對他不能算是外國語言。

在光華讀書那幾年，濟安不時在同學自辦的英文刊物和畢業同學紀念冊上發表些小品文。寫這些文章的動機，完全在測驗自己運用英語的能力，內容在其次，而在用字造句方面特別下工夫。有兩篇數易稿子寫成後濟安自己比較滿意的，我至今還記得。一篇是《萬世師表》（*Goodbye, Mr. Chips*）的影評，一篇是記述他監考時在考堂上所得的印象，風格學蘭姆（Charles Lamb），調子力求輕鬆幽默，文句力求精鍊而讀起來鏗鏘悅耳。這篇文章濟安伏案寫了兩三個星期，後來在一本畢業同學紀念冊上發表，所以當時苦心寫作的情形我至今還記得。

太平洋戰爭發生後，上海完全在日本人控制之下，濟安愛國熱誠極高，實在覺得不能再留在上海，一直想去內地。但他那時肺病未癒，經常還注射空氣針，我們都不放心。直到一九四三年他才走成，先在西安中央軍校第七分校教了一年英文，一九四四年夏天去重慶，入秋後在雲南呈貢國立東方語文專校任講師，一九四五年秋被聘任教西南聯大。在聯大日常來往的好朋友有光華老同事錢學熙和詩人卞之琳。一九四六年六月濟安返上海，我抗戰勝利後跟親戚去台北當了十個月小公務人員，一九四六年七八月間返滬，濟安到碼頭上來接我，我們三年多沒有見面，見面後特別高興。濟安知道我太平洋戰爭發生後看不到美國電影，對平劇頗感興趣，第三天晚上即請我去天蟾舞台看了一場戲，那晚葉盛蘭、陳永玲合演《翠屏山》，特別精彩，至今還記得。送客戲乃葉盛蘭同李世芳合演的《販馬記》，濟安看了似乎更爲滿意。

一九四六年九月我們兄弟乘船到天津，再改乘火車到北平，同住北大紅樓四樓，臥房貼隔壁。我教一門大一補習班英文，學生程度異常之差，加上我的上海官話，有一半學生聽不懂，頗以爲苦，但翌年我僥倖考到了一筆獎學金，被送出國。七月間濟安送我到機場，濟安英文造詣比我高，學問各方面都比我廣博，現在他留在政治局面極不安定的北平，我竟先飛滬去辦出國手續，二人臨別，不覺黯然神傷。

一九四三年開始，我們除了一九四六年在上海重聚後，差不多有一年工夫朝夕相處，和一九五五年暑期我們同住在紐海文天天見面外，一直靠著書信互通手足之情。很可惜的是，除了濟安帶在身邊的那一封信外，我們一九四三年到一九四六年一大束書信都留在上海，雖然不致遺失，一時難以見到。濟安在內地的一段生活，除了那本日記上所記載的外，回想起來，都很模糊。可喜的是在西安一年，氣候高爽，濟安肺病差不多已完全治好，到昆明後他還學會了游泳，身體更結實了。內地書籍缺少，研究西洋文學條件很差，但濟安在昆明時期蒐集不知多少美國政府印行供兵士們消遣的袖珍本紙面書，我記得紅樓臥房書架上還裝滿了這種紅綠封面的小書。這些小書不少是當代英美文學名著，濟安讀了這些書，對現代文學培養了極大的興趣。一九五九年台灣商務印書館出版了濟安選註的《現代英文選評註》，其中所選的四五十位當代名家，都是一二十年來他常讀的作家。

從一九四七年十一月我抵舊金山後寄北平的第一封信，到今年二月十九日晚上所寫而濟安沒有讀到的最後一封信，我都已帶歸。同時期濟安給我的信更多，可能有四五百封，我一直珍存著，一封也沒有遺失。將來當按發信日期好好整理，把我們的信從頭讀一遍，重溫這十七八年來兩人的生活。我來美國後，生活一直很沉寂，每隔兩三星期，總得空出一個晚上給濟安寫信，把心中要說的話說完了，才覺得全身舒泰。我的信大多數四五頁，有時也寫七八頁，但很少有十頁以上的，一方面因為我中文拙劣，寫得慢；一方面生活上沒有什麼特別可興奮的 events 可以報告。濟安則不同，他落筆快，要報告的事情多，所以一寫就是七八頁，十頁以上的信也很普遍，尤其晚近兩三年，可說是生平第一次認真地和異性交朋友，有時不免很沮喪，但興奮的時候居多數，一寫信即是十五頁，有的信長至二十頁。濟安年輕時沒有結婚，中年了，對結婚之事不免抱著些疑懼的心理。但晚近他愛同女孩子交際談話，一改以往避免和女性來往缺少自信心的態度。我每讀到他報告同女友來往的信，即回信打氣鼓勵他。

濟安和我年輕時多讀了西洋文學，都可以說是浪漫主義者。濟安對待男性朋友，永遠這樣率直忠誠，同女性朋友交往，該有更偉大的天長地久海枯石爛的 potential，可惜這種 potential 一直沒有充分發展的機會，這是我認為他終生唯一的遺憾。一九四六年他寫了封二十頁的長信，報告他鍾情於那位女學生的經過後，我回信上曾提到我們少年時代生活的空虛：

到台灣前偶讀唐詩「郎騎竹馬來」，心中有說不出的辛酸，我們的 childhood 是多麼的空白，從沒有一個姊妹或年齡彷彿的遊伴，或者我們對待異性不自然的態度就在那時無形中養成了。在 adolescence 時，我們都有，或者在生活上或者銀幕上，不少美麗的 images 都在日常忙碌工作中，在壓制下，在夢幻間，漸漸地消失；眞正同一個有血有肉的女子接觸時，反而有說不出的恐怖，而這種恐怖必然妨礙情感的傳達。我在上海雖然愛過幾個女人，始終脫離不了這種緊張的初戀狀態；也同你一樣，在愛人的一顰一笑間，獲求精神上的快樂，分析對方的心理反應。然而這種敏感式的精神享受，是否是一個 lover 最大的快樂？我現在懷疑。

信的下半節有幾句話，鼓勵濟安，也是鼓勵自己：

> 只有尼采《快樂的科學》中可以得到 wisdom，只有在愛情的 consummation 中發現生活的快樂，上帝造物的恩惠，自己天才無窮盡的泉源；叔本華式的智慧是不完全的智慧。

濟安對女性美的感受力比我強得多，他在那本日記上竟說過：「我對自然不大有興趣，我認爲除女人以外，沒有美（克爾愷郭爾（S. Kierkegaard）也有此感）。我要離脫了人世後，才會欣賞自然。我歡喜一個人住在荒山古廟裡，這不是爲了自然之美，而是對人生的反抗。在此世界上，只有女人是美的。」我結婚已十年，自己信上所提及的「恐怖」、「緊張」、「敏感式的精神享受」，依稀想到，心頭仍不免帶些悵惘。濟安一直到最後，見了自己所愛的女子，多少還抱著些「恐怖」的心理。因爲「恐怖」的作祟，終身沒有一個以身相託矢志不渝的異性知己。

聯大那位女學生，我在北平時也見過一兩面。她是長沙人，生得眉清目秀。濟安遺物中有一張電影明星林翠十年前的相片，我想濟安不愛看中國電影，也沒有收藏明星照片的習慣（遺物中有一張愛娃嘉德納（Ava Gardner）遊香港時親筆簽名的照片，那是好友程靖宇送的），他珍藏了這張照片，可能因爲林翠同那位小姐生得很像。有一次那位小姐帶了一位女同學，到紅樓來找濟安。她好像有什麼緊急事求助於他，濟安立即把剛領到的月薪鈔票一大疊全數交給了她。在台北時朋友有困難，濟安總愛仗義相助。但在北平時我們生活很窘迫，每月薪金只夠吃豆漿油條、炸醬麵和最簡便的飯菜，他那次傾囊救急，對方反應如何，我不大清楚。這一次後，我好像一直沒有見到她。

近日常讀濟安的日記信札，寫這篇雜憶，不免多涉及他的私生活，而這種私生活，對他整個成就來講，可能是沒有多大關係的。其實我悼濟安，也等於自悼，以後不可能再同他通信，自己的生命也將是一片空白。去年喪父，今年喪兄，不久前寫信給留在上海的母親六妹，只好把厄耗瞞了，免得她們傷心。母親風燭之年，雖然知道兩個兒子在國外爭氣成人，得到不少安慰，但她還不斷祈望著濟安早日成親，我再生一個男孩。現在濟安已不在人世，這個消息她遲早揣度到了，對她將是一個如何慘重的打擊！

所可告慰者，人雖死了，濟安的人品風度、好學不倦的精神、多方面的成就，已在他朋友學生間留下了不可磨滅的印象。我在柏城奔喪期間，見到世驤夫婦、樹方茲（Franz Schurmann）夫婦、濟安光華老友蕭俊、顧孟餘先生，和不便一一舉名的加大同事學生們悲痛莫名的情形，使我萬分感慨，濟安有這樣許多痛悼他的朋友，也可算是不虛此生了。台灣、香港和美國別處的朋友，他們悲痛的情形，我沒有親眼看到，但讀他們弔慰的信札和電報，只覺得他們心頭的沉重。返紐約後，不少濟安的高足到我家裡來親致唁意，不在紐約的，有的打長途電話來，有的寫信來，轉達他們對最敬愛的老師一番不可名狀的悼意。這些台大外文系高材生——我日常見到或保持通信關係的有劉紹銘、白先勇、謝文孫、莊信正、叢甦、陳若曦、葉維廉、李歐梵、熊玠、張婉莘——都在課堂課餘曾經濟安啓導，而現在仍遵守著他指導的方向，在創作上在學術研究上做不斷努力的有爲青年。白先勇在濟安未逝世前已告訴我，他要用英文寫一本大規模記錄中國抗戰前後的小說。三月中旬劉紹銘寫信告訴我，他已下決心寫一部英文長篇，以謝濟安十年來循循善誘沒世不忘之恩。信是用英文寫的，最扼要的一段抄譯如下：

> 他的去世標記我生命上的一個轉捩點；我這樣敬愛他，我至少得試寫一部小說奉獻在他的靈前。他知道我寫成了一部像樣的小說，一定比知道我被聘哈佛大學當教授更爲高興。

濟安抗戰時就在試寫英文長篇，後來因爲種種原因，此志未酬。他若知道兩位入室弟子有志繼續他未完成的工作，他一定可以含笑黃泉。這種創作企圖才是最對得起濟安的紀念性工作，也最能證實他在台大教書多年，爲國家培植人才不朽的功績。

原載台北《文星月刊》第十六卷第一期（一九六五）

註

① 一九六五年。濟安同年二月二十三日故世。

② 該書一九六八年出版，題名《黑暗的閘門》（*The Gate of Darkness: Studies on the Leftist Literary Movement in China.* University of Washington Press）。正文前有梅谷（Franz Michael）教授的「前言」和我寫的長「序」。

悼念陳世驤

——並試論其治學之成就

今晚是七月二十日的晚上，陳世驤兄患心臟病故世已足兩月，還沒有撰文追悼他，別人的文章也不多見，除了陳穎士登在〈中央副刊〉上的兩首輓聯並附記。一個月來，我已戒了菸，因之文思暫時大爲不暢，覺得寫文章是苦事，但先兄濟安和世驤兄多少年來一直抽菸斗，我自己香菸、菸斗並抽，有時還抽小雪茄，兩位兄長都猝然故世了，我自己戒菸至少也表示一種警覺：我想菸酒對身體都是不利的。世驤、濟安都比我愛喝酒，據說世驤去世前一月間，因爲有些公事不好辦，關了書房門一人喝悶酒喝得很凶。濟安給我的最後第二封信，爲酒辯護，人類喝酒幾千年，害處總比新發明的鎮靜劑、催眠藥小。話很有道理，但濟安哥身體底子不堅，英年故世，同菸酒總多少有些關係。

一個人患急病，當天去世，對自己來講，減少了不少無謂的痛苦和折磨，也算是一種福氣。但任何人未到衰老期而去世，帶給親友的痛苦特別大。紐門（Cardinal Newman）說過：君子人不想帶給人任何痛苦的；爲了這一點，我們也得活得長一點。世驤、濟安都是研究文學的人，讀了一肚子書，雖然發表了不少文章，但這些文章和自己肚子裡的學問、見解相比起來，數量上實在是太微不足道了。英國文人間，最福氣的一位可說是約翰生（S. Johnson）博士，他不僅著述等身，有一位朋友把他的談語（正經的和幽默的）都記錄了下來，至今保留了他的智慧和偏見。很少學人有鮑士威（J. Boswell）在旁邊；我們希望於我們所欽佩的學人是他們壽命長一些，把他們的讀書意見、心得記錄下來，傳於世人。五六十歲的中國人中間，不論在台灣、在大陸、在美國，有世驤兄這樣的舊文學根柢、古詩文修養的人實在已經不多了。這些人中，研究西洋詩學、文藝理論如世驤之專者，涉獵古今西洋文學如世驤之廣者，更是鳳毛麟角。即以我們兄弟而論，我們年輕時專治西洋文學，對中國的經史子集讀得遠不如世驤兄多，只可能在新舊小說方面，所做的研究工夫比他深一點。所以世驤不到六十歲即去世，親人、朋友當然感受莫大的痛苦，即是不太熟的同行也一定喟歎不止，因爲他的學問見解傳世的實在太少了。在先兄《選集》的序上，世驤引了清初烈士夏完淳的一句詩「千古文章未盡才」。同我哥哥一樣，世驤也未能盡才，而撒手長逝，這眞是國家的損失。

世驤兄的家世我不太清楚，只知道他是河北省灤縣人，一九一二年三月七日生①，初抵美國那一年是一九四一年②。一九四六至一九四七年我在北大教書時，就聽到他的名字，因爲他那時已在柏克萊加州大學當助理教授，對我們那一班尚未留學的窮教員講，這是了不起的事。據說胡適校長、文學院長湯用彤那時都希望他返北大執教，因爲他是北大的優秀畢業生，當年也有詩人之名，可能比何其芳（一九一一年生，比世驤大一歲）、卞之琳、李廣田這三位「漢園詩人」低一班。濟安是卞之琳的好友，想在西南聯大教書時就心儀世驤此人了。

一九四七年十一月中旬我離滬駛美，抵舊金山時大概已近月底了。同船有位中學校長，北方人，同世驤相識，上岸不到兩三天就去見他，我也跟著去，相晤的地點是世驤學校的辦公室。我同他談些什麼，早已記不起來了，想來不外是北大的情形和西洋文學。但雖然彼此都留給對方很好的印象（濟安後來告訴我，世驤曾談過那一次的相會，對我的英國文學造詣著實誇獎了一番），我當時來美進修英國文學，世驤是中文系，加上我不喜同半生不熟的年長一輩人通信聯絡，我們跟著有十三年沒有見過面、通過信，因爲第二次相晤已是一九六〇年聖誕節前後了。

那時濟安哥來美已近兩年了，在柏克萊加大中國研究中心做研究，同世驤已是最親密的朋友。我自己當時在紐約州北部波茨坦（Potsdam）鎮一家州立學院教英文，已教了四年了，那時我的《中國現代小說史》已校了清樣，即將出版，自己覺得一九六一年可以轉運，濟安邀我們全家到柏克萊去度聖誕假期，眞是我最需要假期的時候。濟安招待我是最周到不過的，自己借住青年會，讓我、卡洛和我們四歲的女兒建一住他的寓所。那次假期，差不多天天同世驤兄嫂見面，好像我們到後的第二個晚上，美眞嫂（朋友都稱她Grace）就請我們在她家吃她有名的生魚和涮羊肉。那時世驤還沒有搬進「六松山莊」，住在柏城附近奧爾巴尼（Albany）鎮雷蒙娜大街（Ramona Ave），但房子在我看來，算是非常敞亮的。有一個晚上，濟安同我們兩對夫婦加上建一到柏城一家最有名的海鮮館子吃晚飯，那晚可能是聖誕前夕還是大除夕，館子裡擠滿了人，大家合唱英國、蘇格蘭的民歌，有一支*My Bonnie Over the Ocean*，唱了又唱，我們這一桌也跟著唱。生平吃洋飯沒有這樣痛快過。另一個值得紀念的晚上，世驤夫婦、我和濟安拼檔在他的屋子裡，打了通宵橋牌（前妻卡洛可能伴建一先睡了）。濟安、世驤夫婦都是橋牌能手，雖然後來受濟安的影響，他們都打麻將（最近幾年來美眞嫂對橋牌大有研究，造詣已非當年濟安、世驤可比）。我自己只有在高三、大一那段時候打過一陣橋牌（同哥哥、表兄弟），以後簡直不打。一九四六至一九四七年在北大紅樓期間，我們兄弟晚飯後常找一位印度朋友打兩三副橋牌，三人造橋，當然談不上刺激性。我在耶魯期間，雖然也打過好多次，根本談不上研究，還停留在做高倫（C.H. Goren）小學生的時代。那天晚上我根本無資格做哥哥的伴檔，也無資格同世驤夫婦對敵。加上我歡喜叫牌叫得高，使濟安不時皺眉頭。但有一副小滿貫（small slam），一副大滿檔（grand slam），竟給我叫到做到，不免得意忘形，世驤看到我這副「天眞」態度，大爲激賞。

我們兄弟和世驤夫婦第二次的大聚會，應該在一九六二年八月中旬。那時我們都被邀參加《中國季刊》（*The China Quarterly*）主辦的中共文藝討論會，都有論文宣讀。開會地點是英國牛津城附近Ditchley小村內的一幢王家行宮。但濟安的中華民國護照，英國不肯簽准，臨時改飛西德，等我開完會後，再到佛蘭克馥去找他，玩了三天。濟安不在，我同世驤關係更進一層。這情形不僅是因爲二人意氣相投，而且的確在做人、做學問方面，世驤抱定幾個大原則，不由我不去支持他，尤其在開會的時候。就講那次在英國開會，有一位美國學者發言，認爲假如中共能派郭沫若、沈雁冰來參與盛會，那就更理想了。這幾句話是開場白，可能帶些開玩笑性質，但世驤聽了大不以爲然，當場發了一大篇議論責問他，爲什麼我們學人開會，要中共文藝頭子來湊熱鬧。我想大半留美學者，都同我一樣，在會場上不想同洋人爭。但世驤兄有話必說，有理必爭，所以不少洋人見到他出席開會，就感到頭痛。世驤認爲大半學術會議，主持人都是學社會科學的（他們向基金請錢容易），他們不少人看不起人文科學，世驤每有機會必爲人文科學說話。中國文學的同行一起開會時，如有洋人發表荒謬言論，或者發言時態度傲慢，世驤也會用長輩的身分去指正他們、教訓他們。去年十二月，我們在聖十字島（St. Croix，維爾京羣島之一）開一個中國傳統文藝批評討論會。會議第一場討論一位洋人的論文，他認爲孔子沒有資格算文藝批評家，因爲他在《論語》裡論文學、論詩的幾條都是不大通的。恰巧該文的指定討論員是世驤，他當然侃侃而談，爲我們的孔老夫子辯護，那位洋人聽了大不服氣，記恨在心，但因爲辯不過世驤也沒有再辯。世驤無時無刻不在洋人面前讚揚我國的文化、文學。記得有一次他在紐約新月酒家請名批評家凱辛（Alfred Kazin）夫婦吃飯，我作陪，談得很融洽。但世驤一時興起，大談起中國詩來，我想凱辛專攻美國文學，不諳中文，不如討論當代美國文學更配他胃口。我想改換題目，就插嘴說：「其實英譯的中文詩，不讀也沒有關係。」當時世驤覺得我在有地位的洋人面前把中國詩的價值估計太低了，立刻臉色轉黑，幸虧有貴賓在，否則他可能會教訓我一頓。

世驤雖然在會場上從不讓人，會後他同什麼人都談得來。尤其是年輕人（不論中外）向他請教，他最開心。洋人間他有不少老朋友，尤其少數當年曾提攜過他的，他終身感激。紐約有一位老詩人，名叫惠洛克（John Hall Wheelock），世驤初到美國的時候，住在紐約，惠翁曾把他介紹給《禮拜六周刊》（*Saturday Review*）寫書評（世驤自己告訴我的）。我在紐約十年，世驤每次到埠，總要去惠翁家致候，並被留吃晚飯。惠翁不喜在館子吃飯，也不喜交識新人，所以我至今未見過他。一九六六年年底，惠翁出了一本詩集，題名 *Dear Men and Women*，書前有獻詞：「給我的好友、學者兼文人陳世驤。」（"To My Dear Friend/Shih-Hsiang Chen/Scholar and Man of Letters."世驤事前沒有料到惠翁會把詩集贈給他，興奮異常，我想這是世驤晚年最得意的一件大事。他把書名譯爲《親仁集》，在送我那一本上附有毛筆寫的譯名說明（我哥哥去世，世驤揮毫寫輓聯，我要保存這副輓聯做紀念，他把它裱了寄我。從那年開始，索字的人不絕；近年他給我的信大半是毛筆寫的）：

親仁集

乃惠翁所貽八十歲之新作也書名以極平淡沖和之語寓摯切深厚之情而吾國現代語竟無足洽表之者思之久矣忽悟親仁二字當爲意之神髓蓋汎愛眾而親仁（論語學而第六）孔論著爲文德之基二字單析遂譯亦可闇合喜見古今中西詩道哲理以斯人斯藝不謀而互通予獨何幸蒙此榮貽而盛事足紀志清老弟博雅爰爲錄誌會心也

世驤題記

一九六七年歲在丁未農曆元旦

恰巧那時聯合國某機構邀請惠洛克演講或讀詩，世驤覺得有參加盛典之必要，偕美眞乘機來紐約玩幾天。世驤平時來紐約，不是開會，就是爲公事（大半爲台北美國大學中文教習中心的事），這次沒有什麼要公，我們在一起的時間較多。有些訪問我的人，說我好客，其實只是朋友來紐約，帶他們到寓所附近中國館子小吃而已。世驤夫婦來，因爲他們好講派頭，招待比較周到些。記得他們那次來，我們兩家夫婦去看了歌舞劇 *Sweet Charity*，該劇嘲笑嬉痞青年，我們看了都很滿意。女主角是舞星葛文·佛東（Gwen Verdon），五十年代初期在百老匯是紅極一時的明星，那時年事已稍高。該劇後來搬上銀幕，由莎莉·麥克琳（S. Maclaine）主演，我沒有去看。當時一連玩了幾天，不免覺得太破費太累，但世驤人已不在，現在想想同好友暢談暢玩，一生能有幾回，當年吃喝玩樂之事，都變成了最寶貴的回憶。

世驤還有一位比惠翁相交更久的朋友，不知還在不在人世，如尚在，聽到世驤去世的消息，一定更要老淚縱橫，感慨不已。此人叫哈羅·阿克頓（Harold Acton），名歷史家阿克頓（Lord Acton）可能就是他祖父，至少是本家。哈羅·阿克頓，是位著名的旅行家、古玩收藏家，晚年寫過幾本回憶錄，我看到其中一本的書評，好像是兩三年前的事。世驤和阿克頓合編的《中國現代詩選》（*Modern Chinese Poetry*），一九三六年倫敦出版，是第一本把中國新詩介紹給西洋讀者的書。我想情形是這樣的：阿克頓當年到了北平，結識了世驤，就有了編譯這本書的計畫。選譯工作當然阿克頓無法勝任，他至多把世驤的譯稿加以潤飾而已。這本書我在耶魯大學時曾粗略翻看過，現在一時無法重讀（哥大圖書館那一本早被偷走了），眞想知道世驤選了哪幾個人，哪幾首詩，他的譯筆如何[3]。

輟筆了好多天，《純文學》八月號已航郵寄來，把葉珊〈柏克萊——懷念陳世驤先生〉那篇至情文章，一口氣讀了，非常感動。這篇文章提供了些寶貴的傳記資料，雖然世驤留學英國之說是誤傳④。世驤絕少談到早年的生活，所以連他最得意的門生葉珊亦知道得不多。世驤和美眞愛情彌篤，他從來在我面前不提他的前妻，我也不便開口問他。但世驤初來美國時住在紐約，並在哥大教過一陣書（代王際眞），所以他紐約當年的老朋友見到我時，會談到他的前妻。她叫姚錦新，是很有才氣的音樂家，彈得一手好鋼琴。一九四五年抗戰勝利後，她急急返國省親，可能那時夫婦間感情已破裂，竟一去不返⑤。世驤是詩人，心頭所受的打擊一定很重，在柏克萊有好多年一直過著單身的生活。在一篇文章裡，世驤表示對李義山〈錦瑟〉詩特別愛好，尤其把最後兩句「此情可待成追憶，只是當時已惘然」，做了最精闢的分析，我懷疑會不會因爲姚女士出走後，他讀這首詩，感受更深？

我一九六〇年底飛西岸訪兄後，柏克萊只去過兩次，都在一九六五年：二月間濟安中風不治的那一次，另一次在七月間，偕同世驤夫婦到加州太合湖（Lake Tahoe）開會前，先在他們家裡住了三天，並往濟安墓前獻花。奔喪的那一次有九、十天工夫我住在六松山莊上，世驤夫婦自己這樣傷心，還要照顧我，怕我哀傷過度，實使我終生感激。出喪的那一天，世驤在殯儀館朗讀哀誄之後，我們二人忍不住抱頭痛哭，此情此景，猶在目前。

葉珊同他的恩師有四年多差不多天天見面。我則除自己西征的三次外，只有世驤到紐約來，或者在別處開會的時候才能同他相見（一九六六年在東京相敘一下午，那是巧遇）：差不多每年亞洲學會的年會，一九六七年初在百慕達開的那一次會，加上上文所提到在英國、在太合湖、在聖十字島開的三次。聖十字島那一次去年十二月舉行，今年三月底亞洲學會又在華府開年會：回想起來，我能在世驤故世前半年之間有兩個較長的機會同他相聚，眞正難得，因爲在聖十字島開會之前，我們有一度信札來往不勤，原由雖沒有說穿，但我想世驤背後在埋怨我。事情是這樣的：在太合湖開會的時候，我和濟安幾位生前好友討論出版他遺著的事情；決定梅谷（Franz Michael）寫「導言」（Foreword）。我寫「序」（Introduction），世驤寫「跋」（Epilogue）。事實上一本好書序跋不必太多，但當時眾人認爲我同世驤有各人寫一篇東西的必要。《黑暗的閘門》到一九六八年才出版，濟安的去世已是三年前的事，對美國讀者而言，不再有新聞價值。不料世驤太重感情，在「跋」裡所寫的一切都是他和濟安交誼之事，華盛頓大學出版所所長讀了之後，大不以爲然，覺得這篇「跋」太 personal，不便刊出。我和華大幾位教授也有同樣感覺，但總覺得不好意思向世驤啓口。那位所長說，此事他負全責，寫了封信說明跋文不用的原委，措辭是很客氣的，但世驤竟一字不覆，表示他的極端失望和生氣。後來書出來了，我也不得不把此事解釋一番，世驤好像回信也沒有提到這件事，顯然他心頭受了損傷，同時也不免怪我（我雖沒有出面，事實上書是我編的）。今年年初葉珊託世驤爲《夏濟安選集》寫序，他這幾年的心病才霍然而癒，重新寫了篇序，他寫序時興奮的情形，可在下面引錄的那封信上見到一二，這是他給我的最後第二封信：

志清老弟洞妹儷鑒：紐約一別竟覺時間甚長，蓋因思念之甚也。二位新家庭快樂融融，與美眞詳道，大喜。啖惠寄梨果極美，深謝。新潮叢書將出濟安遺著，前二三日內趕出一篇序文，不覺將近七千字。本擬將英文未用之原跋譯改省時，下筆追念，思潮如湧，乃成此新長論。文不及太加修飾，但覺意見頗有重要處，爲台地新舊讀者，爲濟安之久遠遺澤，當頗有意義。稿急未清抄，已付靖獻細校上版。映出一份寄上，老弟以爲何如？寫時連氣呵成，段落太長，又勾畫分段，映本或不太清楚，慧眼當可辨也。今春三月底美京亞洲學會之會將往，年近將邁，反更江湖多事。吾弟、妹可否同往看擂台，可在美京同賞櫻花醉一杯也。

順頌　儷祉

愚兄世驤

美眞附筆候　一月十九日

在「紐約一別」以前，我們在聖十字島上開了四五天會，開會免不了受氣，但世驤見到我，見到他一位已轉學哈佛的高足、華裔女郎余珍珠（Angelina Yee，她在會場任記錄員），著實高興。每晚打長途電話給美眞，一定叫我和 Angelina 也說幾句話。世驤夫婦自己沒有子女，見到聰明可教的女孩子，心裡著實喜歡。

爲了聖十字島這個會，世驤寫了篇長達七十多頁的論文，討論屈原作品裡的時間觀念，非常精彩，可說是他的生平傑作。但他中西學問引證太廣，不是每個漢學家都能欣賞的，偏偏那篇文章的指定討論者是日本漢學權威吉川幸次郎。他同世驤私交也相當深，但世驤的西洋學問他無法欣賞；同時世驤撰文，字彙太富，句子太長，吉川先生英文程度有限，可能看不太懂。所以他用英語討論該文時有些陰陽怪氣，作模稜兩可之語，世驤非常生氣，只是不便發作。一兩天後討論港大中文系黃兆傑博士的論文，大家都覺得很不錯，只是吉川倚老賣老，找到一個小題目，要考問他到底，那時世驤才挺身而出爲黃兆傑辯護，也可說把吉川教訓了一頓。陳穎士在他的輓聯上用「日俠日儒日名士」這七個字稱呼他的故友，很有見地，世驤那副俠骨熱腸，眞教人佩服。

每次開會，世驤受不少氣，也有自己很得意的時刻，會後同好友檢討是非，評判人物，有好幾天話講不完，這可能也是他愛開會的原因之一。從聖十字島飛回美國大陸，世驤在我寓所住了一個晚上，在另外一位有汽車的老朋友家住了兩晚，因爲那時計程車罷工，交通不便，非得有人接送飛機場不可。王洞以前曾在柏克萊念過書，世驤當然見過她，但印象不深。他看見我們「快樂融融」的確非常高興，而且的確會詳告美眞。

三月底，如信上所言，他又要到華府去打擂台，我實在沒有意思去參觀，因爲那次會議上我毫無任務，紐約華府雖然距離很近，來回飛機票也要六十美元，我師出無名，這筆錢實在不想花。但世驤約我一同在紐約起飛；因爲他要住在吳魯芹兄家，魯芹兄也一定要我去同住，盛情難卻，只好去了。想不到這是天意，讓我多一次和世驤相敘的機會。那次吳家管住宿，三頓晚飯都是盛筵招待。但總不免想起一九六四年三月底的情形。那時亞洲學會也正在華府開年會，世驤主持一個文學小組，我們兄弟都有論文宣讀，聽眾的反應很好，做主席的臉上也有光彩。這次有一個晚上魯芹夫婦陪世驤打牌，因爲我實在不會打，臨時找一個小朋友湊數，我看了幾副牌，想起了七年前世驤與我們兄弟在吳家喝酒談笑的情形，總覺得不對勁。翌日晚飯後魯芹兄嫂和世驤一起送我到機場，因爲趕九點鐘那班飛機，他們也沒有下車，大家招手告別，想不到我從此同世驤永訣。

世驤少年得志，二三十年來一直坐鎮柏克萊學府教導了好多青年學子（現在不少是名教授、名詩人），一生事業上沒有受過任何挫折。加上他同美眞恩愛萬分，家中高朋滿座，在生活享受方面，從沒有虧待過自己：抽最好的板菸，喝最好的酒。雖然平時工作緊張，一有空不免開車到名勝區玩玩，或者到拉斯維加斯去欣賞一下夜總會的節目；每隔一兩年總有機會到遠東或歐洲去跑一趟，重會各處的好友，在我的朋友間，沒有人比他們夫婦更懂得生活的藝術了。唯一的遺憾，世驤研究中國古代文學、文藝批評、唐詩多少年，雖然在這三方面寫了不少有卓績的論文，終究沒有時間把自己的心得系統化起來，寫一本自成一家言的專著。

世驤在北大想是讀外文系的，因爲中文系的學生往往不容易把英文學好，而外文系的學生從小對國學有很深的根柢的，人數不少，最顯著的例子當然是錢鍾書。錢鍾書雖然博聞強記，治西洋文學造詣特高，但最後還是致力於中國舊詩的研究。這好像是治西洋文學的中國學者的命運：不論人在中國、外國，到頭來很少沒有不改治中國文學的。比世驤早一輩的朱光潛，雖然多少年來在武大、北大教英詩，發表的文章大多數也是討論中國詩的。世驤同朱光潛在治學上有基本相似的地方：即是他們對美學、對帶哲學意味的文藝批評、文藝理論特感興趣。朱光潛公開承認是克魯齊（B. Croce）的信徒，世驤在國外年數多，對現代西洋文藝批評各派別都瞭如指掌，但他好引證史賓諾莎（B. Spinoza）、康德（I. Kant），注重直覺（intuition），他對美學的認識，也可算是唯心派的，顯然受克魯齊影響也很深。但朱光潛返國後，寫文章初以中學生爲對象，立刻成大名；目前雖然一般愛好文藝的台港青年，都知道陳世驤的名字，讀過他文章的究竟極少極少。除了在台北《文學雜誌》上發表的兩三篇外，他的論文都發表在《清華學報》、《中央研究院歷史語言研究所集刊》等學術性刊物上，專供同行參閱之用，普通讀者不易見到。我知道葉珊要把世驤的中文著作和一部分中譯的英文論文編成一本集子出版，非常高興，因爲這樣世驤的著作可流傳更廣，在青年讀者羣中發生有益的影響。

除了是有美學、哲學訓練的文學批評家外，世驤也是翻譯能手、對字義語源特別有興趣的漢學家。因爲他論文中包羅的學問廣，往往兩面不討好：搞文藝批評的覺得他太留意古字的涵義，引證甲骨文、《爾雅》、《說文》，讀起來好不耐煩；老派漢學家覺得他在考據訓詁的文章裡加了些西洋理論、西洋術語，也怪討厭。事實上，世驤不是不會寫使一般漢學家讀後心裡感到舒服的文章。他那篇〈「想爾」老子道經敦煌殘卷論證〉（《清華學報》，新一卷二期，一九五七），無瑕可擊，考證精密，從敦煌石室內發現的那件手抄文件，推想到後漢末年道教盛行四川的情形，有很多新的發明，雖然饒宗頤先生研究「想爾」老子道經時間更長，想來發明更多。世驤如多寫這一類的文章，在當代漢學界一定公認有更高的地位。但他不情願這樣做，因爲他覺得研究中國文學，不借鑒西洋文藝多方面的成就，是不可能的。他情願另闢新徑，文章不討人喜歡沒有關係，不情願在大家踏平的路上再走一遍。

因爲世驤抱有這種冒險、創新的精神，雖然他一生譯著不算多，在研究中國文學的國人間自有其獨特的地位，而這種地位有其永久性，不因爲後人的著譯比他的更好更精而動搖。譬如說，世驤專論《詩經》的文章只有一篇，他指導葉珊的博士論文也是《詩經》。按理葉珊的論文應該比他恩師那篇更有貢獻，否則文學研究也談不上有「進步」兩個字了。同樣情形，世驤《中國現代詩選》，至少有十年，市面上沒有一本類似的書與它競爭。抗戰以後，譯介中國新文學的書就多了。許芥昱那本《二十世紀中國詩》（*Twentieth Century Chinese Poetry*，一九六三年出版），被選上的詩人就要比世驤那本多好幾倍，且不論二書譯筆的高低。葉維廉所譯的《中國當代詩選》（*Modern Chinese Potery*），去年剛出版，選了二十位台灣詩人，更補充許著之不足。世驤最精心的譯作，當然要算是他一九四八年在北大五十周年紀念專刊上所發表的那篇〈陸機文賦〉了。但隔了幾年，方志彤先生也在《哈佛東亞學報》上刊出了他譯的〈文賦〉。方先生也是學貫中西的文藝批評家，二人的譯筆實在分不出高低。世驤曾在《歷史語言研究所集刊》（一九六一）上，發表過一篇非常扎實有創見的文章，題名〈詩字原始觀念試論〉。一九七八年之後，周策縱在他自己編的那本題名《文林》（Wen-lin，一九六八）的書裡，發表了一篇討論「詩」字的論文"The Early History of the Chinese Word *Shih* (Poetry)"，文長五六十頁，討論「詩」字的意義的演進當然比世驤的那篇更詳到了。

六十年代初期，世驤受《中國季刊》之託，寫了兩篇討論中共新詩的文章："Multiplicity in Uniformity: Poetry and the Great Leap Forward"和"Metaphor and the Conscious in Chinese Poetry under

Communism"，對中共文學提出了很新鮮的看法。後來世驤還寫了兩篇報導式總論中共文藝的文章，一篇題名"Artificial 'Flowers' During a Natural Thaw"，一篇生前尚未發表，也很長[6]。但世驤雖然很關心大陸文藝，二三十年來古代文學才是他眞正的興趣所在，尤其《詩經》、《楚辭》、唐詩和早期的文藝批評，差不多每年要重溫一次，心得最多。在這幾方面世驤都留下了分量極重的文章。

〈中國詩之分析與鑒賞示例〉（《文學雜誌》，一九五八）和〈時間和律度在中國詩中之示意作用〉（《歷史語言研究所集刊》，一九五八）這兩篇文章，都可以說是世驤的讀詩心得，引證以唐詩爲最多。第一篇集中分析杜甫的絕句〈八陣圖〉。世驤非常偏愛這首詩，認爲它代表一種「靜態悲劇」，在氣勢上簡直可以同古希臘悲劇相頡頏。在我看來，一首四行的詩無論如何是不能同阿斯基勒斯（Aeschylus）的悲劇同日而語的，杜甫詠諸葛亮的詩很多，其中最偉大的一首，悲劇性最濃的一首，在我看來，當然是〈古柏行〉。可惜我從未把我自己的意見當他面提出來，加以討論。世驤自己覺得這篇講稿太短，意猶未盡，隔了幾年，爽性用英文寫了篇更長的〈「八陣圖」圜論〉（《清華學報》，新七卷一期，一九六八），把此詩做更詳盡的分析。全文氣勢極暢，我雖然不同意世驤的看法，他讀詩細心的態度，照舊使我心折。

世驤晚年最用心寫的文章當然是他討論《詩經》、《楚辭》的兩篇了。《詩經》那一篇"*The shih-ching*: Its Generic Significance in Chinese Literary History and Poetics"在百慕達會議上初次公開，後刊《歷史語言研究所集刊》第三十九本，已由葉珊譯成中文，可能已發表；《楚辭》那一篇，上文已提到過，在聖十字島會議上公開。前文著重討論一個「興」字，考據的味道比文藝批評的味道重，但不失爲極有創見的論文。一九六八年二月二十四日世驤給我封長信，其中一部分說他有寫書的計畫：

> 三月末旬亞洲學會，今次因又受約，決來一行，並稍講《楚辭．九歌》之分析⑦。雖是舊題，覺近有新見，或尚為一向論者所未註及，或可提供參商。前作《詩經》一文，稍發多年心得，具體道之，由微以知著，頗蒙弟嘉許為所至慰。今於《楚辭》所見，惜會議時短，只能約略言之，容後細綴成文，希可詳商。《詩經》《楚辭》多年風氣似愈論與文學愈遠；樂府與賦亦多失澆薄。蓄志擬為此四項類型，各為一長論，即以前《詩經》之文為始，撮評舊論，希闢新程，故典浩瀚，不務獺祭以炫學，新義可資，惟求制要以宏通。庶能稍有微補，助使中國古詩文納入今世文學巨流也。吾弟才高精勤，治中世以及現代歷有卓績。區區所作，或終將銜接，與足下成合圍之勢，思之可喜。事多倥傯，校務又常增煩瑣，只徐為之，不妄作也。

當時接到信，知道世驤要寫本書，把中國古代文學四大類型一網打盡，非常興奮。同時他嘉許我研究「中世」「現代」文學的成績，希望我同他「合圍」中國文學的堡壘，又慚又感，立即寫覆信，祝他的計畫早日完成，因為在美國，對《詩經》、《楚辭》、樂府、賦同樣有深切研究的，實在可說沒有第二人了。但在「只徐為之，不妄作」的原則下，他完成了第二篇不到半年就離開了我們，論賦及樂府的兩篇沒有寫出來。但可喜的是他最後一篇論《楚辭》的文章——雖然吉川先生不太欣賞——畢竟是他的傑作。此文將在《清華學報》發表，中譯文想也會遲早問世的。

世驤英文、文言、白話文都寫，以我的觀察，他文言底子最深，所以寫得最好；〈「想爾」老子道經論證〉這類的文章，讀起來真舒服；有些小品如〈愛文廬札記小跋〉（《清華學報》，新七卷二期），文字提煉更精，直追桐城諸大家。他白話文不常寫，寫起來總不免文白相雜，不如他的文言文。他的英文也是精心苦學的，早年所下的工夫恐怕不下於濟安，所以他文氣足，文句長，字彙大。但有時文章華過於實，意思交代不清楚，這是他的毛病。若論文章好壞，他寫的書評反而較他的長篇論文更多精彩可詠之處。那篇〈中國二詩人〉（Two Chinese Poets）的書評（載 *Journal of the American Oriental Society*，一九六二），讀後眞教人拍案叫絕。該書作者休斯（E. R. Hughes）生前在牛津大學教書，天資不高，抗戰期間在我國內地研究先秦諸子，還稍有成績；後來對駢文、對漢賦大有興趣，可惜文字了解力太差，實在談不上研究。書題上的「二詩人」指班固、張衡，原來休斯想譯〈兩都賦〉〈兩京賦〉，藉這四篇賦來研究漢代的生活和思想。書未寫完，人已死了，書中錯誤百出，世驤大開其玩笑，亦莊亦諧，藉以警告沒有資格搞漢學的洋人。此文下半節以對話體寫出，最後書評人告訴作者：

> But allow me, sir, to say that your work never fails to summon in the thoughtful mind its love for truth, its care for accurate representation of details and a feeling that the advancement of Sinological knowledge always needs persistent, meticulous endeavor. Your efforts in their own way will for ever remain a salutary influence.

這兩句妙不可言，措辭非常客氣而毒辣，頗有些約翰生博士的味道。可惜我沒有本領把它譯出來，只好讓懂英文的讀者細細去體會。

一九七一年初稿，七四年訂正

初稿見台北《傳記文學》一九七一年十一月號

註

①根據 Charles Witke〈追悼陳世驤〉一文的報導。此文載《淡江學報》（*Tamkang Review*），二卷一期（一九七一）。Witke 氏現任教密西根大學古典文學系。以前在柏克萊加大，是世驤比較文學系的同事。他的太太 Roxane 是世驤的高足。

②高克毅兄給我的近信上這樣說。世驤一九四一年一到紐約，他們就相會了。

③世驤同阿克頓早年曾合譯過孔尚任的《桃花扇》，一直未出版。世驤去世後，該稿由世驤加大同事白之（Cyril Birch）加以整理，現已出版：*The Peach Blossom Fan*（University of California Press, 1976）（一九七七年加註）。

④本文是一九七一年暑期寫成的，同年十一月在《傳記文學》上發表後，曾就正於世驤兄生前好友蔣彝先生。蔣先生說：世驤沒有去英國留過學，一九四一年從國內直飛美國的。到美國後，有一個暑假他曾去英國小住，請益於牛津名教授鮑勒爵士（Sir Maurice Bowra），也同蔣先生締交。

⑤一九七四年八月底，我在波士頓總領事吳世英先生府上同他聊了一個晚上。抗戰初期吳先生和世驤同在長沙教書，過往甚密。他給我看了一本照相簿，其中有不少世驤長沙時期的照片，也有兩張世驤和姚錦新婚後的合照。姚女士臉龐是圓的，長相很甜。她是德國留學生，初到美國，想是一九四二年。她自己作曲，託趙元任先生（那時他是哈佛教授）找一個人會編歌詞的同她合作。趙先生介紹世驤與她相會。二人一見鍾情，兩星期後就訂了婚。翌年結婚，想不到兩年之後，就勞燕分飛了（世驤同姚女士在趙家初會這段掌故，是世驤另外一位老友告訴我的）。

⑥這一篇題名 Language and Literature under Communism。載吳元黎主編的《中共手冊》（*China: A Handbook*），一九七三年出版。此書定價奇昂（美金三十五元），我尚未看到。

⑦此文已發表於《淡江學報》二卷一期。題名 On Structural Analysis of the Ch'u Tz'u Nine Songs。

《林以亮詩話》序

一

講起一九四九年前的新詩，一般人的注意力還停留在二三十年代，四十年代出版的詩集台港書鋪絕少見到，只有前年香港大學、香港中文大學聯合出版的《現代中國詩選》（上下冊，張曼儀、黃俊東等八位學人合編），選進了不少四十年代新興的詩人，可供我們的初步研究之參考。主要說來，抗戰期間左派詩人雖受抬捧，值得注意的新人不外是內地、淪陷區受過西洋詩訓練，外文系出身的那一批。他們讀過現代詩，取法的模型已不僅是西方十九世紀詩人。同時他們不再忽視中國詩的傳統，眞有雄心的，如本書作者林以亮（宋淇兄筆名）和他的燕京同學吳興華，都發憤研讀舊詩以爲自己寫詩的準備。勝利後，學院派比較享名的要算上是西南聯大出身的穆旦、杜運燮、鄭敏女士[1]；林以亮、吳興華一直留在淪陷區，發表作品不方便，自己眼界高了，也不急想把詩稿發表，當然詩名不揚。但他們當年這番潛心讀詩、寫詩的努力，實在不容文學史家忽視，也值得當代青年詩人效法。當然，一九四九年後，即使穆旦、杜運燮他們，人留在大陸，也不可能發表自己認爲滿意的詩了，創作的欲望也跟著淡了。勝利後我在北大教書，結識一位同事袁可嘉，也是西南聯大高材生，年齡比穆旦、杜運燮輕些，自己編副刊、寫詩、批評都宗法艾略特，隔幾年經過勞改，即奉命在學術性刊物上發表〈英美資本主義走狗艾略特〉這類文章了。

我國新文化運動，要求國家富強，個人思想、行動獨立，不再受舊禮教的束縛，本質上是浪漫主義的。為行文方便起見，在本文裡我接受巴順（Jacques Barzun）的看法，即把十九世紀的寫實主義、自然主義、印象主義、象徵主義都算是浪漫主義的支流〔請參閱巴順《古典、浪漫和現代》（*Classic, Romantic and Modern*）此書〕。反浪漫的現代主義可說隨第一次歐洲大戰的展開而抬頭。英、法、德諸國大學青年，十之七八喪命於這場大戰，生還的人，浪漫式的樂觀精神、人類進步的信念喪失殆盡，剩下來的至多是種浪漫式的諷嘲態度（Romantic irony），把個人創造能力、人生的價值看得極低。去年佛色爾（Paul Fussell）教授寫了本巨著《大戰和現代人的記憶》（*The Great War and Modern Memory*），榮獲本年度全美最佳書獎（National Book Award），我已去訂購，有空想一讀。書裡講服軍役的牛津劍橋學生，差不多《牛津詩選》人手一冊，在戰壕裡吟誦，都可說是天眞的浪漫主義者，完全沒有想到現代戰爭是這麼一回殘酷的事，今天過一天，不知道明天會不會活著。大戰使西歐文學變質，在俄國當然隨著列寧（Lenin）革命勝利，文學也走上另一條路。

我國在巴黎和會上，雖然吃了不少虧，大戰期間，卻可說沒有捲入戰禍。胡適一九一七年返國，領導文學革命，他對大戰的認識全憑報章的報導，不改他對人類文明樂觀的信心。倒是梁啓超於停戰後在歐洲住了兩年，寫了本《歐遊心影錄》，看到了西方文明破產的徵象，人也變得悲觀。胡適到老還相信科學、民主，可說一直未接觸過「現代主義」的文藝。一九四七年我出國前，他給我的臨別贈言是，不要上艾略特、龐德（E.Pound）他們的當，美國英文系名教授是不吃他們這一套的。新文化運動初期，即使迷信馬列主義的青年，他們也可說是浪漫主義的樂觀者，認爲蘇聯政權是法國大革命「自由、平等、博愛」精神之延續。

浪漫主義文學是富於朝氣的文學。現代主義文學雖力求創新，建樹甚多，可說是暮氣沉沉的文學，至少那些現代大師特別感受到文學傳統的壓力，對十九世紀式的情感奔放至表厭惡，對人類可以改善這一點，也毫無信心。他們是世故的、疲倦的、「成熟」的〔對艾略特來說，詩人的優劣，全憑「成熟」（mature）二字決定〕。五四時期，新文化倡導者雖然介紹了一大串「主義」，本質上未受「現代主義」的洗禮，不僅是西風東漸，時間上必然落後（cultural lag），實在是文化制度一切需要創新，不可能接受「現代主義」的誘惑。大戰後，歐美文藝界人士性生活已很隨便，我們還在爭取婚姻自由。當時讀者肯爲《茵夢湖》愛侶、少年維特，一灑同情之淚，如能讀到海明威（E. Hemingway）《太陽照舊上升》（*The Sun Also Rises*）可能毫無同感，莫名其妙。事實上我國小說接受「現代主義」洗禮，要在政府遷台之後，雖然四十年代的張愛玲、錢鍾書都讀過不少英美現代小說。我國話劇，雖在抗戰前即有人套用過德國「表現主義」〔Expressionism，主要經過歐尼爾（E. G. O'Neill）〕的技巧，主要精神可說是十九世紀式廣義的浪漫主義。愛國的、借古諷今的歷史劇抗戰以來這樣盛行，這是我國獨特的現象，因爲歷史劇不能算是二十世紀西方話劇的主流。即在毛共大陸，這類富有浪漫精神的歷史劇，「文化大革命」發動後才奉命禁演。

「文學革命」以來的新文學，最大的毛病，林以亮說得好，即使國文還沒有學通的青年也有機會發表作品，出版書。好多小說家、戲劇家憑著一股熱情創作，他們的文學修養是很有限的。同樣的新詩人也很多，但其中較傑出的，不僅國文修養好，西洋語文的知識也較扎實。徐志摩、聞一多、何其芳、卞之琳（英文）、艾青、梁宗岱（法文）、馮至（德文）等人，他們大半長年在大學教書，不斷有讀詩的時間（卞之琳譯過法文名著，法文程度想也不壞）。在中國，詩的傳統最長，詩人一直自覺性最高，也可說宋代以來，凡是詩人都是詩評家，雖然他們不一定寫過詩話。白話新詩人的成就比不上新小說家，但無論如何，我上面列舉的幾位，他們的創作自覺性是相當高的，假如他們詩寫得不夠好，那是因爲在文字上、節奏上、形式上他們面臨的問題太多了。事實上，時到今天，台灣詩人還得個別對付這些問題，他們的讀者也比較少，表示社會人士沒有耐心讀新詩。

在〈論新詩的形式〉的二文裡，林以亮對徐志摩、梁宗岱、馮至的成就看得並不高。他這樣評斷，有些讀者可能覺得他有些自命不凡，事實上林以亮早在四十年代即有成爲重要詩人的可能，他比二十年代即享大名的徐志摩自覺性高多了。

徐完全是浪漫主義，他有股衝勁寫詩，詩的好壞倒是次要的考慮。我們讀林以亮〈詩的創作與道路〉這篇重要的自傳性文獻，知道他剛寫詩的時候（想是高中、大學時期），深受浪漫主義詩歌的影響，自己浸淫於英國浪漫詩人。但到了三十年代末期、四十年代初期，「現代主義」已侵入了燕京、西南聯大的外文系，林以亮剛讀了浪漫詩人，即讀法國象徵詩，再讀英美現代詩，自己眼界擴大了，但寫詩的衝勁、朝氣也給收斂起來。自己骨子裡，因爲年齡關係，因爲新文學的一貫傳統，可能浪漫氣質很重，但他不再有勇氣寫「我的心跳，沉重，激烈」這類雪萊（P. B. Shelley）式的句子，即使有這種感受，也覺得寫出來豈不遭人嘲笑，怪不好意思。雪萊以雲雀自比，清晨即唱歌高飛，艾略特自比老鷹（agèd eagle），懶得振翼。杜甫也自比老馬，但他寫〈江漢〉詩時的確已是窮年末途，潦倒不堪。威爾遜（Edmund Wilson）早在 *Axel's Castle* 書裡認爲艾略特自比老鷹，人並不老，可能是個 pose，事實上艾氏一開頭寫詩就以老人姿態出現。「浪漫詩」和「現代詩」在年輕的林以亮心胸裡作戰，「現代詩」的勝利表示自己趣味的提高，但同時也是創作欲的抑制。到今天，林以亮是公認有成就的學人、散文家，在詩、翻譯和《紅樓夢》這三方面的研究貢獻特多。但除掉老朋友外，很少人以詩人目之，我想這是四十年代的青年詩人，同時接受「浪漫」、「現代」這兩個傳統，情感和理智不調和，未上文壇即先怯場所造成的後果。林以亮既已集「詩話」成書，不妨也出本詩集讓大家評賞一番。他自己評詩的標準太高，可能是不公平的。

卞之琳這些三十年代的詩人，顯然捨「浪漫」而走向「現代」，但他的詩裡，我們看不出他對中國舊詩有深度的愛好，可能他沒有下工夫熟讀舊詩。林以亮和吳興華多讀了現代詩和現代詩評，對中國詩的傳統抱有一種崇敬的態度，覺得對這個傳統沒有深切體會，自己不配當現代詩人。依據這個信念，中國詩傳統雖然長，顯然林以亮不僅熟讀了南北朝、唐宋諸大家，也讀了不少明清詩人。吳興華沉湎舊詩更深，讀的想也更多，自己寫起詩來，如林以亮所言，「甚至進一步在詩中用僻典、古韻，至於內容與形式更處處設法脫胎自舊詩。」林、吳二位初讀舊詩，目的在寫詩，但古詩愈讀愈多，先後放棄了寫詩，這不能說不是個悲劇。尤其是吳興華，林以亮一再推崇，其學力、眼界之高，想四十年代詩人無人可及，他一九六六年慘遭紅衛兵鬥死，我在〈追念錢鍾書先生〉文裡已報導過。吳興華如能逃出鐵幕，他在學術界的貢獻一定驚人。但細讀林以亮的敘述，可能一九四九年前他已擱筆不寫詩了[2]。一九五三年他抄錄王安石詩：

> 頗爲五陵輕薄兒
> 生當開元天寶時
> 鬥雞走狗過一生
> 天地興亡兩不知

向林以亮辭別，從此斷絕音訊，表達的心情是何等沉痛！不僅他在暴政下不可能再寫詩，顯然也有些後悔，一生用功讀詩，還不如「鬥雞走狗」糊裡糊塗過日子好。抒情詩的材料，原應在現實生活裡汲取的。葉慈（W. B. Yeats）晚年追索超自然的智慧，但骨子裡還是想念青年男女擁抱的幸福。連艾略特在《詩的功用》（*The Use of Poetry and the Use of Criticism*，一九三三）裡也引湯姆生（James Thomson）詩句自戒："Lips only sing when they cannot kiss."「能夠親吻愛人的嘴唇是不想唱歌賦詩的。」

林以亮也是在浪漫、現代、中國古老傳統三種勢力衝擊下企圖爲中國詩創新境的勇士。因爲他曾把整個生命交給詩，他寫詩最切身的主題，不是愛情，不是自然，而是寫詩的苦樂。〈噴泉〉那首詩我不覺得太好（雖然〈一首詩的成長〉記錄該詩寫作經過，是中國新詩史料裡一篇重要的文獻，可說與梵樂希（P. Valéry）、泰脫（Allen Tate）、史班德（Stephen Spender）同類的詩人自述媲美），〈詩的教育〉那五首十四行我認爲是傳世之作，將來有人精選中國二十世紀詩歌，應把它選進去。詩人的靈感，和他身後的令譽，他用文字表達眞情的艱難，和他對本國文字和詩傳統應負的責任感這些題目，中外詩人都曾寫過，最熟知的例子是陸機〈文賦〉，密爾頓（J. Milton）《里錫達斯》（*Lycidas*），和艾略特《四首四重奏》。林以亮同艾略特一樣，自感背負傳統重擔，意境更和《四重奏》有些片斷相像，但也寫出了一個現代中國詩人的胸襟、抱負和處境的困難：

長年受教育的結果又有多少能保留？
世紀凌跨過世紀，時代偶爾讓我出頭，
古人的造詣依然是不可接觸的遙遠——

未成名先想到不朽，未放先想到收斂，
總爲這一點藝術的良心在與我爲仇。
……
一字一句的產生都應該像不由自主，
背負著無限過去，方始能立足在目前。
這神祕的契合與正統像是脈脈相傳，
延續著歷史的長流，彼此都不相重複，
每一篇單獨看來不管是多光輝耀目，
不回到古典背景中，意義不能說完全。

我自己不寫詩，但讀這些詩句，不禁深爲感動。長年詩的教育可說是害了林以亮，他寫的詩不多，也早已不寫詩，但他畢竟寫了這五首十四行，把他多少年縈繞心頭的問題寫出來，是足以自傲的。林以亮服膺艾略特、梵樂希，寫詩在精不在乎多，〈詩的教育〉實在可說是精品，任何有抱負的中國詩人讀了這組詩更應感到自己責任的重大。

二

大陸變色前，林以亮移居香港，命運比吳興華好多了。但對認眞寫詩的人來說，當年香港是個寂寞的所在，大家忙著謀生，閒下來看武俠小說、黃色新聞，不關心文學。一九五三年林以亮在《人人文學》寫了兩篇大陸變色前新詩在形式方面試驗成敗的概論，可說不發生任何影響，《人人文學》主要對象原是中學生。同年紀弦在台北創辦了《現代詩》，翌年覃子豪、余光中等人創辦《藍星周刊》，張默、洛夫、瘂弦創辦了《創世紀詩刊》，詩壇情形要熱鬧得多。假如林以亮人在台北，交到不少詩友，他自己寫詩的興致一定提高，不致消沉下去。但林以亮人在香港，一九五六年發表〈噴泉〉後，竟不再寫詩，一九六八年在《明報月刊》上寫〈詩與胡說〉，眞的以說詩人姿態出現了。〈詩與胡說〉、〈譯詩散論〉、〈論讀詩之難〉三文，加上早期的〈論散文詩〉，不僅形式上近似傳統詩人的《詩話》，精神上也近似。在〈論讀詩之難〉一文裡，林以亮主要提醒我們兩點：一、「在讀詩時理論未必有用，學問也沒有多大用處，因爲讀詩一半要靠直覺或『妙悟』。寫詩既然是一個不可言傳的過程，讀詩也要別具會心才行。」二、一個人可能天分有限，讀了好詩，悟不到它的妙處，「唯一的辦法就是多讀第一流作品，慢慢養成高尙的趣味，然後依憑自己的直覺和良知加以鑒別欣賞。」此外我可以加一句：讀第一流作品，同時也得讀第一流詩評家，這樣自己鑒別和欣賞的能力更可提高，所謂直覺和「妙悟」，也可以後天培植的。「趣味」和「妙悟」，在有些學院派批評家看起來，是個人的、主觀的東西，不足爲憑的；他們要講「理論」、「分析」，至少要把一首詩詳加分析，才覺得是盡了批評家的責任。他們忘了把文學當一門學問研究是二十世紀特殊的現象：大家不讀詩了，不寫詩了，詩的研究才變成了研究院教授、學生的專業。過去文明的社會，都著重詩教：中國當年啓蒙學子就得讀詩、寫詩；十九世紀的英國中小學生也得背誦拉丁詩，習作拉丁詩，並把拉丁詩英譯。這種訓練我想不是白費的，它的目的不是培植詩人和詩評家，而是培養對詩的愛好，也可說是性情的陶冶。艾略特早說過，讀詩是一種高級享受"poetry is a superior amusment"。台港有錢的家長，總教他們子女從小學鋼琴或小提琴，目的不在乎專業訓練，倒是培養他們的高級趣味，終身受用不盡的音樂欣賞。我國古代詩樂並重，現在中外一例，中上階級的子女還受一點音樂教育，但詩的教育完全被忽略了。一個學童，學鋼琴、學芭蕾舞之外，如能跟老師讀詩，練習寫詩，他的教育當更完美。可惜目今社會沒有這個風尚。

我從小未受詩教，終生吃虧。眞正對詩發生強烈的興趣，已在大學時代，而且讀的是英詩，先入爲主，至今還是覺得讀英國名詩比讀中國名詩過癮，不像林以亮這樣對中英法三國的詩一視同仁，深能領會三種不同詩的語言的妙處。他精通法文，因爲他父親宋春舫先生自己是瑞士留學生，特別鼓勵他多學外國語文。宋家藏書多，加上林以亮在燕京期間，早有名師指導，交到了吳興華這樣一位詩友，一九三八年春他借讀上海光華大學，對英國批評界行情已相當熟了。先兄濟安是他光華同學，轉成好友。那幾年，林以亮每來我家聊天（濟安去內地後，同我獨聊），我總吸收到不少知識，知道些英國批評界近況。他借給我讀的書，諸如霍思曼（A.E. Housman）《原詩》（*The Name and Nature of Poetry*），李維斯（F. R. Leavis）《英詩重估價》（*Revaluation*）和墨瑞（J. Middleton Murry）的《濟慈與莎士比亞》（*Keats and Shakespeare*），時隔三十多年，至今印象猶深。

墨瑞逝世多年後已很少被人提起，但在二三十年代，他可說是和艾略特分庭抗禮的英國大批評家。他是浪漫派，英詩人間特別推崇莎士比亞（W. Shakespeare）、布雷克（W. Blake）、濟慈（J. Keats）三人。他寫過一本《天與地》（*Heaven and Earth*）縱橫談英國文學與社會的相互影響，極有創見。近十年來威廉士（Raymond Williams）專寫英國文學和社會之間的關係，算是英國批評家間大紅人物，但他思想偏左，受馬列主義影響，學問、見解想來比不上墨瑞。到今天布雷克更可算是大紅特紫的詩哲，傅萊（Northrop Frye）以研究布雷克起家，他的文學理論也可說是脫胎於布氏的神話體系。但在二三十年代，畢竟艾略特的古典派占上風，加上墨瑞人緣不好〔勞倫斯（D. H. Lawrence）、赫胥黎都跟他鬧翻〉，到二次歐戰開始，進入倒楣時期，從此一蹶不振。其實近二十年來，浪漫文學（神話派批評皆推崇浪漫詩人）再度抬頭，我們如重新估價墨瑞的成就，他可說是得風氣之先，一個生不逢辰的預言家。

本書未提墨瑞的名字，但林以亮引了亞諾德（M. Arnold）的名言，認爲濟慈身後詩名應「同莎士比亞在一起」，也自承開始寫詩時，「所幸自己所得力的一本書卻是濟慈的信札集——其中充滿了智慧和精到的見解，往往可以沖淡自己浮淺、輕率的傾向。」墨瑞是肯定濟慈信札爲批評智慧無窮寶藏的第一個人，林以亮顯然深受其影響。我重讀本書所集文章，最使我高興的，即是當年上海時期林以亮愛好的作家，他們的名字在書裡一再出現。霍思曼不能算是大詩人，史密斯（Logan Smith）的小品文已不再有人提起，但林以亮三十多年前喜愛他們，至今仍喜愛他們。他讀書自求其眞趣，不爲時代風尚所左右，難能可貴。在研究院讀詩的師生，無形中養成一副勢利眼，被風尚左右而不自覺。在四十年代，英文系哪人敢不讀約翰・鄧（John Donne），哪人敢講他半句壞話？時到今日，哪人敢說布雷克半句壞話？儘管他的長篇預言詩讀起來毫無詩的韻味。相較之下，約翰・鄧倒算是冷門了。

林以亮曾在另一本文集裡（《前言與後語》，一九六八年香港正文出版社，其中有好幾篇論詩的文章），引用過英國十九世紀後期評家培德（Walter Pater）一句話：「最好的批評是欣賞。」我們從少年進入中年，能不斷提高自己欣賞陶淵明、杜甫、莎士比亞這類大詩人的程度就不容易了，實在沒有資格去「批評」他們。林以亮不是印象派的評家，他對李健吾、朱光潛的「個人聯想」式的詩評非常討厭，但他肯定讀詩的樂趣基於個人的體會和「妙悟」。目今台灣論詩之風頗盛，但有些評家學院味道太重，他們的讀者對象是專攻文學的大學生、研究生，一般讀者不會有耐性去讀他們的。專業訓練的詩評家當然愈多愈好，但假如他們的影響力跳不出學院門牆之外，對社會並無好處。我在一篇近文裡說過：「一般人辦公回家，拿一本蘇東坡或密爾頓詩集出來讀讀的，我想人數絕少。他們不是翻看報章雜誌，就是現成買得到的新書。」當然，更多的人收看電視節目，打發一個晚上，讓自己的智力、感覺遲鈍下去。林以亮不以授詩爲業而數十年來沉湎於詩篇，在我朋友間也可說是絕無僅有。他早年有志寫詩，也寫了〈詩的教育〉這組白話新詩中罕見的佳構。近年來偶寫讀詩心得，不講高深理論，用平易的筆調道出讀詩之苦樂，至少受過高等教育而多少年不碰詩篇的社會人士可因讀本書而重提讀詩興趣，愛好文學的青年學子當然得益更多。在大陸批孔、詩教式微的今日，《林以亮詩話》的出版，我想多少可以發動一些改移社會風尚的力量。

一九七六年五月

註

①三人的詩皆已選入《現代中國詩選》下冊。在〈再論新詩的形式〉裡，林以亮認爲二次大戰期中國出現的一批新詩人間，「其中最突出的是王佐良、杜運燮和穆旦。」王佐良的詩我未讀過，他也是西南聯大的高材生。

②林以亮藏有吳興華詩稿，一部分曾分別刊登香港《人人文學》和台北《文學雜誌》，署名梁文星。一九五三年《人人文學》載有他的〈覽古〉、〈絕句〉三首（十三期），〈尼庵〉（十六期），〈秋日的女星〉（十七期），〈記憶〉（十九期），〈筵期作〉（二十期）。《文學雜誌》載有他的〈峴山〉（一卷一期），〈絕句〉七首（一卷三期），〈給伊娃〉（一卷六期），〈西珈〉十四行四首（二卷三期），〈覽古〉（二卷六期）以及論文〈現在的新詩〉（一卷四期）。《現代中國詩選》上冊載有吳興華的〈星光卡〉和〈森林的沉默〉。前詩原刊《朔風》七期（一九三九），後詩原刊《新詩》二卷三、四期（一九三七），皆是吳氏早期作品。

何懷碩的襟懷

——《域外郵稿》序

《域外郵稿》是何懷碩第三本文集，所選二十五篇文章皆是他一九七四年秋季客居紐約市後寫的，絕大多數曾在國內四大日報副刊上發表過。近三年來，何懷碩發表的文字，遠不止此數，他的〈懷碩論衡〉及一些比較長、比較費力的文字，還未結集。另外有幾篇幽默諷刺的寓言小說和雜文，有的用筆名發表，將來集成專書後，讀者可能會驚奇，何懷碩這樣嚴正的評論家竟也會寫辛辣俏皮的文章。其實認眞討論一個問題和針對時弊編造一則寓言，同樣表現出何懷碩關懷中國文化前途的嚴肅態度。

何懷碩是最突出的一位水墨畫家，他造境之高、氣魄之大，葉公超、梁實秋、余光中、張佛千諸評家皆已盛讚過，並對他日後的成就，寄予最高的期望。何懷碩也自承「建設現代中國畫是我的目標」（《十年燈》，一三六頁），一直不斷認眞地在繪畫。但正因爲他身在域外，這三年來特別關懷國家的前途，要同國人討論的問題更多。《苦澀的美感》、《十年燈》這兩本集子討論對象以繪畫爲主，其他類型的文藝爲輔；《域外郵稿》相比起來，文藝之外，似有不少針對國內外社會問題而寫的論文和雜文。何懷碩不僅是文藝評論家，也是値得國人重視的社會評論家。

■夏志清（左）、何懷碩在夏府客廳。

對一個努力爲中國畫創新境的藝術家而言，他不斷關注社會上種種問題，這樣分散自己的注意力，看來似乎是多管閒事，不務正業。依照過去我國傳統的看法，一個畫家盡可兼善詩文，但國家大事、社會問題倒不必操心，因爲這樣會有損他的「清高」。何懷碩在好多篇文章裡提到，中國畫主流是山水，而山水畫表揚的一直是老莊出世的思想和超然的態度。古代專制政體，不容讀書人批評時政，我想這也是畫家皈依道家、禪宗的必然因素，雖然好多文人畫家，平日做人非常熱中，徒有附庸風雅之名而無超脫塵世之實。事實上，像石濤、八大山人這樣遁世的藝術家，同大詩人陶淵明一樣，他們的爲人與作品，本身就表現了一種社會良心與政治的態度。在何懷碩看來，今天中國藝術家都應該是現代中國的知識分子，他的藝術至少得表現出現代中國人的態度。在今天還是按照古代模式畫些古人畫裡的山水、花卉、仕女，所表現的可能僅是自己胸襟的狹小和對現實的漠不關心、麻木不仁。

在歐洲中世紀，一切藝術家爲教會和世俗權貴服務，自己不可能公然承擔批評家的責任。說得好聽些，畫家畫畫，詩人寫詩，眾人合造一座教堂，其目標都爲讚美上帝。現代的天主教思想家，像雅克・梅理坦（Jacques Maritain）這樣，還是看重心無旁騖、不問世事的中世紀藝「匠」傳統。艾略特信奉英國國教，對中世紀的道德秩序極爲嚮往，一直覺得但丁比莎士比亞占便宜，因爲他可借用一套聖湯瑪士（St. Thomas）的哲學，自己專心寫詩，不必顧及其他問題。在一篇論文裡，講起但丁，他竟說過這樣的話：「詩人寫詩，形而上學家建立一套形而上學，蜜蜂釀蜜，蜘蛛分泌蛛絲；你簡直不能說其中任何一種製造者有什麼信仰，他（它）僅致力於『行』而已。」我認爲這段話是不大通的：蜜蜂釀蜜，蜘蛛結網，全憑本能，無所謂藝術創造。即是最低級的詩人，他總不能完全抄襲人家，至少在字句上同前人須有些出入。但艾略特說這句話，表示他自己早年深受十九世紀末期文藝思潮的影響。所謂「爲藝術而藝術」的信條，其實是從中世紀藝匠傳統脫胎而來的。艾略特生平最佩服的小說家喬哀思，從小受天主教教育，即爲致力於「行」的藝術家的代表。他一生寫小說，就等於在吐絲結網，網結好後，讀者欣賞不欣賞由讀者自便，至於網本身的結構和意義他是不置一辭的（當然事實上他沒有這樣「清高」，早期詮註 *Finnegans Wake* 的好事者都是他自己的朋友，材料也是他供給的，否則該書不可能有讀者）。

在好多十九世紀藝術家想像中的中世紀時代，大家信仰上帝，畫家虔誠地畫宗教畫，詩人寫讚美詩，即是一個木匠也和畫家一樣虔誠，做一只椅子，把它當藝術精品製作，那時世上沒有大量濫製的低級商品，生活的確是很美的。但事實上，中世紀並沒有想像中這樣可愛，諷刺教會、權貴的詩章也有不少，但丁自己即是位充滿政治感、憤怒感的詩人。艾略特雖然有意寫達到音樂境況的「純詩」，可喜的是他的詩並不純，其中包涵了潛藏內心深處的欲望和回憶。一開頭，他也想寫「純」詩評，寫到後來也愈來愈不純，實在發現詩的了解和評判同詩人的時代和社會關係太大了。他創辦 *Criterion*

季刊後，更是每期都寫有關當時西方政治、社會變動的社論。這些社論，沒有集起來，目今讀的人不多，讀了可能也不會發生好感，因爲艾略特在政治思想上一直是死硬的保守派。他也寫過幾本討論宗教、社會、文化的小冊子。這些書想來讀者也愈來愈少，艾略特傳世的作品無疑是他的詩、詩劇和詩評。但艾略特這樣一開頭深受法國象徵主義影響而抱著詩人寫詩以外不問世事的態度，後來變得這樣入世，極端關心英國和歐洲文化的前途，也正是他的偉大處。事實上，喬哀思這樣的藝術家，眞是太有忍心了。世界上多少事要知識分子、藝術家去分憂，他忍了太久，後來人畢竟變得麻木，與世情隔離。他沉湎於自己創造的小天地內，晚年那部巨著也無意反映人世的現實了。

王維的兩句詩：「晚年惟好靜，萬事不關心」，世代傳誦。王維自己是山水畫大家，而宋代以來的山水畫家，他們畫中常見的那個隱士即是「萬事不關心」的人物。何懷碩覺得道家、禪宗思想支配中國畫太久，再沒有新的意境可表達了。他自己是山水畫家，但同時卻也是萬事關心的現代知識分子。何懷碩的山水畫，自許有一種「苦澀的美感」，這點評者都承認。這種美感是否包涵了現代人面臨危機的「悲劇意識」，還得評家去探討，但至少何懷碩本人寫出那些崇山、寒林、冷月、孤帆，並無意複製那種傳統味道的「靜」美，卻給人驚心動魄的威壓。

在〈文學、思想、智慧〉一文裡，我對蕭伯納（B. Shaw）做了較苛的評斷。我那時受艾略特和「新批評」家影響太深，而在他們看來，蕭伯納說教式的戲劇是無足重視的。蕭氏是唯生主義的社會主義者，他的社會福利思想，事實上共產鐵幕以外的國家都已實施了；他那種絕對相信人類進步的唯生主義〔顯受柏格森（H. Bergson）的影響〕，更應在存在主義低潮的今日，重獲一般人的注意。蕭氏的劇本，就揭露人生眞相而言，當然遠比不上索福克理斯（Sophocles）、莎士比亞，也比不上易卜生（H. Ibsen）、契訶夫（A. Chekhov）。但憑我當年在上海一連串讀好多種劇本的長序的印象，其鼓舞人心的力量，鍼砭社會疾病的道德勇氣，實在英國作家間少有人可同他比的。我朋友間的散文家（思果、吳魯芹）講起英國的散文家來，總想到皮柏姆（Max Beerbohm），此人可算是正宗小品文最後一位大家。同時期蕭伯納寫的是暢論政治、社會、經濟、宗教、女權運動、人類前途的「大塊文章」，下筆有神，比起皮柏姆來，更顯得其生命力之充沛。英美二國小品文的傳統的確式微了。可喜蕭氏「大塊文章」的傳統，還有人延續著。美人維達爾（Gore Vidal），他的小說我一本也沒有讀過，但近年來寫的散文實在好，報章上譽之為「第一散文家」（Foremost essayist），實可當之無愧。他新出的文集 *Matters of Fact and of Fiction*，暢論美國政治、歷史、小說，我覺得值得國人注意。

蕭伯納自認承受了尼采、華格納（R. Wagner）、易卜生三大歐洲巨人的影響，但無疑的，他那種入世精神，抨擊英國工商業支配社會、剝削人民的批判態度，也延續了英國維多利亞時代好多思想家、文學家的傳統。蕭伯納自己是在報章上寫音樂評論起家的，維多利亞時代的文豪，一般講來，顯然對繪畫更有興趣。何懷碩自己是畫家，我不妨在這裡提一提羅斯金（John Ruskin）和馬立思（William Morris）這兩位。前者是藝術評論家兼散文大家，成名作是《現代畫家》（*Modern Painters*）這部書。年輕時他看到了透納（J. M. W. Turner）的風景畫。此人畫海畫山，捕光捉影，頗得印象派風氣之先，當時卻未受英國人重視。羅斯金寫書專為他說項，也可說肯定了英國浪漫派畫家的重要性。馬立思年輕時屬於一個追慕拉斐爾（R. Raphael）之前的義大利畫家的文藝團體，即所謂 Pre-Raphaelite Brotherhood。他自己也畫畫，但更以詩文馳名。馬立思看到當時英國人的家具粗俗不堪，自開一爿廠，專造手工精製的家庭用具。晚年更自創一家印刷公司，精印名著。羅斯金是藝術評論大師，馬立思是苦身力行的實用藝術家，二人都大有文名。但特別值得我們注意的是，二人到了晚年都轉為亟思改良社會的評論家，實在覺得在工業社會裡生活的民眾，僅教他們體會到「美」是不夠的，還非得在「眞」、「善」這兩方面齊頭努力不可，否則社會不會進步，民眾生活豐富不起來。維多利亞時代好多大散文家，到頭來莫不關心社會問題與文化前途，他們在修身工夫上面可能算不上是聖賢，但寫起文章來卻具聖賢之心。

我舉了羅斯金、馬立思這兩個例子，藉以證明何懷碩「吾道不孤」，十九世紀藝術家、藝術評論家間，關心國家文化、亟圖改進社會的賢者大有人在。何懷碩用不著感到孤獨，雖然大半同代畫家，不是自縛於國畫的傳統，即是「盲目西化」，迎頭趕上美國畫壇最時髦的風尚而沾沾自喜，有時不免使他灰心。當然，何懷碩身處這個時代，如眞有意身兼社會文化評論的職責，他的工作是艱巨的。維多利亞時代的大英帝國是世界第一強國，雖然社會上貧富不均，工人生活太苦，知識程度太低，但比起今日的英國來，羅斯金、馬立思所處的實在是個昇平時代。在大陸淪陷、國難方殷的今日，何懷碩見到國內文壇及社會上某些不良風氣，即無意評論時政，也忍不住要說幾句話。《域外郵稿》看來內容較雜，但差不多每篇文章裡都流露出他那份亟求國家振奮自強，走上民族本位「現代化」康莊大道的心懷。他見到有人出版胡蘭成歪曲史實、散布謬毒的「著作」，義憤塡膺，不得不寫文章提醒國人，共同重視。同樣情形，他見到有人訪問何秀子，竟肯定她「事業」上的成功，也非挺身出來辯正一番不可。

國內外看不慣的情形太多了，逼得何懷碩多寫社會評論，這是《域外郵稿》這本集子的特色。但同時他是畫家，也是好學不倦、目光銳利的文藝評論家。讀他三本集子，我發現他相當博學。即以西洋文藝理論這項學問而論，他常提到的大名家即有柏拉圖（Plato）、亞里斯多德（Aristotle）、康德

（I.Kant）、黑格爾（G. W. F. Hegel）、叔本華（A. Schopenhauer）、尼采、笙泰耶那（G. Santayana）、艾略特諸人。此外二十世紀的大思想家，諸如佛洛依德（S. Freud）、羅素（B. A. W. Russell）、斯本格勒（O. Spengler）、湯恩比（A. J. Toynbee）、索羅金（P. A. Sorokin），他顯然也都讀過。對我來說，因爲我自己是專攻文學的，何懷碩三本文集裡占比重最大的繪畫論評讀後得益最多。他畢竟是畫家，對中國畫的傳統和西洋現代畫的發展，自有其一套獨特的看法。前幾年中國人大捧畢卡索（P. Picasso）的當口，何懷碩偏偏寫了兩篇長文，評介美國當代人文主義畫家安德魯・懷斯（Andrew Wyeth），我覺得大有深意在。去年大畫家艾恩斯特（Max Ernst）去世，何懷碩寫了篇〈小論艾恩斯特〉，雖不能算是蓋棺定論，但至少也提供了一個中國藝術家對一位西洋大師自己獨特的看法。該文楔子裡一段話實在值得我們深省：

> 另一方面，我們的報導與評介，又多半是由外國書刊迻譯而來，這種翻譯工作自然絕不可少，而且是文壇進步的動力之一。但是我們自己人對外國作家的評論，更不可無。一個國家如果對世界沒有自己的看法，沒有立於自己見地上的評論，在文化思想與學術思想上，必造成一種依附他人，缺乏獨立思考的弊害。把別人的觀點當作我們的觀點，便難以建立自己的體系，自然永難有獨特的見解。

十多年來，何懷碩最關心的當然還是中國畫的傳統及其前途。《苦澀的美感》第二輯裡收集的八篇文章（頁一六五—二五〇），談及山水畫、人物畫、花鳥畫的特徵，和這些畫派今日所處的「困局」

及其未來的展望，我認爲是一系列最值得重視的中國藝術導論。我也讀過些旅美學人和外國專家寫的學院式中國畫論評，他們比較沿襲著傳統的觀點，而忽視傳統的局限和流弊，他們是鑒定家、考證家，而不敢對這個傳統下一針見血的判斷。《十年燈》裡有一篇短文〈中國人物畫與現實人生〉，論及人物畫的傳統和《苦澀的美感》第二輯裡的論文同樣精闢，不妨引錄一段（頁二四三）：

中國畫人物造型在悠遠的歷史中已創造了各種角色的典型，但在後代的模仿和傳習中，造成造型上固定化的模式。以所謂「美人」（又所謂「仕女畫」者）爲例，必是柳眉、鳳眼、櫻桃小口，齒不外露（故絕無畫女子笑容，頂多是抿嘴微笑而已；笑則「冶蕩」，故古畫中女人俱皆無表情之冰霜美人），至於體態與衣飾，莊嚴整齊，或執紈扇，或抱琵琶，或攬鏡梳妝，或柳蔭消暑，不說絕無西方的裸體，連抱著嬰兒餵奶的鏡頭，亦絕不入畫。這種遠離人生，遠離現實，從觀念到形式均深陷於因襲的泥坑中的人物畫，不但沒有繼承傳統（且看顧愷之的《女史箴》、李嵩的《貨郎圖》與張萱的《搗練圖》，皆爲人生現實之寫照可知），更不說發揚光大了！從創造爲藝術之本質的角度來看，我們今日還有多少人在畫什麼高士、仕女，以爲「保存」國粹而沾沾自喜。我們的藝術批評之薄弱與欠缺，亦可想而知。我們的人物畫家不敢面對現實人生，且一脫離了古人的「粉本」，便毫無創造的能力。柳眉鳳眼櫻桃小口固然是一種美；濃眉圓眼大嘴未嘗就不是一種美，且看蘇菲亞·羅蘭。我們在「美人」觀念上訴諸「固定反應」，正顯示了創造力的貧乏。

不僅蘇菲亞・羅蘭（Sophia Loren）而已，今日報章上任何電影女星、社會名媛相片，都比因襲傳統的中國「美女」像可愛，因爲她們至少是有血有肉、能露牙大笑的眞人。早在《詩經》時代，我國文字即善於素描美女：那位「巧笑倩兮，美目盼兮」的莊姜，雖然「齒如瓠犀」，卻是人品非常端莊的女詩人，絕對算不上是「冶蕩」，想不到後世畫家這樣沒出息，一點也沒有企圖畫出女人美目顧盼的「巧笑」來。曹植在〈洛神賦〉裡刻畫了一幅世界文學裡罕見的美女圖，相比起來，即是顧愷之《洛神圖》、《女史箴》裡的女子也顯得太刻板了。在我外行人看來，只有波蒂其里（S. Botticelli）這樣文藝復興時代的畫家，才能畫出「翩若驚鴻」的洛神來。他的《愛神出世圖》，我中學時期第一次在複印畫冊上見到，就給我一個牢不可忘「美」的印象，古代中國仕女畫沒有任何一幅曾給我一些震撼心靈的感覺。元代戲劇家關漢卿筆下有多少俐伶聰明活生生的女子，同代畫家哪能抓住眞實女子活潑的形象！早在宋代，山水畫即已超越了前代名家山水詩的成就，歷代的仕女畫，比起詩詞曲裡的仕女素描來，實在瞠乎其後。這可能和中國作畫的工具有關。顧愷之早已說過：「凡畫，人最難，次山水，次狗馬；台榭一定器耳，難成而易好，不得遷想妙得也。」（《十年燈》，一七三頁）何懷碩有西洋畫根柢，想把中國畫現代化，眞不妨也多畫人物畫。不論爲古人造型，或爲今人寫像，人物畫是最能表達當代中國人處境艱苦的悲劇感的。

〈畫家王己千評介〉這篇長文，我認爲是《域外郵稿》裡對近代中國繪畫史提供資料最有貢獻的一篇，也表示作者對中國繪畫前途的高瞻遠矚。此外有好幾位近代畫家（任伯年、吳昌碩、齊白石等），何懷碩都寫過精闢的評斷。寫近代畫家專論，實在他最爲合適。身兼畫家與文藝評論家的何懷碩當然有寫不完的文章好寫，但他對近代中國畫家的成敗得失知道得太清楚了，眞應該花一兩年時間，寫一系列近代中國畫家論的文字，同當年羅斯金潛心從事《現代畫家》的寫作一樣。從任伯年講起，評論的對象不必求多，主要要道出近代中國畫這個新傳統的建立和發展。近百年來享有盛名的中國畫家太多了，其中哪幾位眞有創新的成就，將不斷啓發後來的畫家，這些人才是値得大書特書的。一個公認的近代中國畫新傳統建立後，才能確定年輕一代畫家努力的方向。寫這樣一本書，想來也會帶給何懷碩自己更大的滿足，因爲他得集中精神，從事一個專題的研究。

何懷碩今年三十五歲，剛走到了但丁所謂「人生旅途之中點」。現代人壽命比古代人長，何懷碩今後四五十年的創作生涯，其燦爛成就是可以預卜的。但願未來四五十年中，國家轉爲富強，許多問題不必何懷碩去操心，專心從事繪畫和文藝評論的寫作。但話說回來，他的愛國熱腸和「萬事關心」的積極態度，也正說明了爲什麼他作畫總自造意境，爲文必言之有物，毫不染上一點西方現代虛無主義及傳統文人畫家「戲筆」、「玩世」的習氣。

一九七七年七月九日於紐約

原載同年九月二十二日〈聯副〉

重會錢鍾書紀實

一、錢鍾書訪哥大

錢鍾書先生今春訪美的消息，早在三月間就聽到了，一時想不起是什麼人告訴我的。四月初一個晚上，秦家懿（Julia Ching）女士打電話來，謂最近曾去過北京，在「中國社會科學院」裡見到了錢鍾書，他囑她傳言，我可否把我的著作先航郵寄他，他自己將於四月底或五月初隨「社會科學院」代表團來美國，重會之期，想不遠矣。秦家懿也是無錫人，才三十多歲，現任加拿大吐朗妥大學哲學系教授，專治中國思想史，著述甚豐，且精通法、德、日文，實在稱得上是海外年輕學人間最傑出的一位。多年前她在哥大同系執教，我們都是江南人，很談得來，後來她去耶魯教書，照舊有事就打電話給我。我們相交十年多，我手邊她的信一封也沒有，顯然她是不愛寫信的。那晚打電話來，可能她人在紐約市，因爲她不時來紐約看她的母親和繼父。

電話掛斷，我實在很興奮，三年前還以爲錢鍾書已去世了，特別寫篇文章悼念他，想不到不出三四星期，就能在紐約同他重會了。我同錢先生第一次會面是在一九四三年秋天的一個晚上，那時濟安

■夏志清（右）、錢鍾書一九七九年四月二十三日在夏志清辦公室（420 Kent Hall）。

哥離滬去內地才不久。〈追念錢鍾書先生〉文裡我誤記為一九四四年，實因從無記日記的習慣，推算過去事蹟的年月，很容易犯錯。最近找出那本帶出國的「備忘錄」，才確定初會的那晚是在一九四三年秋季。錢囑我寄書，我五六種中英著作，航寄郵費太貴，再加上除了《中國古典小說》英文本外，大半書裡多反共論調，寄去不一定能收到，反正他人即要來美國了，面呈較妥，決定先寫封郵簡給他。同前輩學人通信，對我來說，是樁很頭痛的事，自己文言根柢不夠深厚，寫白話信似不夠尊敬，如給錢先生寫封英文信，雖然措辭可以比較大方，也好像有些「班門弄斧」。一九五一年，我同胡適之先生寫封信，想了半天還是覺得打封英文信比較大方，結果他老人家置之不理。但錢鍾書反正知道我是英文系出身，寫封淺近文言夾白話的信給他，想他不會笑我不通的。

錢於動身的前一天收到我的郵簡，立即寫封毛筆信給我，我收到那封信，已是四月二十日星期五，那天上午十時有個學生要在我辦公室（墾德堂四二〇室）考博士學位預試，我拆閱錢函沒幾分鐘，另外兩位中國文學教授——華茲生（Burton Watson）和魏瑪莎（Marsha Wagner）——也進來了。到那天，瑪莎同我早已知道下星期一（四月二十三日）「社會科學院」代表團要來訪問哥大了，我不免把這封信傳觀一番，雖然明知錢的行書他們是認不清楚的。這封信，對我來說，太有保存價值了，可惜信箋是普通五分薄紙，左角雖印有灰色竹石圖案，墨色太深，不便在上面寫字。在今日大陸，當年榮寶齋的信箋當然在市面上是無法買到的了。原信滿滿兩頁，茲加標點符號，抄錄如下：

志清吾兄教席：闊別將四十年，英才妙質時時往來胸中，少陵詩所謂「文章有神交有道」，初不在乎形骸之密，音問之勤也。少年塗抹，壯未可悔，而老竟無成，乃蒙加以拂拭，借之齒牙，何啻管仲之歎，知我者鮑子乎？尊著早拜讀，文筆之雅，識力之定，迥異點鬼簿、户口冊之倫，足以開拓心胸，澡雪精神，不特名世，亦必傳世。不才得附驥尾，何其幸也！去秋在意，彼邦學士示 Dennis Hu 先生一文論拙作者，又晤俄、法、捷譯者，洋八股流毒海外，則兄復須與其咎矣。一笑。社會科學院應美國之邀，派代表團訪問。弟廁其列，日程密不透風，尚有登記請見者近千人，到紐約時當求謀面，但嘈雜倥傯，恐難罄懷暢敘。他日苟能返國訪親，對床話雨，則私衷大願耳。新選舊作論文四篇爲一集，又有《管錐編》約百萬言，國慶前可問世。《宋詩選註》增註三十條，亦已付印，屆時將一一奉呈誨正，聊示永以爲好之微意。內人尚安善，編一小集，出版後並呈。秦女士名門才媛，重以鄉誼，而當日人多以談生意經爲主，未暇領教，有恨如何？晤面時煩代致候。弟明日啓程，過巴黎來美，把臂在邇，倚裝先復一書，猶八股文家所嘲破題之前有壽星頭，必爲文律精嚴如兄者所哂矣。匆布，即叩

近　安

弟鍾書敬上楊絳問候

四月十三日

人生一世，難得收到幾封最敬愛的前輩讚勉自己的信。明知有些話是過譽，但誦讀再三，心裡實在舒服。當天就把信影印了一份，交唐德剛太太（她在醫院工作，離我寓所極近），帶回家給德剛兄同賞。

兩年來，中共團體訪問美國的愈來愈多，紐約市是他們必經之地，哥大既是當地學府重鎮，他們也必定要參觀一番的。這些歡迎會，我是從來不參加的，實在無意同那些穿毛裝的人握手言歡。只有一次破例：去年夏天，北京藝術表演團在林肯中心表演期間，哥大招待他們在哥大俱樂部吃頓午餐，當年我愛好平劇，倒想同那些平劇演員談談。有人給我票，他們的表演我也在早幾天看過了。那晚表演，絕少精彩，林懷民認爲「沒有自由，哪有藝術？」一點也沒有說錯，但我只覺得這些藝人可憐，毫無責罵他們的必要。

錢鍾書是我自己想見的人，情形當然不同。正好校方派我負責招待他，再好也沒有。朋友間好多讀過他的長篇《圍城》的，都想一睹他的風采，建議二十三日晚上由我出面請他吃晚飯，可能有兩桌，飯錢由眾人合付。我託校方轉達此意後，隔日華府即有負責招待「代表團」的洋人打電話給我，謂錢氏當晚自己作東，在他的旅館裡請我夫婦吃便飯。我只好答應，不便勉強他吃中國館子。

二十三日那天，節目排得很緊。晨九時哥大校長在行政大樓會議室（Faculty Room）請喝咖啡；十二時教務長招待代表團在哥大俱樂部吃午餐；四點開始，東亞研究所在國際關係研究院大樓（International Affairs Building）設酒會招待。上下午兩個空檔，各來賓由他的校方招待陪著，上午同同行的教授們交換意見，下午同教授、研究生會談。代表團裡，除錢鍾書外，只有費孝通是國際著名的學人。他當年是調查、研究中國農村實況的社會學家，曾留學英國，也來過美國，在美國學人間朋友最多。其餘的九位，包括領頭的一位，都沒有什麼國際聲望。其中有一位，不諳英語，偏偏他最「紅」最「專」，滿口黨八股。負責招待他的那位哥大同事，因言語不通，無話可談，事後向我叫冤不止。

九時許，代表團由美國官方巴士送到行政大樓門前。我們從會議室走向大門，他們已步入大樓了。錢鍾書的相貌我當然記不清了，但一知道那位穿深灰色毛裝的就是他之後，二人就相抱示歡。錢鍾書出生於一九一〇年陽曆十一月二十一日（根據代表團發的情報），已六十九歲，比我大了九歲另三個月，但一無老態，加上白髮比我少得多，看來比我還年輕。錢鍾書人雖一直留在大陸，他的早期著作《圍城》、《人獸鬼》、《談藝錄》只能在海外流傳，在大陸是不准發售的，也早已絕版。他的著作是屬於全世界中國人的，在大陸即使今年將有新作發售，他艱深的文言文一般中共大學生就無法看懂。他身體看來很健康，表示他還有好多年的著作生命，這是任何愛護中國文化的人都應該感到慶幸的。

咖啡晨會不到二十分鐘即散場，事後我同魏瑪莎就帶錢先生到我的辦公室。因爲經常在家裡工作，該室靠窗兩只書桌上一向堆滿了書籍報章郵件，一年難得整理一兩次。早兩天，自己覺得不好意思，花了三個鐘點把書桌上那座小山削平，扔掉的雜物裝滿了五只廢紙桶，有好多書商寄來的廣告，根本從未拆閱過。辦公室中央則放著一只長桌，供高級班上課之用，此外並無一角可以會客的地方。進來後，我同錢只好隔了長桌對坐，瑪莎坐在錢的旁邊。隔幾分鐘，華茲生也來了，我即在書架上搬下他的兩巨冊《史記》譯本。不料錢從未見過這部書，眞令人感到詫異。多少年來，錢鍾書一直在「中國科學院」文學研究所工作。該院相當於中央研究院，一分爲二（「社會科學院」、「自然科學院」）後，錢才調往「社會科學院」工作。司馬遷也一直給中共認爲是擁護農民革命、反抗漢代專制帝權的大史家，連他作品的英譯本兩大「科學院」也不購置一部，其他可想而知了。

二、上午會談摘要

我早同魏、華二人打好關節，反正你們對錢所知極淺，我同他倒有講不完的話要講，寒暄一番後，你們就告辭。所以從十點到十一點三刻，就只有我同錢在室內交談。十一點三刻，另有中文講師受「美國之音」之託，另在他室做了幾分鐘訪問。之後，我就帶他到俱樂部去吃午飯，下面是上午談話加以整理後的摘要：

我一直以爲「中國科學院」歐美新著買得頗全，錢早已讀過我的「現代小說史」了。實情是，此書他去秋到義大利開一次漢學會議時才見到。有一位義籍漢學家同錢初晤，覺得名字很熟，即拍額叫道：「對了，你是夏某人書裡的一個專章。」隨即拿書給錢看。錢在會場上不僅見到了《圍城》法、俄、捷克三國文字的譯者（那些譯本是否已出版，待查），也聽到了美國有位凱莉（Jeanne Kelly）女士正在翻他這部小說。現在英譯本茅國權兄加以潤飾後，已交印第安那大學出版所，今秋即可問世。返大陸之後，錢鍾書打聽到北京大學圖書館藏有我的「小說史」，才把它細細讀了。

從現代小說我們二人談到了古典小說。《紅樓夢》是大陸學者從事研究的熱門題材，近年來發現有關曹雪芹的材料眞多。錢謂這些資料大半是僞造的。他抄兩句平仄不調、文義拙劣的詩句爲證，曹雪芹如會出這樣的詩，就不可能寫《紅樓夢》了。記得去年看到趙岡兄一篇報導，謂曹雪芹晚年思想大有轉變，不把《紅樓夢》寫完，倒寫了一本講縫紉、烹調、製作風箏的民藝教科書，我實在不敢相信，不久就看到了高陽先生提出質疑的文章。現在想想，高陽識見過人，趙岡不斷注意大陸出版有關曹氏的新材料，反給搞糊塗了。

海外老是傳說，錢鍾書曾任毛澤東的英文秘書，《毛澤東選集》的英譯本也是他策畫主譯的。錢對我說，根本沒有這一回事，他非共產黨員，怎麼會有資格去當毛的秘書？的確，讀過他的小說的都知道錢是最討厭趨奉權貴、拍上司馬屁的學人、教授的。《圍城》裡給挖苦最凶的空頭哲學家褚慎明就影射了錢的無錫同鄉許思園，他把汪精衛的詩篇譯成英文（Seyuan Shu, tr., *Poems of Wang Ching-wei*, London, Allen and Unwin，一九三八），汪才送他出國的（「有位愛才的闊官僚花一萬金送他出洋」——《圍城》三版，八十三頁）。此事我早已知道，特在這裡提一筆，藉以表明錢對那些投機取巧、招搖撞騙的學者文人一向嫉惡如仇。

錢同我談話，有時中文，有時英語，但不時夾一些法文成語、詩句，法文咬音之準、味道之足，實在令我驚異。中國人學習法文，讀普通法文書不難，法文要講得流利漂亮實在不易。我問他，才知道他於一九三七年在牛津大學拿到文學士（B. Litt.）學位後，隨同夫人楊絳在巴黎大學讀了一年書。楊絳原是專攻拉丁系語言的文學的，所以非去法國深造不可；錢自己預備讀什麼學位，當時忘了問他。《圍城》主角方鴻漸一九三七年七月乘法國郵船返國，想來錢也乘這樣一條船返國的。錢氏夫婦留學法國事，好像以前還沒有人提起過。

四十年代初期在上海那幾年，錢私授了不少學生，憑那幾份束脩以貼補家用。那時大學教授的薪水是很低的。楊絳的劇本——《稱心如意》、《弄眞成假》、《遊戲人間》、《風絮》——上演，也抽到了不少版稅。一九四七年《圍城》出版，大爲轟動，暢銷不衰，所以那幾年物價雖高漲，他們生活尚能維持。當年有好多《圍城》的女讀者，來信對錢鍾書的婚姻生活大表同情，錢談及此事，至今仍感得意。事實上，楊絳同《圍城》女主角孫柔嘉一點也不像；錢氏夫婦志同道合，婚姻極爲美滿。

我對錢說，我的學生耿德華（Edward Gunn）博士論文寫抗戰期間的上海文學和北平文學，不僅有專節討論他的小說，也有專節討論楊絳的劇本，對她推崇備至。他翻看論文的目錄，十分高興。論文將由哥大出版所出版，另加正標題「不受歡迎的繆思」（Unwelcome Muse）。那天下午耿君特地從康乃爾大學趕來看錢，請教了不少有關上海當年文壇的問題。

我在給錢的那封信上，就提到了「追念」文，表示道歉。在長桌上我放了六本自己的著作，他只拿了《小說史》、《人的文學》兩種，餘書他要我郵寄。他對「追念」文興趣卻極大，當場讀了，反正他一目十行，不費多少時刻。事後，我說另一〈勸學篇——專覆顏元叔教授〉也提到他，不妨一讀，他也看了，顯然對台灣文壇的近況極感興趣。我順便說，《談藝錄》論李賀那一節提到德國詩人、劇作家赫貝兒（Friedrich Hebbel），錢誤寫成赫貝兒斯（Hebbels），不知他有沒有留意到。他當然早已覺察到了，可見任何博學大儒，粗心的地方還是有的。想來當年錢也僅翻看了一本論赫貝兒詩的德文專著，並未精讀赫詩，德國詩人這樣多，哪裡能讀遍？

事實上，三十年來錢讀書更多，自感對《談藝錄》不太滿意。他說有些嘲笑洋人的地方是不應該的。當年他看不起義大利哲學家兼文評家克魯齊（B. Croce），現在把克魯齊全集讀了，對他的學識見解大爲佩服。講起克魯齊，他連帶講起十九世紀義大利首席文學史家狄桑克惕斯（Franceseo De Sanctis），因爲他的巨著《義大利文學史》錢也讀了。我知道克魯齊極端推崇狄桑克惕斯，威來克（René Wellek）也如此，曾在《近代文藝批評史》專論十九世紀後半期的第四冊裡專章論他。該章我也粗略翻過，但義大利文學我只讀過《神曲》、《十日談》這類古典名著的譯本，十八九世紀的作品一本也沒有讀過，狄桑克惕斯再精彩，我也無法領會。自知精力有限，要在中國文學研究上有所建樹，更不能像在少年時期這樣廣讀雜書。錢鍾書天賦厚，本錢足，讀書精而又博，五十年來，神交了不知多少中西古今的碩儒文豪。至今雖身處不自由地區，在他書齋內，照樣做其鯤鵬式的逍遙遊，自感樂趣無窮。

在「文革」期間，錢鍾書告訴我，他也過了七個月的勞改生活。每天早晨到馬列研究所研讀那些馬列主義、毛澤東思想文件，也做些勞動體力的粗工，晚上才回家。但錢的求知欲是壓抑不住的，馬克思（K. Max）原是十九世紀的大思想家，既然天天在馬列研究所，他就找出一部德文原文的馬克思、恩格斯（F. Engels）書信集來閱讀，讀得津津有味，自稱對馬克思的性生活有所發現。可惜我對馬克思所知極淺，沒有追問下去，究竟發現了些什麼。

比起其他留學歐美的知識分子來，錢鍾書僅勞改七月，所受的懲罰算是最輕的了。他能輕易逃過關，據他自己的分析，主要他非共產黨員，從未出過鋒頭，罵過什麼人，捧過什麼人，所以也沒有什麼「劣跡」給人抓住。一九四九年來，多少學人、教授爭先恐後的要入黨，表示自己「前進」，這些人在鬥爭會議上，罵起被鬥爭的對象（往往是自己的朋友）來，比別人更凶，唯恐自己落後。錢鍾書也參加過鬥爭大會，但他在會場上從不發言，人家也拿他沒有辦法。在大陸，絕大多數的知識分子無福享受到「沉默的自由」，錢自稱多少享受了「沉默的自由」，我想情形並不這樣簡單。很可能上面有人包庇他，不讓當代第一博學鴻儒，捲入無謂的鬥爭之中。

在今日大陸，好多歐美出版的漢學新書看不到，但代表西歐最新潮流的文學作品、學術專著，錢倒看到了一些，這可能是「四人幫」垮台後學術界的新氣象。錢自稱讀過些法人羅勃・葛利葉（Alain Robbe Grillet）、德人畢爾（Heinrich Böll）的小說，結構派人類學家李維—史陀（Claude Lévi-Strauss）、文學評析家巴特（Roland Barthes）的著述。大陸學人、文藝工作者，其知識之淺陋，眾所共知；但錢鍾書的確是鵬立雞羣（鶴比雞大不了多少），只要歐美新書來源不斷，他即可足不出戶地神遊竹幕之外。

雖然如此，三十年來錢鍾書眞正關注的對象是中國古代的文化和文學。他原先在「中國科學院」的「文學研究所」內研究西洋文學，旋即調任「中國文學史編寫組」，就表示他做了個明智的決定。研究西洋文學，非得人在國外，用西文書寫研究成果，才能博得國際性的重視。大陸學人，在中文期刊上發表些研究報告，批評觀點逃不出馬列主義，人家根本不會理睬的。在今日大陸，西洋文學研究者只有一條路可走：翻譯名著。楊絳去年出版了兩厚冊《唐吉訶德》，譯自西班牙原文，就代表了在閉塞的環境下一個不甘自暴自棄的西洋文學研究者所能做的工作。假如楊絳的譯筆忠實傳神，她這部譯著也可一直流傳下去。

錢鍾書的《談藝錄》是他早年研究唐宋以來的詩和詩評的成績。身陷大陸以後，他編著的書只有兩種，零星文章發表的也極少，寫「追念」文時，我眞以爲他人在北京，只能讀書自娛，不便把研究心得寫下來。去歲看到《管錐編》即將出版的預告，還以爲是本讀書札記式小書，絕想不到是部「百萬言」的巨著。澳洲大學柳存仁兄最近來信告我，錢採用「管錐」此詞爲書名帶有自嘲的意味，即「以管窺天，以錐測地也」。存仁兄的解釋一定是對的，至今我們謙稱自己的意見爲「管見」。

三、三十年的心血——《管錐編》

目今中國文學研究者，將中國文學分成詩詞、戲劇、小說、散文諸類，再憑各人興趣去分工研究。過去中國讀書人，把所有的書籍分成經史子集四大類，未把文學跟哲學、史學嚴格分開。個別文人的詩詞、散文、詩話、小說筆記都屬於「集」這一部門，《談藝錄》研究的對象也就是「集」。

《管錐編》研討十部書：《易經》、《詩經》、《左傳》、《史記》、《老子》、《列子》、《焦氏易林》、《楚辭》、《太平廣記》、《全上古三代秦漢三國六朝文》。也就是說，錢鍾書不僅是文學研究者，也是個道地的漢學家，把十部經史子集的代表作逐一加以研究。除了《太平廣記》裡錄有唐人小說外，這十部書都可說是唐代以前著述，同《談藝錄》研討唐代以還的詩，時代恰好一前一後。

去秋香港《大公報》出版了《大公報在港復刊三十周年紀念文集》兩卷。下卷匯集了香港同海外親共學人、作家的論文和作品，內容較雜；上卷則蒐集了中共大陸「文革」以來沉默了好多年的著名學者加上少數文藝工作者（秦牧、戈寶權）的論文，內容相當扎實，可視為中共藉以向香港、海外讀者炫耀的人文學科方面的研究成績。《管錐編》也被選錄了五則。可惜友人自港寄我這部紀念文集，上卷給郵政局弄丟了，一直未見到。那天上午錢鍾書既對我略述他的新書內容，並自稱該書文體比《談藝錄》更古奧，一時看不到「紀念文集」上卷，自覺心癢難熬。現在，我已把友人寄我的五則「選錄」影印本拜讀了，眞覺得錢鍾書為古代經籍做訓詁義理方面的整理，直承鄭玄、朱熹諸大儒的傳統；同時他仍旁徵博引西方歷代哲理、文學名著，也給「漢學」打開了一個比較研究的新局面。剛去世的屈萬里先生，也是我敬愛的學人。他治古代經典，頗有發明，只可惜他對西方經典所知極淺，治學氣魄自然不夠大。目今在台港治比較文學的年輕學者，他們讀過些西洋名著，對歐美近人的文學理論頗知借鑒，但他們的漢學根柢當然是遠比不上屈先生的。今秋《管錐編》出版，雖然在中共大陸不可能有多少讀者，應該是漢學界、比較文學界歷年來所未逢的最大盛事。

錢鍾書中西兼通的大學問，讀過《談藝錄》的都知道，不必再舉例子。在這裡，我倒要引一段錢氏訓「衣」的文字，藉以證明錢氏今日的漢學造詣不僅遠勝三十年前，且能把各種經典有關「衣」字的註釋，融會貫通，而對該字本身「相成相反」的含義做了最精密的例證：

「禮記・樂記」：「不學博依，不能安詩」，鄭玄註：「廣譬喻也，『依』或爲『衣』」。「說文」：「衣，依也」；「白虎通・衣裳」，「衣者隱也，裳者障也」。夫隱爲顯之反，不顯言直道而曲喻罕譬；「呂覽・重言」：「成公賈曰：『願與君王讔』」，「史記・楚世家」作：「伍舉曰：『願有進隱』」，裴駰集解：「謂隱藏其意」；「史記・滑稽列傳」：「淳于髡喜隱」，正此之謂，「漢書・東方朔傳・贊」：「依隱玩世……其滑稽之雄乎」，如淳註：「依違朝隱」，不曉「依隱」而強釋耳。「文心雕龍・諧隱」之「內怨爲俳」，常州派論詞之「意內言外」（參視謝章鋌「賭棋山莊詞話」續集卷五），皆隱之屬也。「禮記」之「曲禮」及「內則」均有「不以隱疾」之語，鄭註均曰：「衣中之疾」，蓋衣者，所以隱障。然而衣亦可資炫飾，「禮記・表記」：「衣服以移之」，鄭註：「『移』猶廣大也」，孔疏：「使之尊嚴也。」是衣者，「移」也，故「服爲身之章」。「詩・候人」譏「彼其之子，不稱其服」；「中庸」：「衣錦尚絅，惡其文之著也」，鄭註：「爲其文章露見」；「孟子・告子」：「令聞廣譽施於身，所以不願人之文繡也」，趙岐註：「繡衣服也」；「論衡・書解」：「夫文德，世服也。空書爲文，實行爲德，著之於衣爲服。衣服以品賢，賢以文爲差」，且舉鳳羽虎毛之五色紛綸爲比。則隱身適成引目之具，自障偏有自彰之效，相反相成，同體歧用。詩廣譬喻，託物寓志：其意恍兮躍如，衣之隱也、障也；其詞煥乎斐然，衣之引也、彰也。一「衣」字而兼概沉思翰藻，此背出分訓之同時合訓也，談藝者或有取歟。「唐摭言」卷十稱趙牧效李賀詩，「可謂蹙金結繡」，又稱劉光遠效李賀詩，「尤能埋沒意緒」，恰可分詁「衣」之兩義矣。

英國詩評家燕卜蓀（William Empson）寫過一本書，討論 *The Structure of Complex Words*，好多英語常用的字眼，如 wit 、 sense ，看來意義十分簡單，卻是含義極複雜的「結構」。燕卜蓀把這類字逐章討論，詳引莎士比亞、密爾頓（J. Milton）、蒲伯（A. Pope）、華滋華斯等歷代英國大詩人，而細析每字因時代變遷而添增的含義，當年讀來，甚感興味。錢鍾書所訓的「衣」字，顯然也是同類的「複義字」，他也盡可以把這段訓詁寫成一篇極長的論文，但錢鍾書寫這部百萬言的巨著，要提供的讀書心得實在太多了，只好把這段文字緊縮，讓內行讀者自己去體會他學問的博大精深。借用「衣」字來點明古人對「詩」、「文」二概念之認識，道前人所未道，實在令人心折。

錢鍾書能善用時間，三十年間寫出這樣一部大書，可謂此生無憾。但錢不僅是中西兼通的漢學大師，他也是位卓越的小說家，三十年來他不可能再從事小說創作，仍是國家莫大的損失。《圍城》出版後，錢策畫了一部長篇小說，自稱可比《圍城》寫得更精彩。書題《百合心》，典出波德萊爾（C. Baudelaire）"Le Coeur d'Artichaut"一辭：含義是人的心像百合花的鱗莖一樣，一瓣一瓣剝掉，到最後一無所有。同《圍城》一樣，《百合心》同樣是個悲觀的人生象徵。那天晚上錢對我說，他的處世態度是："long-term pessimism, short-term optimism"——目光放遠，萬事皆悲，目光放近，則自應樂觀，以求振作。大陸易幟前，《百合心》已寫了三萬四千字，接著錢受聘清華大學，自滬北上，手稿憑郵寄竟遭遺失。一般作家、學者，逃難也好，搬家也好，總把尚未完成的書稿放在身邊。錢鍾書這樣大意，倒出我意料之外。可是時局變了，從此錢鍾書再沒有心思把《百合心》補寫、續寫了。

四、下午的節目

午前談話當然不止這些，有些瑣憶將在本文第五節裡提及。十二時正，我陪錢鍾書到俱樂部去吃飯。筵設八桌，桌面上除了葡萄酒同啤酒外，還放著幾瓶可口可樂，我覺得很好笑。可口可樂即要在大陸發售了，哥大特別討好代表團，讓他們重嘗一下這種飲品的味道。飯後原定節目是參觀哥大校園，錢倒有意到我家裡坐坐，會見我的另一半，表示人到禮到。我的公寓房子一向也是亂糟糟的，實在照顧小女自珍太費心，王洞再沒有時間去清理房間。那天她倒預料會有貴客來訪，家裡收拾得還算整潔。那天自珍（已經七歲了）又患微恙，沒有去上學。她見到我，當然就要騎在我肩上，在屋子裡走上一兩圈。錢見到此景，眞心表示關懷，最使我感動。說眞的，我的事業一向還算順利，七八年來，爲了小孩子眞是天天操心，日裡不能工作，差不多每天熬夜。朋友間有好幾位天主教徒、基督徒、佛教徒每天爲我小女禱告，實在友情可感。現在又連累了錢鍾書，那天晚上一同吃飯，隔兩天通一次電話，人抵洛杉磯後來信，他都再三問及小女，祈望她早日開竅。

下午二時到四時是錢鍾書同研究生、教授會談的時間。我帶錢鍾書到甕德堂四樓，走過「研究室」（seminar room），已有十多位圍坐著長圓桌，等待錢的光臨，之後人數不斷增加，有些遠道而來，有些紐約市華人慕名而來，濟濟一堂，十分熱鬧。這個座談會，事前並無準備，錢有問必答，憑其講英語的口才，即令四座吃驚。事後一位專治中國史的洋同事對我說，生平從未聽過這樣漂亮的英文，只有一位哈佛教授差堪同錢相比（這位同事大學四年在哈佛，研究院多年在柏克萊加大）。錢鍾書去歲末赴歐洲前有近三十年未同洋人接觸，英文照舊出口成章，眞是虧他的。我在「追念」文中寫道：「我國學人間，不論他的同代或晚輩，還沒有人比得上他這麼博聞強記，廣覽羣書。」現在想想，像錢鍾書這樣的奇才，近百年來我國還沒有第二人堪同他相比。

座談會剛開始，我的學生不免怯場，不敢多向他請教。碰到這樣的場面，我就自己發問，或者說些幽默話。有一次，我帶輕鬆的語調說道，錢先生的中西學問我無法同他相比，可是美國電影的知識我遠比他豐富，現在我要考他，珍・芳達（Jane Fonda）是誰？不料錢竟回答道：這位明星，是否最近得了個什麼獎？珍・芳達是左派國際紅星，所以錢人在北京，即從西文共黨報刊上看到了她的名字。另一次，我的一位學生剛走進「研究室」，我說此人在寫《平妖傳》的論文，要向錢先生請教。他即提名討論兩三位主角，並謂該部優秀小說最後幾章寫得極差。錢讀這部小說可能已是四五十年的事了，但任何讀過的書，他是忘不了的。後來在招待酒會上，我有一位華籍同事抄了一首絕句問他。此詩通常認爲是朱熹的作品，卻不見《朱子全書》，我的同事爲此事困惑已久。錢一看即知道此詩初刊於哪一部書，並非朱熹的作品。

錢鍾書表演了兩小時，滿堂熱烈鼓掌。事後，有些也聽過別的「科學院」代表講話的，都認爲錢最 outspoken，直言大陸學術界眞相，嘴裡不帶中共八股。東方漢學家，不論學問如何好，因爲英語講不流利，甚至不諳英語，來美國講學很吃力不討好。一九六二年，日本首席漢學家吉川幸次郎來訪哥大，曾講學六次，都排在星期五晚上。我剛來哥大教書，不好意思不去捧場。每次講稿都由研究生翻譯了，先分派與會者。第一次討論會，幸川教授自己再把講稿讀一遍，一共十一、二頁，卻讀了近一小時，大家坐得不耐煩。事後聽眾發問，吉川英文不好，對西洋的文學研究方法和趨勢也不太清楚，實在講不出什麼名堂來。以後五次，吉川不再唸他的講稿了，兩個鐘點的時間更難打發。吉川的確是世所公認的漢學大師，但他可說是墨守成規的舊式學者，論才華學問，哪一點比得上中西兼通的錢鍾書？美國漢學界間至今還有不少人重日輕華；事實上，近十多年來，台港學人以及留美華籍教授，他們整理、研究中國文學的成績早已遠超過了日本漢學家。

五、雜談與瑣憶

酒會散後，錢鍾書隨同代表團先返東城公園大道 Sheraton-Russell 旅館，同我們約定七時在旅館相聚。於梨華那天也趕來參加了下午的聚會，她一定要我帶她去旅館，強不過她，只好帶她乘計程車同去。錢下樓後，我們先在門廊裡小談片刻，我忽然想到三十六年前初會，錢坐在沙發上，手持一根「史的克」（方鴻漸出門，也帶手杖），現在望七之年，此物反而不備了。錢說那是留學期間學來的英國紳士派頭，手杖早已不帶了。

進餐廳，我們四人一小圓桌，別的代表一大桌，他們累了一天，盡可出門逛逛街，好好吃頓中國飯，但看來大家自知約束，不便隨意行動。我們一桌，談得很融洽，多談錢的往事和近況。現在我把這次談話，以及上午同類性質的雜憶，整理出來，報告如下：

這次他跟楊絳是同機出發的。她留在巴黎，屬於另一個代表團。大陸人才凋零，現在中共要同西方國家打交道，錢氏夫婦顯然頗爲重用。他們的獨生女兒錢瑗，領到英國協進會（British Council）的一筆獎學金，也在英國留學。二老領兩份「社會科學院」研究員的薪水，住在高級住宅區，生活算是優等的，但前幾年，想還在「四人幫」當權期間，錢爲庸醫所誤，小病轉爲大病，曾昏迷過四小時（想即是他去世謠傳的由來），腦部未受損傷，已是不幸中的大幸了。但從此得了氣喘症，冬季只好深居簡出，謝絕一切應酬。牛津大學曾有意請他去講學一年，他怕英國氣候潮濕，也不便答應。

郭沫若爲什麼要寫貶杜揚李的書《李白與杜甫》，我一直覺得很奇怪。錢鍾書言，毛澤東讀唐詩，最愛「三李」——李白、李賀、李商隱，反不喜「人民詩人」杜甫，郭沫若就聽從聖旨寫了此書。毛氏自稱共產黨，他的趣味卻是貴族的，而且也可說是頹廢的。無論如何，若用共產觀點評唐詩，杜甫要比李白偉大得多。

錢鍾書國學根基當然在他嚴父錢基博教導之下，從小就打好的了。但他自言在中學期間，初不知用功，曾給父親痛打一頓。十五歲才自知發憤讀書。可能因爲用功太遲，考清華大學，數理考卷不及格（僅拿零分之說，卻是謠傳），但中英文考卷成績優異，主持入學考試的教授們曾把錢的考卷呈羅家倫校長請示，數理成績太差是否應收他。羅校長看了錢的中英文作文，驚爲奇才，立即錄取。到了大三或大四那年，羅特別召見錢鍾書，把這段掌故告訴他，視之爲自己識拔的「門生」。錢同屆清華同學有曹禺、吳組緗二人，後來皆文壇馳名。

開明原版《談藝錄》封面題字，同錢先生給我的信比較，一看即知出自著者自己的手筆。《宋詩選註》原版封面上四個楷書字，我特別喜歡，卻非錢的筆跡，一問才知道是沈尹默先生的墨寶。當晚回家一查，原來中共重印的中國古典書籍，諸凡《駱臨海集箋註》、《王右丞集箋註》、《三家評註李長吉歌詩》、《柳河東集》、《樊川詩集註》、《蘇舜欽集》、《王荊公詩文沈氏註》、《李清照集》、《范石湖集》，皆由沈尹默題款。沈是大陸上最後一位書法大家，去世已多年，只可惜一般青年學子，見了這些封面題字，也不知道是何人的墨跡。

六、悼楊璧

在〈追念〉文裡我提到一位「楊絳本家」的才女，宋淇兄那晚請客，有意製造機會使我同她相識。她名楊璧，其實即是楊絳的親妹妹，畢業於震旦女子學院英文系，錢鍾書自己也教過她。去歲大陸國慶日前後，中共在香港預告了好多種學術性的著譯，表示鄧小平上台後，出版界業已復甦。這一系列書中，我注意到了楊必譯的薩克萊（W. M. Thackeray）名著：《名利場》（*Vanity Fair*），想來楊必即是楊璧，她一向沒沒無聞，現在出了一本譯著，我倒爲之欣喜。那天上午同錢談話，我即問起她，不料錢謂她已病故十年了，終身未婚。我同楊璧從未 date 過一次，但聞訊不免心頭有些難過，一九四三年下半年，我賦閒在家，手邊一個錢也沒有，曾至楊家晤談兩三次，討論學問，到後來話題沒有了，我也不好意思再去了。假如上街玩一兩次，看場電影、吃頓飯，話題就可增多了，友誼也可持久。偏偏兩個人都是書呆子，加上寓所不大，楊的父親即在同室，不同我寒暄，照舊讀他的線裝書，不免令我氣餒。

錢鍾書只說楊璧病故，但以她西洋文學研究者的身分而死於「文革」期間，可能死因並不簡單，只是我不便多問。錢氏夫婦三十年來未遭大難，且能沉得住氣，埋頭著譯，實在難得；但「社會科學院」代表中最有國際聲譽的費孝通，就坐牢七八年（有人說十多年），身體雖虛胖而精神疲憊，早已不寫書，不做什麼調查了。而晚近中共派出來訪問歐美各國的偏偏都是些老人；尤其在人文學科這方面，中年的、壯年的人才摧殘殆盡，剩下的學業早已荒廢，是沒法同洋人交談的。我爲錢氏夫婦稱幸，也爲楊璧這一代，也即是我這一代專業文學研究、創作的叫冤、抱不平。他們的遭遇實在太慘了。

那晚離開餐廳，已九時半了，錢忙了一整天，一定很累了，我們遂即告辭。錢在紐約雖然還得住三四天，節目早已排好，他就說我們這次不必再見面了，留些話將來再說，反正後會有期。隔了兩天，我還是打了個電話去問候。那時剛二時半，錢恰在房裡睡午覺（據云，大陸人營養不好，公私機關工作人員午飯後都小睡一覺養神），被電話鈴聲吵醒，這次小談，我發現他無錫口音重。二十三日那天，他講的是標準國語，道地上海話同牛津英語，這次他不提防有人打電話來，露出了鄉音，更使我覺得他可親。

錢鍾書返大陸後，我先遵囑航寄一本《中國古典小說》給他。隔了幾天寫封信給他，忽然想到那天忘了對他說，來秋寄書，請他也把楊璧的《名利場》寄我一冊。信上我就這樣照寫了。初中、小學時讀《人猿泰山》、《俠隱記》這類譯本，讀得興趣盎然；高中時讀過幾冊梁譯莎翁名劇，也讀了張譯哈代（G. H. Hardy）小說《苔絲姑娘》（*Tess of the d'Urbervilles*）。後書譯筆極好，讀得我痛哭流涕，後來讀哈代的《卡橋市長》、《還鄉記》、《沒沒無名的裘德》，就不流淚了，畢竟年紀大了。進大學後，還沒有讀過任何西洋小說的中譯本，初讀《名利場》也是三十多年前的事了。這次收到楊璧的譯本，眞要花幾個晚上細心讀它，藉以紀念一個中共制度下，鬱鬱未展才的才女，僅有數面之緣，當年不便稱爲我朋友的朋友。

一九七九年五月二十七日完稿

原載同年六月十六至十七日〈中國時報．人間〉

超人才華，絕世淒涼

——悼張愛玲

一

張愛玲終於與世長辭。九月八日星期五下午四時許，高張信生教授從南加州來電話報知厄耗，我震驚之餘，想想張愛玲二十多年來一向多病，兩三年來更顯得虛弱不堪，能夠安詳地躺在地板上，心臟突然停止跳動，未受到任何痛苦，眞是維持做人尊嚴、順乎自然的一種解脫方法。張愛玲這幾年來校閱了皇冠叢書爲她出版的「全集」，並新添了一本《對照記》，把所有要留傳後世的自藏照片，一一加以說明，等於寫了一部簡明的家史。去年底她更獲得了《中國時報》頒給的文學「特別成就獎」。張愛玲雖然體弱不便親自返國領獎，同多少敬愛她的作家、讀者見面，但她已爲他們和世界各地的中國文學讀者留下一套校對精確的「全集」，可謂死無遺憾了。

大家都知道，張愛玲乃一九四三年崛起於上海的紅作家，其小說集《傳奇》、散文集《流言》大受歡迎，且爲內行叫好。我自己初讀張愛玲作品已在五十年代初期，那時我已有系統地讀了魯迅、茅盾、老舍、沈從文等的作品，大爲其天才、成就所驚奇，認爲「張愛玲該是今日中國最優秀最重要的作家」。且謂：「《秧歌》在中國小說史已經是本不朽之作……《金鎖記》長達五十頁；據我看來，這是中國從古以來最偉大的中篇小說。」這些判斷原見英文本《中國現代小說史》，一九六一年才出版。但先兄濟安特把書稿張愛玲章的大部分分作〈張愛玲的短篇小說〉、〈評《秧歌》〉兩文譯出，先後載於一九五七年《文學雜誌》二卷四期、六期。上面所引三句皆見〈短篇小說〉那篇。二文顯然引發了有志創作的讀者研讀張愛玲的興趣。因之張愛玲雖曾於六十年代初期來過一趟台灣而未受大眾注意，她對台灣小說界發展的影響卻是既深且遠。到了今天，世界各地研讀中國文學者，無人不知道張愛玲。她在大陸也重新走紅起來，受到了學界、評者的重視。

我至今仍認爲《秧歌》是部不朽之作（classic），《金鎖記》是「中國從古以來最偉大的中篇小說」。早在一九五七年、一九六一年我認定張愛玲爲「今日中國最優秀最重要的作家」，也一點也沒有錯。當時中共文學不值得一讀；台灣作家間，只有姜貴的《重陽》和《旋風》可同《秧歌》、《赤地之戀》相抗衡，可是短篇小說他寫得極少，也無法同《傳奇》相比的。但《赤地之戀》（一九五四，英文本一九五六）出版之後，張愛玲的創作量大大減少，不免影響到我們對她終生成就的評價。早在一九七三年，我爲水晶《張愛玲的小說藝術》寫序，就注意到這個問題。水晶有一章把〈沉香屑——第一爐香〉同亨利・詹姆斯（H. James）長篇名著《仕女圖》（*The Portrait of a Lady*）相比，我在序裡繼續較量兩人之短長：

在我看來，張愛玲和詹姆斯當然是不太相像的作家。就文體而言，我更歡喜張愛玲，詹姆斯娓娓道來，文句實在太長（尤其是晚年的小說），紳士氣也太重。就意象而言，也是張愛玲的密度較濃，不知多少段描寫，鮮豔奪目而不減其淒涼或陰森的氣氛。但就整個成就而言，當然張愛玲還遠比不上詹姆斯。我想，這完全是氣魄和創作力持久性的問題：詹姆斯一生寫了多少長短篇小說，而且據一般批評家的看法，愈寫愈好……張愛玲創作欲最旺盛的時期是一九四三〈沉香屑〉發表後的三四年，那時期差不多每篇小說都橫溢著她驚人的天才。逃出大陸後不久，她寫了《秧歌》和《赤地之戀》兩本小說。至少《秧歌》已公認是部「經典」之作。但她移居美國已十七年了，也僅寫了兩本：《怨女》是《金鎖記》故事的重寫，《半生緣》是四十年代晚期《十八春》的改編，她創作的靈感顯然逗留在她早期的上海時代。

《怨女》、《半生緣》以及其後《張看》、《惘然記》、《餘韻》、《續集》四書裡所載的小說和散文，當然我都細細品賞過，雖然尚未寫過評論。連張愛玲不喜歡的早期小說（有些是未完成的，有些是重加改寫的），讀起來都很有韻味，因爲張愛玲的作品總是不同凡響的。但即是最精彩的那篇《色，戒》，原也是「一九五〇年間寫的」小說，雖然初稿從未發表過。「古物出土」愈多，我們對四五十年代的張愛玲愈加敬佩，但同時也不得不承認近三十年來她創作力之衰退。爲此，到了今天，我們公認她爲名列前三四名的現代中國小說家就夠了，不必堅持她爲「最優秀最重要的作家」。

二

一九五五年張愛玲移民到美國，翌年她在新英格蘭一個創作營 MacDowell Colony 寫作，碰到一位三十年代即從歐洲移民美國的老作家賴雅（Ferdinand Reyher），兩人相愛，同年八月結婚於紐約。

賴雅一九六七年十月去世。想來《中國現代小說史》一九六一年出版前後，我已同愛玲開始通信了，可惜六十年代那束信一時找不到。記得愛玲在信上曾嘲稱 Ferd（她給丈夫的簡稱）為並無作品出版的作家（其實他早在三十年代即為好萊塢寫電影劇本）。愛玲信上難得一露幽默，表示對其夫頗有感情。愛玲那時期身體也好，畢竟年紀還輕。一方面忙於為香港電影公司寫劇本，一方面努力於英文寫作、翻譯。張愛玲至死以賴雅為姓，不像一般嫁洋人的作家，保持原姓。

早在一九四四年夏天一個滬江同學的聚會上，我見到過張愛玲，她是主講人。她那時臉色紅潤，戴了副厚玻璃的眼鏡，形象同在照片上看到的不一樣。記得她講起了她那篇少作〈牛〉（見《流言》〈存稿〉此文）。我自己那時專心攻讀西洋文學，只看過《西風》上那篇〈天才夢〉，她的小說一篇也沒有看過，不便同她談話，她對我想來沒有印象。一九六四年三月乘亞洲學會在華府開年會之便，高克毅作東，請陳世驤、吳魯芹、夏氏兄弟同張愛玲在一家館子相會。有人打翻了一杯香檳，我以為不是先兄即是愛玲，因為兩人比較緊張。昨天（九月九日）看了張愛玲翻閱拙著《雞窗集》後寫的一封信（一九八四年十二月二十六日），提及此事：

> 悼吳魯芹文中提起的，打翻一杯酒的是吳，我當時有點詫異，因為他不像是慌亂或是像我這樣粗手笨腳的人，所以記得。

由我推薦，張愛玲一九六七年九月抵達麻州劍橋，在賴氏女子學院所設立之研究所（Radcliffe Institute for Independent Study）專心翻譯晚清小說《海上花列傳》。她離開華府後，先在紐約市住上一兩個月。我首次去訪她，於梨華也跟著去，三人談得甚歡。我說即在她公寓式旅館的附近，有家上海館子，周末備有小籠包子、蟹殼黃等點心，要不要去嘗嘗。愛玲有些心動，但隔一兩天還是來電話邀我到她公寓房子去吃她的牛酪餅乾紅酒。顯然她對上海點心興趣不大，而且對我的洋太太、女兒長相如何，一無好奇心。愛玲離開紐約前，我又去看她一次，實在請不動她吃飯，或到第五大街去看看櫥窗。隔一兩年，我去巴斯頓參與亞洲學會的年會，最後一次同愛玲相敘。

賴氏研究所任滿之後，張愛玲想必返華府住了一年，再赴柏克萊加大中國研究中心去研究中共術語的。此項研究計畫向由陳世驤教授主持。先兄去世後，即由莊信正接任，張愛玲名氣如此之大，我不寫推薦信，世驤自己也願意聘用的。但世驤兄嫂喜歡熱鬧，偏偏愛玲難得到他家裡去請安，或者陪他們到舊金山中國城去吃飯。她也不按時上班，黃昏時間才去研究中心，一人在辦公室熬夜。一九七〇年開始，愛玲給我所有的信件，昨天剛剛重溫了一遍，在中心那年向我訴苦的信特別多。偏偏那年中共政府沒有倡用什麼新的術語、口號，世驤後來看到愛玲那份報告，所集詞語太少，極爲失望。更不幸的，一九七一年五月世驤心臟病猝發不救，愛玲在研究中心更無靠山，一年期滿解聘是必然之事。愛玲到了柏克萊後，水土不服，老是感冒，決定搬居洛杉磯地區，氣候溫暖，身體或可轉好。

一九五五年來美後，年年都有一份薪水或獎金，供愛玲寫作、翻譯、研究之用。一九七一年秋季搬居洛杉磯後，她再也不去請一筆獎金，找一份工作。身體一年一年轉壞，不說上班工作，光對付日常生活之需求——買菜、付帳、看醫生、打電話——就把她累壞了。兩年前，她能寫出這一小本《對照記》，而且文字保持她特有的韻味，眞要有極大的勇氣和毅力。一九七六年七月二十八日給我的信上她寫道：「我自己是寫三封信就是一天的工作，怎麼會怪人寫信不勤，而且實在能想像你忙的情形。」重讀此段好爲感動，我自己有了心臟病，比較要愼重措辭的英文信，有時打一封就是一天的工作。不像當年，中英文信寫個不停，而且不會覺得累。

在洛杉磯住了幾年之後，不僅感冒照舊，牙齒也永遠看不好。骨頭脆弱，不小心手臂就斷了。最可怕的，愛玲添了一種皮膚病，而且覺得屋子裡到處是跳蚤，身上永遠發癢。為了逃避「蟲患」（張語），她就不斷要搬家，每次遺失、丟掉些東西。那兩年在賴氏研究所，愛玲差不多已把《海上花》譯好了。隔幾年信上不時討論到譯稿的問題。她想找經紀人把它交大書局審閱。我勸她把書稿當學術性的讀物看待，加一篇她自己寫的導論，我的前言，交哥大出版所處理較妥。她不接受我的建議，後來的信上也就不提這部《海上花》了。有一天莊信正對我言，這部譯稿搬家時丟了，我聽了好不心痛。除了首兩章已發表過外，張愛玲三四年的心血全付之流水。全書譯稿早該「全錄」一份副本，交信正或我保管的。

七十年代身體好的時候，愛玲每年給我三四封信。平常每年至少給我一封信，夾在賀卡內。遷居洛杉磯後，有兩三年我給她的信，得不到回音，只好同莊信正在電話上、見面時對她互表關懷。一九八八年四月六日終於收到她一封滿滿兩頁的信，告知生活近況：

> 天天上午忙搬家，下午遠道上城（按：主要去看醫生），有時候回來已經過午夜了，最後一段公車停駛，要叫汽車——剩下的時間只夠吃睡，才有收信不拆看的荒唐行徑。直到昨天才看了你一九八五年以來的信，相信你不會見怪。

去年劉紹銘同葛浩文正在合編一本中國現代文學讀本，由哥大出版。紹銘託我去問愛玲，哥大有位學生已翻譯了她的《封鎖》，可否錄用在書內。愛玲回信謂她自己早已譯了這篇小說，放在倉庫懶得去拿。她是比較歡喜自己的譯文的。紹銘等了半年，尚未收到愛玲的譯稿，再囑我去問她一聲。愛玲明知我信裡會提到此事，雖未加拆閱，也就在今年五月二日的兩頁來信裡告知我，此事以後「再詳談」。信裡提到的炎櫻，大家都知道是愛玲當年最親的朋友，《對照記》裡載有她多幀照片。來信夾在一張正反面黑色的卡片裡，正面圖案乃一個華麗的金色鏡框，有淡紫色的絲帶，五顆垂珠等物做裝飾。卡片裡面有兩行字：「給志清王洞自珍　愛玲」。她給我的每封信卡都不忘向我的妻女問好。下面是張愛玲給我最後一封信的全文：

志清：

一直這些時想給你寫信沒寫，實在内疚得厲害。還是去年年前看到這張卡片，覺得它能代表我最喜歡的一切。想至少寄張賀年片給你，順便解釋一下我爲什麼這樣莫名其妙，不乘目前此間出版界的中國女作家熱，振作一下，倒反而關起門來連信都不看。倘是病廢，倒又發表一些不相干的短文。事實是我 enslaved by my various ailments，都是不致命而要費時間精力在上面的，又精神不濟，做點事歇半天。過去有一年多接連感冒臥病，荒廢了這些日常功課，就都大壞。好了就只顧忙著補救，光是看牙齒就要不斷地去兩年多。迄今都還在緊急狀態中，收到信只看帳單與時限緊迫的業務信。你的信與久未通音訊的炎櫻的都沒拆開收了起來。我犯了眼高手低的毛病，作品讓別人譯實在 painful。我個人的經驗是太違心的事結果從來得不到任何好處。等看了你的信再詳談。信寫到這裡又擱下了，因爲看醫生剛暫告一段落，正乘機做點不能再耽擱的事，倒又感冒——又要重新來過！吃了補劑好久沒發，但是任何藥物一習慣了就漸漸失靈。無論如何這封信要寄出，不能再等了。你和王洞自珍都好？有沒旅行？我以前信上也許說過在超級市場看見洋芋沙拉就想起是自珍唯一愛吃的。你只愛吃西瓜，都是你文内提起過的。

愛玲　五月二日

我在哪封信上提到女兒愛吃洋芋沙拉，當然記不起來了。我童年愛吃西瓜，典出《雞窗集》〈讀、寫、研究三部曲〉此文。到了今天，怕拉肚子，西瓜也少吃了。愛玲在信裡把我的名字同炎櫻並列，要我感到高興。可能到了今年春天，她就有意脫離塵世，所以連最好朋友寄給她的信札，都怕事不想知道它們的內容。愛玲同我一樣是不相信什麼上帝天堂的。屍體焚化之後，留傳下去只有她的「全集」和尚未整理出版的遺稿、信件、照片。她晚年的生活給我絕世淒涼的感覺，但她超人的才華文章，也一定是會流芳百世的。

原載一九九五年九月十三、十四日〈中國時報・人間〉

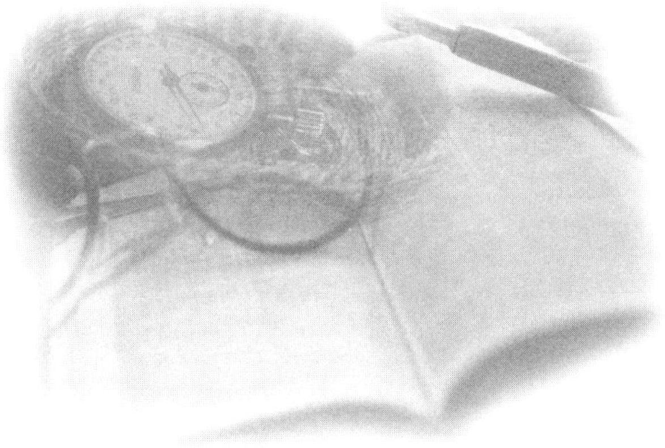

輯三 文學、戲劇

勸學篇

——專覆顏元叔教授

一

顏元叔教授在〈印象主義的復辟？〉①文裡，對我大肆攻擊，我並不感意外。近五六年來，他向以台灣文學界領導人物自居，有人對「中國古典文學研究之新趨向」感到不滿，他覺得是惡意批評，一定要回擊，不管那個人說的話是否切對時弊。兩年半前，葉嘉瑩教授寫了篇〈漫談中國舊詩的傳統〉的長文，投《中外文學》發表。該文副標題是「爲現代批評風氣下舊詩傳統所面臨之危機進一言」，很顯然的，她雖身在國外，看到了好些用「新批評」方法評析舊詩的文章，覺得很幼稚可笑，非得向「新批評」大本營《中外文學》諸同仁「進言」不可。她覺得中國詩傳統這樣長，說詩人必須虛心學習吟誦，至少把大家公認的「正統源流」——「《詩經》、《楚辭》、漢魏古詩、陶謝李杜」——熟讀了，才能入手做批評的工作。加上中國自有其批評傳統，豈可全部抹殺而借用舶來的「新批評」，作爲評析工作的唯一準繩？葉教授震於「新批評」之名，以爲「新批評」即是「現代批評」，其實西洋現代批評派別甚多，豈可以「新批評」代表其成就？到了七十年代，「新批評」早已不新；即使像顏元叔這樣，套用「新批評」方法，「外加一點佛洛依德及佛勒哲（Sir J. G. Frazer）等人對人性的理論，作爲文學內涵解說之助」，也並不新鮮。

我當年讀到葉文，覺得她苦口婆心，態度誠懇，十分欽佩。但顏元叔讀了，卻寫了篇題名〈現代主義與歷史主義——兼答葉嘉瑩女士〉措詞極不客氣的答辯。他不僅因爲葉女士隱指了他外行讀舊詩，鬧了不少笑話，而大爲震怒，他實在覺得他自己倡導的「新批評」是讀舊詩最有效、最值得採取的方法，也可說此外別無他法。當年我讀了顏文，不免搖頭苦笑，覺得顏元叔實在太剛愎自用了，他的同事、學生又不敢向他進言，文學研究，由他一人領導，實非國家之福。我寫〈追念錢鍾書先生〉一文，初無意討論顏元叔所代表那種文學研究方向，但心裡有些話積壓太久，竟因要把錢著《談藝錄》好好介紹一番，傾吐而不能自止。

葉女士我同她不熟，只有在兩次中國文學研討會議上見過面，一次在百慕達，一次在聖十字小島。晚近她去過大陸，發表的談話，使我很失望，按道理像她這樣深有舊學根柢的人，不應附和那些在美國、加拿大叫囂的毛蟲。但兩年半前，她頭腦是清晰的，否則她用不到向《中外文學》同仁進言。她對舊詩詞深厚的修養，在她《迦陵談詩》、《迦陵談詞》諸書裡，很容易看得出來。她並非是藐視西洋學問的舊式文人，近年來她對西洋詩、西洋批評一直在虛心學習。她歡迎有人用西洋方法治舊詩，但她認爲要從事這項工作，非有深厚的國學基礎不可。

我同顏元叔都是英文系出身，按道理似更應附和他的主張。其實我「抬捧」錢鍾書，並不是「全盤否定」今日台灣古典文學研究之成就，只覺得要搞文學研究，中西學問愈扎實愈好。我自己是受過「新批評」訓練的。當年耶魯大學是「新批評」的大本營，顏元叔最佩服的勃羅克斯（Cleanth

Brooks）、衛姆塞特（W. K. Wimsatt）、威來克（René Wellek）、華倫（R. P. Warren）都是我在耶魯進修時期的名教授。但耶魯英文系有深厚的傳統，並不以「新批評」標榜。明知研究生都歡喜搞批評，偏要教他們吃苦，不讓他們逃過語文學（Philology）、考證學的訓練。我修博士學位，得考過三種外國語言：法、德、拉丁文；修了古英文、中世紀英文〔喬叟（G. Chaucer）〕外，我還得必修一種歐洲古代語言。我選了古代冰島文（Old Norse），因爲我德文基礎較好，同時我對冰島傳奇早有好感。這種訓練，可說是刁難人，但也使研究生養成一種尊敬學問的習慣；文學研究不僅即是「批評」這一行。或者也可說，要做一個好的批評家，非踏實治學不可。

虧得有了這種訓練，後來我改治中國文學，肯虛心從頭幹起。每讀古書，必查字典，記生字，把前人的箋註一併讀。從沒有感到自己是英美文學博士，學問比前人好，他們不懂「新批評」，也沒有讀過佛洛依德、佛勒哲，講的話都是狗屁，可以置之不理。見到舊學根柢深厚的人，不論他西洋文學知識遠比不上我，我也要向他討教。古代的文物制度我知道得實在太少了。可憾的是，我雖曾專攻英詩，在中國文學部門卻專攻小說，不能有時間精讀《詩經》、《楚辭》、《文選》。我在近文〈《師友、文章》序〉裡建議，台北應有人創辦一家實驗小學，一年級即背古書，讓少數開明家長把他們IQ特別高的子女送去讀書。該序筆調雖輕鬆，這個建議倒出於眞心。已經五十五歲了，舊學根柢這樣淺。我英國大詩人，除了特賴登（J. Dryden）、白朗寧（R. Browning）二人外，差不多都讀過全集，中國大詩人，我讀過全集的僅有幾人，連杜詩我也僅讀了二三百首。

顏元叔和我的治學態度可說是完全不同的。他學成歸國，覺得自己學問已不錯了，急於教育人家，把自己學會的一套「新批評」方法「推銷」（借用顏的字眼）給青年學子。我的態度可說比較「自私」，總覺得自己學問不夠，最好能有時間多讀書。近年來，家裡添了個不聰明的女孩，讀書時間更少。這學期休假，差不多每天整夜工作，清晨才上床。我以前是影迷，現在連電影也不看，同時也希望少有人來找我，占掉我寶貴的時間。

我佩服錢鍾書，出於眞心，實在覺得他的中西學問，無人可及。顏元叔卻認爲《談藝錄》只是「一部現代人的舊式書，一部詩話而已」，顏既藏有此書，不妨有空多加閱讀，可能會改變他的看法。錢用文言文寫詩話體的批評，因爲他讀者對象包括「李丈拔可、徐丈森玉」等老一輩的學人，同時期他也善用最精緻的白話文寫他的《圍城》。他在《談藝錄》裡引用的西洋近代詩論家、哲學家要有多少：略翻數頁，我即看到克魯齊（B. Croce）、柏格森（H. Bergson）、容（C. Jung）、梵樂希、克洛台爾（Paul Claudel）、白瑞蒙（Henri Bremond）、懷德海（A. N. Whitehead）的名字，且不提我所熟知的英國批評家。錢鍾書用簡要的詩話體著書，當然吃虧，年輕學子不易領會。但顏元叔是專治文學批評的英美文學博士，應該有能力看到錢的精深之處。我無意提倡詩話體的詩評，〈追念〉文中明寫道，「目前不可能再有人用文言文寫詩話了。」但我們得承認《談藝錄》是「中國詩話裡集大成的一部巨著，也是第一部廣採西洋批評來詮釋中國詩學的創新之作」。錢氏的功力，比起隨便拿一首中國詩來分析一下，凡是蠟燭皆是男性象徵、凡是香爐皆是女性象徵的玩票式賞鑒，眞是不可同日而語的。顏元叔評析舊詩，顯然效法勃羅克斯，但顏應該知道，勃氏最討厭的風尚也就是「濫賣象徵」（Symbol-mongering），實在東施效顰，學他寫詩評的人太多了。在有些詩篇裡，蠟燭可能象徵男性，一個批評家要對那些詩所代表的傳統、流派、風格有確定了解才能做決定。他應有 tact，不可以亂來，而這種 tact 一定得建立在學識基礎上。

在〈現代主義與歷史主義〉文裡，顏元叔嚴辭駁斥葉嘉瑩：

> 其實，何苦以終身陶冶於中國文學之間而自傲呢，何苦嘲諷他人的閱讀不過一本「唐詩」?!要知道應該注意的不是書袋子的深淺，要之在於研究有無新成果。對於《唐詩三百首》中任何一首，你若有超出前人的見解，你就算另外兩百九十九首都沒讀過，對這首詩的研究仍是無損分毫。相反的，就算你讀盡天下詩篇，看盡前人詩話詞話，翻閱了前人全部的見解，假如你自己並無新見地新發現，這也只是一座行動圖書館而已。

顏元叔「方法至上」，辯護無知（ignorance）的態度，在這段文字裡表現得最明顯。事實上，一座行動圖書館絕不可能一無新見地，書目學（Bibliography）本身就是一門重要的學問。任何大學中文系有一座行動圖書館，教授、學生可隨時向他討教，找參考資料事半功倍，該多麼方便！但有人僅讀過一首唐詩，居然對這首詩會有超越前人的見解，這是絕不可能的事，除非我們把他的「狂囈」也當作見解看。顏自己學會了一套「新批評」方法，有恃無恐，覺得前人見解皆可置之不理，眞是天曉得。我想他上了勃羅克斯的當。勃氏和華倫編了部四五十年代美國大學普遍採用的教科書，題名《詩的了解》（*Understanding Poetry*），二人就詩論詩，教學生不必注意詩人的生平、社會背景、思想，如顏元叔所言，只「著重文學的結構與字質兩方面」。一九四七年勃氏自己出了本《精緻的骨罎》（*The Well Wrought Urn*），用這種方法分析了九首不同時代的名詩和一齣莎翁名劇。這本書轟動一時，也可說是「新批評」全盛期第一部名著。顏元叔即要借用勃氏的方法來治中國詩。

其實，勃氏雖強調方法，他自己詩學的根柢是很深的。在《骨罎》裡他只分析約翰・鄧（John Donne）一首詩，但鄧的全集他是讀過的，鄧的生平、時代他也知道得很清楚，同時代的詩人也讀得很多。當年他提倡就詩論詩，因爲那時美國大半教授不知如何教詩，課堂上講講詩人的生平、時代背景就算了。到今天，勃氏的教詩法，早已普遍採納，對初學詩的大學生雖非常有用，對研究生而言，就顯得刻板。你要研究一個詩人，非對他有概括性的全面了解不可。勃氏是我的受業師，他改善詩的教授方法，有不可磨滅的功績，但他自己算不上是眞正第一流的詩評家，他對英詩的概觀完全採納了艾略特、李查茲（I. A. Richards）、泰脫諸人的論說。艾略特的詩評，要言不繁，有悟力的讀者讀了自然大有心得。顏元叔說，「印象主義是一種『信用批評』，你必須先信任批評者的權威，而後便信任起來他的見地。」其實任何大詩評家寫的都是「信用批評」，你讀了他兩三篇文章，就非常服貼，覺得他眞有見地。把一首詩道道地地的分析，對初學者有用，對內行而言，反而嚕囌。

任何人對一首詩的評斷，基於分析與比較兩過程。但善讀詩的人，讀了一首詩，心裡有數，他所得的「印象」，即已包涵了「分析」、「比較」在內。你把這兩個過程寫出來，可以寫很長一篇文章，但要言不繁，寫一兩句，也可忠實傳達這個「印象」。中國古代詩人和艾略特評詩皆要言不繁，雖然他們也免不了引一兩句、一小段詩章做字面上的分析。我們可以說艾氏的詩評是「印象主義」的，但事實上沒有人這樣稱呼他，因爲他剛上文壇時，要推翻的批評傳統，早已定名爲「印象主義」〔顏文開頭介紹的佛朗士（Anatole France）即是其代表人物〕，在英國，這個傳統可推溯上十九世紀早期的海滋力脫、蘭姆（C. Lamb），之後有培德（Walter Pater）、史溫朋（A. C. Swinburne）、西蒙斯（Arthur Smyons）諸人。艾略特覺得史溫朋的批評滿不錯的，在大學時代，讀了西蒙斯評介法國象徵詩那本書，大開眼界。但第一次大戰留英期間，他讀了法國詩評家戴古曼（Remy de Gourmont），從此對西蒙斯的「印象主義」大表不滿，他寫那篇〈完美的批評家〉，一開頭就攻擊西蒙斯和以他爲代表的「美學批評」、「印象主義批評」（"aesthetic criticism" or "impressionistic criticism"）。顏同我一樣，認爲艾略特是大宗師，而且經常在台大教「文學批評」、「比較批評」這些課，怎麼連這篇名文也忘了？

我引用該文時，一再強調「個別批評家印象組合」之重要，顏元叔竟咬定我是「印象主義」者，而且認爲我寫此文的目的在求「印象主義的復辟」。

顏譯過衛姆塞特、勃羅克斯合著的《西洋文學批評史》，在第二十九章裡，勃氏扼要地申述「完美的批評家」之主旨：

例如，批評家西蒙斯，把他所讀的作品的印象以書面告訴吾人；但歐立德（即艾略特）認爲批評家不能停留在這階段，因爲「當你把印象試圖寫成文字時，你已開始將印象分析或組織，"eriger en lois"（訂定爲法則），要不然，你便開始創造別的什麼。」西蒙斯走上了第二條路，他沒有寫成一部文學批評，而只寫了一部表達個人反應的散文詩。

"Eriger en lois"一語，是歐立德借用批評家戴古曼的。這一語原有的整個句子，被歐立德引爲全篇論文的篇首銘，很能表明歐立德的主要意旨：眞正的批評家，應致力於建立印象爲法則。他的印象當然是主觀的與其個人的——難道還是他人的印象不成——但是，由於他嘗試以原理原則爲參證，他會脫離純粹的印象，走向客觀的肯定。

我在〈追念錢鍾書〉文裡，引用艾略特此文，一方面強調一個批評家對任何作品的印象，應該是「主觀的與其個人的——難道還是他人的印象不成？」；另一方面也表示我所服膺的批評家，即是能「建立印象爲法則」的批評家，而不是西蒙斯式或佛朗士式的「印象主義」派。當然，佛朗士是諾貝爾獎金得主，當年也是法國一代文豪，他專業小說，也經常爲報章寫書評，他自認「靈魂在傑作間探險」，並不是難爲情的事，顏元叔用不到這樣醜化他。一個書評家能提醒社會大眾多讀傑作，總是好事，最可怕的，是他泯滅良知，專推銷本國的和外國的低級暢銷書。

能「建立印象為法則」的批評家，自己書讀得多，悟性特別高，用不到借助於「最時髦的、最科學的文學理論和批評方法」。顏元叔認為文學批評的必然趨勢是愈來愈科學化、系統化，此話的確反映歐美學院界的現實。但問題是這種最新、最科學的批評是否眞正替代了中西前賢的批評？我們得記住西洋文學批評兩大始祖，假如亞里斯多德（Aristotle）是科學的，則柏拉圖（Plato）是文學的，他的對話本身不避美妙的文字，他用「隱喻」（metaphor），他承認詩人是有靈感的。顏元叔認為《文心雕龍》本身就是「文學創作」，用了意象語辭，「失之於朦朧晦澀」。但西洋文學批評經典，二十世紀以前，有哪幾篇是科學的？波阿羅（N. Boileau）的《詩藝》、蒲伯的《論批評》，本身就是兩首長詩。雪萊的《詩之辯護》，是篇絕妙散文，辭藻之優美，不下陸機〈文賦〉，一貫柏拉圖的傳統。即是艾略特名文《傳統與個人才具》，不論文字如何嚴謹，也絕非科學論文。本來中西一律，批評對象是詩，而最好的批評家也就是詩人自己。在英國傳統裡，柯勒律治雖然也是大詩人，他批評文字裡借用了生硬的德文字，食而不化，其「朦朧晦澀」的程度實遠勝於本身是文學創作的《文心雕龍》。「氣之清濁有體」（此句出典是曹丕〈典論論文〉）至少是句道地的中文，柯氏用了不少自造術語的長句子，已不是英文。無怪二十世紀借重科學的批評家如李查茲等，特別崇拜柯勒律治。前幾年早已有人寫專書證明苛氏是「文抄公」，服食鴉片劑之餘，抄譯些德文著作嚇嚇英國人，我想他批評家的身價已大為低落②。

一切人文、社會科學都要步塵自然科學前進，對人類的心靈活動、社會活動做無休止的調查統計，不斷推出理論性的假定，這是二十世紀的怪現象，可能是文化的退步，而不是進步。社會學、心理學、人類學都各有各的術語，而且這些術語繁殖極快，是否那些專家思想比我們凡人清楚，就很難說。現在文學批評這一門當然術語也愈來愈多，是否眞的我們對文學的本質、文學作品的結構將有更確定性的了解，我十分懷疑。艾略特寫文評，從不用難字，一生就用過兩個比較難解的名詞：「客觀投射」（objective correlative）和「感性分裂」（dissociation of sensibility），而且「客觀投射」僅用過一次。不料研究艾略特的人，特別對這兩個術語感到興趣，因爲看來比較「科學」。到了晚年，艾氏非常後悔，認爲他早年造孽，遺害無窮。果然顏元叔寫文評，動不動就來一個「客觀投射」，讀起來我總覺得非常彆扭。法國有識之士因爲美國字彙侵入他們的日常會話，感到非常頭痛。一般美國人對政府公文、信件「官僚術語」愈來愈多，也覺得是文字的退化（請參閱喬志高《美語新詮》〈高不低咯克〉章）。文學批評家，尤其是理論家，大量運用、濫造術語，他們文章給我們的印象，豈非也是「高不低咯克」（gobbledegook）？

文學批評不可能是眞正科學化的。物理學一年比一年進步，今日的物理教科書和四十年前的內容大不相同，除非你對「科學史」有興趣，你念物理博士學位，讀最新的權威著作，十九世紀的物理學根本不必一顧，即是二次大戰前的物理著作也用不到讀。文學研究並不是這回事，你讀批評理論，還得從柏拉圖、亞里斯多德讀起，他們一點也沒有過時。同樣情形，對中國人來說，《詩經》大序、《文賦》、《文心雕龍》、司空圖、嚴羽都沒有過時。有些統計式的研究（如唐詩的意象歸類）當然可用科學法進行，但對某首詩、某詩人的鑒賞評斷，還得憑個別批評家自己的看法，是無法科學化的。歷代眞正有見解的文學批評，雖是詩話體的，也還有人去讀的。那些自命科學而顯已過時的文學理論、文學批評倒沒有人讀了。今日還有什麼人讀李查茲的《文學批評原理》？除非是讀著玩。勃克（Kenneth Burke）辛辛苦苦寫了一輩子文藝理論的書，類似 *A Grammar of Motives, A Rhetoric of Motives* 之類，因爲他有意自成一個系統，自己創造了一套術語，當時讀的人就少，現在實在沒有人去理會它了[3]。同時代，不講究理論的威爾遜（Edmund Wilson）寫的一系列書評，雅俗共賞，倒傳誦至今。

耶魯英文系、比較文學系教授，年輕一代的要算勃羅姆（Harold Bloom）、哈脫門（Geoffrey Hartman）特別紅。二人都是猶太種人，前者是博德（F. A. Pottle）的繼承人，後者是威來克的得意門生。博德當年是首席英文教授，也是我論文導師。五十年代初期正是雪萊倒楣的時候，博德曾建議我寫爲雪萊翻案的論文，我一則覺得研究雪萊，耗時太多，無經濟後盾支持；二則我到底受「新批評」影響太深，對雪萊不感興趣。隔兩三年勃羅姆寫雪萊論文，大講其神話性，一炮竄紅。近年來他寫了一套文藝理論的書，益發得意。去秋我去耶魯演講，乘機會看看博德（早已退休，還在圖書館裡不斷研究），講起勃羅姆，他笑道：勃氏紅得發紫，但是他寫的書我也看不懂了。勃氏新著 *Kabbalah and Criticism*，以猶太經典詮釋英詩，可說異想天開。書中借用一大串希伯來字，連看書評都很吃力。勃羅姆、哈脫門的書的確難讀，老一輩的英文系名教授，如博德、勃羅克斯、屈靈（Lionel Trilling），寫的英文，一清如水，從無看不懂的道理。年輕一輩的英文就寫不好，這和他們好用術語，好借用各種學問，以致行文思路不清，不無關係。

在結構學（Structuralism）盛行的今日，理論著作愈來愈多，但這些論著，文字太艱深，對一般讀者來說，可說毫無影響，僅是研究院裡一批人自我陶醉而已。一般讀者（有文學修養的），近二十年來最感興趣的無疑是文學家的傳記。傳記、回憶錄、日記、書信出版的愈來愈多，我們今日對第一次歐戰到第二次歐戰前夕的英國文學有革命性的改觀，倒可說完全是文學傳記資料暴增所贈。當年讀喬哀思、史決謙（L. Stracher）、福斯德（E. M. Forster）、吳爾芙夫人（V. Woolf）、伊芙林・華（Evelyn Waugh），一個個都是離我們遠遠的藝術家，現在一個個都是活生生的人。我們知道他們的私生活，比當年他們的親友知道的還要多。即是想把私生活保密的艾略特，我們也知道了不少。他不幸運的初婚，他同愛蜜利・海爾（Emily Hale）一段數十年不斷的友情，使我們對他詩的了解，要比任何批評家僅憑「字質」和「結構」的分析，有用得多。

埃爾門（Richard Ellmann）和伊德爾（Leon Edel）都可以說是以「新批評」起家的名教授。後來埃爾門專研喬哀思，伊德爾專研亨利・詹姆斯，都寫了厚厚的傳記，伊德爾的更長，分冊發表。之後，二人都匯集了他們心愛作家的書信。最近埃爾門新出一種喬哀思書信選集，把最猥褻的情書也發表了。文學家傳記的主要目標當然不是批評，但在文學傳記家和文學理論家各走極端的今日，我毋寧欣賞傳記家。他們實事求是，留給後人一大批寶貴的資料，比起各人自造空中樓閣，自編一套術語的理論家起來，貢獻要大得多。目今趨勢，老一輩理論家要保住王位，實在不容易。年輕的理論家要出人頭地，非打擊前輩不可。這並不是說他們的理論一定比老一輩高明。我同顏元叔一樣，極推崇威來克、衛姆塞特二人。去秋我同博德師談起衛氏，博德言他鬱鬱不樂，我想同一般年輕學人對結構學趨之若鶩，不無關係。十二月間，衛氏竟猝然逝世，眞是學術界莫大的損失。威來克早已退休，近年寫的文章總是「自衛」式的，覺得那輩新的理論家走了邪路。我在耶魯讀書的時候，威氏《文學理論》剛出版，眞可說在理論家間，唯我獨尊。曾幾何時，傅萊（Northrap Frye）興起，他受到打擊，現在結構派盛行，他的權威更爲搖動。相比起來，埃爾門、伊德爾開心得多，他們做的研究工作倒是「確定性」（definitive）的，後人要研究喬哀思、詹姆斯，就非讀他們的著作和彙編的資料不可。

顏元叔在威斯康辛大學寫的博士論文想是「純批評」的，把曼殊斐爾（K. Mansfield）小說裡的Point of view研究一番，這樣決定了他文學研究的路線，覺得除了針對作品內涵檢討的批評外，別的文學研究都是不重要的，或者說是次要的。他覺得莎士比亞的研究「打開每年書目，連篇累牘，居一切研究之冠」，是批評界健康現象的明證：大家永遠爲莎翁所吸引，不斷寫批評（莎翁研究一小半範圍，我想是文字、版本上的考證（textual criticism）」。天曉得，顏元叔自己有沒有把每年出版的PMLA目錄裡所載的莎翁論文都讀過？世界上有沒有一個瘋子把每年累積的莎翁論文都讀的？（手邊有本一九六九年的PMLA目錄，莎翁論文凡四百零八篇。）我早在〈文學的前途〉裡寫過：

> 有研究院的制度在，就得有教授做研究，指導學生寫論文。爲了謀職，爲了鞏固自己的地位，不少人沒有新見解、新發現，也得寫書，對作者自己是件痛苦的事，對同行，增加一件不必要的負擔。研究莎翁的書這樣多，還有什麼可寫的？但你教莎士比亞，就得終身研究他，看一大堆參考書，自己欣賞其他作家，增進自己文學修養的時間，反而沒有了。

前清讀書人，要八股文寫得好，才能博取功名。美國英文系研究生、博士寫的論文，其實絕大多數也是「八股」，你不發表一兩篇研究「八股」，休想在較有名望的大學教書。現在博士過多，即是寫了一兩篇「八股」，也不一定找到職位。莎士比亞這門課每家大學必設，所以研究院專攻莎士比亞的人很多，他們寫論文，發表論文，謀生而已。難道顏元叔眞認爲科舉時代的學子，大家像煞有介事苦練八股文，個個都有代聖人立言的大志嗎？四百零八篇論文（其中有哪幾篇是長篇的專著，我未加調查），一天看一篇，看一年也看不完。要看這些論文的，自己也在寫論文，非得找幾篇同自己論文題目有關的看看不可。眞正對莎翁評論有新見解的教授，如耶魯的麥克（Maynard Mack）、哈佛的李文（Harry Levin）、盧脫克斯大學的福克森（Francis Fergusson）、華盛頓大學的海爾門（R. B. Heilman），他們會有時間去看其中不少做他們學生都沒有資格的人寫的論文嗎[4]？

莎翁研究蓬勃的現象，一方面可說是「喧賓奪主」（因爲一個專家，能發表一篇論文，非得看過不知多少論文不可，莎翁讀得不熟倒沒有關係）；一方面也可說是「庸人自擾」，「無關痛癢」。惟其如此，小大學者之分，按照「方法」寫些刻板論文的批評小匠和廣讀羣書、自有見解的大批評家之分，在明眼人看來，一目了然。奧拜赫（Erich Auerbach）顯然是大學者、大批評家，他那本 *Mimesis*，從荷馬（Homer）講到吳爾芙夫人，統論西方文學表達現實方法之變化，功力深厚，談何容易？奧氏把每部傑作，選一段做討論重點，憑方法而言，更對顏元叔的胃口。但不能否認的，錢鍾書《談藝錄》同樣是部大書，綜論唐宋以來詩和詩評的傳統，如無錢氏超人的記憶力、悟力和博學，豈能輕易寫出？顏元叔認爲「詩話」體舊式，但無論如何它不是「印象主義」式的隨便亂寫。錢著我引了兩段，顏認爲皆是「印象主義」，其實每段下文，皆是舉例實證，只是我沒有把它們抄錄下來罷了。顏既藏有此書，不去把論李賀一節翻看一遍，隨便罵人「朦朧晦澀」，實在太「不夠審愼」了。錢氏把李賀和高地愛、赫貝兒〔G. F. Hebbel，初版《談藝錄》誤作「赫貝兒斯」（F. Hebbels）〕、愛倫·坡（E. A. Poe）、波德萊爾（C. Baudelaire）四人相提並論之後，接著就引了李賀「好取金石硬性物做比喻」的例子：

> 如「李憑箜篌引」之「崑山玉碎鳳凰叫」，「石破天驚逗秋雨」；「殘絲曲」之「縹粉壺中沉琥珀」；「夢天」之「玉輪軋露濕團光」；「唐兒歌」之「頭玉磽磽眉刷翠」；「南園」之「曉月當簾掛玉弓」；「十二月樂詞」之「香汗沾寶粟，夜天如玉砌」；「秦王飲酒」之「義和敲日玻璃聲」……

例子還有好多好多（請參看《談藝錄》頁五八至五九），不便一一抄錄。讀者看到了這些例子，當然應該心服。《談藝錄》讀者不一定都懂英、法、德文，錢鍾書沒有把高地愛、赫貝兒、愛倫・坡、波德萊爾同類例子抄錄下來，因爲他寫的是扼要式的心得，不是長篇的比較文學論文。但他對讀者是負責的，他開列的參考資料有心人盡可自己去查看：法人 Petit de Julleville 的一本法國文學史；貢古兄弟（E. and J. Goncourt）的日記 *Journal des Goncourts*，德人華格納（Gerhard Wagner）寫的一本赫貝兒抒情詩專著；勞倫斯（D. H. Lawrence）《美國古典文學研究》；英評家墨瑞（J. M. Murry）《心國》（*Countries of the Mind*）波德萊爾章。目前在美國讀比較文學的國人，眞不妨聽取錢的指導，寫篇中西金石比喻的長論，如能刊載《比較文學》（*Comparative Literature*）學報，也可博得一個不小的聲譽。

二

顏元叔多少年來同我通信，總稱我爲「親愛的夏教授」（Dear Professor Hsia），我有時寫封中文信給他，覆信照舊是英文的，眞沒有辦法。但外表雖如此客氣，寫起文章來卻會刺我，謂我有一次返國，目的是「進修中文」。不論我人在紐約或台北，我天天讀中文書，當然在「進修中文」。但按我們習慣用語，外國研究生來台灣，才算是「進修中文」，以便增進他們講、閱中文的能力。顏元叔對先兄濟安看來也毫無好感。《皇冠》四十二卷四期（民國六十三年）載有顏氏〈英美文學碩士〉文，說他在台大時讀海明威（E. Hemingway）短篇《殺人者》（*The Killers*），一直沒有看懂，到馬克特大學讀碩士，聽了某教授的課，才「茅塞頓開」。文中特別提到先兄：「幾個同學商量的結果，去找夏濟安先生指點迷津。夏先生說，小說一定是好小說，意思他也不太懂。」我覺得這是有意的譏諷。濟安哥專研小說，難道《殺人者》都看不懂？即使看不懂，現存短篇小說教科書好多種，都選上了《殺人者》，看了這些書上的導評，豈有不懂之理？即使我哥哥一時糊塗，給顏元叔難倒了，在一篇供人消遣的小品文裡，顏也沒有必要直提姓名，盡可寫「幾個同學……去找台大一位英文教授指點迷津」就夠了。顏元叔稱我爲美國「東部學霸」，其實顏自己當了六年台大外文系主任，主管淡江西洋文學研究所，創辦了兩份文學刊物，召開了兩個比較文學大會，豐功偉業，眞正有資格稱得上是「學霸」。可能顏覺得不少青年對先兄頗有崇仰之意，影響到他自己的「霸」業，有放冷箭的必要。

除把我比作張勳，亟圖印象主義的復辟外，顏元叔也認爲我常常發表了「任性的、鬆散的、意氣的」中文文章。主要例證是我高捧了於梨華、張愛玲、白先勇三人。但顏既承認我的英文論文是「審愼的、嚴肅的、學者式的」，他倒忘了我論張愛玲的長文，是用英文寫的，雖然先曾在《文學雜誌》當作兩篇文章發表，後來《中國現代小說史》上刊載的就是那一篇。白先勇我先寫了一篇中文的，最近寫了一篇英文的（譯文載《明報月刊》一二一號，題名爲〈懷國與鄉愁的延續〉），顏一定看到，因爲同期 *Review of National Literatures* 也載了他的文章。二文觀點是一致的，是不是「橘踰淮而北爲枳」，本來很「審愼的、嚴肅的」英文文章，改寫成中文，就變成「不夠審愼的隨意談吐」了？事實上，推崇張愛玲、白先勇的評家，早已不止我一人，水晶的《張愛玲的小說藝術》已出版多年；歐陽子一系列《台北人》論文也即將出單行本，二書都可說是正統「新批評」論著，也借用了佛洛依德和神話派的觀點，顏元叔如覺得二人在「瞎捧」，不妨寫文嚴評，讓讀者大眾看看，究竟誰的見解有理。我沒有寫過於梨華的英文論文，在顏元叔看來，我那篇《又見棕櫚》序，當然是「任性的、鬆散的」文字。該序是我第一篇評論台灣文學的文章，寫於民國五十五年，那時我台灣小說看得太少，可能把《又見棕櫚》評得高了些。但我行文態度是嚴肅的，對小說主題和結構的分析我認爲是周到的。

但寫序不同於寫書評，更不同於寫論文，我既就託於人，在「序」裡給作者最大的鼓勵，我覺得是應該的。近年來，不少評家對於梨華表示失望，因爲她的《談》和《考驗》實在寫得不太好。當年寫序，我除了《夢回青河》外，把於梨華所有作品都讀過了，但她未來的創作方向，思想的轉變，我無法預測。相反的，顏元叔評於梨華《白駒集》（〈筆觸、結構、主題〉），僅挑四篇評評，藉口「沒有時間涉獵她的全部作品」，不去讀它，所做寫書評的準備工作實在不夠，批評態度要比我「輕率」得多。顏元叔既不同意我對《又見棕櫚》的看法，盡可就文論文說出理由來，用不到在讀者面前傳播我在宴會上說的笑話或客套話。民國五十五年，顏在美國寫論文，他的報導不知有何根據？我在社交場合，愛說笑話，同我寫文章的嚴肅態度大不相同，有夏祖麗〈台北一夕談〉實錄爲證（載《純文學》民國五十九年四月號），那次宴會，顏倒在場。

事實上，不僅評《白駒集》而已，顏元叔好多書評、論文都給人「急就章」的印象。他實在太忙了，沒有時間對一個問題、一個作家做面面俱到的研究。這次同我論戰，他認爲我對華滋華斯研究不深，特別借用濟慈「負能力」（Negative Capability）這個概念來點醒我對華氏「太主觀」，比不上王維。事實上，濟慈認爲英國文學界名人天賦「負能力」——這種硬譯，毫不能表達原意——獨厚的是莎士比亞；缺乏這種「能力」的倒不是華滋華斯，而是柯勒律治（請參看濟慈一八一七年十二月二十一日致胞弟喬治和湯姆信）。柯勒律治想用科學方法治文學，故遭此評，我們也可以說當今想把文學批評整理得科學化、系統化的，皆是缺乏「負能力」之人。濟慈最佩服的當代詩人無疑是華滋華斯，他雖然覺得他的詩篇有一種「自我崇高感」（the egotistical sublime）——密爾頓（J. Milton）也犯此病——因之遠比不上「無我」的莎士比亞，他卻特別愛好〈汀潭寺〉那首詩，因爲該詩探照人生大廈的黑走廊，所表現的天才，比密爾頓深刻（deeper than Milton），比當代任何詩人都強（he is a Genius and superior to us）。換句話說，〈汀潭寺〉也是最能代表華氏「負能力」的一首詩（請參閱濟慈一八一八年五月三日致雷諾茲（J. H. Reynolds）書）。

顏元叔寫的中國文學評論不出三類：一是社論式的，其中最重要的一篇要算是〈談民族文學〉；二是當代台灣文學的評析，大半是書評，在數量上比較可觀的是詩；三是借用「新批評」來評析幾首古典詩，完全是「游擊」式的，從不參考前人的意見。他寫過〈長恨歌〉、〈琵琶行〉的評析，但可說對白居易毫無研究，連陳寅恪《元白詩箋證稿》這樣重要的書也沒有翻過。顏元叔雖提倡「比較文學」，自己算不上是比較文學家。他寫過兩三篇中西文學比較，非常粗淺，如《白蛇傳》與《蕾米亞》那篇談不上是研究。他不知道這個題目已有好多人寫過，哈佛博士丁乃通教授就發表過很長的一篇⑤。顏元叔寫評論，不看參考書，加上對文學不夠敏感，也談不上博學，分量是很輕的。比較可觀的是評當代詩的一系列文字，因爲他不怕開罪人，寫出自己眞感實覺，至少對當代詩人有參考之用。

顏元叔在《文學經驗》（民國六十一年）序裡，說過一句眞心話：

> 年近四十，還只能推出這類小本的東西，大概也沒有什麼可指望的了。難道四十歲還不是寫大書立大說的年齡嗎？年齡是夠了，甚或過之，只是力不從心而已。我是否應該遁入空山，面壁十年，再回人間呢？

他當然捨不得他的霸業，未去面壁。事實上，兩三年來他很少寫文學批評，倒在《皇冠》及各報副刊上大寫其雜文，變成了一位雜文名家。可能他有自知之明，覺得四十早已出頭，根本無能力「寫大書立大說」，倒不如多寫雜文，可「賺大錢」，博得中學生、家庭主婦愛戴，豈不更好？

上星期我到賓州一家小大學去演講。校方招待人茅國權兄也是威斯康辛大學英文系博士，同顏元叔差不多時期。我好奇問他，在威大讀英文系博士，要通過幾種語言考試？他說兩種，中文也算在內。我非常驚訝，顏元叔雖是倡導「比較文學」最力的人，想他會不會讀博士學位時，也僅考過了法文、中文？

事實上顏元叔英文程度也有問題。他在美國年數也不算少，但翻譯半部當代美國名家貝羅（Saul Bellow）的小說《何索》（*Herzog*），竟也給人抓住話柄。兩年前，《書評書目》第九期刊出了亞青先生〈致何索書〉，是篇書簡體的書評。一封致該書上半部譯者劉紹銘，一封致顏元叔，一併寄給何索（當然是虛構的人物）。劉譯部分，雖也有「白玉之瑕」，亞青認爲「是不可多得的，尤其中文詞彙頗爲豐富，使譯文生色不少」。相較之下，顏譯部分大見失色，「譯文除了全是死譯和硬譯外，就是一大堆誤譯了」。亞青不憚煩一一舉例，如把 blazer 譯成「引人注目的帽子」（亞青把它譯爲「鮮豔的運動衣」，也欠妥）；blowtorch（汽油吹管）譯成「火把」，fellatio（口交）譯作「雞姦」，heavy-lidded（厚眼皮的）譯作「嘴唇很厚」。當年讀此文，我猜想顏本人一定工作太忙，雇他手下的研究生或助教代譯的，堂堂英美文學博士，英文程度不應該這樣壞。最近翻看了一下顏譯的《西洋文學批評史》，我才斷定顏的英文程度的確不高。我那文章，並未提及顏名，顏卻大怒，把我痛斥一頓。亞青連名帶姓的責備他，他卻毫無反應，豈非自承誤譯，無法狡辯？亞青文已收入陳大安編著的《譯評》（書評書目出版社），此書剛出版，讀者可參閱。

顏元叔花了兩年多的時間譯了《西洋文學批評史》。全稿他同他父親修改過四次才付印。顏元叔太太和一些台大和淡江學院的助教和研究生都參與了校閱工作。但既這樣鄭重出書，譯文卻「省略了三個不算重要的成分，即腳註、章首大綱，與章尾參考資料」。我承認該書的「章尾參考資料」，可有可無，但章首大綱裡列了一個重要英文書目表，對吾國學生極有參考之用，腳註更重要，其中引錄了各種文字的評論著作，可使學生大開眼界。但這些引文，顏元叔爲什麼不譯呢？他託辭腳註「不算重要」，誰能相信？

其實台大懂希臘、拉丁、義大利、德、法文的教授多得是，顏元叔找他們幫忙，《批評史》可以譯得更完美。但顏一定覺得請教他們譯幾個單詞、片斷的引文，表示他自己看不懂，豈不丟人？他情願閉門造車，也不求教於人，這種治學態度實在很令人不解。不僅如此，看樣子顏連查字典的習慣也沒有養成，所以譯《何索》時，連好多單字都會譯錯。《批評史》裡，德文書名一概照錄原文不譯（參閱頁二四五、三三六、三四一、三四六），拉丁文、義大利文書名有的也不譯（頁一五七、一三九）。有些英文書名，顏不解其含義，也不譯。歐尼爾劇本 *Marco Millions*（頁一七二）即是一例。其實查查參考書，知道該劇主角即是大名鼎鼎的馬可．波羅（Marco Polo），書名是很容易譯出的。

顏元叔對德、法文的單字，連發音都不會發，我眞感驚訝，因爲他至少讀過法文，德文即使未讀過，德國人姓名的發音，英文大字典上都標明，舉手之勞，豈不省力？德國大詩人 Heine 我國一向音譯「海涅」，顏卻把他音譯「海因」（頁四〇二），自出心裁，貽笑大方。法國作家姓氏的音譯，也同樣鬧笑話。例如大詩人 Villon（維榮，維讀滬音）譯成「費龍」；大劇作家 Corneille（酷奈或酷奈伊）譯成「康奈爾」；名詩人 Leconte de Lisle（李爾）譯成「李色」；名散文家 Joubert（約伯）譯成「約伯特」。任何人有一個星期的法文發音訓練，就不可能這樣外行地把四個姓氏裡應該省掉的輔音（ll, s, t）譯出來！

同樣令人詫異的，顏元叔連英國名人的姓氏也會讀錯。英國批評史上一定要提名的 Roger Ascham（阿思克姆）和 Puttenham（潑脫納姆＝Putnam），顏音譯爲「艾賢姆」（頁一五〇、四一〇）

和「巴頓漢」（頁一五一）。名詩人、翻譯家 George Sandys（三茲，y無音）顏譯成「生底斯」（頁三一○）。伊莉莎白一世（Elizabeth I）手下的名臣賴斯特伯爵（Earl of Leicester），無人不曉，因爲女王曾考慮同他結婚。顏把他音譯成「李色斯特」（頁一五一）！顏是艾略特專家，《荒原》裡有一行：

　　Elizabeth and Leicester

顏在課堂上讀給學生聽，我眞擔心他一不小心又把伯爵的名字誤讀。《李爾王》裡的 Earl of Gloucester，但願他從未誤讀成「葛洛色斯特伯爵」！

《西洋文學批評史》是部重要著作，亞青先生有暇，不妨把原文和譯文對照，看有沒有譯錯的地方，重版時至少可以改正，不致貽害學子。顏元叔推銷「新批評」，倡導「比較文學」，只可惜學問不夠充實，外國語言訓練太欠缺，徒有幹勁，何用？本文原想題名〈解蔽篇〉，因爲荀子該篇首句顏元叔可奉爲座右銘：「凡人之患蔽於一曲，而闇於大理。」但一想，還是改名〈勸學篇〉好，顏元叔這幾年太忙了，看樣子靜下來讀書的時間也沒有。除非他從此改行寫雜文，我想多讀書、多查字典對他總是有益的。至少他得把英國、歐洲作家姓名發音要搞清楚，否則第三次召開比較文學大會，顏教授不巧在會場上提到法國大詩人費龍、德國大詩人海因，或者英國詩評家巴頓漢，給特來赴會的美國名教授李文、肯納（Hugh Kenner）聽到了，豈不有傷國體？

一九七六年三月十四日完稿，七月加註

原載同年四月十六至十七日〈中國時報・人間〉

註

①載〈中國時報・人間〉副刊國內版（一九七六年三月一至二日），海外版（二月二十九至三月一日）。《文藝月刊》民國六十五年六月號曾把該文及〈勸學篇〉一併轉載。

②參閱 Norman Fruman, *Coleridge, The Damaged Archangel*（紐約，一九七一）。威來克早在《現代批評史》第二冊（耶魯，一九五五）〈柯勒律治〉章點明柯氏文學理論抄襲德人康德（I. Kant）、雪林（F. Schelling）、施理克爾（A. W. Schlegel）之處。一九四〇年李維斯（F. R. Leavis）在他自辦季刊 *Scrutiny*（第九卷）"Coleridge in Criticism"文內，把柯氏批評家的地位貶得更低。一般人尊崇柯氏文評他認為是個「大笑話」"Something of a scandal"。但積習難改，加上一般英文系教授忽視德國文藝批評傳統，柯氏地位至今似未見動搖。克理格（Murray Krieger）教授新出專著《文評原理》（*Theory of Criticism*, Johns Hopkins University Press，一九七六）仍把柯氏捧得很高。

③勃克在「新批評」盛行期間讀者極少事，載海門（Stanley Edgar Hyman）*The Armed Vision*（New York，一九四八，改訂本一九五五）〈勃克〉章，但海門要把「新批評」弄得科學化，特別推崇他。〈勸學篇〉完稿後，我較有系統地多讀近數年出版有關文學理論的書籍刊物，發現勃克也跟著結構派的盛行而重受注意，請參閱 *Critical Inquiry* 創刊號（一九七四年九月）：波思（Wayne Booth）,"Kenneth Burke's Way of Knowing", Kenneth Burke,"In Response to Booth: Dancing With Tears in My Eyes"。*Critical Inquiry* 芝加哥大學出版，是最有分量的新興文藝理論批評季刊。波思是芝大名評家，他特別撰文抬捧勃克，勃克寫答辯文，大有感激流涕之狀（請注意勃文副標題）。

④在英美想也有專教莎士比亞這門課的教授，他們不管天下大事，專以讀莎翁參考資料為樂。連文學其他部門出版了最重要的新著研究，他們也懶得去看。但這些兢兢守業的教授是沒出息的，他們對莎翁研究也不會有重要的發現。我提到的四位批評家，莎翁僅是他們興趣的一部分而已，他們絕不會像顏元叔在〈親愛的夏教授〉文（《中國

時報》，一九七六年五月七至八日）所說的一樣，把每年所出版的莎翁論文篇篇去讀的，他們還有更重要的書籍、論文要看。麥克是英國十八世紀早期文學專家，李文是比較文學家，興趣更廣；他們多少年來在耶魯、哈佛大學本部教莎翁這門課，在研究院教其他課程。同樣情形，福克森、海爾門專攻西方戲劇，莎翁非他們終身研究的課題。福克森長年在普林斯登大學講授文學批評，晚年才轉任拉特格斯（Rutgers）大學的 University Professor of Comparative Literature。

⑤Nai-tung Ting, "The Holy Man and the Snake-Woman: A Study of a Lamia Story In Asian and European Literature", *Fabula*（vol. 8, No. 3）, pp. 145-191.

人的文學

一

胡適、陳獨秀倡導文學革命，一轉眼已是六十年前的事了。六十年來用白話書寫的新文學，其成就早已有目同睹，不再有人加以鄙視。民國三十八年前的作品，大部分不易在台灣見到，但近年來有好幾部新文學史問世[1]，至少青年學子可藉以知道些人名、書名和大陸淪陷前文學發展的概況。不久前，我在報章上見到《中國新文學大系》重印的廣告，好像重印的僅是郁達夫主編的《散文二集》。事實上，民國十七年以前，左派文人尚未得勢，「大系」裡明白宣傳共產思想的文章可說絕無僅有，眞不妨把十巨冊一併重印。僅能看到新編的文學史而不能看到文學理論、批評、創作的原始資料，對青年學子來說，總不免有隔鞋搔癢之感。

在文學理論方面，新文學初創期最大的特色是對中國固有文學傳統的猛烈抨擊。民國六年，胡適提出八條〈文學改良芻議〉，陳獨秀即寫篇〈文學革命論〉響應他，大聲疾呼推倒固有的「貴族文學」、「古典文學」、「山林文學」而代之以「國民文學」、「寫實文學」、「社會文學」。陳氏梁啓超式的社論，讀起來令人心煩，我曾在〈文學革命〉文裡（收入《文學的前途》中），取笑過他。但值得注意的是，他對傳統文學裡加以肯定的作品和作家，類如《國風》、《楚辭》，魏晉五言詩，唐代的韓柳元白，以及元明以來的「文豪」馬致遠、施耐庵、曹雪芹，即在今日，也大家公認爲代表了舊文學裡活的傳統（當然施耐庵著《水滸傳》之說，不一定可靠）。近人唐文標的觀點同陳獨秀尤其相像：他所肯定的也是以《國風》、漢樂府爲代表的「國民文學」或「社會文學」，他所否定的也是古代讀書人包辦的「雕琢的阿諛的貴族文學」和「陳腐的鋪張的古典文學」。

民國七年十二月，周作人在《新青年》雜誌上發表了一篇〈人的文學〉。在他看來，中國文學的致命傷不是文字問題（雕琢、阿諛、陳腐、鋪張），而是道德問題，也就是人生態度不夠嚴肅的問題。他自己提倡的是「人道主義」，即是「一個個人主義的人間本位主義」。「用這人道主義爲本，對於人生諸問題，加以記錄研究的文字，便謂之人的文學。」「中國文學中，人的文學，本來極少，從儒教道教出來的文章，幾乎都不及格。」即如胡適、陳獨秀對少數小說戲劇加以稱許的通俗文學，周作人也認爲是「非人的文學」。他把通俗文學分爲十類：一、色情狂的淫書類；二、迷信的鬼神書類；三、神仙書類；四、妖怪書類；五、奴隸書類（甲種主題是皇帝狀元宰相，乙種主題是神聖的父與夫）；六、強盜書類；七、才子佳人書類；八、下等諧謔書類；九、黑幕類；十、「以上各種思想和合結晶的舊戲。」「這幾類全是妨礙人性的生長，破壞人類的平和的東西」，周作人認爲「統應該排斥，這種著作，在民族心理研究上，原都極有價值。在文藝批評上，也有幾種可以容許。但在主義上，一切都該排斥。」同時期周作人寫了另一篇名文〈平民文學〉，提倡類屬「人生藝術派」，內容充實，「研究平民生活——人的生活——的文學。」《紅樓夢》描寫的雖然是貴族生活，周作人卻認爲是中國文學史上夠得上「平民文學」資格的唯一傑作：「因爲他（它）能寫出中國家庭中的喜劇悲劇，到了現在，情形依舊不改，所以耐人研究。」想來，憑周作人的標準，《紅樓夢》算得上是「人的文學」。

周作人〈人的文學〉編狹處，我已在〈文學革命〉文裡加以批評：西洋十九世紀人道主義的寫實文學，民初文人讀了，受的影響特別大，但周作人當然知道，公認爲名著的西洋文學作品也不盡是個人主義的人的文學。周作人早已對希臘神話發生了愛好，古希臘文學也可歸入神仙妖怪書類。主張靈肉合一的英詩人布雷克（W. Blake），當時周作人對他特別佩服。布雷克認爲基督教教會是違反人性、阻礙人性向上發展的惡勢力，照他看來，連但丁《神曲》（*The Divine Comedy*）、密爾頓（J. Milton）《失樂園》（*Paradise Lost*）都是迷信的「非人的文學」。布雷克抨擊教會（雖然他認爲耶穌即是仁愛，也是人類創造力的泉源），同五四時期新文化倡導人抨擊「名教社會」、「封建思想」，初無二致。

〈人的文學〉發表時，西方人道主義文學的全盛期已過：周作人所稱許的幾位大師，易卜生（H. Ibsen）、托爾斯泰（L. Tolstoy）、杜思妥也夫斯基（F. M. Dostoevski）皆已去世，即如哈代也已進入暮年，早已不寫小說。第一次大戰後的歐美文學，另有一種新姿態出現，一方面可說是「爲藝術而藝術」，另一方面也可說是極端個人主義的發展，以易卜生爲代表的關注人生的個人主義顯然已變了質。民國三十八年後陷居北平的周作人，平日的工作是翻譯希臘、日本古典名著（大半尚未出版），對二次大戰後的西洋文學已毫無接觸。但同時期的日本文學他可能會看到一些，不知道看後有何感觸。可能他會感到色情、暴力、虛無主義的抬頭，表示「非人的文學」的再度盛行。

從文學革命到抗戰前夕，這一段時期在當時社會發生最大影響，最能表現獨特思想的三位文化界巨人，要算是胡適、魯迅、周作人。在國內，有些人認爲胡適是「全盤西化」的代言人，對他頗多非議；魯迅算是中共傀儡，周作人算是親日的漢奸，當然更是人盡可罵。在《近代中國小說史》裡，我對此三人皆有些評語，尤其是魯迅迷信蘇聯政權代表人類前途的光明，以致晚年靠攏中共，眞可說是愚蠢之至。相比起來，周作人不聽胡適的勸告，捨不得離開北平，比較還是小事。至少他對日本某些文學藝術和習俗早在留學日本期間就發生了好感，認爲是中國古文化的餘緒，並非日本人占據華北後才美言日本文化的。但胡適和周氏兄弟都生在晚清時代，從小見到周圍無知、貧窮、迷信的現象，把國家的衰弱歸咎於社會的蔽塞、傳統文化的毫無活力，是理所應當的事。目今政府關心民生，社會繁榮，當年大陸流行的各種陋習迷信可說一掃而光，人民健康也大爲改進，不再有肺結核菌隨時隨地可以侵害青年學子的健康。目今社會賢達之士想到「現代化」、「工業化」各種不良後果，提倡中國固有文化的復興，反而變成了精神上的需要。但即是最熱心提倡固有道德的人士，也不再提「王祥臥冰」、「郭巨埋兒」之類二十四孝裡「非人」的故事了。胡適、魯迅、周作人幼年時期，《二十四孝圖》是流行最普遍的兒童讀物，他們對這類故事深表厭惡，也是理所當然的。

胡適、周氏兄弟幼年即受私塾教育，讀古代的經典，私下裡他們卻愛讀舊小說，胡適、周作人都認爲後來國文寫得清通，歸功於那些小說（魯迅的散文多年未重讀，他可能也說過這樣的話）。周作人晚年在《知堂回想錄》（香港聽濤出版社一九七〇年出版，《傳記文學》雜誌曾摘載過片段）有兩節談幼年讀過的小說，諸凡《三國》、《水滸》、《封神》、《西遊》、《鏡花緣》等，談得津津有味（有些小說在早年的散文裡也談過）；雖然對其中不人道的故事，至老耿耿於懷，顯然早已改變了寫「人的文學」時激烈「排斥」的態度。魯迅寫過中國小說史，胡適寫過好幾種小說的考證，在小說方面做的研究，要比周作人精深得多。但在當時周作人痛斥舊小說，魯迅與其弟弟思想一致，想來完全贊同；胡適也曾在文章裡大力肯定〈人的文學〉此文的重要性。

胡適倡導文學革命，引起了文言白話優劣之爭辯。周作人排斥舊文學，認爲關鍵問題在其代表舊社會的思想性上。同時期他寫了篇〈思想革命〉的短文（該文以及〈人的文學〉、〈平民文學〉二文皆集於《中國新文學大系・建設理論集》），明說：「表現思想的文字不良，固然足以阻礙文學的發達。若思想本質不良，徒有文字，又有什麼用處呢？……我見中國許多淫書都用白話，因此想到白話前途的危險。中國人如不眞是『洗心革面』的改悔，將舊有的荒謬思想棄去，無論用古文或白話文，都說不出好東西來。」他的見解，較諸胡適，更精深一步。

我認爲中國新文學的傳統，即是「人的文學」，即是「用人道主義爲本」，對中國社會、個人諸問題，加以記錄研究的文學。那些作家，自己的新思想，可能相當幼稚（尤其是左傾作家），惟對舊思想、舊道德、舊社會的抨擊和揭露，的確盡了最大的努力。我有篇文章，曾被譯爲「現代中國文學感時憂國的精神」。其實原標題"Obsession with China"的含義，「感時憂國」之外，更強調作家們被種種不平的、落後的、「非人的」現象占據其心頭，覺得不把這些事實寫下來，自己沒有盡了作家的責任。巴金三十年代初期的長篇《家》，以小說藝術而論，是部非常拙劣的作品；但當年是最暢銷的小說，青年男女讀了莫不深深感動，主要是在讀的時候，想起自己家庭裡種種醜劇悲劇，不由得不一灑同情之淚。國內近年出版的文學作品，刻畫的即是當今的現實，目前青年所關懷的問題是自己切身的問題，舊禮教顯然已毫無支配他們幸福前途的力量。但張愛玲《金鎖記》裡的七巧，姜貴《旋風》裡的方老太太，她們都是舊家庭制度的犧牲品，也都變成了舊社會惡毒勢力的代表。事實上，即在四十年代讀大學的這一代都可記起舊社會的可怕處，那時新文化運動推行已二三十年，但舊禮教的勢力還是根深柢固，三四年前闞家蓂女士贈我一本散文集《思蓴集》（晨鐘出版社，一九七二），序文是一封「寄母親」的書簡，其中一段讀了實在怵目驚心：

在我的記憶裡，你很少時候生活得快快樂樂過，我五歲時，爸爸去世，我們在一個舊式的大家庭裡，你含辛茹苦撫養我和弟弟兩人，你曾一度想殉情自殺，但爲了你的兒女，你又堅苦的撐持下去，在那窮鄉僻壤之區，你教我們讀書做人，到了我十歲那年，你認爲我們非接受現代新式教育不可，你向家庭提出要求，要祖父分點房產給我們，以便我們可以到城裡去進學校，在當時的環境之下，這是一件不可思議的事，那樣一個舊式家庭是絕不允許你帶兩個孩子單獨居住的，當祖父問你能否守節不變把兩個孩子帶大時，你曾一刀把手指斷下以此爲誓，你呻吟兩個月之後，我們終於獲得了自由，我從此便一帆風順由小學而中學而大學，而你卻在堅苦中撐持下去，家中對內對外全由你一人維持，每當風雨黃昏，我常見你繞屋蹀躅，我當時是糊裡糊塗的，但這確實是你最淒涼寂寞的日子。

最近讀了張拓蕪的《代馬輸卒手記》（爾雅出版社，一九七六），原想知道抗戰期兵士的生活，想不到張先生在《細說故鄉》的下卷裡，也記錄了他幼年的生活，讀來感人甚深。他家居安徽涇縣，「七歲啓蒙，讀了半冊《三字經》和《百家姓》，被送入縣立後山中心小學就讀，讀到四上，祖父坐轎子經過學校廣場，看見老師帶著孩子們蒙著眼睛做遊戲，認爲太不像話，勒令退學，送到鄉儒『進』先生處讀私塾，進先生教書認眞、嚴格，聞名於鄉里，動輒用戒尺打手心，揍屁股。罰站罰跪是最輕的處罰，一罰就是半天，我一聽汗毛全體豎立，滾在地上撒賴，那也不行，祖父的話，誰都不敢違拗。」他的長姊遭遇更慘，因爲生肖屬豬，祖母那年剛開始吃長素，生下來就不喜歡她。出嫁後經常給婆婆「打得青一塊、紫一塊的逃回娘家，盼望能有些支援，但什麼也沒得到」：

姊姊嫁過去兩年多，響屁也不放一個，這完全是女方的責任，惡婆婆因此打得更凶，似乎希望姊姊同她長媳一樣上吊成雙。但我姊姊硬是不願死，打歸打，逼歸逼，上吊是不幹的。

下大雨的那天，姊夫氣急敗壞地跑來跟母親說，姊姊被婆婆打得暈倒在地上人事不省，三個月的孩子也被打掉了，要我們趕快請個醫生去。母親一聽先是一愣，繼之大哭一場，哭完了茫然無措，一點主張也沒有。

近年來伸張女權運動的女士們，總責備中國男人太自私，不顧女人的權益。事實上，婆婆虐待媳婦，是舊社會裡最普遍的現象。不一定每個丈夫都有錢討小老婆、玩女人，但差不多每個小媳婦都得戰戰兢兢討婆婆的歡喜。因爲婆婆年輕時也做人家媳婦，虐待自己的媳婦變成了半生吃苦最大的補償。

二

讀中國現代文學，讀到舊社會的悲慘故事，我總不免動容，文字的好壞反而是次要的考慮。只要敘述是眞情實事，不是濫情主義式的杜撰，我總覺得有保存價値，値得後人閱讀回味；反顧古代詩文，這類記載就比較少，要不是那幾首民間的樂府，就是杜甫這樣特別關心民間的詩作。假如有些舊小說戲劇可按周作人定義，稱之爲「非人的文學」，大多數古代讀書人留下的詩詞文章，雖非「非人的文學」，在我看來，實在人的氣味太薄了，人間的衝突悲苦捕抓得太少了，人心的秘奧處無意去探窮，也算不上是「人的文學」。在美國教詩，我常對學生說，中國詩人大多數想做高官，做官不得意，牢騷滿腹，就喝酒尋樂，或者想退隱，或者想成仙。他們處境比我們好的地方，就是生活在空氣尚未被污染的世界中，更易接近自然景物，而對山水花草的確特別敏感。我既不想做官，也不愛喝酒，也不想退隱，更不想成仙，古代讀書人的幾個理想，對我來說，毫無吸引力，讀他們的詩篇，簡直很難發生同感。

當代讀書人和古代讀書人的最主要區別，即是我們在自由世界裡生活，充分享受了知識分子的權益，也多少盡了知識分子的責任，看到任何不公不平的事情，至少沒有人來剝奪我們的發言權。古代讀書人生在專制政權下，在皇帝手下討飯吃，而且只有做官這一條正當出路。他們雖然受了孔孟教育，想做一個知識分子的大丈夫，事實上往往做不到。我國有不少「先天下之憂而憂」的名臣，他們一方面直言奏諫皇帝，一方面也關心民間疾苦；但他們的詩文，往往也難免落於俗套，僅寫些個人的感受和牢騷。前兩天收到聯經出版社剛發行的《中國現代文學批評選集》，讀了顏元叔的〈朝向一個文學理論的建立〉這篇論文。即是提倡「民族文學」的顏教授，也不得不承認「大體而言，中國的傳統文學大都缺乏理智基礎與哲學深度」；「傳統的中國文學看重的是情感，此外，便是看重文學中的美學成分。」這兩句話說得很對。傳統詩文家缺乏理智基礎與哲學深度，因為他們不是完全委身於眞理與公義追求的知識分子。他們的確重情感，《文心雕龍・物色》這一章眞道出了中國詩的特色。到了宋代，多少詞人傷春悲秋，讀他們的作品，有時不免驚訝我自己感覺的遲鈍。對我來說，柳絮滿天飛的暮春天氣（當然住在紐約，連柳樹也看不到），不冷不熱，有什麼可悲的。清秋天氣，我更感到精神好，當然我聽不到雨打桐葉的聲音，抬頭也不會看到離羣的斷雁。周邦彥〈六醜・薔薇謝後作〉實在是宋詞裡最突出的一篇傑作，設想奇妙，哀豔脫俗。但我覺得薔薇謝後，明年會再開，不值得詞人這樣哀悼它。但正因爲唐宋以來，一直有人寫花謝花落的詩詞，《紅樓夢》裡才會有黛玉葬花這個節目。到民初徐枕亞寫《玉梨魂》這部當年盛銷一時的小說，第一章就來一個雨打梨花後男主角葬花的哀慘場面。《玉梨魂》早已絕版，現在很少有人讀了。但全書繼承了李商隱無題詩和《紅樓夢》「葬花」、「焚稿」、「魂歸」諸章的傳統，也可說是傳統文學裡發揮癡情、絕情最淋漓盡致的一個樂章。我們現在讀《玉梨魂》可能不爲所動，但當時年輕孀婦不能再嫁的現實放在讀者面前，讀了眞會令人痛哭流涕的。

中國傳統文學看重文學中的美學成分，在國外研究中國傳統文學的更是變本加厲，著重文學作品的文學本質。今日國內傳統文學研究之風這樣盛，一方面固然大家感到有整理國故的必要，一方面顯然是西風東漸，受了西方文學理論和批評的影響。中國人評詩一向是詩話體的，現在採用了西洋「新批評」（即「形式批評」）的方法，把一首絕句寫成二十頁的評析，洋洋大觀，豈不令人興奮。在《文學理論和結構》（*Literary Theory and Structure*，耶魯出版所，一九七三）這部慶祝衛姆塞特（W. K. Wimsatt）六十五歲生日的論文集裡，文學理論家赫虛（E. D. Hirsch, Jr.）寫了篇檢討「新批評」成就的文章，題名〈批評的幾種目的〉（Some Aims of Criticism）。他認爲「新批評」最大的特色即是把文學當文學來研究，也就是把文學當藝術來研究，其主要假定即是文學不同於別種文字，因爲它具有其藝術性（its artistic character）。但自古以來，留給後世文學作品的作者，其寫作目的往往是「載道」或者是「言志」，或者是娛樂大眾，或者是賺錢，眞正標明爲藝術而藝術的文學家，十九世紀中期才出現。所以赫虛認爲「事實上，文學並無獨特的本質，一種全憑美學標準或其他標準可以判定的本質」（In fact, literature has no independent essence, aesthetic or otherwise.）。在古代中國，任何讀書人留下的文集，內容蕪雜，其中有墓誌銘，有送序，有論說，都算得上是文學，長篇小說反而算不上是正統文學。在今日美國，情形則相反，中國文學研究者拘泥於幾個固定類型，諸如詩、戲劇、小說、批評之類，這些類型以外的著作，除了先秦諸子外，都不加注意。其實，漢代以來，眞有好多部具有思想性、學術性的精心巨著，研究文學的人因爲它們不是「文學」，而不加理會，眞是作繭自縛，剝奪了自己對中國文化有更精深了解的機會。把一部作品當藝術品研究，當然可以提高我們對作品內涵的組織的警覺性，但作品本身是否值得我們重視，是否仍具動人、刺人的力量，則是另一回事。艾略特有一句話說得好：「一部作品是否爲文學誠然全靠文學標準來決定，一部作品的『偉大』與否，則不能單靠文學標準來決定。」

歐美漢學家以文學標準評賞中國古典文學，理所當然。他們不是中國人，他們對中國文化前途不一定特別關懷。但他們用功多年，算把古詩文讀通了，自然而然對古詩文特別愛好。不好也要講它好，否則豈非否定了自己多少年來的努力？他們專攻現代史的，就沒有餘力顧及古典文學；專攻古典文學的，則不關心中國前途，連現代文學也不屑一顧。他們眞把自己關在象牙塔內，研究古典文學之餘，參閱些現代西洋文學批評和理論，這樣兩面參證，做些研究，樂在其中。大半在美國研究古典文學的國人，情形也相仿。多管分外事，豈不浪費時間？加上在國內報章上發表了文章，洋同事是不看的。不如多寫英文論著，以建立或增高自己的國際聲譽。

五四時代的胡適、魯迅、周作人，不僅是國學根基頗深而甘願接受西方文化的讀書人，他們也是眞正關心國是、想爲國家社會服務的知識分子。他們在文章裡詆譭中國文學，但他們對古詩文的領會悟解當然比我這一代或比我更年輕的一代深。憑他們的書法，我們就可看出他們的文化修養。今日五十歲以下的作家、學人間，有哪一個寫得出他們這樣各具個性的毛筆字？但他們雖國學根柢深厚而不情願浸淫在古代文人的世界中。他們覺得杜威（J. Dewey）、尼采（F. W. Nietzsche）、靄理斯（H. Ellis）

的思想要比宋明理學有意思得多，至少提醒他們如何做人；同樣情形，他們覺得讀十九世紀和二十世紀初期的西洋作家，要比讀中國古典作家更有意思，對自己、對國家，更切切有關。魯迅有一段話，先兄濟安曾在〈魯迅作品的黑暗面〉文裡引用過，我想胡適、周作人也一定同意他的看法：

> 我看中國書時，總覺得就沉靜下去，與眞實人生離開；讀外國書——但除了印度——時，往往就與人生接觸，想做點事。

胡適、周作人也同樣討厭印度文化。在〈人的文學〉裡，周作人特別提了泰戈爾（R. Tagore）一筆，認爲他「時時頌揚東方思想」，非常可憾[2]。我可以說，胡適、周氏兄弟對印度文化，比對中國文化更爲痛恨，因爲印度比起中國來，更「東方」得徹底，印度人是眞正否定物質文明的。讀胡適的論著，我不免覺得他認爲假如印度文化不侵入中國，中國固有文化要光明燦爛得多。胡適受阻於佛教這個難題，他的《中國哲學史》沒有寫完，但他考證禪宗發展史這幾篇論文，我認爲是了不起的貢獻。當年胡適同日本禪學大師鈴木大拙一場爭辯，好像胡適占了下風，連他的老友梁實秋先生也認爲眞正懂得「禪宗本身那一套奧義」的是鈴木（參閱《看雲集．胡適先生二三事》）。但讀了胡適的考證後，我總覺得像神會這樣不擇手段，在皇帝面前爭寵取信、打擊異己的「新禪學的建立者」，是十分世俗的。

胡適、周氏兄弟雖然覺得讀中國書比不上讀外國書這樣有勁，更與人生接觸，他們並無意揚棄中國文化。相反的，他們一方面痛斥舊禮教，一方面在古書堆裡追尋可以和自己「認同」的思想家、文學家。魯迅在這方面做的探究工作比較少，他成大名後，看樣子眞的多讀洋書，甚至連生氣奄奄的蘇聯文藝理論家的書也認眞把它們翻譯出來。他的《中國小說史略》是部學術性的著作，就小說論小說，個人的愛憎立場不太明顯。但古代讀書人間，他特別歡喜嵇康以及同時代言行脫俗的人物，至少也表明了自己對正統士大夫文學、思想的反感。胡適《白話文學史》是部偏見極深的書，他極少提到「那模仿的、沿襲的、沒有生氣的古文文學」（即是陳獨秀的「貴族文學、古典文學、山林文學」），專講「那自然的、活潑潑的，表現人生的白話文學」。後者可分爲兩類：「無數小百姓」自己創造的「平民文學」；極少數有見識、有思想、富於同情心的讀書人留給我們的作品。諸如王充、杜甫、白居易都是此類讀書人，雖然胡適連杜甫的律詩也不十分欣賞。〈漢朝的散文〉這一章司馬遷提了幾筆，主要寫王充，因爲胡適自己是向王充「認同」的思想家，《論衡》的文體算不算是當代的白話，其實是次要的問題。

胡適、周作人同樣的厭惡宋明理學，惟其如此，他們讀到見解上可以認同的思想家，特別高興。《胡適文存》裡被稱許的思想家，全是「反迷信」、「反理學」的，戴震尤受其推崇，不僅二人是安徽同鄉，實在因爲戴震敢直言禮教吃人（魯迅《狂人日記》主旨也是禮教吃人），使他佩服得五體投地。爲了替戴震申冤，胡適晚年花了二十年工夫去搞《水經注》，在學術界所發生的影響，遠比不上他早年所寫的小說和禪學考證。但他肯爲二百年前去世的大思想家，花這樣多心血，做一個小題目的研究，精神實在令人可佩。

周作人一再申言，他生平最佩服的中國思想家是王充、李贄、俞正燮三人。李贄算是禮教的叛徒，俞正燮爲婦女纏腳、守節等苦痛抱不平，在清代中葉，也算得上是先知先覺的人物。其實周作人加以稱許的中國文人、思想家爲數甚多，大半其名不揚。寫〈人的文學〉時，他無情排斥舊文學，進入三十年代後，大讀舊書，不少是舊書鋪裡覓來的冷門筆記雜著，普通人不容易看到。他晚年大多數小品文都是報告讀書心得，看樣子是陶冶性情，過著閒適的生活。事實上，他是無休止向古人認同：理學傳統圈外，竟還有不少思想活潑、頭腦開明而關注民間疾苦的讀書人。這些讀書人，他認爲延續了眞正儒家的傳統。《藥堂雜文》（一九四三）裡〈漢文學的傳統〉、〈中國的思想問題〉等好幾篇文章值得我們注意，他那時候身任僞職，但精神上早已向孔孟思想認同：「其實我的意思是極平凡的，只想說明漢文學（即用漢文書寫的文學）裡所有的中國思想是一種常識的、實際的，姑稱之曰人生主義，這實即是古來的儒家思想。後世的儒教徒一面加重法家的成分，講名教則專爲強者保障權利，一面又接受佛教的影響，談性理則走入玄學裡去，兩者合起來成爲儒家衰微的原因。但是我想原來當不是如此的。」晚年周作人文筆這樣沖淡，一點也沒有〈人的文學〉裡的火氣，但所謂「後世的儒教徒」，在漢朝創業期間即「加重法家的成分」，爲皇帝「保障權利」，儒家開始衰微已是二千多年前的事了。

早在三十年代，周作人即不評論時政，盡心從事於儒家「人生主義」新傳統的建立。相比起來，同時期的胡適，因爲希望國家進步，絕不同舊社會、舊思想妥協，態度激烈得多了。《胡適文存》第四集裡的四篇文章：〈慘痛的回憶與反省〉（九三二）、〈信心與反省〉、〈再論信心與反省〉、〈三論信心與反省〉（一九三四），我一直未讀過，數月前初讀，對他備增崇仰之意。我鈔錄一小段反問壽生——一個堅信中國固有文化優越的青年——的話：

> 至於我們所獨有的寶貝，駢文，律詩，八股，小腳，太監，姨太太，五世同堂的大家庭，貞節牌坊，地獄活現的監獄，廷杖，板子夾棍的法庭……雖然「豐富」，雖然「在這世界無不足以單獨成一系統」，究竟都是使我們抬不起頭來的文物制度。即如壽生先生指出的「那更光輝萬丈」的

宋、明理學，說起來也眞正可憐！講了七八百年的理學，沒有一個理學聖賢起來指出裹小腳是不人道的野蠻行爲，只見大家崇信「餓死事極小，失節事極大」的吃人禮教：請問那萬丈光輝究竟照耀到哪裡去了？

胡適雖是新文學的倡導人，自己創作不多，但這段反問所代表的即是「人的文學」的精神，也是新文學牢牢不忘中國恥辱的推動力。

三

大陸淪陷後，中共摧毀文化、奴役人民的滔天大罪，我們一刻不肯忘，當然沒有時間去翻中國舊社會的老帳了。年輕一代生長在自由民主的環境中，記憶裡根本沒有胡適、魯迅、周作人所見到的古老中國。二次大戰後，西方國家對西方文明失去了自信；人造環境不斷惡化，一般人放棄了「進步」的信念，二十一世紀的人類能好好延續下去，已變成了値得研究的大問題。相較之下，東方的精神文明愈顯得其可愛：我國的老莊思想、《易經》、禪學，加上印度的瑜伽、玄妙的坐忘（Transcendental Meditation），且不談針灸、太極拳，在美國信從的大有人在。這些現象，想來不少國人聽到了，心裡很高興。東學西漸，總表示自己文化的優越。美國著名的漢學中心，不僅從事文學研究很起勁，思想史的研究也同樣是熱門。哥倫比亞大學即可算是理學研究的中心，讀哥大同事、研究生的論文，即是不著名的道學先生也變成相當了不起的人物，一改當年胡適他們反理學的態度。更有人研究佛學，他們要學好多種艱難的文字，中日文、梵文、巴利文，有時還要加上西藏文、蒙古文，精神實在可嘉。

我總勸學生不要專攻佛學，實在覺得學通這幾種文字殆非易事，倒完全出於菩薩心腸。

至少在國外，五四時代認爲要排斥的東西，將愈來愈受到專家的肯定，是不容置疑的事實。去年有一位中國醫藥史專家，在哥大宣讀一篇論文，認爲中國以前貧民看病，到廟裡燒香求籤，吞食香灰，他認爲至少可發生心理治療（psycho-therapy）的作用，也滿有意思的。我自己中國新舊小說讀得多了，記憶裡舊式郎中誤害病人的案子要有多少宗，且不談等而下之的道士、巫祝了。我覺得這位專家這樣讚許中國文化，總不免太殘忍些，實在對中國舊社會的現實太隔膜了。清末民初的那些歐美傳教士，寫書痛罵中國野蠻，雖然態度不良，說的大半倒是眞話。

《紅樓夢》目今是中國文學最熱門的研究題材。我自己也曾細讀過四遍，每讀一遍不得不歎服爲中國最偉大的小說。但寫完《中國古典小說》後，我還沒有再從頭到尾讀它一遍，實在不想讀也不忍讀。有些紅迷陶醉於大觀園裡的賞心樂事，有空即挑幾章讀讀。我倒同意王文興的看法，大觀園實在是多少小姐、丫鬟的集中營，一點自由也沒有，活著有什麼樂趣，且不提好多女子下場何等悲慘。即如賈寶玉自己，一年難得兩三回上街逛逛，這算是什麼生活？最後出家做和尙，也只能算自尋寂滅，倒不如漢姆賴德（Hamlet）胡亂殺幾個人，自己也中劍身亡，痛快得多。

讀歷史演義小說，雖然藝術水準不齊，不容易使人聯想到舊社會的可怕。那些忠心耿耿的名臣大將，雖然受盡昏君的氣，我倒不覺得是皇帝的「奴隸」。但即在此類小說裡面，不少有關女人的情節，讀來總教人感到不舒服。《三國演義》五十二回裡，趙範同趙雲結拜弟兄，好意要把守寡三年，「有傾國傾城之色」的嫂子配給他，趙雲一下子翻過臉來，變成了武松、石秀型的漢子。第十九回，劉備「匹馬逃難」，借宿少年獵戶劉安家：

> 當下劉安聞豫州牧至，欲尋野味供食，一時不能得，乃殺其妻以食之。玄德曰：「此何肉也？」安曰：「乃狼肉也。」玄德不疑，乃飽食了一頓，天晚就宿。至曉將去，往後院取馬，忽見一婦人殺於廚下，臂上肉已都割去。玄德驚問，方知昨夜食者，乃其妻之肉也。玄德不勝傷感，灑淚上馬。劉安告玄德曰：「本欲相隨使君，因老母在堂，未敢遠行。」

這段小穿插，近代《三國》評家從未提過，我總覺得是全書最大的一個污點。當年毛宗岡改訂《三國》時，沒有把這段文字刪掉（無時間查看各種版本，想不可能是毛氏新添的），想來也感到劉安的大義大孝，值得世人讚歎。劉備吃一頓素菜淡飯，有什麼關係？但劉備既是朝廷官員，劉安不把自己年輕的妻子殺掉，燒一鍋肉給他吃，對不住這樣一位上賓。如此巴結劉備，原可跟隨他去博一個功名，但臨別前說「因老母在堂，未敢遠行」，表示自己是孝子，殺妻而不求報，態度更何等落拓大方！只吃了臂上肉，劉安至少可以十天不打獵，在家裡伴著老母吃媳婦的肉。

讀章回小說，一直要讀到二十世紀初年的《老殘遊記》，我們才碰到一位在專制政治下眞正爲老百姓請命、人道主義的作家。周作人在〈人的文學〉裡沒有提到它，想來他覺得劉鶚有些地方還是舊腦筋，執迷於「三教合一」的想法，不夠開明。但劉鶚大力抨擊清官酷吏，堅決否定一千年來理學思想、「吃人禮教」的傳統，關心民間疾苦，更同情不幸女子的遭遇——單憑其人道主義之精神，實已和胡適、魯迅、周作人這一代站在同一陣線。《老殘遊記》同杜甫不少詩篇一樣，是眞正「人的文學」的傑作。

在〈追念錢鍾書先生〉文裡，我提到了美國學者借用西洋批評方法整理中國古典文學的趨向。同樣值得注意的是，更有些美國學人和旅美學人力求復古，把自己置身於古代中國思想範疇裡的傾向。

他們覺得近代中國學者，受了西方教育，已是半洋人，他們對中國固有思想、文學的批判態度，造成了對中國傳統的誤解，是不值得取法的。他們要排除一切現代人的偏見：唐代的和尚才能眞正欣賞王維、寒山的詩，他們不妨在想像中置身在當年長安廟宇之內；只有周敦頤的入門弟子才能領會「太極圖說」的妙處，假如他們自己看不出「太極」、「無極」的分別，只好承認自己悟性不高，還沒有資格當周夫子的學生。現在有人借用陰陽五行之說來研究《紅樓夢》，也有人借用清人張竹坡相當荒謬的評批來研究《金瓶梅》。明清學人間，只有張竹坡對《金瓶梅》無條件的大加讚揚，看來我們若要徹底了解《金瓶梅》，非向他看齊不可，把自己對這本書的看法全部抹殺。《金瓶梅》眞正算得上是一部「非人的文學」，但因爲它把那時代「非人的」社會和家庭生活描寫得透徹，在我看來要比大多數古代文人留下的、無關人生痛癢的詩詞古文更有閱讀價值。但無論如何，該書作者思想混亂，而且對這個「非人的」社會非常欣賞，實在是應該加以批判的。但將來這位美國張竹坡的《金瓶梅》研究問世，國人讀到了，可能心裡會高興，中國文學裡，又多了一部被洋人全盤肯定的傑作。但我總覺得，這是阿Q心理的作祟，中國古代作品，難道中國人自己不會鑒定其優劣？洋人辛辛苦苦學通了中文，他有陶醉於中國古人世界裡的權利，享受他象牙塔裡的樂趣，因爲對他來說，現代中國同古代中國是完全拉不上關係的。中國讀書人應該關心中國文化的前途。中國傳統思想、文學本身就是中國現代文化的主要部分，今天不會再有人像有些五四時代的思想家一樣，向祖宗宣告獨立，發誓不讀古書。惟其我們相信中國文化是一脈相傳的，而且惟其我們希望國家富強，人民安居樂業，在文藝科學各方面有光輝燦爛的表現，我們研究傳統的思想、文學，和一切文物制度不得不抱一種批判態度。周作人〈人的文學〉代表了五四時代的精神，說話不免過分激烈，但在多少中西學者用純文學觀點來研究中國古典文學的當口（且不談少數人以古人自居來欣賞古代文學），「人的文學」這個觀念仍是值得我們借鑒活用的。

一九七六年十二月二十九日完稿

原載一九七七年三月二十三至二十五日〈聯副〉

註

①許有劉心皇《現代中國文學史話》（正中，一九七一）；李牧《三十年代文藝論》（黎明，一九七三）；侯健〈從文學革命到革命文學〉（《中外文學》，一九七四）；尹雪曼主編《中華民國文藝史》（正中，一九七五）；司馬長風《中國新文學史》（香港，召明出版社），上卷（一九七五），中卷（一九七六）；周錦《中國新文學史》（長歌，一九七六）。

②泰戈爾的詩、劇本和小説，我也看過些，實在覺得不好，倒並不完全是思想問題。相比起來，甘地（M. K. Gandhi）在牢獄裡寫的《自傳》，樸實無華，處處顯出其人格的偉大。泰戈爾一九一三年拿到諾貝爾文學獎後，即頗受中國人重視。一九二三年訪遊我國，出盡鋒頭，在打倒舊思想的五四時期，他能同羅素（B. A. W. Russell）、杜威一樣大受歡迎，是件很值得玩味的事。

外行談平劇

——兼談寒山樓主及其新著

一、鄒葦澄與蘇州文化

我對國劇並無研究，只因興趣廣，報章上看到談論京戲的好文章，還是不放過的。最近幾年，在《傳記文學》上拜讀了丁秉鐩先生一連串名伶的評傳（馬連良、譚富英、程硯秋、葉盛蘭等），眞的十分佩服。假如丁先生是美國人而平劇是美國的「國劇」，憑他的學問，他早已當了哈佛、耶魯戲劇系的講座教授了。美國劇評家兼導演克鏤門（Harold Clurman）不久前老成謝世，三月前英國劇評家兼影評家泰能（Kenneth Tynan）英年病故，這兩段新聞都極受紐約報章重視，二人身後哀榮遠勝一般有名望的教授。丁先生聽說也在幾個月前去世了，因爲他不是教授，並無門生寫文章哀悼他。他晚景聽說也很清苦，能守住一份藉以餬口的工作已很不容易了。他寫的那些評傳完全出於自發的興趣，與他分內的工作無關。

丁秉鐩去世的消息是寒山樓主鄒葦澄兄告訴我的。今年夏天有緣同葦澄兄嫂相聚兩次，唐德剛兄嫂同席，談得十分投機。早在十四五年前，香港《明報月刊》剛創辦，我就讀到了樓主好多篇宏文了——〈怎樣欣賞國劇藝術〉、〈「四大徽班」與京戲〉、〈明清兩代的劇壇嬗變〉、〈國劇的「角色」與「行當」〉、〈四海一人譚鑫培〉等——給我印象很深。葦澄兄不像大多數京戲評論者一樣，憑他們戲看得多，戲單積得多，把一段段回憶、掌故寫給我們看。他眞有耐心指導我們外行如何去欣賞「國劇藝術」，同時他對元明清的戲劇史深有研究，對平劇的演變及其盛衰，看法也比一般專家更深入一些。葦澄兄一九六八年從香港遷居紐約，前後爲「業餘平劇研究社」、「旅美國劇聯誼會」這兩家票房義務出力，或演或導，無形中不斷提高了紐約國劇演出的水準。記憶中我看他演過《捉放曹》裡的陳宮，《烏龍院》裡的宋江，他不僅咬字準，唱工好，一上台就給人「有神」的感覺，雙眼靈活，不時轉動，另有一股清逸瀟灑之氣。扮相之好，比起當年譚富英、楊寶森諸名伶，也無愧色。可惜我只看了樓主的老生戲，今春他演了《連環套》裡的黃天霸，偏偏那晚我另有約會，不能去聆賞。其實寒山樓主生旦淨丑無一不善，一九七六年他攝製了一部「有聲舞台紀錄片」，由他一人演十四齣戲裡的精彩場面，供票房後生學習之用。可惜攝製條件不夠理想，葦澄兄自言，這部「樣板戲」拍得不全不好，但哪一天樓主有興趣放映此片，我還是要去觀摩領教的。

寒山樓主一九四九年前後即赴台北，留台期間交往的都是齊如山、溥心畬、陳定山等表揚固有文化的「國士」。樓主今年也已六十七歲了，但他琴棋書畫、詩詞戲曲無一不精，我國學者文人之間，實在很難找到一位兼通各項傳統藝術而比他更年輕的典型才子了。今夏樓主忽發奇想，要託德剛和我這兩位「洋博士」爲他的新著《戲墨、戲品、戲譚》寫序，明知我們對京戲是外行，說的話在內行人看來是一無分量的。我想樓主的意思是內行人自己會買他的書，台灣一般學生對平劇興趣不大，不如讓兩位外行「洋博士」胡說一通，誘導他們去買樓主的書，藉以提高他們欣賞平劇的能力。國劇沒有年輕的觀眾，不管如何改進，自逃不了衰亡的命運。

葦澄兄同我都是家世清寒的蘇州平民，但樓主憑他自身的努力，吾國固有的玩藝兒他很早就學會了；我則說來慚愧，小時候乖乖做「好學生」，對付數理英文這類功課，尙感吃力，哪有餘暇去聽書、看戲？當年中、小學生星期六上午也有課，要想到蘇州茶館去聽書，我也沒有這份時間。四五歲隨母親搬回蘇州，初中畢業離開故鄉，這十年中沒有到茶館吃過一次早點，也沒有進過一次澡堂。德剛兄所謂「早晨皮包水、晚上水包皮」的標準蘇州人生活，我是無福享受到的。周末最多看場電影，所以我從小就對美國電影比較有研究。有一個年假，蘇州有一家茶館舉行了一次說書比賽，濟安哥同我好奇去聽了兩個下午，那兩天彈唱稱得上馳名江南的就只有周玉泉一人。到上海後才聽到了朱耀祥、趙稼秋、蔣如庭、朱介生諸響檔兩三次。我們初會面那個晚上，葦澄兄談起夏荷生說書藝術之高超，不由得我不自歎無福，連這位獨步江南，專唱《三笑》、《描金鳳》的彈詞大家，我也只在上海聽過一次。同樣是蘇州人，樓主幼年享受聽書樂趣之多，也是我比不上萬一的。

葦澄兄從小就有時間看戲，主要因爲中學尙未畢業，他即隻身在上海謀生奮鬥，有充分時間去欣賞大舞台、共舞台、天蟾舞台、三星舞台編排的連台新戲和重金禮聘的北平名角了。一般人都以爲要看京戲，住在北平最理想，其實上海戲院競爭更厲害，票價也高，一員名伶率班南下，若班底不夠堅強，就不易吸引觀眾。最紅的頭號角色如在上海演出一兩個月，他們晚晚都得唱，周末還得唱日場，若賣座不盛，自己北返，不免聲譽受損，所以演唱期間特別賣力，到四十年代情形還是如此。此外上海自有蓋叫天、麒麟童等從不北上的名角，再加上以機關布景噱頭取勝的連台好戲，非是走紅的一流名伶，是不敢挑班南下的。在我的印象中，荀慧生雖算是四大名旦之一，他在四十年代就沒有來上海演出過一次，因爲沒有戲院老闆請他。同樣演紅娘、尤三姐、玉堂春這類角色，當然年輕坤角比一個身段不太靈活的中年男伶容易討好。

普通青年，若迷醉於上海的繁華，就容易墮落。少年時期的樓主，雖聽戲入迷，同時也用功讀書，所以兼善書畫，且工詩文。他寫《戲品》，顯然有意同鍾嶸的《詩品》一爭短長，二者同樣都是精簡的印象式批評。鍾嶸誤把陶淵明列入「中品」，不能超越他那個時代的偏見。樓主僅列譚鑫培、楊小樓、梅蘭芳三人爲「神品」（余叔岩、程硯秋只能算「妙品第二」），確是千古不易之論。論讚英秀堂譚鑫培那一段，即憑其文字，就看得出樓主古文根柢之深厚：

> 如云天下之才，陳思獨得八斗；則梨園之盛，英秀牢籠一代。蓋其融天機於自得，邁越前秀；會羣妙於一心，垂範後昆。若非造化發靈，豈能登峯造極。一似巨川之能含高脈，名山之不負千秋。亦猶書中之逸少，詩中之工部，迨如周公制禮，無可擬議。宜其翔區外以舒翼，超天衢以高峙。具終古之獨絕，徽號大王；爲百代之楷式，四海一人。

樓主傳奇式的成長過程，最好由他自己寫自傳（姚莘農兄更是早享盛名的蘇州才子，其一生也富傳奇性，盼望他也寫一部自傳）。樓主憑其文才，退休前一直在政府機關、銀行界擔任清要的職務。他哪一年開始認眞學戲，我不清楚，但據陳定山老先生言：「四十年來大江南北，無不知有寒山樓主者。嘗學生角於孫化成、莫敬一，醇然譚味，練工於錢寶森，兼得楊宗師（楊小樓）、侯喜瑞之秘奧，青衣啓蒙爲伍月華老伶工，並私淑梅程，至於心得，無不珥筆摘記，備諸粉墨，昔關漢卿所謂『我家生活』者，寒山眞悉當之而無愧矣。」普通票友沒有耐心「練工」，他們學唱也專挑一門，像樓主這樣「全學」的，我所知道的實在沒有第二個人。葦澄兄是「戲癡」，也可說是抱住了「愛美理想」

（The amateur ideal）的標準江南文人（「愛美理想」一詞見已故加大教授李文生（Joseph Levenson）*Confucian China and Its Modern Fate* 這本書）。

明清兩代，江南地區文風最盛。不僅進士、狀元特別多；最主要的，有那麼多騷人墨客信奉「愛美理想」，憑詩文書畫戲曲小說這些媒介來追求生活的眞趣，發展自己的才華。更有少數文人潛心做學問，他們的貢獻也大。以蘇州本區（吳縣、長洲）而言，明清文藝界就有高啓、唐寅、祝允明、文徵明、馮夢龍、袁于令、金聖歎、褚人穫、沈復等代表人物。當年常熟、崑山等地也受轄於蘇州府，我們若把歸有光、梁辰魚、錢謙益、顧炎武等文豪碩儒也算作蘇州人，則其文化建樹更顯得偉大。

蘇州文風太盛，到了「五四」時間，反而跟不上時代。一般青年作家，仍繼馮夢龍、褚人穫舊緒，還在寫那些舊型言情小說、社會小說、偵探小說、武俠小說。那時期新作家間，出名的蘇州人就只有葉紹鈞一人，而他開始投稿時，也還是寫文言短篇小說的。但那些老派蘇州小說家，不論其創作成就如何，舊學根柢是很不錯的。包天笑前幾年在香港病故後，碩果僅存的那位老小說家陸澹安今年也過世了。一九四九年以後，陸老先生寫了本《〈水滸〉研究》，還編了一部《小說詞語彙釋》，銷行台港。「文革」期間他還編了一厚冊《戲曲詞語彙釋》，聽說即要出版了。陸澹安早年寫的偵探小說早已沒有人讀了，中年編寫的兩部彈詞——《啼笑因緣》、《秋海棠》——從未出版過，可能也早已失傳了，但他晚年編著的兩部《詞語彙釋》卻是傳世之作，表示他對舊小說戲曲眞是深有研究的。

同樣情形，新文化運動以來，蘇州就出了姚莘農這一位名話劇家。崑山是崑曲的發祥地，梁辰魚以還，曾把崑曲藝術發揚光大的，我想大半是姑蘇崑山一帶具有「愛美理想」的文人學者和票友。到了「五四」時期，情形還是不變，連莘農兄早年也曾拜詞曲大師吳梅爲師，學習那套舊玩藝的。民國以來，給崑曲延續了生命的吹唱高手如顧傳玠、俞振飛二位都是蘇州人。另外一半崑曲藝人則集中在故都北平，他們不是遜清貴族（紅豆館主溥侗，同畫家溥儒都是宣統皇帝的本家），就是書香門第，至少家裡有不少田地，才可以有閒工夫去鑽研於這一項曲高和寡的學問。

葦澄兄非世家子弟，竟從小對戲曲藝術這樣有興趣，更難能可貴。我從未聽過樓主唱崑曲，但憑他〈漫談崑曲四百年〉、〈「梆子」的源流與盛衰〉這兩篇大文，相信他對崑曲和梆子的研究也是十分精深的。最近我同樓主又見了一次面，勸他把蘇州的「彈詞」、「評話」名家也撰文好好介紹一番。陳汝衡那本《說書小史》實在寫得太簡略，不敷參考之用。

二、中西歌劇之異同

近年來，台灣劇團也好，大陸劇團也好，它們訪美表演的節目大半是武生戲，再加上一兩齣《拾玉鐲》、《貴妃醉酒》之類以小動作取勝的旦角戲，藉以討好洋觀眾。一般老戲迷，想來為此搖頭不止，哪有聽戲而不聽正宗老生、青衣的唱工戲的！但西洋歌劇也自有其光榮的傳統，聽慣了莫札特（W. A. Mozart）、華格納（R. Wagner）、普淇尼（G. Puccini）名劇的洋觀眾，要他們聽《四郎探母》，自然不夠味兒。莫札特等大作曲家，每人自有其風格，每齣戲都是自己匠心編譜的（華格納更自撰劇詞），上一齣的歌譜，下一齣不再套用，不像平劇裡的西皮原板、二黃慢板，不論哪一齣戲，基本調子都是一樣的。對洋觀眾而言，平劇的武打場面反而更新鮮好玩。

當然西洋歌劇裡也有不少舞蹈場面，但那些穿插另由歌劇團裡的舞蹈員表演，歌劇的男女主角往往只站在台上觀舞，表演完畢，主角再高聲歌唱。西洋歌劇演員只注重唱，臉上並無多少表情，不像我們名鬚生名花旦臉上、身上都是戲。最吃虧的，他們從小沒有武功訓練，身段一點也不靈活，成大名後，男女明星好多變成大胖子，難得有幾個身段苗條、臉龐娟秀的女歌星，例如三十年代的麗蓮・龐絲（Lily Pons）、葛蘭絲・摩亞（Grace Moore）、葛拉狄・史華塞（Gladys Swarthout），就給好萊塢聘去拍電影，但也只有一兩部片子叫座，沒有大紅。五十年代米高梅公司發現了一位金嗓男高音叫馬利奧・蘭沙（Mario Lanza），他的電影裡不斷有歌劇演唱，但同好多義大利種的男高音一樣，他愈唱愈胖，公司老闆強逼他減肥，竟一命嗚呼。蘭沙歌喉雖響亮，演技是出名惡劣的。

平劇演員，因爲從小武功底子好，不易發胖，加上當年那些名伶都抽大煙，要胖也胖不起來。譚鑫培晚年更瘦，所以專演衰派鬚生戲。義大利男高音卡盧梭（Enrico Caruso），時代同譚叫天相仿，到美國演出後大紅特紅，公認是唱西洋歌劇的「神品」，但他愈唱愈胖，壽命也不長。當今美國最紅男高音帕瓦羅蒂（Luciano Pavarotti）（很慚愧，連他的唱片我都沒有聽過），也是義大利人，人稱卡盧梭第二。他人比卡盧梭更魁梧更胖。想來美國歌劇迷也只聽戲，帕瓦羅蒂表情馬虎，身段不合戲裡男角的身分，他們是不在乎的。

葦澄兄對我言，青衣花旦抽大煙後臉上會有「煙容」，所以大半旦角即在當年也是不抽鴉片的。程硯秋不懂節食，到了三四十歲已是個大胖子，乃是個特殊例外。前兩年看到張君秋的近照，他也發福了，想是「文革」期間長年不唱戲害了他的。但近三十年來，台灣演唱青衣花旦的，絕大多數是身段苗條的坤伶，而當今美國著名女高音，如薩瑟蘭（Joan Sutherland）、普賴斯（Leontyne Price），都是很胖大的。當年專唱華格納歌劇的特勞貝（Helen Traubel），更是胖得出奇。

西洋規矩，唱歌劇的不習舞蹈，跳芭蕾舞、現代舞的不習唱。後者朝夕苦練，絕不讓自己身上多一磅肥肉。因此英國首席的芭蕾舞星瑪歌・芳登（Margot Fontyen），今年六十四歲了，前兩年在紐約市同奴若耶夫（Sergei Nureyev）合演整套《羅密歐與朱麗葉》（*Romeo and Juliet*）舞劇，照樣全市轟動，一點也看不出她年老色衰，配不上比她年輕二三十歲的當代首席男舞星。美國希臘裔女歌星卡拉絲（Maria Callas），二十多年前紅遍歐美，後來嗓子倒了，但至死還保持她苗條的身段。她不僅歌喉好，而且扮相也俏，實是二次大戰後女高音間最傑出的人才。但她只唱不跳，芳登只跳不唱——而盛年期的梅蘭芳等於一人集二姝之長，不僅唱工在青衣間前無古人，他在好多拿手戲裡，加濃了舞蹈的成分，這也是他革命性成就之一。最近〈中央副刊〉上，還有人提起他在《霸王別姬》裡自加那段舞劍的穿插。譚鑫培早年唱武生，武功的根柢比梅蘭芳更為深厚。假如西洋歌舞界有人身兼帕瓦羅蒂、奴若耶夫二者之長，他的造詣差堪同我們的譚老闆相比。奴若耶夫的表演我看過兩次。柴可夫斯基（P. I. Tchaikovsky）的音樂實在優美，他在台上高跳旋舞，比起平劇裡的武生來，的確另具一種風流瀟灑的儀態。但講起運用四肢的眞功夫來，可能他還比不上一般武生。

假如我們把平劇裡的武打場面視為舞蹈，外國人愛看武打戲而沒有耐心聽唱工戲，就不足為奇了。當年富連成也好，現在復興戲劇學校也好，男女學生從小練功又練唱，再加上身段、表情都得苦練，這是國劇最大的特色。西洋歌劇不管音樂如何悅耳，布景如何華美，場面如何偉大，對我來說，男女主角身段呆板，臉無表情，總比不上看平劇名伶演唱舒服過癮。平劇吃虧的地方，一般劇本編排實在太壞，場面太多太鬆懈，好多老戲所表揚的舊道德、舊思想，也是不易被今日一般觀眾所接受的。這兩個大毛病實在是亟宜改善的。晚近不時有新編的國劇在台北演出，促使不看平劇的年輕人也去看戲，我想這是國劇復興的好兆頭。

三、外行看戲雜憶

我少年時看京戲都是父親帶我去的，談不上欣賞。眞正自動看戲，已是大學畢業兩年之後了。我原是影迷，太平洋戰爭爆發之後，上海美國新片來源告絕，到後來連舊片也不准上映了。一個人總不能一天到晚念書，既無電影可看（那時上海攝製的電影是不能看的，日本電影我抱定宗旨不看——到美國後，才看了《羅生門》之類的名片），話劇也不對我胃口，只好去看平劇。到了一九四四年，上海最紅的男角是李少春、葉盛章這一檔，經常在天蟾舞台演出；最紅的坤角童芷苓則在皇后大戲院演出。我光顧這兩家戲院，次數也較多。眞如樓主所言，「芷苓天資特異，聰慧獨具。摹諸家之雅調，隨口成章；戲翡翠與蘭沼，觸手生姿。貌僅中人，然魅力無上……」連我這樣不懂青衣戲的人，也爲其歌喉表情所震驚。她的班底較弱，但老生紀玉良嗓子很甜，有一次他唱劉鴻聲派的《斬黃袍》，聽來十分愜意。普通鬚生都演譚派戲，難得聽到劉派戲，唱腔的確不同。武生賀玉欽好像同場演了《伐子都》，也給我很深的印象，主要這齣戲情節有些像莎翁悲劇《麥克白》（*Macbeth*），如把劇本加以改進，這齣開鑼戲一定可以變成武生或武小生的重頭戲。

李少春、葉盛章在天蟾演出，陣容堅強，通常有袁世海、裘盛戎、李玉茹等名伶助演，更見精彩。那時上海戲院老闆假定觀眾都是內行，從不把唱詞用幻燈放映在舞台左右牆上的（兩壁通常掛滿了社會聞人送的綢軸）。我看戲也像讀書一樣認眞，碰到我不熟悉的戲，總先到四馬路一折八扣書店裡去買了戲詞，帶到戲院去邊看邊賞，所以愛坐前排，主要借台上的燈光，看戲詞方便些。記得李少春有一天要上演《戰太平》了，此戲係余叔岩所親授，難得一露，我就趕緊去買了第一排的票子。可惜《戰太平》生平就看了這一次，沒法子做比較，也看不出余派的妙處來，除了有兩段唱腔特別拔高以外。

通常李少春演雙齣，先上一齣老生戲，大軸是武生戲。我同外國人一樣，也愛看武打，到今天回想李、葉二人合演《三岔口》、《鐵公雞》、《金錢豹》諸戲，總感慨再也看不到這樣的好戲了。《三岔口》是武戲裡的「現代舞」。李少春演白衣俠客任棠惠；葉盛章身穿黑服，臉譜奇醜，演黑店老闆劉利華，二人摸黑混戰一夜，在撲打的編排上，實在花了不少心血。任棠惠一上場，劉利華跑過去摸他荷包的輕重，任把他一腳踢開，這一場就非常了不起，至今想想回味無窮。《鐵公雞》我認為比《三岔口》更緊湊熱鬧。有些人認為這是海派戲，看它不起，其實這是武打戲中最精彩的一齣。李少春演張家祥，赤膊上場，臉帶殺氣，跳城門、舞大旗，看得我心花怒放。普通平劇裡的丑角，說些低級笑話，惡俗不堪。《鐵公雞》裡的兩位紹興師爺，用紹興方言討論對付長毛鐵公雞的策略，實在滑稽。

五十年代末期，大陸劇團在加拿大蒙特利爾（Montreal）演出，團員有李少春、杜近芳、袁世海、武丑張椿華諸人。我那時在紐約州邊鎮教書，離蒙特利爾不太遠，開車約二小時光景。我同太太、女兒先去看了星期天一場日戲，節目單上明明有《三岔口》這齣戲，上台的卻不是李少春、張椿華，而是兩位無名小卒，匆匆忙忙打了十五分鐘，實在令人掃興。加上劉利華算是普羅階級，奇醜的勾臉一洗而光，看來大不是味兒。虧得送客戲是《泗州城》之類全武打的武旦戲，我那時已十年未看平劇，看得很滿意。第二次去看夜戲，全部《白蛇傳》，杜近芳歌喉之佳，離開大陸後，還沒有聽到過。寒山樓主對我說梅蘭芳一生豔福不淺，杜近芳就是他的親生女兒，怪不得天賦金嗓，而梅老先生也肯全心教她。那晚李少春反串小生演許仙，未展其所長，真為他叫屈不止。杜近芳同葉盛蘭明明是夫妻，不知何故那時要把兩人拆開，不讓他出國。那次旅演的另一個晚上貼了《野豬林》這齣送客戲，想來一定是李少春、袁世海合演的。可惜我不便再央太太遠征一場去看夜戲，至今認爲憾事。

葉盛蘭也是我眞心喜愛的一名好演員。他唱作賣力，文武全才，扮相之英俊，當年小生名角無人可及。《夏濟安日記》上載有一九四六年八月二十日，我們同去天蟾舞台看一場夜戲的戲目：「葉盛蘭、陳永玲之《翠屏山》（不連殺山），葉盛章、張椿華《時遷偷雞》，袁世海、葉盛章、葉盛長之《連環套》，李世芳、葉盛蘭之《販馬記》。」濟安那時單戀一個女生，日記上寫道：「戲都很精彩，《販馬記》寫狀一段，描摹閨房風光，夫婦相親相愛又相敬如賓，最能表出幸福的婚姻生活。」其實葉盛蘭那晚演石秀，也精彩絕倫。不久前，我又在紐約看了一次《翠屏山》（帶殺山），演石秀的虞元紅，演潘巧雲的陳元香，原是香港科班出身，都有武功底子，演戲也很賣力。但虞元紅非武小生，唱作當然遠不能同葉盛蘭相比的。加上我對石秀型有虐殺狂的好漢，反感與年俱增，看到殺山這一場，實在不想看了。

我生平看過一場最熱鬧的義務戲，那是勝利後在上海中國大戲院上演的：筱翠花演《紅梅閣》，梅蘭芳、馬連良、譚富英、葉盛蘭等十多位名伶合演《龍鳳呈祥》（那晚寒山樓主一定也在場）。梅蘭芳演孫尙香，唱大段慢板，當然沒有話講。但唱慢板的時候，即是梅大王，臉上也不可能有多少表情，給人呆板的感覺。那晚就戲論戲，臉上身上戲最多要算是筱翠花、葉盛蘭這兩位。葉盛蘭不愧是活周瑜，把《羣英會》這場戲演得精彩萬分。馬連良演諸葛亮也是絕活，但他唱《借東風》這一齣，相比起來，就遜色多多。七八年前，我在〈中央副刊〉上看到劉大中教授討論小生藝術的一篇文章。劉教授從小在北平聽戲，自己也唱小生，他把程繼仙捧到天上，認爲葉盛蘭表情過火，不值一睹，我雖無福看到程老闆，總覺得他把葉盛蘭貶抑過甚，心裡很不服氣。在《戲品》裡，樓主雖然也認爲程繼仙是小生泰斗，但「不長於唱，貌亦欠妍」（想必是抽大煙的），而俞振飛、葉盛蘭「均立雪繼仙之門，各得薪傳，俞眉宇間具書卷之氣，故文戲獨勝……盛蘭文遜於俞，然雉尾武劇自是程門家數……繼程之後小生一行自是二子天下。」我認爲這幾句話說得比較公正。

筱翠花我就只看過他那晚演出的一次，但講作表之出神入化，更沒有別的名伶差堪同他相比。像我這樣的外行，早已認爲花旦戲要由坤角演，才合情合理，筱翠花以男身演女鬼，其藝術之高超，實歎爲觀止。勝利那一年，筱翠花想已四五十歲，樓主在《戲品》裡稱他「蓮步輕盈，神具洛姝之致，美目巧笑，饒有淇濮之豔」，想必是寫他抗戰之前舞台上的形象。他在中國大戲院演出時，絕對稱不上是洛神，但「手眼身法，具萬花生香之妙；貞淫莊邪，極千面善變之能」，這兩句話實在一點也沒有說錯。在《紅梅閣》這台戲裡，我看到了平劇藝術登峯造極的表現，想來譚鑫培、楊小樓這兩位「神品」，演他們的拿手好戲，其藝術效果也不可能高過筱翠花那齣《紅梅閣》。

四、周氏兄弟看戲

北平人講究「聽戲」，花旦戲不注重唱，加上筱翠花嗓音「沙啞」（樓主語），竟未列入「四大名旦」，眞是天大的冤枉。清末民初還沒有留聲機，要聽戲就只有到戲院裡去聽。那時戲院設備一如茶館，燈光設備更劣，座位不好，簡直只能聽戲而無戲可看。周作人二十一歲赴日本留學，早半年（一九〇五年十一月）先到北平去參加留學考試，在那幾天他看了三場京戲，有一次他特地去聽譚鑫培（《知堂回想錄》，上册，頁一六〇）：

那天因爲演的是白天戲，照例不點燈，台上已是一片黑暗，望過去只見一個人黑鬚紅袍，逛蕩著唱著。唱得怎麼樣呢，這是外行不能讚一辭的。老實說，我平常也很厭惡那京戲裡的拿了一個字的子音拉長了唱，嗳嗳嗳或嗚嗚嗚的糾纏不清，感到一種近於生理上的不愉快，但那譚老闆的唱聲卻是總沒有這樣的反感的。

中年讀者想必都讀過魯迅的《社戲》。魯迅在北平定居後，也想看譚叫天見識見識，不料戲院又擠又鬧，等到午夜，譚老闆還未上場，他就告退了。其實魯迅花了兩元大洋看的是場眾星會串的義務戲，否則不可能十二點鐘譚叫天還沒有登台。很可能那晚楊小樓、梅蘭芳、程繼仙等名角他都看到，偏偏文章裡不提她們，只把龔雲甫一人提名開刀，因爲他知道一般人對老旦戲無多好感，罵龔老闆反可博取讀者對他的同情。周作人也同乃兄一樣討厭京戲，後來在北平一住四十年，竟一場戲也沒有看過。《知堂回想錄》裡所記載的那一段，我覺得很有趣，「台上一片黑暗」，看戲有什麼味道呢？戲院裡的老聽客，盡可閉目養神，聆賞譚叫天的黃鐘大呂，像周作人這樣來自南方的大外行，看不到他的作工演技，自然會感到大失所望的。

五、青衣戲及其他

其實青衣唱工戲，坐在戲院裡聽，眞不如聽唱片上那幾段精彩的唱詞，更賞心悅耳。青衣角色，不外是賢妻良母，貞女烈婦，他們都很端莊嚴肅，比起花旦、老生來，可說臉上一無表情，沒有什麼可看的。程硯秋唱工自成一派，正如寒山樓主所言，「聆其歌如瀟湘月下，怨聽瑤琴……幽如秦台，風過鳳簫，亢如猴嶺，雲中吹笙。」程硯秋晚年舞台上的形態，想來一定非常可笑，一個差不多身高六呎的大胖子演三貞九烈的青年女子，實在是不太適合的。看他的戲反不如憑留聲機聽他那「雲中吹笙」的仙樂。即使在他早年全盛期看他新編的長戲，也不一定比聽唱片有更大的享受，因爲在我外行人看來，那些劇本編得太壞。

那些最受歡迎的鬚生、青衣老戲，經過不知多少名伶的匠心改進，演起來戲劇效果自然較高。它們可說是編排得相當緊湊的「獨幕劇」、「兩幕劇」，演出不到一小時，看完猶有回味。看全部《玉堂春》就比不上單獨看《蘇三起解》、《三堂會審》有意思；看全部《王寶釧》也不如看一齣《武家坡》有味道。花三四小時把薛仁貴、王寶釧的故事全部在舞台上展開，冗長繁瑣，看得人好不納悶。梅蘭芳、程硯秋在二三十年代好編長戲，爲他們編劇的那些文人，寫的戲詞不管如何典雅，總愛把故事從頭至尾寫出，同明代文人編的傳奇一模一樣，實在缺乏戲劇性（梅蘭芳早年唱《洛神》、《黛玉葬花》這類新編的短戲，戲劇效果一定是很美的，可惜這類戲，晚年不再動演）。在唱片上聽程硯秋唱《鎖麟囊》、《荒山淚》，同聽梅蘭芳唱《鳳還巢》、《生死恨》一樣是戲迷最高的享受，但這些劇本本身我卻認爲大可改進。

程派戲強調封建社會婦女苦楚無告的悲慘，劇本編得鬆散且不必說，舞台上那些以虐待女主角爲樂的醜婆、彩旦，實在叫人看不下去。前幾年紐約一家票房特聘台灣一位名旦來演《孔雀東南飛》，此人扮相極美，唱工又好，可惜劇本太壞，飾焦仲卿媽媽的那個醜婆，窮凶極惡，毫無道理，戲看到一半，我實在忍不住了，只好提前回家。

一九六六年我在台北，林海音帶我去看坤伶前輩章遏雲主演的《繡襦記》（不知算不算是程派戲，反正是根據明劇改編的冗長傳奇），演到後來，鄭元和在李亞仙看護之下，身體轉健，可以好好讀書上進了，可是鄭元和還是不專心，李亞仙問其緣由，才知道自己那雙眼睛太美了，使他分心。李亞仙聽言，就用針把自己眼睛刺瞎，好讓夫君爲功名努力。功名眞是這樣重要嗎？有賢妻伴讀而不知用功的男人，實在太沒出息，他值得李亞仙這樣的自我犧牲嗎？鄭元和原爲亞仙美色所迷，以致淪爲乞丐，現在她眼睛都瞎了，一旦考上進士，有官可做，大有可能把盲妻拋在一旁，再討幾房姬妾來補償一下那幾年來被逼讀書的艱苦。俞大綱先生生前曾編過一部《繡襦記》，希望我那晚看的是未經俞先生改編的老戲。在今日，再有人強調良婦毀容勸夫的那種封建道德，實在太說不過去了。

我這個人，年紀愈大，新舊文學讀得愈多，對舊社會的反感也愈深，要我好好坐定看一齣程派青衣悲劇，或者是才子佳人悲歡離合式的青衣喜劇，簡直等於受罪。看到一齣對我胃口的好戲，雖是票友演出，照樣很滿意。前幾年在紐約看了短短一齣崑曲《思凡》，爲小尼姑的唱詞所感動，不禁熱淚盈眶。《思凡》只是明劇《孽海記》裡的一齣，小尼姑下山爲自己的幸福而奮鬥，其結局很可能是非常悲慘的。但無論如何，《思凡》那段獨唱，爲眞人說眞話，其戲劇效果遠勝那些冗長鬆散、維護封建道德的青衣戲。當年林語堂先生特把《思凡》唱詞以及《浮生六記》譯出，放入他那本巨型讀本《中國和印度的智慧》（*The Wisdom of China and India*）裡，良有以焉。的確，《思凡》同《論語》、《孟子》一樣，代表了中國人的智慧。

花旦比青衣臉上表情豐富，多些人氣。但這類輕佻淫蕩的女子，舊社會視之爲蛇蠍，所以《紅梅閣》裡的李慧娘，《烏龍院》裡的閻惜姣，《翠屏山》裡的潘巧雲，《蝴蝶夢》裡的莊周夫人，都死得很慘。只有刀馬旦是想像世界裡的女英雄，她們同舊社會、舊道德搭不上多少關係，看她們在舞台上耀武揚威，舞槍耍刀，不由我不樂。我們有時在電影裡、舞台上，看到一羣美女合跳絲帶舞之類的古裝舞，她們斯斯文文的樣子，教人好不難受。平劇裡的武旦、電影裡的女俠，她們身手矯捷，給我們一個更富有活力的女性形象。好多年前我剛開始看台港電影，有一次看到鄭佩佩在《大醉俠》裡單刀獨戰羣僧，眞想在電影院裡大聲叫好。鄭佩佩原是學舞蹈的，在胡金銓指導之下，才能演出這場精彩的武戲。目前不少武俠女星，原先是國劇演員，很多人對她們的改行表示憾惜，但我認爲學了一身武藝，在電影裡另創新世界，同樣娛樂大眾，沒有什麼不對。不僅外國人喜看武打戲，極受台港觀眾、海外僑胞歡迎的武俠片、功夫片，也可說是加強了故事性和幻想成分的武打戲。記憶中最早的武俠片女星鄔麗珠也是科班出身的刀馬旦。

武打戲固然好看，但同武俠片、功夫片一樣，連續不斷看這類戲也會看膩的。今年六月我在巴黎參加一個會議。有一天晚上十點半返旅館，原想洗一個澡，放水前先看看有什麼電視節目可以調劑一下精神。把螢幕扭亮，一個白衣武旦正在同鹿童鶴童作戰，我想這不是《盜仙草》嗎？看完這齣戲再洗澡不遲。白娘娘盜到仙草了，戲卻沒有完，也沒有廣告節目，接下來就是《楊排風》，下面還有《金錢豹》，最後是《雁蕩山》，看完四齣武打戲，已十二點鐘了。原來無意收看電視節目，看了一小時半無休無歇的武打，竟也把我看累了。以前在天蟾舞台看李少春、葉盛章的武打戲，這之前還有兩三齣不同性質的戲，看完了唱工戲、花旦戲，再看《三岔口》，或者《鐵公雞》，才能聚精會神的去欣賞它。這次法國電視台所攝錄的「雲南京劇團」在巴黎上演的節目，專演武打，不講情節，給人的印象不是「戲」，而近乎「雜耍」。

六、國劇的前途

八月間，「孫院長」招待參與國際漢學會議的海內外學人，特別請我們看一場戲。開場猴子戲雖演出平平，第二齣《拾玉鐲》也只能算中平，嚴蘭靜主演的大軸戲《昭君出塞》有歌有舞且有

「戲」，不由我不全神貫注去欣賞它，且爲其情調所深深感動。沒有情節的武打戲，只能算是「舞蹈」，或者等而下之，算是「雜耍」。情節鬆懈的唱工戲，只有那幾段唱詞可聽，也不能算是「戲」。《昭君出塞》才是眞正的好戲。上次返國未能多住幾天，沒有看到孫元彬主演的同類崑腔好戲《鍾馗嫁妹》，遺憾無窮。崑曲裡寶藏很多，須待我們好好去發掘。

目今平劇的名演員，大體說來，唱作的功夫都很不錯。只因時代變了，觀眾（尤其是青年人）對平劇劇本表示不滿，不是編排得太鬆懈，就是劇情、思想太陳舊，連帶的錯覺好像年輕這一代的演員，遠比不上當年名角這樣棒。這對我們不斷求進的好演員來說，實是莫大的冤枉。我們改進國劇的第一要務，該是培養一批兼通戲劇、音樂、舞蹈這三門學問的年輕編劇家，讓他們來改編舊戲，同時創造更具現代精神的新國劇。

當然，同時我們也得培養青年人欣賞國劇的能力和興趣。寒山樓主這本《戲墨、戲品、戲譚》實在可說是爲他們寫的；他們讀了此書，對我國悠久的戲劇傳統應有個清楚的概念，對那些絕大多數早已作古的京戲名伶，也該肅然起敬——平劇樂調比西洋歌劇單薄得多，劇本的編製也很粗糙，但這些老伶工從小苦練，終生從事舞台藝術而肯不斷創新的精神實在是很偉大的。京戲當年風靡全國各大都市，全靠那些大藝人自身的努力。到今天，國劇勢必推陳出新，才能掌握其光輝的前途。這項大事業，要靠很多人合作，包括編劇家和懂戲的青年觀眾在內。

原載一九八〇年十一月二十九至三十日〈聯副〉
《戲墨、戲品、戲譚》出台版的計畫並未實現

附記：葦澄兄一九一四年舊曆十月初八出生，一九九一年一月二十日故世，享壽七十六歲

曹禺訪哥大紀實

——兼評《北京人》

一、曹禺、田漢、錢鍾書

四月三日星期四下午三時半，曹禺先生在我夓德堂辦公室小坐，室內還有不少我的同事和朋友。兩三天內曹禺即要告別紐約，飛波士頓去了，他面對的長桌上正好放著一厚冊印第安那大學剛出版的《中共文學選集》（*Literature of the People's Republic of China*，許芥昱兄主編），我想將來再同曹先生見面不知在哪一天，就請他在這本書的扉頁上簽個名罷。他也不推辭，用原子筆寫道：「奉命簽名，曹禺，一九八〇，四，三，紐約」。表示他同我雖然在不同的場合上見了五次面，交情還是不夠。這篇曹禺訪哥大的紀錄，也只能算是「奉命報導」，〈聯副〉主編兩次打電話來邀我寫一篇，實在盛情難卻。報導但求忠實，只想寫出我同曹禺見面五次所得的眞實印象。寫曹禺當然不能不提到他的劇本，這篇報導裡也穿插了不少關於他劇本的討論，評析《北京人》那一節特別長。我同曹禺雖已建立了一份較淺的情誼，我覺得直抒我的意見還是比多寫些恭維話有意義得多。三四十年代的曹禺，自己也是位一心爲眞理服務的劇作家，到今天那份雄心還在，想能原諒我身爲文學批評者非說眞話不可的苦衷。

〈聯副〉剛刊出了一篇〈「現代的王昭君」曹禺——出差美國〉（三月三十日）的報導。王寒操先生對曹禺的生平敘述頗詳，本文不必再重複。曹禺在抗戰前夕即已公認爲現代中國最出色的劇作家。近三十年來他只寫了三種話劇——《明朗的天》（一九五六）、《膽劍篇》（一九六二）、《王昭君》（一九七九）——但聲譽不衰，大有蒸蒸日上之勢。主要原因，海內外學人間還沒有人從事寫一部嚴正的中國話劇史，把二十年代以還較有成就的劇作家加以細審而評個高下。像我這樣在美國講授中國現代文學，曹禺劇本現成有好幾種英譯，討論他作品的英文專著也有兩種，要講話劇就非挑曹禺爲代表人物不可。事實上，我所讀過的中共劇本間，要以田漢一九五八年出版的《關漢卿》最爲震撼人心。它要比《膽劍篇》好得多，《明朗的天》是部極糟的宣傳劇，更不能同它相提並論（《王昭君》我尚未讀過，但根據劉紹銘等人的報告，想來也並不高明）。在中國話劇史上，《關漢卿》該是一部最富正義感、也可說是反共最徹底的傑作①。但田漢的國際聲望遠比不上曹禺，他早期的劇本很少有人去讀它。海外學人間，就只有董保中發表過兩三篇田漢研究，還未能造成氣候，引起廣大的注意。

田漢因寫《關漢卿》等劇而遭受中共政府的虐害，一九六八年以七十高齡而病死獄中。他是話劇拓荒期的老作家。大陸變色前票房紀錄最高的劇作家當然是曹禺，藝術成就最高的劇作家想來也是曹禺，但無論如何，田漢這一代的老作家，「七七事變」前後崛起的這一大批劇作家，都該有人去檢討他們的成就才對。我的學生耿德華（Edward Gunn）剛出版了他的博士論文，取名《不受歡迎的繆思》（*Unwelcome Muse*）。全書綜論抗戰期間上海、北平二地的文學成就，包括話劇在內。耿德華眞讀了好多留滬劇作家的作品，在書裡特別挑選最優秀的幾位——錢鍾書夫人楊絳、桃克、李健吾、師陀等——加以個別討論，我想這是寫話劇史一個極好的開端。

曹禺、錢鍾書當年是清華大學外文系同班同學，現都已七十高壽。曹禺早享盛譽，待勝利後錢鍾書推出《圍城》、《談藝錄》諸書時，曹禺的創作全盛期已告結束。這三十年來錢鍾書寫出了一部百萬多言的《管錐編》，相比之下，曹禺的三部近作更顯得寒磣。這當然不僅是錢的才華比曹禺高，後勁比他大，更表示錢鑽研在古代經籍裡面，比較少受政治的干擾：假如三十年來，錢鍾書仍搞創作，一定得放棄自己的風格，不一定能寫出比《膽劍篇》更像樣的東西來。《管錐編》四厚冊鍾書先生已於新年前後寄我，尚無時間細讀。翻閱之下，眞覺得這將是一部世代流傳的金庫玉典，我們的子子孫孫若有志研讀古代的經籍，就非參閱《管錐編》不可。錢鍾書爲十部書做了箋註並比較研究：《周易正義》、《毛詩正義》、《左傳正義》、《史記會註考證》、《老子王弼註》、《列子張湛註》、《焦氏易林》、《楚辭洪興祖補註》、《太平廣記》、《全上古三代秦漢三國六朝文》。《太平廣記》五百卷，從來沒有人好好研究過。錢細讀此書，寫了箚記二百一十五則，占《管錐編》第二冊篇幅之半（頁六三九至八五一）。清代嚴可均（一七六二至一八四三）花了二十七年的工夫，匯集了《全上古三代秦漢六朝文》，到一八九三年才有刻本問世，凡七百四十一卷。近百年來曾把這部書從頭至尾讀過的實在不多。錢爲此書做箋註凡二百七十七則，即《管錐編》第三、四冊的全部篇幅。錢序自言：「初計此輯尚有論《全唐文》等書五種，而多病意倦，不能急就。」錢鍾書顯然已把中國古代經典，歷代詩、賦、詞、曲、古文、駢文、詩話、詞話全數讀遍。當然他讀過西洋文學名著、哲理名著、文藝批評名著原文數量之大，也是無人可及的。

在中共統治下，能這樣潛心讀書自娛，錢鍾書可說是絕無僅有的一位。普通中國新文學作家，他們對古代典籍興趣根本不大，他們看不到世界各國新出版的文學作品，大陸出版的新作品，內容千篇一律，大同小異，他們讀書的興趣就淡了。友好同事大家無書可讀，自己不讀書也無愧於心了。所以王寒操先生講起曹禺去年在北京同美國作家大談傑克・倫敦（J. London）的笑話，我完全相信。傑克・倫敦在共產國家系統裡算是美國的經典作家，殊不知在美國本國，其一小部分流傳的作品只能算是小男孩的讀物了，成年讀者很少人去碰它。據《紐約時報》三月二十九日的報導，一九七八年亞瑟・米勒（Arthur Miller）訪北京後，曹禺才知道美國有這樣一位名劇作家，這段消息簡直不易置信。《全是我的兒子》（*All My Sons*）一九四七年在百老匯初演，大獲好評，米勒公認是美國戰後最出色新戲劇作家之一。曹禺自己一九四六年大半年在美國，十二月返國後即在上海實驗戲劇學校當教授，不應該不注意到美國劇壇上這顆新星。很可能，長期住在北京，同歐美戲劇界毫無接觸，日子久了，眞把米勒這個人忘了。加上「文革」期間，曹禺也吃了不少苦，自言曾當過豬槽管理員，身心受到磨折，米勒算是老幾，還把他記在心上？

二、節目表

曹禺上次同老舍來美國，算是國務院的上賓。這次來，是由「美中學術交流委員會」（Committee on Scholarly Communication with the PRC）、「美中藝術交換中心」（The Center for US-China Arts Exchange）這兩個機構出面邀請的。那個「委員會」已成立了好多年，那些對中共表示親善的學界望人，諸如費正清、楊振寧等，都是該會的委員。那個「中心」創立於一九七八年十月一日，主要負責人周文中是哥大藝術院的副院長兼音樂教授，曹禺這次來訪美國各大都市、各大學府的旅程表，其實都是周副院長一人策畫的。「美中藝術交換中心」得力於福特基金會、洛克斐路兄弟基金（Rockefeller Brothers Fund），亨利路斯基金會三家資助，聲勢相當浩大，周文中身爲主管，當然享受一切「學而優則仕」的樂趣。

但做官當然也是頭痛的事。曹禺是貴賓，他三月十九日來紐約，四月六日才離開，兩個多星期招待他，節目如何安排，就不太容易。節目太少，好像冷待他，節目太多，上年紀的人又怕他太累。這次曹禺來紐約，最重要的兩個節目就是《北京人》同《日出》同時在紐約演出。在當年上海，同時有兩家戲院上演曹禺的戲，不太稀奇，到今天，雖然《王昭君》在北京首都戲場已連演了五個多月，曹禺三四十年代的劇本（除了《雷雨》外）也難得在大陸都市演出。曹禺來紐約，居然有兩家小小劇場演他的戲，他老人家也該感激了，一九四六年初抵紐約，想無此風光。此外東城六十四街一家小型藝術館「亞洲之屋」（Asia House）陳列了一批曹禺帶來的劇照〔攝錄了《雷雨》、《王昭君》、《龍鬚溝》、《茶館》、莫里哀（Molière）《慳吝人》、白萊希特（B. Brecht）《伽利略》諸戲在大陸演出的舞台場面〕。我向來對那些展覽會興趣不大，四月一日開始，紐約公共汽車、地下道大罷工，更有藉口不去參觀了。

曹禺三月十九日到達紐約飛機場，那天有人問我要不要乘便車去接他，我同曹禺一無交情，覺得無此必要。人到後，有五項節目被邀請參加，其中一項得由我主持，先把這些節目抄列如下：

三月二十四日（星期一）五時至七時，歡迎曹禺的酒會，地點在國際關係研究院大樓（下面簡稱「國際大樓」）一間較大的禮堂，去年錢鍾書等來哥大，招待會也在此室舉行。

三月二十五日（星期二）六時半，《北京人》首次上演，地點在哥大師範學院曼氏小劇場（Horace Mann Theatre）。

三月二十七日（星期四）八時，曹禺在國際大樓演講廳（Frank Altschul Auditorium）做公開演講，亞瑟・米勒致介紹詞。

三月二十八日（星期五）十時半開始，曹禺在同樓十五層會議室跟美國戲劇界人士交換意見，討論題目爲中共與美國戲劇界的新動態；此節目由哥大藝術院戲劇研究中心主持。

四月二日午時，曹禺與同樓東亞研究所同仁聚餐，並交換意見。

四月三日（星期四）中午，曹禺在墾德堂會見東亞語文系同事，同往附近中國館子午餐，二時開始在墾德堂休息室（Lounge）舉行座談會，此節目由我主持。

四月二日的節目，我未去參加，下午第三節到第七節所記錄的，即是我參與其他五項節目所得到的印象和感想，並因看《北京人》而對該劇所做的評論。

三、初會面的失望

去年陳若曦返國，〈聯副〉上載了顏元叔一篇文章，大意是說，陳回來，見不見到她無所謂，能讀她的小說和文章就夠了。這種想法，我覺得非常特別，陳若曦的作品現成有書在，隨時隨地都可以讀，以讀者的身分能見到她的眞面目，或者同她交談片刻，留給你的是另外一種往往更不易忘懷的印象。有好幾位我心愛的英美作家，一二十年來皆已凋亡，我無緣識荊，至今認爲憾事。一九六四年初，大詩人艾略特要到紐約市恆德學院（Hunter College）的戲院來朗誦他的詩。我喜沖沖預先買了票，那天晚上在戲院裡坐定，八時準，上台的不是艾略特，卻是英國名演員吉爾格爵士（Sir John Gielgud），他說艾略特在英國感冒，不能來，由他代唸詩。吉爾格我在銀幕上見過他，舞台上也見過，由他來唸艾氏的詩篇有什麼意思？翌年正月五日艾略特就謝世了，一直無緣見到。

曹禺的戲，我在上海就看過三齣：《雷雨》、《原野》、《蛻變》。《原野》是在法租界一家戲院看的星期天早場，那天舒適演仇虎，特別精彩，至今還記得。曹禺的劇本我大半都看過，未看過的，除了《王昭君》外，就只有《家》、《柔密歐與幽麗葉》和曾在《文藝復興》上刊出二幕的《橋》這三種。曹禺改編巴金的《家》，按道理應比小說好，偏偏這個劇本不容易見到。能同曹禺見面交談，藉以補充我對他認識──那種僅憑書本所得到的認識──之不足，該是極有意義的經驗，雖然明知大半作家讀書不多，談吐也不一定出眾，像錢鍾書這樣文如其人的超級才子原是不多見的。

三月二十四日我偕王洞走進歡迎會的會場，已五點半了，出席的人不少。見到了曹禺，就同他握手，他看到我前胸貼的中英文名字，就帶笑說道：「您是老前輩啊！」他比我年長十歲多，眞聽不出他是否有意諷刺，還算是說句客套話。曹禺人矮，看來五呎一二吋高，手持拐杖，人算是胖的，主要肚皮大，但臉色紅潤，看來很年輕，只五十多歲。大陸人還不像美國人這樣注意營養，肚子大了也不引以爲憂，有些照樣壽命很長。曹禺既知道我是何許人，卻無意親熱地同我談兩分鐘，表示初會的喜悅。後來我再去試了兩次，談話不得要領，也就算了。有一次我問他張駿祥（袁俊）近況如何？他也沒有意思答腔。張駿祥比曹禺高兩班，清華畢業後留校當助教，一九三六年赴美專攻戲劇。當時曹禺競考，未拿到留學獎學金，心裡一定很氣。但張駿祥學成返國，雖也寫了不少劇本，成績遠不如曹禺。我找張駿祥這個題目，主要想提起他的興致，講講過去的光榮史。他既提不起興致，我也不再找他談話了。有些左派朋友也給曹禺冷落一旁，倒不一定因爲我是右派，他無意同我交談。我的同事魏瑪莎（Marsha Wagner）也說同他談了兩句，就沒有話講了。王洞也感到曹禺此人很怪。散會前，周文中致辭歡迎貴賓，曹禺用英文做謝辭，先謝謝周副院長，不料周文中的名字他臨時忘了，「周」字出口，就停頓下來，說謝謝我們「美中交換中心」的 director，說完這個頭銜，才補說周文中的名字，我看周氏臉上微有窘色。曹禺謝東謝西，沒有說一句比較有風度或者帶些幽默的話。畢竟是老清華，英文發音是很準的，可是不夠流利。那晚有好幾位六七十歲的華人及其家眷在場，想來都是曹禺的清華同學，他們想在工商界發展，以前我都沒有見過。

二十五日下午於梨華從紐約州奧爾巴尼（Albany）市趕來看《北京人》。我只有四張票（那晚的票都由哥大送的），於梨華急得要看到曹禺，王洞只好割愛，讓我帶她並另一對夫婦去看戲。此外，好友羅郁正夫婦、高克毅（喬志高）兄也從外埠趕來。郁正兄是印大東亞語文系的主任，弄到了六張票，在華府開完亞洲協會年會特地趕來爲曹禺捧場。克毅兄是老紐約，一九四六年老舍曹禺來紐約，他請他們吃過飯，也算是曹禺的老地主了。於梨華一九七八年在北京訪問過曹禺，這次趕來，特別帶來一張於、曹、楊沫（胖胖的女作家）三人的合影，要親自交給曹禺。

曼氏劇場很小，說六時半上演，正式上演已是七時了。我同於梨華等人在劇場外面走廊閒走，曹禺由周文中等人陪著，進來了，見到我居然同我握手言歡，叫了我一聲「夏教授」。第一幕落幕後，不少人到走廊上來抽菸休息，我們這批人也同曹禺有寒暄一番的機會，他同克毅兄握手言歡，也不過如此，並沒有回想到三十多年曾見過面的那種應有的歡愉。那天下午，梨華一直對我說，曹禺人滿好的、很和氣的，不像我所說這樣的毫無風度。梨華數次返大陸，已算是備受大陸文藝界歡迎的紅作家了。休息期間，她跑去送照片，兩年前剛見過面，當然不必再自我介紹。曹禺手持照片，對她說了一句，「你同兩年前一點也沒有變呀！」就沒有下文了，同別的人講話去了。那晚看完戲，我送梨華到她大女兒家去住，她也抱怨不止，曹禺是不是神經病，像她這樣中共看重的紅作家，他卻愛理不理，以後曹禺別的節目她都不想參加了。同晚我同克毅兄討論曹禺，他說此人自以爲大作家，非常傲慢，所以一九四六年他同老舍建立了相當深厚的友誼，同曹禺反沒有什麼交往。的確，平日談話間，克毅兄會提到老舍，從沒有提過一次曹禺。

三月二十八日早晨開會，曹禺又得講幾句話，謝謝哥大的地主了。這次他謝周文中，居然把「周……文中」連姓帶名說出來了，雖然「周」字出口停了片刻，才想起「文中」二字來。那天午飯後，我同周文中閒談，我說曹禺怎麼搞的，連你的名字都記不住。周文中皺皺眉頭說，他耳朵是聾的，不好怪他[2]。我想想也很對，傲慢加耳聾，所以簡直沒有法子同他談話。

四月三日我同曹禺最後一次聚會，下午的座談會比較精彩，曹禺人也有精神，我做主持人，心裡也高興。那天叢甦也在場，曹禺聽說她是台灣名女作家，對她大感興趣，一定要她送書給他。我們一行人送他到百老匯大街，到那時我同曹禺關係已不這樣尷尬，看來他還相當欣賞我爲人的「直爽」同「毫無教授架子」（曹禺語）。路上我對他說：「你這樣偏心叢甦，那天晚上於梨華特地趕來捧你的場，你理都不理她，她人都氣死了。」曹禺聽了此話，有些慌張起來，說道：「啊，於梨華來過了？我正要找她有話要講，還要送書給她。」到此時，我才恍然大悟，原來曹禺根本記不起於梨華的樣子了，雖然兩年前她還訪問過他。當然，他也早已不知高克毅爲何許人了，同他握手而無歡可言。那時我即要同曹禺道別了，初見面時那點反感早已化爲烏有，只覺得一個記憶力衰弱的老年人出差的可憐，他不善辭令，記性不好，得罪了我和我的友好；其他的舊雨新知，他得罪的一定更不知多少。這樣的欽差大臣，派出來有什麼用啊！

四、《北京人》：戲評與劇評

三月二十五日晚上《北京人》的演出，倒很令人滿意，實在表示哥大藝術院戲劇部門人才很整齊，導演 Kent Paul 同布景設計人 Quentin Thomas 都很夠水準，曾家小客廳的布景尤其出色，看來極具美感。排演期間，負責道具的那位仁兄，發出一封封信向哥大同仁求救，痰盂、琵琶甚至連中國線裝書他都沒有見過，上演時居然樣樣俱全，只有那支鴉片煙槍一點也不像，看來此物紐約也不易覓到了。早三個月，我同周文中在一個社交場合上見面，他問我有沒有現成的《北京人》英譯本，我說夏威夷大學已退休的華裔中文教授 Lily Winters 早已把它譯出了，可惜《譯叢》前幾年只刊登了一幕，你同她是老朋友，何不向她討一份呢？後來譯稿寄來了，不知何故沒有用，反而請了師範學院的博士候選人羅（Leslie Lo）重新把它譯出。Leslie 此名可男可女，後來我同羅君見了面，才知道他是個長得很高大清秀的香港僑生，看樣子不到三十歲。Lily Winters 年齡同曹禺相仿，生在中國（可能去過北平），長期住在火奴魯魯，舊中國的情形當然很熟悉，中英文也該比羅君好。「美中交換中心」錢多，撥一筆錢給羅君，對他不無好處，但我總覺得一種作品有好幾種翻譯，是人力的浪費。

前兩天看哥大出版《中華民國名人傳》裡的萬家寶傳，才知道曹禺上次來美後，曾去訪遊過加拿大，並協同李吉納爾．勞倫斯（Reginald Lawrence）整理《北京人》英譯本。一九五三年四月二十日，我無意在當天《紐約時報》上看到一條十行的小消息，謂曹禺《北京人》將於四月二十三至二十六日在紐約市西城五十四街一二一號的 Studio Theatre 演出，劇本譯者即是勞倫斯，導演則為 Peter Kerr Buchan。我把這段掌故抄下來，藉以證明這次哥大排演之前，《北京人》在紐約至少演出過一次，可能有兩三次都說不定。勞倫斯的譯本顯然是所謂原著者認可的 authorized version，不知曹禺有無藏本。譯本當年盡可交美國書商出版，為什麼沒有出版？老舍留美期間，請人譯了他好多小說都一一順利出版。可惜我前兩天才查舊帳，這些問題都來不及當面問曹禺。

我在《中國現代小說史》裡對曹禺批評較苛，唯獨對《北京人》另眼相看，認為它比《雷雨》、《日出》、《原野》好得多。戲裡人猿這個象徵雖然用得非常牽強，作者「對被困在沒落的舊禮教中的弱者，表示了最大的同情」（台版《小說史》，頁三三〇）。後來劉紹銘寫曹禺博士論文，同意我的看法，也肯定《北京人》爲曹禺眞正的傑作。這幾年因爲教書的關係，每年重讀一遍《雷雨》、《日出》，《雷雨》我一直認爲不佳，對《日出》卻增加了不少好感。曹禺處理銀行經理潘月亭、書記李石清、小職員黃省三三人之間的關係，尤見精彩。有機會眞想把曹禺全部作品看一遍，再來評斷它們的高下。

這次看完戲，重讀《北京人》，效果畢竟差一些。只有最好的詩劇，看完戲再讀一遍，往往味道更濃。中文話劇，要讓人百看不厭，百讀不厭，簡直不大可能。《北京人》第一幕在舞台上展開，很引人入勝，但重讀該幕，就覺得處理的章法較亂，一個人上台不到兩三分鐘，又給叫下去了，再換幾個人上來。當然，《北京人》裡那些長篇布景描寫、人物介紹，曹禺是用了心寫的，重讀很有意思。

曹禺自己是舊式家庭出身，對舊人物了解較深，對當年的新派少年所知較淺，往往捉摸不到他們的個性深處。《雷雨》裡那個手拿網球拍子的天眞少年周沖，他在舞台上一言一行，無一是處，簡直很可笑。同樣情形，《北京人》裡那位人類學專家袁任敢的女兒也令人生厭：袁圓除了身體好，兩腿粗壯以外，哪一點比得上曾家的孫媳婦瑞貞？她的小丈夫曾霆一點也不愛她，而去同袁圓潑水玩，實在是說不通的。當然，那時書香人家的子弟，不僅爲禮教所束縛，身體實在也太壞，曹禺爲袁圓塑造了一個不懂禮貌、短褲粗腿女孩子的形象，主要把她當作健康的象徵看待。

原版《北京人》（一九四〇）裡更有一個原始人式的健康象徵，他是袁任敢「學術察勘隊裡一個修理卡車的巨人」（原版頁一三二至一三三）：

> 驀然門開，如一個巨靈從天而降，陡地出現了這個猩猩似的野東西。

他約莫有七尺多高，熊腰虎背，大半裸身，披著半個獸皮，渾身上下毛茸茸的，兩眼炯炯發光，嵌在浮陷的眼眶內，塌鼻子，大嘴，下巴伸出去有如人猿，頭髮也似人猿一樣低低壓在黑而濃的粗眉上，深褐色的皮膚下，筋肉一粒一粒凸出有如棕色的棗栗。他的巨大的手掌似乎輕輕一扭，便可握斷了任何敵人的脖項。他整個是力量，野得可怕的力量，充沛豐滿的生命和人類日後無窮的希望，都似在這個人身內藏蓄著。

我把原版《北京人》裡這段描寫抄下來，因爲香港、新加坡、美國各地可買到的改訂本裡，這個「猩猩似的野東西」再也見不到了。代替他的僅是在第三幕裡，反映在紙窗上的一個巨大紙剪「北京人」的側影。三月二十八日我同曹禺的旅伴英若誠先生同桌吃午飯，我問他爲什麼曹禺把那個「北京人」的腳色去掉了。他說一般中國人身高不到六尺，演員裡面要找一個「七尺巨人」實在非常困難；加上後來曹禺自己也不信這一套了，才把這個腳色去掉了。戲台上見不到「猩猩似的野東西」了，《北京人》裡讚揚原始人精神的就剩了袁任敢這段話：

你看，這就是當初的北京人。那時候的人要愛就愛，要恨就恨，要哭就哭，要喊就喊，他們自由地活著，沒有禮教來拘束，沒有文明來捆綁，沒有虛僞，沒有欺詐，沒有陰險，沒有陷害，太陽曬著，風吹著，雨淋著，沒有現在這麼多人吃人的禮教同文明，而他們是非常快活的。

袁任敢諧音「猿人敢」，只有原始的猿人才敢這樣的活著。曾家的祖孫三代就不敢。祖父曾皓一天到晚想著那口漆了幾百道漆的棺材，實在捨不得把它讓債主拿走。象徵他兒子曾文清的則是那隻有翅不會飛、甘願在籠子裡過日子的名種鴿子。它的名字叫「孤獨」。到戲末了，曾家兩個女性——瑞貞和愫方——覺醒了，她們由袁任敢領路離開了家。她們到哪裡去呢？戲裡沒有明說。《北京人》的時代該是二十年代末期，至遲是三十年代初期，二人實在沒有地方可走。但《北京人》是一九四〇年才上演的戲，到那時，共產黨已在延安立足，曹禺既不明說這兩位女性到哪裡去，思想「前進」的觀眾們我想都會假定她們的目的地是延安。

現代作家寫中國舊式家庭，沒有一個不受《紅樓夢》的影響，曹禺也不例外。《北京人》一開頭，六十多歲的陳奶媽從鄉下帶了孫子小柱兒進城拜見老東家，使人想起《紅樓夢》第六回劉姥姥帶了外孫小板兒初進榮國府這個節目。事實上，曹雪芹寫完「賈寶玉初試雲雨情」後，找不到一個頭緒可做綱領，才寫起劉姥姥這一家人來；曹禺要把曾家一家人介紹給我們，實在也沒有比借用老傭人重訪東家這個節目更經濟了。第一個接待她的主人是王熙鳳式的主婦曾思懿，她的丈夫文清上午十一時許還在床上抽鴉片，一時不便接見他幼年的奶媽。曾文清三十六歲，是舊式家庭的典型人物，處境同巴金小說《家》裡的高覺新有相似處，但更富眞實感，更值得同情。覺新僅是任人擺布的傀儡，文清沒有什麼人害他，主要是自己不爭氣。他琴棋書畫無一不精，謀生的本領卻一點也沒有，加上抽上了鴉片，更無法振作起來。他的戲不算多，但他的悲劇——戲末了呑服生鴉片以求解脫——道盡了舊式書香人家必然的沒落。

劉紹銘稱曾文清爲「多餘的人」（Superfluous man），論文裡有專章把他同契訶夫《伊凡諾夫》（*Ivanov*）裡的主角相比。但在我看來，曾文清完全是舊中國的產物，曹禺寫他時，似並無必要再在身上加一些契訶夫「多餘人物」的特徵。劇本裡帶些俄國人味道的，倒是曾家的留學生女婿江泰和曾皓的姨侄女愫方。二人都是中國人，但他們的談吐、行動和處世的態度，使我想起好多俄國小說戲劇裡的角色來。江泰不得意，酗酒打太太摔家具，話特別多，他是杜思妥也夫斯基長篇小說裡常見到的丑角（buffoon）。這樣的角色，在中國現代小說裡並不多見，曹禺把他移植到中國家庭裡來，實在難能可貴。江泰此人愛說大話而並無理想，骨子裡他是舊中國一心想發財、想做官的那型人物，但同時見聞較廣，有些科學頭腦，把中國社會上、家庭裡的一切「虛僞」、「欺詐」早已看穿了，所以罵起人來，雖是酒言酒語，確是句句實話。袁任敢從原始人的立場來批判中國人的懦弱，江泰以留學生「實驗主義」的觀點來大罵中國，因此第二幕裡兩人一唱一和，談話非常投機。但袁任敢僅是曹禺的代言人（spokesman），自己沒有戲；江泰是中國知識分子間另一種「多餘的人」，他手裡老握著那半瓶白蘭地，同曾文清手裡的煙槍一樣，同樣象徵他的儒弱和言行不一致的矛盾，他的造型非常成功。

愫方登場前，曹禺寫了一大段身世交代——立刻讓我們聯想到林黛玉來：

> 愫方有三十歲上下的模樣，生在江南的世家，父親也是個名士。名士風流，身後非常蕭條；不久母親又棄世，自己的姨母派人來接，從此就遵守母親的遺囑，長住在北平曾家，再沒有回過江南老家。

江南人唸起來，「曾」、「甄」、「眞」三字同音，我想曹禺給北平那家書香之家起個「曾」姓，很可能想表示他們是比《紅樓夢》裡甄、賈兩家更代表封建社會「眞」實性的一家。但愫方搬居曾家，自己年紀已不小，寶玉（文清）早已娶了親，最疼愛她的賈母（曾姨母）不久也就去世了，她寄居姨母家唯一的任務就是服侍姨父，當「曾皓的拐杖」。但愫方雖也擅長琴棋書畫，帶些才女的氣質，她的個性同黛玉完全不一樣，因爲自己愛著文清，竟對他所有的親人都覺得可愛，自己忍苦受辱，而口無怨言。她具有俄羅斯偉大女性的氣質，在一個沒落、無望的中國家庭裡，更顯得其人格之高貴。最後她對文清完全失望了，才有毅然走出家門的決心。

引導她出走的是瑞貞，這個不討丈夫、婆婆歡喜的小媳婦。她很「憂鬱而沉默」，但不甘屈服於現實，肯爲自己的前途而奮鬥。給她勇氣奮鬥的是五四以來新出版的「書籍」；那幾個「爲她介紹書籍以及幫助她認識其他方面的誠懇的朋友」也給她不少鼓勵。她是新女性，但並沒有高覺慧這類「新青年」的驕氣，平日生活上還是遭人冷落、虐待的小媳婦。好多年前我初讀巴金的小說，發現其中青年男女常常討論他們讀過的書籍，覺得有些好笑，因爲在大半英美小說名著裡面，書本的地位極不重要，男女主人翁思想的改變，或者對人生的覺悟，都是憑他們在實際生活中體驗出來的：從書本中得到的知識算不得是眞的。但對當時中國青年而言，最能鼓勵他們的良師益友的確是書籍雜誌，而不是同他們代溝甚深的長輩和教師（當然有新思想的老師例外）。《紅樓夢》裡，寶玉、黛玉、湘雲、香菱他們都是愛讀書的，但是讀來讀去就是那幾類的老書，沒有法子鍛鍊他們的志氣，爲自己個人的幸福而奮鬥。有一次茗煙給寶玉買了好多種香豔小說和戲曲，那些書帶進了大觀園，算是件了不起的大事。但假如茗煙能買到幾期《新青年》，寶玉看後，讓黛玉、寶釵她們傳觀，情形就會大不相同了，她們眞會起了思想革命，覺得結社吟詩的生活毫無意義，讀《南華經》以求超脫塵世更是沒出息的想法。以「五四」時期的眼光來看大觀園那些聰明絕頂的男女青年，他們最大的悲劇就是看不到新書的悲劇。瑞貞比起黛玉她們來，談不上有什麼才貌，但她讀了些新書，做人的勇氣大增，且可開導她的愫姨。

那晚看《北京人》，演員都是東方面孔，我想哥大眞了不起，有這麼多華裔學生能演戲。事後看「戲單」，研究一下演員的簡歷，才知道除了袁圓和兩三位警察、要帳的配角是哥大學生客串外，全戲的主角都是紐約市當地的職業演員，也不盡是華裔的。曾皓祖孫三人都是日本人扮演的，演文清的佐藤（Isao Sato）且是東京出生的，一點也看不出有日本人的味道。江泰的太太曾文彩也是美籍日本人演的。演瑞貞的則為韓國人。愫方、思懿、江泰、陳奶媽、袁任敢這幾位角色才是美國土生或來自中國的華人演員扮演的，其中要算演江泰的毛俊輝（Freddy Mao）最出色。他出生上海，想來教他唸國語道白，也能稱職。江泰愛發議論，台詞特別長，假如演員口才不佳，演出效果就會大打折扣。有一幕戲，江泰一口氣提到了北平的大小館子——「正陽樓的涮羊肉，便宜坊的掛爐鴨，同和居的烤饅頭，東興樓的烏魚蛋，致美齋的燴鴨……」——不由得觀眾不大笑（羅君把菜館名字都意譯，更好玩）。

四月間《北京人》、《日出》同時演出，《日出》的演員想來也大半是東方人，紐約東方演員之多，實在令人吃驚。去年我看了上演已達五年之久的歌舞劇《歌舞員應考》（*A Chorus Line*）。其中主角之一也是位華裔女郎名叫 Janet Wong（王珍妮），相貌不俗，就是小腿比白種人的短，不夠修長。紐約市畢竟是美國演劇的中心，可謂人才濟濟，雖然能熬出頭升級成為明星的東方演員還是絕少；不知王珍妮、毛俊輝、佐藤諸人命裡有無星運。

五、米勒、曹禺作秀

三月二十七日八時正，曹禺做公開演講，號召力的確很大，我同幾位朋友在附近日本館子吃了晚飯去，設有四百座位的禮堂已很少有空位子了。虧得有人給我在前三排留了幾只位子，正對講台。哥大藝術院院長說了幾句開場白後，即由米勒做介紹詞，講了二三十分鐘。米勒身材很修長，一如其照片，街上見到也認得清的。米勒在猶太人間相貌算是很挺的，無怪當年瑪麗蓮．夢露（M. Monroe）

會嫁給他。但他出身比較貧寒，比起猶太書香之家出身的知識分子，如當年原子能專家奧本亨末（J. Robert Oppenheimer），哥大已退休的美術史教授夏庇羅（Meyer Schapiro）來，還缺少一種高雅的書卷氣。他是帶他攝影師太太一起來的，一九七八年兩人訪遊大陸，寫了一本圖文並茂的印象記，先曾在《大西洋》月刊上發表過，我朋友間看過該文的不少。米勒的劇本我讀過三種，《全是我的兒子》再加上他的不朽之作《推銷員之死》（*Death of a Salesman*，一九四九）同《熔爐》（*The Crucible*，一九五五）。後劇粗劣，這以後的作品我就不去讀它了。米勒是所謂「自由主義」（Liberal）的作家，想來早年同共產黨知識分子頗多來往。五十年代初期參議員麥卡錫（Joseph McCarthy）揭露了政府機構以及文藝界好多共產黨員和同路人，風波鬧得很大，同情共產黨的人稱之爲Witch hunt。米勒自己也被麥卡錫傳詢過，堅不招認有什麼共產黨的朋友。他寫《熔爐》這齣戲，用意在「借古諷今」，寫的是十八世紀末年美國麻州塞勒姆（Salem）小城，大抓給人誣告爲「女巫」（Witches）的案子（被判定給魔鬼附身的女巫是要處絞刑的），事實上是影射麥卡錫抓共產黨的新恐怖。一九六〇年米勒爲夢露寫了部電影劇本*The Misfits*。在影片裡克拉克・蓋博（C. Gable）演一個以捕野馬爲業的浪蕩漢（他用力過度，拍完電影即患心臟病去世），夢露演一個軟心腸的女子，不忍見那些野馬捕住了當罐頭狗食賣給屠場。米勒看得到他太太是菩薩心腸，表示眞心愛過她，雖然二人的婚姻還是不能持久。一九六二年八月初，報載離異後的夢露服藥自殺，其實她的橫死可能同肯尼迪（J. Kennedy）總統及其胞弟羅勃（R. Kennedy）有關。

讀介紹詞，米勒先強調中美文化交流之重要。再說，文學、戲劇超過國家、文字的限制，具有大家都能欣賞的普遍性（Universality）。曹禺的劇本讀起來就讓他聯想到俄國、美國的戲劇傳統。米勒特別提名稱讚《雷雨》，說它的結構很具氣魄。接著他說曹禺在「四人幫」當權期間，在豬圈裡餵過豬。但我們美國人不必笑中國這樣野蠻，五十年代麥卡錫當權的時候，他也給傳詢過，吃了不少苦。他這樣亂比，實在是很不通的。五十年代至多共產黨嫌疑犯被政府單位解聘，暫時失職。好萊塢有些編劇家、演員也暫時失了業，因爲電影公司怕麻煩，不敢聘用他們。很可能，坐牢的一個也沒有，根本沒有任何文藝工作者受過紅衛兵那樣慘無人道的磨折。最後，米勒說了一句公平話，美國好在有法治精神，中國大陸就沒有，要求國家進步，非得推行法治不可。

米勒演講的時候，英若誠逐句低聲翻譯給曹禺聽。曹禺自己能講英語，聽米勒的介紹詞當然不成問題，想來眞是耳聾。介紹詞讀畢，曹禺站在小講台後面開講，先講十分鐘英文，自稱三十年未講英文，博得掌聲不少，因爲他英語講得不壞。接下去用中文講，英君逐句口譯，講了中國戲劇二千年的簡史，可說毫無精彩。好在二個月以前，曹、英二人剛去過英國，這類演辭早已有了腹稿，兩人有說有笑，等於演雙簧，那些對中國戲劇一無所知的洋聽眾，可能聽來還不算無味。曹禺先講關漢卿《竇娥冤》的情節，再講李行道的《灰闌記》——穿插了一句笑話：李行道是哥大教授李政道的哥哥，那晚李政道看樣子並未來捧曹禺的場。再提到《西廂記》，倒把情節免講了。再一跳就是清末民初時代，不知何故，一九〇七年，中國學生在日本上演《茶花女》（*Dame aux Camellia*）同《黑奴籲天錄》（*Uncle Tom's Cabin*）這兩齣自編而早已失傳的戲，文學史上都要提一筆，曹禺也不例外（中國知識分子七十年前就同情黑人，當然可以增進中美友誼）。現代劇作家，曹禺提名四位：田漢、夏衍、歐陽予倩、洪深，不知有無春秋史筆的深意。再一跳跳到「解放」以後的大陸，老劇作家的劇本他只提了老舍的《龍鬚溝》和《茶館》。

演講的主要目的是大罵「四人幫」。江青時代的樣板戲多麼惡劣，劇作家遭殃的不知有多少。一九七六年後情形大爲改善，現在全國戲團共有二千個，話劇團體也有二百個。當年知識分子被罵成

「臭老九」，現在大家抬頭了。雖然不少人受了「文革」的震動，至今「心有餘悸」，或者「看破紅塵」，不再寫作，新興的業餘劇作家愈來愈多，他們屬於一個「思考的世代」，平均一年中出版的或者排演的話劇有一百種，新的「百花齊放」時代就要來臨了，「推行四個現代化的中國」也即是「安定」、「團結」、「富足強大」、「愛和平的中國」。

曹禺的講辭，膚淺之外轉播中共官方宣傳，聽得我很不舒服。把一切罪惡加在「四人幫」頭上，表示大陸文藝又在「大躍進」，又在「百花齊放，百家爭鳴」，騙得了誰？江青掌權之前，中共又出了些什麼偉大的作品呢？曹禺自己的《明朗的天》比起那些樣板戲來，又好到哪裡去呢？至少《紅色娘子軍》裡還有些舞蹈、武打場面，老百姓還懂得欣賞（當然天天看，也要看厭了），《明朗的天》講美國人當年在北平研究細菌戰，完全配合韓戰時期的中共宣傳，一點事實的根據也沒有，這算是什麼戲？「文革」之前，「百花齊放」期間有兩三位新人寫了幾篇說眞話的短篇小說。一九五八至一九六二那四年，因爲全國饑荒，文藝管制較鬆，我們看到了田漢《關漢卿》，歐陽山《三家巷》之類延續三十年代文學精神的話劇和長篇小說，此外實在沒有什麼。《龍鬚溝》、《茶館》眞能算是中國話劇的代表作嗎？

老舍自殺，給人家說成烈士。其實「解放」之後，他一直是個歌功頌德的媚共作家，比郭沫若好不了多少。老舍吃虧在非黨員，成名前在英國教中文，勝利後跑了一趟美國，誤爲紅衛兵所鬥。假如未遭鬥爭，他也會像郭沫若一樣，大拍江青娘娘的馬屁的。反正人生如戲，當丑角多編些謊話，又有什麼關係？《茶館》現正在西德、奧國上演，據英若誠言，明年要在美國演出。這個劇本我是讀過的，用中共觀點寫北平人民晚清以來的滄桑史。老舍自己是旗人，最初幾景，寫晚清民初的官員、遺老，道白處理得很漂亮，後來愈寫愈同現實脫節。《茶館》是不能同《日出》、《北京人》相比的。

六、開會的苦樂

三月二十七日那場中美戲劇討論會在國際大樓十五層會議室舉行，講定十時半開始，三時半收場，午餐地點則在哥大教員俱樂部。我爲戲劇研究中心主任貝克門（Bernard Beckerman）所請，不好意思不去。

我去得遲，上午會議散席後才有同與會人士談話的機會。其中有一位英文名字叫 Tsai Chin，原來是周信芳的女公子周采芹，現任麻州脫富茨大學（Tufts University）戲劇系的教員，早年在英國皇家學院（Royal Academy）學戲，想是周老先生送她出國的。她看來四十左右，曾離婚二次，兒子在波士頓讀書。同此人談，一定很有趣，可惜午餐未坐一桌。另外一位美國人 Gerald Tannebaum，上午開會，看得出對大陸戲劇界情形很熟，很不容易。原來此人勝利後就去中國，爲宋慶齡所賞識，一直在她手下做事，離開大陸沒有多少年，現在紐約州一家大學教書。太太是在上海認識的，所以自己上海話也會講。他不時在中共電影裡演洋人，藝名是譚寧邦。他說《林則徐》裡的反派英國人就是他演的，我去年六月間剛在印第安那大學看了此片，細看果然是他。他還主演了《白求恩大夫》，這位加拿大醫生 Norman Bethune 抗戰時期在中共區域行醫，去世後毛澤東爲文褒獎，一直是中共所崇拜的英雄。

英若誠一直給我很好的印象。前兩三天已交談過幾次了，這次一起用午餐，更有機會多談。此人是北京「人民藝術劇團」裡的名演員，團長就是曹禺，兩人已有三十年的交情。曹禺最近兩次出國，他都充任口譯。曹禺新太太李玉茹（一九四〇年代已是平劇名伶）不便出國，旅途上，出國總得有人照料，英若誠追隨左右，正像是他兒子差不多。英若誠一九五〇年清華大學外文系畢業，錢鍾書還是他的老師（錢北上教了兩三年書，就轉任「中國科學院」了）。錢鍾書英文雖好，也不可能教出這樣一位講起英文來，字正腔圓，帶些英國口音的語言天才來。普通中國人若非從小留學英美，不可能講這樣好的英文。到了四月三日，經別人一說，我才知道英若誠原是前台大外文系主任英千里的二公子，怪不得英文講得這樣純正。英千里中學也是在英國念的，加上他夫人也是英國留學生，英若誠家學淵源，想來未進大學前，英語就講得很漂亮了。北平易幟前，英若誠對我說，政府專機飛進城，把胡適等名學人接出，英千里也在其內。可是飛機座位太少，英千里的家屬只好留在北平，從此永別。英千里逝世的消息，英夫人也是十年之後才聽到的。目前中共需要會講、會口譯英文的人才，英若誠看樣子很受重用。去年鮑勃・霍伯到北京拍了一個滑稽電視節目，他的口譯者就是英若誠。

曹禺二十七日晚上演講之後，還得在國際大樓參加一個招待會。此類儀式，主客非站著不可，同各式人等握手言歡。曹禺手持拐杖，站在那裡，一定很累。翌晨開會，他講了十五分鐘開場白，就不肯再說話了，一切問題皆由英若誠回答，反正英君同曹禺一樣內行，少一層口譯的手續，更方便。曹禺、英若誠對當今美國劇壇所知極淺，也無意發問題向美國人請教。那些美國人對中國情形更是外行，向英若誠請教的問題，都很無聊。

那天出席的黑人倒不少：演員、編劇、導演，各行都有。其中比較有些名望的是小胖子劇作家瓊斯（Leroi Jones），現已改名為拔拉卡（Amiri Baraka），想同拳王阿里一樣，加入了黑人回回教團體，不再要當年奴隸主人給他祖先起的姓氏了。此人極左，可能是共產黨，晚近不太有人提起他，那天他也沒有講什麼話。講話最多倒是那位黑婦史都華（Ellen Stewart），她是辣媽媽實驗劇團（La Mama Experimental Theatre Club）的創辦人，《日出》就在她那家小劇場上演的③。她告訴我《北京人》裡大半演員也都是她的團員，想不到這樣多亞裔演員都得聽這位名副其實的辣媽媽指揮。此人濃妝，戴了極重的金屬耳璫，把耳垂拉長了半吋，左耳朵上還貼了橡皮膠，可能耳璫太重，把耳垂拉破了，再貼橡皮膠急救。此婦人爲曹禺排演《日出》，借一部分演員給哥大排演《北京人》，自己覺得功勞很大，不斷對曹禺發問，儼然以梁惠王自居：「叟不遠千里而來，亦將有以利吾劇團乎？」英若誠招架有方，但在座聽眾，大家感到厭煩。下午開會，一小部分人感到沒意思，早已溜走了。曹禺自己可能眞累壞了，也很可能感到此種文化交流會議毫無意義，飯後即乘計程車回旅館休息去了。

下午場面冷清清，只有英若誠講起去年英國國家劇團赴上海、北京上演《哈姆雷特》，這件事值得一記。那些劇團演員，通常在歐美諸國演莎翁名劇，台下向來是鴉雀無聲的。在中共演出，他們發現觀眾都在那裡交頭接耳講話，不免大爲著慌，從來沒有這樣不受歡迎過，演完十場戲，就大呼負負地返國了。我就說：也難怪那些觀眾，憑他們的英語程度，哪能聽得懂《哈姆雷特》呀！英君說，戲院座位上都備有「譯意風」，套在耳朵上，就可聽到對白的中文翻譯了。那位辣媽媽，聽我的論調好像在有意低估中共聽眾欣賞莎翁的能力，心裡氣極了，就說道莎翁的語言是世界性（universal）的，不要小看中國人聽不懂《哈姆雷特》。我也惱了，就說英國劇作家間，要算莎翁的字彙最豐富，他的句法又這樣複雜，戲裡的笑話又這樣多，非有專門訓練，是不可能充分了解的。目今美國一般中大學生，要他們自己念莎翁劇本，就不易欣賞，也並無多大興趣去看莎翁的戲，何況中共的那些官員人民，英文字不認識幾個，怎能欣賞莎翁？貝克門教授看情形不佳，雖然兩點半還沒有到，再討論下去，更沒有意思了，就宣告散會。

那天午餐的氣氛倒是很融洽的。曹禺、周文中、英若誠同我是一桌，還有些別的人。我陪著英若誠聊，談話頗投機。講起李少春、葉盛蘭、石揮等我所喜歡的演員，一個個都已死去，不禁感慨係之。英君說鄭君里（三十年代的男星，《林則徐》的導演）死得最慘，因爲他知道江青的底細最多。

老舍究竟怎樣死法，至今還不清楚。我問英君，你們二位來紐約後看了些什麼戲？他說看了三場：《歌舞員應考》，田尼西・威廉士（Tennesse Williams）的新戲《夏天住旅館應帶的衣服》（*Clothes for a Summer Hotel*），英國劇作家平德（Harold Pinter）的新戲《背叛》（*Betrayal*）。《歌舞員應考》是新派歌舞劇，一無動人的歌曲，去歲我看了相當倒胃口。威廉士同米勒一樣，早已江郎才盡，編不出什麼好戲來了，新劇講小說家費滋傑羅（F. S. Fitzgerald）夫婦的故事，在百老匯上演後，大遭劇評家撻伐，現已停演了。高克毅兄曾譯《大亨小傳》，對費滋傑羅很有些研究，此劇在華府附近小戲院試演時，先看了，也大爲不滿意。那晚威廉士自己也在看戲，給克毅兄嫂認出來，在戲演一半休息期間，走過去同他打招呼，威廉士沒有給本國人認出來，卻給一對東方人認出，心裡很高興，就問克毅，您是否是日本人，好像東方人間就只有日本人具有高等文化可欣賞他的戲，大爲克毅兄嫂所不齒（米勒見過世面大一點，就不會這樣鄉愿）。平德寫的是所謂「黑色喜劇」（Black comedy），專講男女淫亂的荒謬處境，戲想來要比威廉士的新劇好，但曹禺來自少男少女不准結婚的國家，恐怕也不易欣賞。曹禺雖是中國的知識分子，同西洋文化脫節三十年，做主人的實在不應該選這些戲給他看。日裡開會、應酬忙，晚上看戲也同樣累人。他們應該帶他去看正在百老匯重演的歌舞老戲：《潘彼德》（*Peter Pan*）、《西城故事》（*West Side Story*）、《奧克拉荷馬》（*Oklahoma!*）這三齣老少咸宜的戲，我可以打包票看得曹、英二君開心。

席間英若誠對我說，曹禺患心臟病已有二十年了，雙腿無力，所以站立走路非持手杖不可。又謂曹禺未去英國前，也到過一趟瑞士，代表中共作家協會出席過一個會議。七八十歲的文藝工作者，只要他們懂得些外國語言，可同外國人會談，都得出差，話劇名導演黃佐臨現在西德（想同《茶館》的上演有關），詩人卞之琳不久就要來哥大作客了；不多天，費孝通又要來哥大領一個榮譽博士學位。

對一個有成就的學人而言，多一個少一個榮譽學位是毫無關係的。費孝通三十年未做研究，拿了個學位又怎麼樣？一張文憑豈能蓋住三十年的空白、自己內心的疚愧？想到這裡，我就對英若誠說：曹先生當年被罰看守豬圈，固然受苦不少；現在這樣馬不停蹄，到處開會訪問，it's also a form of punishment。曹禺聽到我最後一句英文，但耳朵不方便，就問英君，我在講些什麼。英君把我那句話翻譯成中文道：「這也是一種懲罰。」曹禺聽了未做反辯，也眞可能默認我這句話沒有說錯。那天上午開會就無聊透頂，下午決定不出席，至少表示他有勇氣逃避一場不必要的懲罰吧。

七、過去的日子，自己的作品

到那天，我對曹禺愈來愈表同情。他耳聾，記性不好，雙腿無力，出差美國，眞是一種懲罰。所以東亞研究所那頓午餐我決定不去參加了，不想多看到他受罪。研究所裡的教授，除了我外，對中國文學所知極少，一定多問些政治上的問題，曹禺罵「四人幫」的話我早已聽夠了，何必再去領教。果然，那天的午餐座談會聽說情形非常尷尬。原來《江青同志》的作者魏露姍（Roxane Witke）也是研究所所員，曹禺一到，她就要請他吃飯，曹禺想來聽了中共聯合國代表團的話，只好婉辭。那天魏女士帶了一篇打好的稿子，在座談會上宣讀，可能爲她的江青同志做辯護，弄得大家很窘。

第二天（四月三日），原定計畫是十一點鐘，曹禺先來參觀我一堂「中國現代文學」的課，再約些中文助教、講師、高級講師一同去附近館子午餐。後來我想曹禺這幾天這樣累，何必聽我的課受罪，就關照負責人把這項節目取消了。講英文對曹禺來說也是樁吃力的事，午餐若邀了洋同事，他非得講些英文不可，情緒轉劣，下午的講話就要大打折扣了。所以我洋同事一個也不邀，自己的學生也不邀，我說：「你們下午可聽曹禺談話，何必花冤枉錢聽我們在飯館裡講中文呢？」有一位老師帶了五六個學生來，他們忝陪末座，出於自願。

曹、英二位由負責人十二時十分帶到我辦公室，我們一夥人就乘兩輛計程車到附近百老匯大街「蓉園」去吃飯（有一部分人先走去了）。曹禺入席後，從談話裡得知大半中文老師都是曹迷，的確心裡很高興，人也變得平易可親，第一天歡迎會上那種不理睬人的樣子再也見不到了。中文老師間，有兩三位眞是北京長大的，更給曹禺一種家鄉溫暖之感。

我坐在英若誠的旁邊，還是同他談話較多。曹禺同巴金一直是文壇知友，英若誠對我說，最早發現曹禺才華的也就是巴金。曹禺大三那年寫完《雷雨》後，即把稿子寄給章靳以。靳以是小說家，可能那時即在籌畫《文學季刊》了。他把那份厚厚的稿子放在抽屜裡，擱了一年都沒有去看它。有一天巴金到了北平，靳以對他說，手邊有一份劇稿，要不要審閱一番？巴金讀後，大加激賞，立刻建議把《雷雨》放在《文學季刊》一九三四年創刊號上刊出，從此曹禺、巴金成爲莫逆之交。

四月三日那天華氏七十一、二度，眞稱得上是個「明朗的天」。飯後心境愉快，大家都願意走回墾德堂。但怕曹禺勞累，我同張光誠（台灣前輩作家張我軍的公子）還是乘計程車把他送到百老匯哥大門口。

二時許，我同英君陪著曹禺進墾德堂的休息室，人已坐滿了，看樣子有五六十位。早已有人爲我們安排了三只椅子，我們就坐下，旋即由我介紹曹禺，座談會開始。

去年錢鍾書來哥大，座談會上只談學問，因爲他過去的生活我們兩人私下面談時，已講了不少。我同曹禺交情不夠，許多事情不便當面問。假如由他一人演講，他一定又要大罵「四人幫」，大家聽了無趣。我想不如讓他多講些過去的生活，給文學史留些資料，寫下來大家都可以參考。我有時發問，非常不客氣，如問他父親有沒有姨太太？家裡有幾個人抽鴉片？但這種「逼供」的方法，的確見效，曹禺打開了話盒子，講了不少眞話，至少有一大半是所有現成的傳記資料上所未載的。曹禺講了一小半，自動站起來了，說道從小就是演員，今天既在國外演戲，也得打起精神來，讓在座諸位聽得高興。重憶舊事，曹禺講話的興致眞的提高了。

曹禺原籍湖北省潛江縣，但很可能生下來就跟他的父母和長兄住在天津[4]。他們一家四口（曹禺稱其長兄爲「老哥哥」，想二人年齡相差很大），傭人倒有七八個。其中一個名叫陳貴，閒著無事做，會畫幾筆工筆畫。《雷雨》裡周府上的男僕取名魯貴，道理在此。曹禺父親是舊式官僚，天津住宅極大。十三四歲時，曹禺走讀南開中學，下午四時放學回家，整個屋子靜悄悄的，原來父母親同老哥哥夜裡抽足了鴉片煙，清晨才入睡，那時還沒有起床，男女傭人也不便驚動他們。《日出》裡那兩句名言：「太陽升起來了，黑暗留在後面。但是太陽不是我們的，我們要睡了。」寫的就是曹禺家裡實況。曹禺說父親沒有小老婆，不是他不想討，只因爲母親人比較厲害，不敢討。《雷雨》裡的周蘩漪、《北京人》裡的曾思懿都是比較厲害的女人，不知同作者的母親有無相像之處？

中學期間，曹禺每天同他父母見面的時間至多一小時。晚上他們起床了，他得預備明天功課，不便多同他們講話。曹禺的童年顯然是寂寞的（一個人從小生活太正常，家庭環境太溫暖，就不易成爲藝術家），他需要同伴，十四歲就對戲劇發生興趣，十五歲加入了南開中學的一個劇團，認眞演戲，他專演女角，曾扮過《傀儡家庭》裡的娜拉。談話間曹禺也提到《一磅肉》這齣從莎翁《威尼斯商人》（*The Merchant of Venice*）改編的戲，不知 Portia 這個角色是否也是他扮演的。

我問他最早接觸的西洋文學書籍是哪一種，他想了一下，說是林琴南譯的《吟邊燕語》（即蘭姆（M. A. and C. Lamb）姊弟所編寫的 *Tales From Shakespeare*）。錢鍾書對西洋文學發生興趣，也是從讀林琴南翻譯作品開始的。我問曹禺，林譯哪幾種小說給他的印象最深，他卻記不起來了。我中學期間就只讀過一種林譯小說《撒克遜劫後英雄略》（*Ivanhoe*），深深爲之感動，尤愛那位猶太女子Rebecca〔電影裡由伊莉莎白・泰勒（Elizabeth Taylor）演出，那時她才十八九歲〕，覺得她的人格眞偉大。後來史各脫（Sir W. Scott）的長篇小說讀過三四部，長篇敘事詩也讀過一二篇，就不敢碰*Ivanhoe*，生怕破壞了讀中文譯本時那種美好的印象。

曹禺十六七歲，父親破產身亡，從此家裡就窮了。考清華大學的那個暑假，曹禺隻身抵北平，住在「朋友的親戚家裡」。此家人姓徐，眞是書香門第，有一間書齋的家具都是宋代的珍品。我一直對學生說，宋代讀書人的趣味最高雅，看宋版書，牆上掛著宋代名家的山水畫，吃飯喝茶都用宋代的瓷器。我在翁同龢後裔家裡翻看過宋刻書籍，每在博物館裡看到宋瓷碗盞，總是流連不已。紐約有個大收藏家名叫薩克勒（Arthur Sackler），據說他臥室裡的家具地毯，包括床在內，都是明代製品，已相當了不起了，想不到民初時期竟還有人家日常用宋代的木器。但是徐家的子孫很不上進，從小抽上了鴉片，偷偷地把家裡的古玩賣掉。那個暑假曹禺接觸到不少敗家子弟。寫《北京人》的靈感想即來自那些舊式家庭，包括自己的老家在內。當時我忘了問曹禺，曾文清是否即是他的長兄？

曹禺同好多人一樣，回憶中還是感到大學四年的時光最爲甜蜜。但他自稱讀書不用功，一人在圖書館看雜書，得益最多。他提名講起的老師就只有英文教授Robert Winter一人。

《北京人》一開頭有這樣一段描寫：「屋內靜悄悄的，天空有斷斷續續的鴿哨響。外面長胡同裡傳來那時北平獨有的單輪水車，在磷磷不平的路上單調地『孜妞妞，孜妞妞』的聲音。間或又有磨刀剪的人吹起爛舊的喇叭『唔呃哈哈』地吼叫，衝破了沉悶。」曹禺說從來導演《北京人》的人，不把這些幕後聲音複製出來，增加劇本的氣氛，認爲十分遺憾。說到這裡，曹禺眞的摹擬了單輪水車的聲音，各種北平小販叫賣的聲音，以及深夜瞎子算命先生敲打銅鉦的聲音。聽眾都入迷了，七十老人曹禺仍是位好演員，自己也很得意，只可惜「交換中心」給他安排的節目，讓他忘不了出差大臣的職責，很少有流露眞性情的機會。

《北京人》裡最重要的象徵是棺材，我覺得就把它放在小客廳上，每幕都給觀眾看到，所收的戲劇效果豈不更強？曹禺不以爲然，他說一則不雅觀，二則象徵性的物件不斷有人在戲台上講起就夠了。雖然如此說，《北京人》裡其他的象徵物件——鴿子，紙剪《北京人》的黑影，鴉片煙槍——倒是時常在戲台上出現的。曹禺說當年好的棺材，的確要値美金一萬或數萬元（我連忙插嘴對聽眾說，二三十年代的美金一元等於今天的十元）。老人家有時爬進棺材躺著幾分鐘，自感非常得意。他們買了壽木，一年一年加漆，主要怕子孫不孝，斷氣後連一口好的棺材都不給他們買。

講完《北京人》，我就挑《日出》來討論，此劇正在紐約上演，而且上過我「中國現代文學」這門課的學生，都已讀過譯本。大家都知道，曹禺寫他的早期名劇，受歐尼爾、易卜生（H. Ibsen）、契訶夫，以及希臘悲劇家的影響最大。但他在清華讀書期間，想來好萊塢電影也看了不少，無形中可能也受了些影響，《大飯店》（*Grand Hotel*）一九三二年發行，是當年金像獎最佳影片，嘉寶（G. Carbo）、巴里摩亞兄弟（L. and J. Barrymore）、瓊・克勞馥（J. Crawford）、華雷斯・皮萊等明星主演，當年中國洋派大學生沒有人不看的。一九三三年，米高梅公司又推出一部 all-star cast 的巨片《晚宴》（*Dinner at Night*），主演人是巴里摩亞兄弟、琪恩・哈羅、華雷斯・皮萊、老太婆紅星 Marie Dressler 等。《大飯店》講柏林「大飯店」內幾個住客二三天內的故事；《日出》故事推展於天津大旅館交際花陳白露的套房內，進進出出的都是她那些朋友們，貧富不等。她最主要的闊朋友是潘月亭，有位已解雇的小職員黃省三不時進旅館來找潘經理同他的助手李石清。《大飯店》裡工廠老闆華雷斯・皮萊在旅館裡見到那名業已解雇的老職員里昂・巴里摩亞，其態度之惡劣，簡直很像李石清。《晚宴》裡面有位失意的百老匯舞台明星約翰・巴里摩亞，最後同陳白露一樣，債台高築，一無出路，在他旅館房間內開煤氣自殺（陳白露則服安眠藥片）。我問曹禺這兩部片子對《日出》的寫作有無借鑒之處。這樣一問，曹禺有些急了，《大飯店》電影沒有看過，書是看過的（原是 Vicki Baum 寫的德文小說），毫無影響。其實，《晚宴》未搬上銀幕前，當年也是百老匯名劇，由 George Kaufmann 同 Edna Ferber 兩位紅作家合編。抗戰期間，李健吾把它改編成一齣中國背景的話劇，取名《雲彩霞》，我曾在上海看過。

我再問，陳白露流落風塵前，曾同一個詩人結過婚，這位詩人「最喜歡看日出，每天早上他一天亮就爬起來，叫我（白露）陪他看太陽。」給我「生鐵門答爾」的感覺。世上詩人不多，陳白露沒有這段結婚經驗，是否更眞實些？曹禺說，不一定寫詩出了名的才是詩人，像陳白露丈夫這樣爲理想而活著的青年當時多得很，一點也沒有什麼不尋常。曹禺對陳白露極端偏愛，他說她是極聰明、極有勇氣的女性，就是社會害了她。（曹禺說自殺也需要勇氣，你們——指聽眾——失意時敢自殺嗎？）福樓拜（G. Flaubert）曾說過，「波伐莉夫人就是我」；看樣子，陳白露也是曹禺自己的寫照。至少「出身書香門第……父親死了，家裡更窮了」這兩點是完全相同的。

曹禺講自己早年生活，講兩齣戲，早已超過了一小時了。下午還有別的節目，他不想再說什麼了。我說談談新戲《王昭君》罷，這樣又多講了十多分鐘。曹禺說《王昭君》是周恩來示意要他寫的，但不能算是「奉命文學」，因爲他自己對王昭君此人也極感興趣。中國古代四大美女——西施、王昭君、貂蟬、楊貴妃——要算她最偉大，對中華民族的貢獻最大。她「和番」之後，漢人同匈奴人保持了六十年的和平，這是不容易的。爲了寫此劇本，他曾到新疆、內蒙古去考察過。很多人罵他不應改寫古老的明妃傳說，但他認為《王昭君》是按照史實寫的，雖然「戲沒有寫好」。主要原因，昭君同單于結婚之後，編起戲來，「辦法就少了」。明年《王昭君》要拍成電影，他已示意編劇人原劇有兩三處可以改編，將來電影在紐約上映時，請諸位多多指教。講到這裡，座談會看樣子要結束了，我再問曹禺一個問題：是否在從事新劇本的寫作？他說是的，但寫的是什麼題目他堅決不肯透露，是時裝戲還是古裝戲，他也不肯說一聲。他說這不是賣關子，題目一旦洩漏了，人家要問個不休，自己也不能定心寫作了。

八、巴金贈言

同天晚上我開始寫這篇報導，寫到星期一（四月七日）清晨，初稿差不多寫好了。下午起床後，到墾德堂去走一遭，因為通常星期一信件最多。不料在系辦公室裡竟看到了曹禺留給我的一本書、一件禮物。書是我亟思一讀的《王昭君》，卷首有作者近照，該頁上新加了題字：C・T・夏教授教正。曹禺一九八〇，四—五—紐約」。禮物是一隻淺綠色的小象，看來是由一塊雪花石膏（alabaster）雕刻而成的，非常晶瑩可愛。曹先生雖然記不清我的中文名字（所以稱我為「C・T・夏教授」），顯然對我不無好感，臨走前還託人帶給我一本書、一件禮物，眞的很為其友情所感動。先在這裡道一聲謝，並祝他在訪遊美國期間，珍攝身體，多多保重。

也正巧，同天收到了香港黃維樑弟寄來的一包書，其中有本巴金《隨想錄》第一集（一九七九年香港出版）。回家把該書瀏覽了一遍，發現其中有一篇〈毒草病〉是專講曹禺的，還引了一段巴金寫給曹禺的近信。這段信裡的話，我想也寫出了海內外讀者寄予曹禺的厚望，不妨引之以結束全文：

但是我要勸你多寫，多寫你自己多年來想寫的東西。你比我有才華，你是個好的藝術家，我卻不是。你得少開會，少寫表態文章，多給後人留一些東西，把你心靈中的寶貝全交出來……

一九八〇年四月十九日完稿

原載同年五月十二至十五日〈聯副〉

註

①很高興，許芥昱在他《中共文學選集》裡選錄了《關漢卿》二景（*Literature of the People's Republic of China*, pp. 766-780）。譯者 Elizabeth J. Bernard 係柏克萊加大博士候選人，想一定會把全劇譯出的。

②寫完本文，看到香港春暉出版社編選《回憶與悼念——中國現代作家資料選粹》第一集裡趙浩生一篇文章〈留得青山在〉。趙浩生在一九七八年四月在北平與曹禺見面，只說「他右耳的聽覺有困難」（頁一三九），左耳的聽覺想還正常。

③《紐約時報》一九八六年十月二十六日星期版 Arts and Leisure Section 載有 Elizabeth Swados 介紹史都華女士及其劇團的專文。

④胡耀恆在他英文《曹禺論》（*Ts'ao Yü*, New York，一九七二）裡也做如此假定（頁一五二至一五三）。《王昭君》以前所有曹禺的劇本，胡教授都做了公允扼要的評析，很見工夫。寫本文時，正好「美中藝術交換中心」有人把我自備的《曹禺論》借去了，哥大圖書館藏有的那本也失蹤了，無法參考，很感不方便。

真正的豪傑們

不久前，《聯合文學》編輯部把創刊號的目錄和短篇小說航寄給我先睹爲快，也希望我寫篇短評。《聯合文學》這樣的巨型文學月刊，經三年之籌備，能順利出版，的確是國內文化界的大事。創刊號上的短篇小說「風雲六家」——李渝、施叔青、王璇、司馬中原、張系國、黃凡——都是大家所熟知的。收到小說清樣那一晚，我有意當晚把六篇讀畢，但讀了李渝的〈豪傑們〉後，我深爲感動，再也沒有心思讀其他諸篇了。標題上的「豪傑們」指中國自古以來在書本（包括方志在內）上有所記錄的那些女子，她們若非三貞九烈，年紀輕輕就把自己的命送掉，至少也勇於割股，把臂腿上的肉割下來熬湯給病中的父母公婆吃（連胡適的母親也如此做過，事見《胡適文存》第一集：〈先母行述〉）。當然自宋代至民初，即是老來子孫滿堂，年輕時未受公婆、夫君虐待的全福太太，幼年都受過纏足的痛苦，一生行動不方便——憑此一事，她們也有資格被封爲「豪傑」了。

民國以後，一般小說家歌頌的都是不顧世俗道德、肯爲自己幸福而奮鬥的新女性，那些乖乖聽話、受苦受難的舊式女子反而變成了憐憫的對象。大陸淪共之前，一般農村、小城市裡的封建思想還是根深柢固的；中共專政之後，人民都得爲那些不合情理的政策效勞而備受折磨——三十多年來，大陸婦女們在封建社會和中共暴政兩種勢力夾攻之下，透不過氣來而自殺、而喪命的更何止千千萬萬。

「四人幫」下台以後，大陸作家自己揭露婦女生活痛苦的作品已不知有多少。李渝是柏克萊加州大學的美術史博士，從小在台灣生長，但近年來住在紐約，也有機會到大陸去訪親。〈豪傑們〉寫了常州女子慶華，大陸嚴厲推行節育新政策——一家只准生一個孩子——後幾百萬、幾千萬受害者中的一個。常州眞可能是李渝自己母親的故鄉，否則她似乎沒有必要在那裡逗留一月之久。

慶華面色青黃，營養不良，三十多歲早已有了個六七歲的女孩。這次再度受孕，她在冬季穿了寬大的棉衣，竟未被紡織廠食堂裡的同事看破。但懷孕七月，無論如何瞞不過人了，她在街道主任、婦聯主任等官方人員利誘威脅的勸導之下，硬送進醫院，把早已成形的胎兒打掉，孕婦自己身體受損更不必說。相比起來，按照我國農村古法，嬰孩落地後，活活把它溺死，至少母親健康少受損害，還比較人道些。李渝寫的中共社會，骨子裡還是封建的，但同時它得聽上面命令，執行那些新政策，硬把人民帶進了比封建社會更恐怖的「美麗新世界」。慶華乖乖墮胎後，當然有人慰勞她，她自己和家裡人都受到些官方優待：

> 在這眼前的榮譽和緊接而來的獎賞，與一個活生生的孩子之間，慶華想做怎樣的選擇，大約是不問也可知的吧。好在她並不需要面對這種選擇；沒有選擇權的人，同時也豁免了選擇的焦慮和痛苦。況且，美麗新世界不就在眼前麼？一切都準備妥當，只須靜心接受領導，一步步地做去，眞也不能不算是幸福呢。

事有湊巧，讀〈豪傑們〉之前，我剛看到了《唐朝豪放女》這部攝製極佳、回味無窮的古裝電影。但魚玄機雖稱得上是位「豪放女」，電影仍把她的一生美化了。在唐代，所謂女道士往往即是變相的妓女（晚清北京有幾家尼姑庵，也就是高級妓院），連詩人魚玄機也不能例外。電影裡的魚玄機，高傲不羈，個性很複雜，由夏文汐演來，雖穿了唐代的服裝，卻是代表二十世紀末期、有獨立人格的新女性。但生在唐代，魚玄機也「豪放」不到哪裡，她徒有與「風流之士」狎玩的自由。很可能，唐代筆記《三水小牘》沒有造她謠，魚玄機生性狠毒，眞把「女僮」綠翹活活打死的。但到頭來，女詩人終爲官方所戮（不管是什麼藉口）；唐代豪俠雖多（見《柳氏傳》、《霍小玉傳》、《無雙傳》等傳奇小說），而且魚玄機確「爲豪俠所調」，但臨死絕不會有什麼俠客劫法場失敗後而甘於同她一起殉情的——一般說來，中國的俠客們對淫婦、對「豪放女」，道德的偏見還是很深的。魚玄機短暫的一生當然比當今常州女工慶華過得痛快得多了，但她仍只能算是李漁式的女中「豪傑」，一個封建社會的犧牲品。

二十四史裡，除了后妃公主略有記載外，大半「列傳」也備有「列女」這項節目，簡述些「烈女」的事蹟。《宋史》裡連李清照這樣傑出的女子都無小傳，魚玄機這樣的女道士、小詩人，當然更無資格名列新、舊《唐書》了。有資格放進新舊《唐書》、《宋史》「列女」部分的，都是封建社會裡李漁式的豪傑們。《宋史》卷帙比其他正史更爲浩繁，凡四百九十六卷，大陸中華書局版共一萬四千二百多頁。精讀此史至少得花兩年時間，但其「列女」部分僅十六頁，半小時工夫就讀畢了。除了孝事父母公婆、相夫教子之外，一個古代中國好女子，自己是沒有歷史的，甚至連名字也沒有的，寫她的傳記只有自我犧牲那一節稍微有趣，但每人死法都差不多，無怪歷代編修正史的大臣們不想在那些婦女身上浪費篇幅了。

《宋史・列女》小傳三十九條，所記人物不外乎是「×娥」、「×氏」、「××婦」、「××妾」、「×××母」之類。最後一位毛惜惜，有姓有名，因爲她是「高郵妓女」。另有一位「韓氏女，字希孟，巴陵人，或曰丞相〔韓〕琦之裔」，情形也比較特殊。更有一位崔氏，是包拯包大人給兒子娶的媳婦，講道理應有一個名字，卻也沒有。

《宋史・列女》傳不妨抄錄兩小段，讓我們看看那些烈女的「豪傑心腸」：

〔建炎〕三年春，盜馬進掠臨淮縣，王宣要其妻曹氏避之，曹曰：「我聞婦人死不出閨房。」賊至，宣避之，曹堅臥不起。眾賊劫持之，大罵不屈，爲所害。

涂端友妻陳氏，於紹興九年（建炎、紹興都是高宗的年號），也爲盜賊所擄，「幽之屋壁」，倒沒有給殺死。但「居數日，族黨有得釋者，咸齎金帛以贖其孥」，倒反而害了陳氏：

賊引端友妻令歸，曰：「吾聞貞女不出閨閤，今吾被驅至此，何面目登涂氏堂！」復罵賊不絕，竟死之。

不知何人，前兩年寫了一本書，把中國、日本、韓國、新加坡諸地近年來工商業之繁榮，歸功於「新儒學」（Neo-Confucianism）。此說一出，附和的人很多，在我們的「大傳統」裡找到一個足以自傲的特點，總讓人感到很高興的。但纏足始盛行於宋代，而那些代表「新儒學」的道學先生竟未加以反對。「婦人死不出閨房」、「貞女不出閨閤」的教條，宋以前沒有聽說過，顯然是北宋那幾位道學先生所發的妙論。纏足女子，行動早已不方便，嫁人後不准擅離閨房，連逃難的權利也給剝奪了。

慶華這位常州女子，比起宋代那些烈女來，畢竟聰明得多了。她懂得自己僞裝，不讓人家看出她大了肚子。到最後被迫墮胎，心裡當然是不願意的，毫無曹氏、陳氏那種視死如歸的氣概。我們可以說，中共社會比古代社會更可怕，但今日大陸的婦女，也不像十年、二十年前那樣容易上當受騙了，她們至多是勉爲其難的「豪傑們」，而不是甘願赴湯蹈火的古代「貞女、義女、順女」了。

李渝以憂國憂民的心態，以反諷而帶沉痛的筆調，寫出在中共暴政下過日子的「豪傑們」，自己才眞正稱得上是位女中豪傑。事實上，晚清秋瑾以還，有多少女作家、女豪傑寫了她們自身的和她們女同胞的苦處，多少促進了社會的進步，也提高了婦女在社會上、家庭裡的地位。我們甚至可以說，新舊文學最大不同之處，即舊文學差不多完全給男人所包辦，連李清照爲自己寫照，也逃不出男子創造出來的那個弱不禁風、多愁善感的女子典型。陳端生、邱心如這樣有心爲女子訴苦告狀、揚眉吐氣的彈詞女作家畢竟不多。而晚清、五四以來，「新文學」一開頭，就是男女作者、學者、批評家攜手合作創造出來的聯合文學。其主要目標爲維護人的尊嚴，揭露社會的黑暗，領導讀者走向中國的、人類的光明之路。只可惜大陸作家多少年來失掉了說眞話的權利，「四人幫」下台後，我們才看到不少合乎新文學標準的眞實作品。

但男女作者爲共同目標而奮鬥的聯合文學，陳容這樣堅強，終有一天，連大陸也會變成一塊大家有權自由講話、不受政黨欺壓的快樂土地的。《聯合文學》創刊號刊載了陳若曦〈大陸上的女作家〉這篇文章，我尚未看到。大家都知道，大陸近年來最受重視的作家，也正是那些女作家。她們有自由不停寫作，中共官方也就掩蓋不了大陸的生活眞相，壓抑不住一般人民渴思自由、愛情的心聲。

除了〈大陸上的女作家〉此文外，《聯合文學》創刊號更推出了自由中國海內外老中青三代女作家的新作。上文已提到了李渝、施叔青、陳若曦三人，此外更有凌叔華、琦君、林文月、蓬草的散文，廖天琪、黃碧端、康來新的文章和書評。這十位女作家、女學者，只有蓬草一人我從未見過，也沒有同她通過信。李渝住在紐約，每年總有幾次社交場合上同她會面。凌叔華、琦君、陳若曦我都曾有專文評介過。林文月的中國文學研究、散文和《源氏物語》中譯本，同施叔青的小說和報導文學一樣，都早已有口皆碑。黃碧端、康來新二位是漢學界的後起之秀，前途無量。廖天琪我同她僅有一二面之緣。她久居西德，這篇紀念德國翻譯家庫恩（Franz Kuhn）的文章應該寫得非常出色。李渝寫中國數千年來受苦受難的「豪傑們」，讓我一個晚上不能工作。但跟著想起台灣、大陸、海外有這樣多的優秀女作家，又不免讓我高興起來。她們才是眞正不斷改正社會風氣、豐富了我國文化的豪傑們。

一九八四年十一月三日完稿

原載同年十一月十九日〈聯副〉

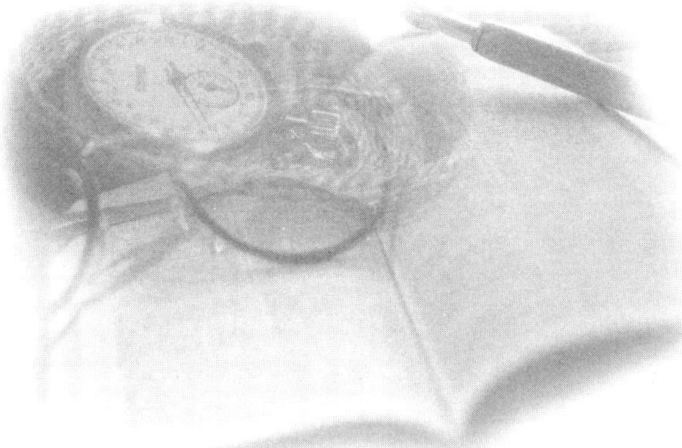

輯四 英美大師

A.赫胥黎

今天到哥大書店去訂購兩本有關中國文學的新書（一本是J. D. Frodsham譯的《李長吉歌詩》，一本是Wayne Schlepp著的《散曲論》），順便在陳列新書的書架上見到一巨冊《赫胥黎書簡》（*Letters of Aldous Huxley*），千頁左右，定價十五美元，不算太貴，就把它買了。近年來購書絕大多數和我自己研究有關，或是教書時必備的參考書，實在沒有餘資去顧到歐美文學。但《赫胥黎書簡》我毫無猶豫地買了，因爲他的著作，除早期兩三種外，差不多我全部讀過，自藏的也有十四五種，二三十年來他一直是一位最使我心折的作家。從他的書裡，我得到教益之多——關於藝術、文學、科學、人生、哲理各方面——實在無法估計。

《赫胥黎書簡》的編輯人是杜克（Duke）、大學教授葛羅佛・史密斯（Grover Smith），同赫氏素昧平生，寫的序言較簡短，不像當年赫胥黎爲他的好友D.H.勞倫斯（D. H. Lawrence）輯集書簡時，寫了一篇最公允的蓋棺定論。史密斯以《艾略特的詩和戲劇》（*T. S. Eliot's Poetry and Plays*）一書著名，他不是第一流的批評家，僅是對註釋艾略特作品這項工作做得特別道地罷了。他輯集赫胥黎的書信，當然要靠赫氏親友的幫忙。同一大堆人通信，索取材料，本身就是件很吃力的事。赫胥黎一九六三年十一月逝世，《書簡》一九六九年即出版，史密斯代表了一般美國學者研究近代文學勤快和不辭艱苦的精神。近十多年來，美國學者們對蒐集近代作家資料、編寫傳記的工作做得特別有成績，有時使人感到可怕：把芝麻小的事都記載下來，究竟使我們對那些作家的了解有什麼幫助。普林斯登教授貝克（Carlos Baker）去年出版的《海明威傳》，厚厚的一本，就引起不少書評人的反感，我們知道海明威生平事蹟這樣多，反而覺得他這個人虛榮、孩子氣、自私，影響到我們讀他作品時應有的客觀態度。此外，同類性質的巨著還有埃爾門（Richard Ellmann）教授的《喬哀思傳》（埃爾門正在寫《王爾德傳》，一定又是一部六七百頁的書）、休勒（Mark Schorer）教授的《辛克萊・劉易士傳》（*Sinclair Lewis: An American Life*）。前天（七月二十六日）《紐約時報・星期書評》上評介了一部史大克（Noel Stock）著的《龐德傳》，四百七十二頁，還算是小型的，但詩人龐德（E. Pound）尚未去世，隔幾年故世後，當還有更巨型的傳記問世。可喜的是，艾略特最討厭人家調查他的私生活，他的未亡人、生前友好們也一直遵守他的意志，不把書信、傳記資料公開，我想一二十年內不可能有巨型的《艾略特傳》問世。

在一般人心目中，赫胥黎同艾略特、喬哀思、勞倫斯諸人比起來，在英國文學史上的地位好像要低一些，這實在是很冤枉的事。即是剛剛去世的福斯德（E. M. Forster），雖然作品不太多，好像在小說史上的地位也比赫胥黎高。（企鵝叢書《英國現代文學史》裡福斯德、吳爾芙都有專章討論，赫胥黎卻沒有）。艾略特、喬哀思作品難懂，早在二十年代初期就有人專心一意去研究他們，同時他們的文體、風格，的確新穎，對較他們年輕一輩的作家發生了巨大的影響。勞倫斯生前即是位一舉一動受人注意的人物，近二十年來李維斯（F. R. Leavis）一直在捧他，李氏在今日英國批評界占第一把交椅，徒子徒孫特別多（企鵝叢書七厚冊《英國文學史》，即是他們按照李維斯觀點編寫的），跟著都說勞倫斯偉大，認爲他是亨利・詹姆斯（H. James）後英國第一小說家。李維斯的小說評論，我是非常服膺的，但總覺得他把勞倫斯的地位捧得太高。

赫胥黎在二十年代、三十年代初期寫了幾部諷刺玩世的長篇小說，風靡一時，以後批評家大半也以小說家目之，覺得他的後期小說不對勁、不夠味。最近一期《耶魯季刊》（*Yale Review*）有一篇文章討論赫氏的後期小說，也是炒冷飯，並沒有提供什麼新見解。赫胥黎對寫小說當然不是不努力，他最後一部長篇《島》（*Island*）（一九六二），花了不少心血，但因爲他一本正經寫一個理想的烏托邦，觀點態度正和《美麗新世界》相反，報界反應不佳，使他很失望。其實赫胥黎與其說他是位小說家，還不如說他是位散文家。他是屬於伏爾泰（Voltaire）傳統比較著重理智的「文人」（Man of Letters），一種興趣無所不包的文人，小說僅是他表達自己意見，自己對宇宙、人生各種問題看法的文藝形式的一種而已。比赫胥黎較早同一類型的英國文人有王爾德（O. Wilde）、蔡司透登（G. K. Chesterton）、蕭伯納（B. Shaw）等，這些人腦筋敏疾，文章寫得清楚有條理，根本用不到批評家加註，結果在文學史上的地位都比較吃虧。赫胥黎比王、蔡、蕭諸人更聰明，寫完《美麗新世界》（一九三二）後，人生態度更嚴肅，不論寫小說、散文，完全以一個求智者的姿態出現，因此對東方的宗教、哲學也大感興趣，反使早年擁護他的讀者對他不滿，認爲他出賣了早年的自己。但我想眞正了解赫胥黎的人，一定都應該覺得他的後期作品更有價値，更富有智慧，更顯出他整個成就的偉大。

赫胥黎早年的長篇小說，我已多年未重讀，想仍能保持它們在文學史上一定的地位。他的散文、短篇小說，沒有一篇不是精品，假如我們說赫胥黎是二十世紀英美文學史上最重要的散文家，也不算是過譽，他晚年重印的兩本《短篇小說集》、《散文集》（可惜後者只能算是選集，遺漏太多），希望在台北有人盜印，以便多引起讀者的注意。赫胥黎家學淵源，天分特高，對各項文藝科學都做了深入的研究。在許多文章裡，他討論繪畫、音樂、文學，都表現出超人一等的悟會。他對人類在體德智三育方面的進步可能性特別感到有興趣。他雖然博覽羣書，覺得僅憑理智所得來的知識是不夠的，晚年讀了不少東西聖賢、神祕哲學家的著作語錄，以求悟到眞理。最後他憑藥物的幫助，體會到一些神祕的境界。他也是二十世紀文豪中最早注意到人口激增、人類環境惡化的大問題的一位。目前在美國，吃迷藥和改善人類環境兩件事，大大引起年輕人的興趣，可惜他們缺少赫胥黎虛心求智、悲天憫人的精神，吃藥徒求刺激，改善環境反變成了政治性的口號。赫胥黎寫過兩部極精彩的傳說：《神父約瑟》（*Grey Eminerce*，一九四一）、《盧頓的魔鬼》（*The Devils of Loudun*，一九五一）。後者可說是他的傑作，刻畫畸形的宗教經驗，入木三分，比當代任何心理小說更饒興趣、更揭露了人生的眞相。

先兄濟安曾在柏克萊聽過赫胥黎一次演講，他講話慢呑呑，沒有他文章漂亮。朋友間赫迷不多，宋淇是一位，但他當年愛讀的是赫氏早期作品，不知道他對他晚期作品是不是同樣感興趣。金溟若故世已一月多了，悼傷之餘我重讀了他的文章，其中一篇討論《源氏物語》的〈日本古典文學的國際進出〉（載《自己話、大家話》），給我的感觸最多。金先生是翻譯《源氏物語》最理想的人選，他自己也久有此意，想不到剛退休即作古，此願未酬。該文中金先生提到兩本赫胥黎的小說《幾經炎夏日鳥死焉》（*After Many A Summer*，美國本標題爲 *After Many A Summer Dies the Swan*，一九三九）和《時乎停歟》（*Time Must Have A Stop*，一九四一），並討論到書中的情節，想來金先生一定讀過這兩本書的〔二書標題典出丁尼生（A. L. Tennyson）、莎士比亞，金先生譯筆何等典雅〕。金先生是日本留學生，五四時代的人物，比較偏愛日本文學和歐洲文學。想不到他對英美文學也這樣有研究，連這兩本比較冷門的赫胥黎小說也讀過了。今年二三月間我同金先生相敘四五次，但因爲當時不曉得他也是赫迷，竟沒有談到我們心愛的作家，回想起來，這也是我終生遺憾之一。

原載一九七〇年八月二十八至二十九日〈中國時報・人間〉

文學雜談

一

去年十一月龐德（Ezra Pound）逝世後，在國內雜誌上已看到些介紹性的紀念文章。我對龐德一直沒有下過研究工夫，實在因爲自己對拉丁系的古今語言修養太差，讀他的詩太吃力，同時他的爲人、思想也有討人厭的地方。當今龐德權威休・肯納（Hugh Kenner），是我耶魯先後同學，他的第一本書《龐德詩概論》（*The Poetry of Ezra Pound*），二十多年前剛出版我就讀了，但並沒有增加我對龐德佩服的程度。最近肯納又出版的一本題名《龐德時代》（*The Pound Era*）的書，尚無機會閱讀，但總覺得，憑寫作成就而言，龐德實在管領不了英美二十世紀初期的「風騷」。曾被龐德提攜過或受過他的影響的，如艾略特、葉慈、喬哀思，一個個都比他強。三四年前，在《南方季刊》（*The Southern Review*）上見到一篇極重要的龐德晚年寫照。作者爲了要研究龐德，住在義大利，同龐德締結了較深的私交，不時造府請益。有一次講起他那部連寫幾十年的長詩 *The Cantos*，龐德自歎：「我把它寫糟了。」（I botched it.）當時讀後，頗有「大快人心」之感，至少像我這樣多少年來一直未被龐德吸引的人，覺得今生不細讀 *The Cantos*，也無愧於心了。

二

威爾遜（Edmund Wilson），比龐德早半年去世，好像國內還沒有人撰文紀念他。威爾遜享壽七十七歲，多少年來一直是美國文壇祭酒，尤其受到紐約文藝界所謂 Liberal Establishment 的愛戴。他三十年代的成名作 *Axel's Castle*，評介歐美現代派的諸大家，艾略特、葉慈、喬哀思、普魯斯特、梵樂希，傳誦一時，因為文筆淺顯，至今還是一本最好的「入門書」。但威爾遜雖然對這幾位的才情非常欽佩，對他們的思想或者所謂意識形態不免抱著保留的態度。威爾遜代表美國三十年代很多知識分子的矛盾：一方面崇仰象徵派的現代藝術，一方面是所謂「開明派」（liberal），對社會主義不無憧憬。表現這種矛盾最具悲劇性的人物要算是哈佛教授麥西生（F. O. Matthiessen），他早年以《艾略特之成就》（*The Achievement of T.S. Eliot*）一書著名，後來是亨利・詹姆斯（H. James）專家，還寫過一本扛鼎巨著《美國的文藝復興》（*American Renaissance*），討論美國十九世紀諸大家。但同時他是共產黨的同路人，在反共參議員麥卡錫（J. McCarthy）得勢時期，人變得非常悲觀，竟自殺以求解脫。威爾遜晚年人也變得極端，對美國的一切制度政策都抱反對態度，但同時閉門讀書，著述甚勤，其中可能以反戰態度寫的那本美國內戰時期的文學研究 *Patriotic Gore* 分量最重。

威爾遜也寫些詩、小說，和不少表達個人意見的雜感、散文。一九四六至一九四七年我在北大教書時，他的小說集 *Memoirs of Hecate County* 剛出版，此書因為有不少色情描寫，曾一度在美國禁銷，而更加轟動。我有一位同事買到了一本，當時大家搶著看，以目前眼光看來，那些描寫當然是平淡無奇的。這些小說，現在已不大有人提起，據我當時的印象，不少是自傳性的，對威爾遜生平的研究，應有些幫助。

人到三四十歲，再學外國語文，總是吃力不討好的事。威爾遜已成大名後，因爲要研究俄國文學與歷史，再自修學俄文，我認爲是件了不起的事。他在 *The Triple Thinkers*（一九三八）論文集有一篇論普式庚（A. Pushkin）的長文，很膾炙人口，可能那時已把俄文學通了。一九四〇年他出版了巨著《到芬蘭車站去》（*To the Finland Station*），從十九世紀早期法國大史學家密許萊（J. Michelet）一直講到列寧（Lenin）、托洛斯基（L. Trotsky），文章夾議夾敘，專講歐洲革命傳統的興起，直講到十月革命的前夕。一般人心目中這本是威爾遜最重要的著作，他故世後，書局即把該書重版，當時紐約報章都以極多的篇幅，當它作新書重評，這在美國出版界是罕見的現象。威爾遜同美國三十年代很多知識分子一樣，覺得史大林（J. Stalin）是暴君，把共產主義的理想改得面目全非，而列寧、托洛斯基卻是值得人類崇拜的大英雄。當年讀《到芬蘭車站去》，讀到列寧的早年生涯，的確很被感動，哥哥被沙皇政府絞殺後，才抱了決心去搞革命。後來讀了別的書籍才知道列寧兄弟手足之情，並沒有這樣深摯，威爾遜一心要把列寧寫成英雄，把他的人格寫得太理想化了。

二三十年來，美國的名批評家差不多都是大學教授，威爾遜可說是最顯著的例外。威爾遜大學畢業後，五十多年來一直賣文爲生，可說是二十世紀最重要的書評家。國內漸漸重視書評，《書評書目》的出版，《中外文學》上不少討論當代文學（某本書、某個人）的文學，都是可喜的現象，但我們還沒有威爾遜這樣精通近代文學，瀏覽各書（書評寫得愈多，自己現代文學的知識也愈豐富），判斷力可靠，落筆勤快而毫無書院氣的書評家。威爾遜去世後，英美文壇上占相等的地位的書評家，恐怕只有奧登（W. H. Auden）一人了[1]。奧登是大詩人，但英美情形也同國內相仿，詩不賣錢，他經常的收入是書評的稿費〔奧登除書評外，也寫涉及文學理論的文章，他最重要的文藝批評都已集入 *The Dyer's Hand*（一九六二）一書，該書奠定了他在當代批評界極高的地位。他近年的書評已集於剛出版的《前言與後語》（*Forewords and Afterwords*）〕。書評家沒有充分的時間去研究一個作家，他面對的問題，是一本新出的書的好壞；已成名作家的新書，批評還不難，一個新作家的第一本書，要評判它的好壞，實在是很難而應該愼重處理的事，因爲一言褒貶，可能影響他的整段前程。一九二三年，威爾遜初次在雜誌上看到海明威的文章，就覺得此人値得注意。海明威聽到消息後，就同他通信，前後送他兩種已在巴黎出版的小書。翌年十月，威爾遜在 *Dial* 雜誌上寫了篇美國發表的第一篇海明威的書評，第一句話就一針見血：「海明威先生的詩沒有什麼重要，但他的散文體卓越不凡。」這一句話，使文壇對這位毫無名氣的新作家刮目相視，使讀者正視他的特色，是何等的重要！海明威成大名後，捧他的文章、罵他的文章，可能他一篇也沒有看（因爲沒有必要），但他對這第一篇書評，我想是永生感激的。有時一個作家剛去世，書評家得在報章上寫一篇急就章式的蓋棺定論，這也不是容易的工作。一九三二年傳記家史決謙去世後，威爾遜寫了篇短論，重印只有五頁長。我因爲史氏的五六本著作，只有一篇沒有讀過，好奇重讀這篇短論，覺得字字公允，評得恰到好處，眞見工夫。當然二三流的作家，容易評得妥貼，而眞正大作家的無窮寶藏，不是書評家所能發掘的。但威爾遜從一九二〇到一九七二年評了不知多少書、多少作家，這是研究近五十年文學（美英占大多數，但也涉及歐洲國家）的第一手資料，事實上不知多少文學史家、批評家已借用過這些資料了。威爾遜一九二〇至一九五〇年的書評已集於 *Classics and Commercials*、*The Shores of Light* 兩書，有種紙面本選集叫 *A Literary Chronicle*（一九二〇至一九五〇），很容易買到。一九五〇至一九六五年的書評序跋已集於 *The Bit Between My Teeth*。一九六五年後的書評還沒有集起來，散見《紐約客》（*The New Yorker*）、*New York*

Review of Books 諸刊物。我看他最後一篇文章，是艾略特《荒原》（*The Waste Land*）原稿影印本的書評，評介得很精彩。（《荒原》原稿的發現是近年文壇的大事，好像國內還沒有人注意到）。公允的當代文學史，建立在公允的書評上，我希望國內多培養像威爾遜這樣的書評人才。

三

一個作家的地位當然不是一兩篇書評所能決定的。即是曾得到不少好評的優秀作家，因爲讀者趣味的變換，批評界不斷注意於剛興起的新作家，或者新的文藝潮流，而不可能兼顧到已成名、看來似乎過時的作家，這樣，這位作家漸漸有被遺忘的可能，除非有人爲他辯護，寫篇總檢討的專論，或者出本選集，把絕版的書重印，再度爭取讀者的注意。這種工作是永遠做不完的，因爲不論美國也好，台灣也好，批評界的注意力總集中於新書、新人（正像一般人只看新片子，舊片重映的機會較少），而把舊的忽略了、遺忘了。所謂經得起「時間」考驗並不是說隔了一段時期，早一個時期的作家自然而然會優劣立判。假如在這一個時期，沒有批評家去關心作家的優劣，讓每本書自生自滅，在銷路上比優劣，讓「普通讀者」去決定每本書的命運，這一段時期的文學史就等於是空白。決定一個作家地位的「時間」，事實上，是一兩位批評家或好多批評家，爲這位作家「說項」所加起來的成績。他們是「有心人」，覺得這位作家不受人重視，太不公平了，仗了義憤，說兩句公道話。

舉一個最顯著的例子。現在大家公認福克納（W. Faulkner）是美國第一次大戰後最偉大的小說家。但在二次大戰末期，他已差不多變成了被人遺忘的作家。一九四四那年，他已出版的十七種書——包括十一種長篇小說——皆已絕版，他的小說雖有識貨的人，但一般書評毀譽參半，製造不成氣候。當時有位有心人、批評家考萊（Malcolm Cowley），很多名作家都是他的朋友，但福克納隱居密西西比州，他卻不認識。他覺得有寫篇長文總論福克納，以引起文壇注意的必要。他自動和福克納通信，請問他有關身世和創作經驗上的各種問題。最後考萊決定爲福克納出本選集，把那篇論文當作序。這本選集 *The Portable Faulkner* 一九四六年出版後，文壇耳目爲之一新，另一個響應考萊的是小說家、大詩人華倫（Robert Penn Warren），同年寫了篇福克納的論文。從此奠定了福克納今日的地位。福克納這樣一位才高多產的作家，遲早會有人發現的，但假如考萊不自告奮勇做寫序編書的工作，可能還要遲上好幾年。福克納晚年拿到諾貝爾獎金，被公認爲大作家，對他說來也可抵償早年的未受重視。考萊不能算是第一流的批評家，但卻是建立福克納聲譽的「大功臣」。

去年水晶託我寫篇《張愛玲的小說藝術》序，曾刊《中國時報》。書最近出版了，林柏燕先生對我那篇序大起反感，在《中華日報》（四月一至二日）上刊了篇〈從張愛玲的小說看作家地位的論定〉的文章，主要意思是張愛玲還活在人世，斷定她的作家地位還太早，一些所謂「建立張愛玲聲譽的功臣」所寫的文章，事實上也無非是「捧捧自己的朋友」的一種變相。林先生對作家的態度相當殘忍，他舉的三個例：李賀、曹雪芹、梅爾維爾（H. Melville），都是生前不得意，甚至潦倒半世，死後才成大名的。假如生前就有人「捧」他們，使他們名利雙收，甚至命活得長一些，多留給世人一些著作，或者把一部未完成的長篇寫完，照林先生看來，他們的作家身分就要打折扣，算不得清高了。事實上，韓愈很早就賞識了李賀的才華，曹雪芹、梅爾維爾至少各有一位知己文友，脂硯齋和霍桑（N. Hawthorne），鼓勵他們創作，給他們寂寞的創作生涯一些必要的安慰。李賀幸虧有韓愈「捧」他，因爲韓愈在當時文壇有極高的地位，他圈子裡的人都聽到了李賀的詩名。否則，李賀死得這樣早，他的遺稿絕大可能早已失傳，也無所謂「時間」的「考驗」了。

我在上海時，曾在一個茶話會上聽過張愛玲一次談話，當時我大學剛畢業，同她寒暄兩句，根本談不上絲毫一點關係。後來我寫《中國現代小說史》，發現所有的文學史上從沒有提到張愛玲的名字，而她的成就這樣卓越，非得寫進一章不可，而且肯定她是「五四以來最優秀的作家」。林柏燕先生認爲這種「肯定」是一種「偏愛」，這無所謂；但我絕無意「捧場」，在寫「張愛玲」這一章時（分譯〈張愛玲的短篇小說〉和〈評《秧歌》〉兩文，先在《文學雜誌》上發表），我力求客觀，正因爲我考慮到五四以來任何重要作家的優點、特點，才敢說她是五四以來最優秀的作家。理由是，如我在《小說藝術》序上說的，他們「在文字上、在意象的運用上、在人生觀察透徹和深刻方面，實在都不能同張愛玲相比」。

林先生不同意我的話，這是他做讀者應有的特權，文學批評本是許多有心人連綿不斷的「對話」（dialogue），以求眞理愈辯愈明。我寫「張愛玲」章時，她剛出版了《秧歌》和《赤地之戀》，覺得她才華眞旺。但她移居美國十八年來，改寫了一部長篇《半生緣》，重寫了一部中篇（我覺得《怨女》不如《金鎖記》），創作欲顯然衰退，這是很可憾惜的事。假如她以後不再創作，她在中國文學史上的重要性，當然打折扣，所以我在《小說藝術》序提到了「氣魄和創作力持久性」的問題。但至少我一九五七年發表那兩篇張愛玲論文後，國人才正視她的成就；《中國現代小說史》一九六一年出版後，國外學人才對她加以注意，因爲這以前，以嚴肅的態度檢討她作品的人還沒有過。假如林先生派定我是「建立張愛玲聲譽的功臣」，我將引以爲傲，因爲我這「功臣」之「功」，也是改寫中國文學史之功。

林先生舉幾個外國作家的名字，來證明張愛玲不夠偉大：「除非張愛玲能像海明威、狄更斯（C. Dickens）、芥川龍之介那樣眞是卓越，不然二三者的一味標榜，也無非是『捧捧自己的朋友』的一種變相。」張愛玲當然不能同狄更斯相比，正像她不能同亨利．詹姆斯相比一樣，這問題我在《小說藝術》序裡已提過。這並不是說張愛玲的個別作品不夠「卓越」，而是狄、詹兩大家作品太豐富了，他們的氣魄太偉大了，狄氏創造了這樣許多生動的人物，更是二十世紀任何小說家望塵莫及的。但芥川龍之介作品並不比張愛玲多，好像他沒有寫過長篇。我只讀過他短篇小說的英文譯本，覺得他改寫日本傳說，另有一功，顯然受了果戈理（N. Gogol）的影響，也可能受了愛倫．坡（E. A. Poe）的影響，他能看到人世間的「怪」（absurdity）。他在日本文學史的地位，應該同魯迅在我國文學史上的相仿：二人都是短篇小說的創新人，都受俄國影響，作品都有些怪味，寫出人生的孤寂和荒謬。但就小說藝術的卓越而言，魯迅不如張愛玲，雖然芥川的作品我未讀原文，讀得也不多，不敢遽下結論。同許多國人一樣，林先生震於海明威的盛名，認為他一定要比張愛玲強得多，其實這是錯覺，也是國人自卑感的表現。海明威剛上文壇，他那種文法鬆懈、逼近口語的單調文體（即上文威爾遜所肯定的文體），的確一新世人耳目，但寫到老，還是這個文體，有些晚年拙劣的作品，簡直是自我諷嘲（self-parody）。張愛玲、余光中都譯過《老人與海》，這並不是說這兩位中國作家甘拜下風，實在是因為中國作家生活清苦，不得不拿些美國文化機構的津貼，譯幾本書。就文體而言，三人雖各有獨特的風格，張愛玲、余光中都比海明威強（余光中是當代最有獨創性、最多采多姿的散文家，將來再撰文論之），不像海明威那樣的一清如水，多讀了沒有餘味。海明威「男人沒有女人」的世界，嚴格說來，當然無法同張愛玲以女人為主的世界相比的。但張愛玲的世界複雜、細緻得多了，也比海明威的可怕，不論是封建社會的可怕，還是共黨暴政的可怕。林柏燕先生好像不喜歡《秧歌》，希望他能把它細心重讀一遍，再把它同海明威的任何長、中篇相比，海明威哪裡能達到《秧歌》這種震撼人心的悲劇境界？

四

美國大批評家溫脫斯（Yvor Winters）一九六八年患癌症逝世，享壽六十七歲，好像國內還沒有人介紹過他。他多少年來一直是史丹福大學的名教授，也是名詩人。他一生不賣葉慈、艾略特的帳，從不寫自由體的詩，從不借用自己未加整理的聯想來寫別人看不懂的詩。溫脫斯的批評我同李維斯（F. R. Leavis）的一樣愛讀，雖然李維斯（已七十八歲了）今日的聲望比他高得多。二人都有極強的道德感，可說是Moral critics，但溫脫斯比李維斯更著重理智，著重邏輯，認為一首好詩必有一個中心思想，而這個主題的發揮，必定有理可循，不是隨便抓幾個意象湊起來了事的。寫詩必要講究節奏，講究meter，一個詩人，假如沒有下工夫習寫traditional meters的時候，一開頭就寫「自由體詩」、「現代詩」，他的詩一定寫不好的，正像一個畫家（這是我自造的例子）從未寫過寫生，一開始就學抽象的畫法，他的畫是永遠畫不好的。不久前我注意到了當年余光中同所謂現代派詩人的筆戰，也讀了《中外文學》上有關「現代詩」論戰的文章，我覺得不少台灣詩人，假如沒有讀過溫脫斯，應該多讀讀他。他是「現代幼稚病」最好的一帖藥方，讀過他的詩評後，心裡總會多幾種考慮，不可能自鳴得意，信筆亂寫「現代詩」了。

溫脫斯的成名作是《原始與墮落》（Primitivism and Decadence，一九三七），討論美國惠特曼（W. Whitman）以來的新詩（experimental poetry），他認為大體可分為兩類，「原始派」〔例如比較「天眞」易讀的威廉士（W. C. Williams）〕和「墮落派」（例如懂得traditional meters而故意造作的龐德）。書中最著名的兩章是"The Experimental School in American Poetry: An Analytical Survey of Its

Structural Methods, Exclusive of Meter"和"The Influence of Meter on Poetic Convention"，前者論美國新詩各種結構，後者講節奏。一般「新批評」派的學人，討論一首詩，經常著重意象和意義，因為meter最不容易討論。我初到美國時，曾請益於詩人兼批評家蘭蓀（John Crowe Ransom），他說眞正懂得meter的詩評家，在美國只有他自己和溫脫斯兩人。我想這是眞話，雖然後來衛姆塞特（W. K. Wimsatt）同皮慈萊（M. C. Beardsley）這兩位不寫詩的文藝理論家曾寫過"The Concept of Meter: An Exercise in Abstraction"這篇極重要的論文（載衛氏 *Hateful Contraries*）。我國白話既不講究平仄，文字的音樂性全憑口語天然的節奏，如何去提煉這種節奏，詩人全無傳統的憑藉，實在是件很難能的事。

溫脫斯寫過本極重要研究美國十九世紀文學的書 *Maule's Curse*，也批評過現代的詩論（*The Anatomy of Nonsense*），但他一生潛心研究的是英文短詩（The Short Poem in English），英文短詩大半是抒情的，但也有說理的、諷刺的，所以他用「短詩」這個名稱。他晚年的傑作是 *Forms of Discovery*，討論的即是英文短詩，從十六世紀講起，一直講到當代的英美詩。這本書一九六七年出版，國內可能很少有人注意到。書裡全是他一生教詩、讀詩的心得，精彩特多。例如第四章論葉慈，結論是"Yeats was not a great poet, nor was he by a wide margin the best poet of our time...Yeats's power of self-assertion, his bardic assertion, has overwhelmed his readers thus far."很巧的，遲一兩年李維斯夫婦的新書 *Lectures in America* 裡，也有苛評葉慈的長論（李維斯自己寫的）。葉慈公認是現代英美文學最大詩人，至少是和艾略特分庭抗禮的兩大詩人之一。左派批評家不算，多少年來一直表示異議的，我知道的就只是溫脫斯、李維斯二人。但將來的文學史家會不會參考二人的意見，而去修正葉慈的「作家地位」，現在很難說。

五

「新批評」在美國業已式微，這是不可否認的事實。原因很多，最主要的是「新批評」的批評方法大家會用，一般英文系的年輕教授，爲求職業的保障，非寫文章不可，而用「新批評」方法分析一首詩、一部小說，是最容易的事，這類文章愈積愈多，大家看得煩了，連把「新批評」過去的成就也估計低了。一般大學生更進一步，對「批評」本身起了反感，讀書不求甚解，全憑自己主觀的判斷，認爲不需要「批評」的媒介。第二個原因，以紐約爲代表的大都市文化，以前還賣代表南方文化的作家、批評家的帳，現在大家鬧革命，講社會改革，覺得保守的南方已不再代表美國文明。事實上，紐約文壇早已被猶太人霸占，這些猶太人，全是「開明派」（liberals），認爲美國已不再是「黃蜂」（WASP＝White Anglo-Saxon Protestant）營營的世界，而已進入了「百蟲爭鳴」的階段，他們提倡猶太文學，也同情黑人，雖然黑人寫的像樣的作品還不多。我們可以說，二十年來最受紐約文壇重視的新文學，大都是猶太人的作品。前一兩個月，《紐約時報星期書評》把屈靈（Lionel Trilling）的新書《誠與真》（*Sincerity and Authenticity*）評在首頁，大加讚揚。而在這以前兩三個星期，該刊把勃羅克斯（Cleanth Brooks）出版已一兩年的文集 *A Shaping Joy* 和蘭蓀的舊文新集，請哥大現代文學教授、埃及人薩依德（Edward Said）作評，評文的位置極不顯著，薩依德對蘭蓀還客氣，因爲他年耄德高，不好意思罵他，而他把勃羅克斯冷嘲熱諷一番。勃氏是我當年的老師，我讀後非常生氣，勃氏自己看到了，當然也不好受。十年前勃氏論福克納的巨著 *William Faulkner: The Yoknapatawpha County* 出版，《紐約時報星期書評》也請了位「開明派」的普林斯登教授去罵它，書當然沒有被罵倒，但勃氏一氣之餘（這是我的猜度），向耶魯請假，到倫敦美國大使館去當了三年文化參事，換換新鮮空氣。

勃氏的 *A Shaping Joy* 當然比不上屈靈《誠與眞》的重要。後書研究一個專題，很有創見，屈靈也可算是猶太文化人間最保守的一位，也很看不慣美國青年只求自我的「眞實」而去推翻一切的態度。勃氏的新書集了近年論文和講稿，講稿寫得比較淺顯，但論文中論華滋華斯、《尤利西斯》（*Ulysses*），《荒原》以後的美國新詩幾篇，都值得一讀。但勃氏受薩依德攻擊，不僅是十多年來他在文學理論上沒有創見，而因他是南方文學的維護人，也可說是基督教西方文明的辯護人（這點當然在書評裡沒有明說）。

蘭蓀和勃羅克斯都是南方人，都是牧師的兒子，從小生長在農業社會，當然看不慣東部的工商業社會，也看不慣三十年代的左派文學和目前革命青年的叫囂。他們的同道都尊崇艾略特爲現代文學大師，不僅他的詩和批評有革命性的成就，而因爲他嚮往十六、十七世紀的英國文明，維護基督教文化。三十年代初期，艾略特到維吉尼亞大學去宣讀一套題名 *After Strange Gods* 的演講，可算是南方文學家和艾氏攜手合作象徵性的一件大事。艾氏在這套演講裡大談「傳統」、「正統」（Orthodoxy），大罵勞倫斯之類的「異端」，雖然也承認他們的文學天才或成就。早好幾年，蘭蓀、泰脫（Allen Tate）、但維生（Donald Davidson）等，已推動了一個維護南方農業社會的運動。文人搞社會運動當然是搞不好的，搞一陣子後，他們退守文化陣地，在他們的文章和刊物裡，主要用文學批評方式來維護西方文明，和讚揚那些在他們看來延續著西方文明眞精神的現代作家。

勃羅克斯和他的至友華倫，一九三五年都在路易斯安那州立大學教書，他們都是蘭蓀的學生，都到牛津去留過學，那時不過二十七八歲。他們那年創辦了《南方季刊》（*The Southern Review*），第一期除他們自己撰稿外，還拉到大名家福特（Ford Madox Ford）、赫胥黎、史蒂文斯（Wallace Stevens）

的稿子，著實震驚文壇。季刊一共辦了七年，可謂是「新批評」的基本大營，也是南方文學引起全國性注意、奪取美國文學正統的創舉。《南方季刊》停刊前後，蘭蓀自己在墾吟學院（地點不算在南部）創辦了《墾吟季刊》（*The Kenyon Review*），同時美國最老的純文學刊物，南方大學（University of the South）主辦的《西汪泥季刊》（*The Sewanee Review*），也改變政策，成爲新批評家和南方文學家的基地。我一九四八年到耶魯後，才看到整套《南方季刊》，眞覺得內容美不勝收。同時《墾吟季刊》、《西汪泥季刊》，每期出版，都搶先爭看，覺得人生樂事，莫過於此。

不少人以爲《墾吟季刊》的停刊（七八年前）象徵了「新批評」勢力之衰退。其實早幾年蘭蓀告老辭掉編職後，季刊的風格即有變動，而且文章（不論創作或批評）的水準顯然低落。但《西汪泥》照舊出版，出了不少紀念艾略特，慶祝蘭蓀、泰脫生日的專號[2]。一九六五年《南方季刊》復刊，更是值得一書的文藝界大事。該刊仍由路易斯安那大學出版，主編人是辛潑生（Lewis P. Simpson）和史丹福（Donald E. Stanford），仍可算是南方文學的大本營，和當年「新批評」精神之延續。該刊一創辦我就訂閱，國內朋友從不提到它，可能他們看不到，希望國內各大學都長期訂閱。該刊比早期的《南方季刊》多了些回憶、述舊的文章，畢竟當年的文壇健將，現在都垂垂老矣，或者已故世了，讀了這些，可知道不少文壇掌故。但批評、詩、小說水準都相當高。「新批評」老將勃羅克斯、華倫等仍照常撰文，兩三年來華倫寫了不少論特賴塞（Theodore Dreiser）、韋地亞（J. G. Whittier）的長文，看來他在寫本評論美國文學的大書（《特賴塞論》已單獨出書）。評文討論對象仍以那幾位「大師」——艾略特、葉慈、福克納、史蒂文斯等——爲主，但下一輩的南方作家，如已故的屋康那（Flannery O'Connor）、小說家潘西（Walker Percy）都受到注意。

六

約翰・柯伯・坡易斯（John Cowper Powys）的名字，對《中外文學》讀者來說，不會太熟悉。他生於一八七二年，卒於一九六三年，享壽九十歲。他是鄉村教區牧師的長子，母親是詩人威廉・柯伯（William Cowper）和約翰・鄧（J. Donne）的後裔。弟兄很多，其中有兩位，西屋杜（Theodore F.）和路益林（Llewelyn），生前皆有文名。西屋杜寫小說極用心，他的那本 *Mr. Weston's Good Wine*，極爲李維斯和 Scrutiny 派所稱道，當年文名似比長兄更響。約翰三十年代相當紅，後來沒沒無名，到死後才被批評界重新發現。年輕一輩批評家裡最博學最出色的史達納（George Steiner）在《文學與沉默》（*Language and Silence*，一九六七）這本書裡，好多處推崇他。有一處他說近代英文大文學家，不是愛爾蘭人，即是美國人：喬哀思、葉慈、蕭伯納（B. Shaw）、屋開西（S. O'Casey）、艾略特、海明威、福克納、費滋傑羅。英國本身顯然已不是英文文學創造的中心，同時期可與上列大作家相提並論僅只有哈代、約翰・柯伯・坡易斯與勞倫斯三人而已（Only Hardy, John Cowper Powys, and Lawrence can be compared to these major writers）。這對坡易斯來講，是了不起的推崇，也就是說，英國八九十年來，只有他和哈代、勞倫斯三人夠得上「大作家」的榮譽。

我大學畢業後，讀過坡易斯兩本書，對我自己的文學修養很有影響，現在知道他身價已非昔日可比，不禁爲之欣喜。我讀的第一本是《修身之意義》（*The Meaning of Culture*，一九三〇），跟著讀了他的《自傳》（*Autobiography*，一九三四），兩書文體皆很吸引人，後書文句長而 rugged，節奏極 complex，自成一體。兩書一再推崇坡易斯自己愛讀的書，荷馬（Homer）、拉勃萊（F. Rabelais）、冰島傳奇（Icelandic sagas），杜思妥也夫斯基、哈代、亨利・詹姆斯和桃樂賽・李察生（Dorothy M. Richardson）爲其尤著者。坡易斯的文字一定很有魔力，其中好幾種我眞的一本本去讀了。至少，冰島傳奇完全是聽了坡易斯的話去讀的，讀了《聶耳傳奇》（*Njals Saga*），當時就覺得《水滸傳》實在比不上它。我曾把哈代的詩劇 *The Dynasts* 讀得津津有味（此劇甚長，講拿破崙一生的征伐，直到滑鐵盧慘敗爲止），顯然也是受了坡易斯的影響。讀荷馬、杜思妥也夫斯基，當然用不著任何人推薦，但我同坡易斯一樣，終身偏愛此二人。這些作家中，只有李察生我一字未讀過，她專用意識流方法寫一個名叫密蓮姆（Miriam）女主角的小說，書一本一本寫下去，總題爲 *Pilgrimage*。兩三年前，此書重印出版，我也僅讀了書評。

當年我聽了坡易斯的話，讀了不少書，對他的 taste 這樣佩服，他自己的小說對我自然也是極大的引誘。可惜，要讀的書太多，至今一本也未讀，現在專攻中國文學，看來更沒有時間了。他最出名的小說有三種：*Wolf Solent*（一九二九），*A Glastonbury Romance*（一九三二）和 *Weymouth Sands*（原名 *Jobber Skald*，一九三五）。希望國內有人去研究他，並撰文介紹他，史達納的話不會沒有道理的。眞的，國內文學雜誌經常注意到的英美小說家，總逃不出我們熟知的幾位，評介比較冷門而重要的作家，我想是時候了。

一九七三年四月十六日完稿

原載台北《中外文學》二卷一期（一九七三年六月號）

註

①奧登，一九七三年九月病故於維也納，享壽六十六歲。

②蘭蓀，一九七四年七月病故，享壽八十六歲。

羅素與艾略特夫婦

人馬獸馳聘情場
相思樹枯萎荒原

去年暑假，我在哥大圖書館翻閱新出的一期《美國學人》季刊（*The American Scholar*，一九八三年夏季號），看到了一篇考證文章，〈羅素與艾略特夫婦〉（Bertrand Russell and the Eliots）。作者羅勃・貝爾（Robert H. Bell）探討三人之間的微妙關係，似頗有新見，即把該文影印一份，以供自己參考，也有意思寫篇趣味性的學術文章，把這段鮮有人知的掌故寫下來。那時候故友吳魯芹正在趕寫《文人相重》這本書，〈維吉尼亞・吳爾芙與凌叔華〉、〈亨利・詹姆斯與R.L.斯蒂文蓀〉諸篇已刊登報章。我想艾略特、羅素先後是一九四八、一九五〇年諾貝爾文學獎得主，對國人來說，名氣比詹姆斯、吳爾芙夫人還要大。即在五四時期，羅素已是名震華夏的西方大思想家，他同艾略特夫婦之間的關係，對我國讀者來說，也該是個極饒趣味的題目。

一九四二年大學畢業後，我即開始攻讀艾略特的詩和批評，近年來有關他生平的著作也看了不少。早在一九七三年，讀了羅勃・森科（Robert Sencourt）的《艾略特回憶錄》（*T. S. Eliot: A*

Memoir，紐約，一九七一）之後，艾氏夫婦與羅素不尋常的關係就逗起我的興趣了。我同羅素卻一直無緣，他那幾種數學、邏輯、哲學專著我當然看不懂，但他好多寫給一般讀者看的書（討論哲學、政治、社會、道德、世界前途各種大問題），我也僅看過一種。我對他不感興趣，可能也受了艾略特的影響①。但我既要寫他，至少也得翻閱他的《自傳》（*The Autobiography of Bertrand Russell*，共三冊，倫敦，一九六七至一九六九），朗納德・克拉克（Ronald W. Clark）那本厚達七百六十六頁的《羅素傳》（*The Life of Bertrand Russell*，紐約，一九七六）。看開頭了，我對羅素與艾略特夫婦過往最密切那段時期（一九一五至一九一九）大感興趣，連帶也把同時期英國文人的作品和傳記參閱了多種，有些是重溫，有些是新讀。看了不少書，我認為森科怕得罪羅素，故意含糊其辭，沒有把他同艾略特夫人的關係交代清楚，而貝爾教授更信任羅素一面之辭，把二人關係幾乎完全看錯了。本文雖同《文人相重》諸篇一樣，注重趣味，但對前人的研究成果，也做了必要的修正。

二

湯姆斯・艾略特（Thomas Stearns Eliot，一八八八至一九六五）的祖先很早從英國移民到新英格蘭，是道地的清教徒。到了十九世紀三十年代，家風有些改變，湯姆斯的祖父讀哈佛神學院，尚未畢業，即南下華府，隔幾年西遷聖路易，從事教育工作。一八五七年他創辦了華盛頓大學，至今還是聖路易的著名學府。湯姆斯讀哈佛大學本部的那三年（一九○六至一九○九），校長卻爾斯・艾略特（Charles W. Eliot）也正是與他祖父輩分相等的遠房親戚。這兩位校長都屬於比較開明、否定上帝三位一體的唯一神教會（Unitarian Church），同清教徒的傳統已較疏遠。偏偏湯姆斯身體裡流著極濃的清教徒血液，在哈佛那幾年（一九一〇年六月拿到碩士學位後，留學巴黎一年，重返哈佛研究院，一九一四年暑期去歐洲），我們只知道他交了一個女友，名叫愛蜜利・海爾（Emily Hale）。湯姆斯對她若即若離，未做進一步的表示。但二人通信數十年，直至一九五七年艾略特第二次結婚後，才同她斷絕來往。哈佛期寫的兩首名詩，〈一位高雅女士的畫像〉（Portrait of a Lady）和〈普羅佛洛克的戀歌〉（The Love Song of J. Alfred Prufrock），顯然都寫照了詩人自己面對異性（想追他的和他想追的），坐立不安、進退兩難、自怨自疚的那種狼狽之態。

艾略特在德國遊學了一下子，即憑獎學金去牛津大學進修哲學，寫博士論文。翌年（一九一五年）春天，他在牛津城裡交識了費文・海烏（Vivienne Haigh-Wood，一作 Vivienne Haigh Haigh-Wood，婚後若干年她把名字簡寫成 Vivien），比他大四個月。二人顯然一見鍾情，經常約會跳舞，六月二十六日即在倫敦一家市政府註冊處（registry office）結婚[2]。證婚人只有費文的兩位女友，雙方父母都未事前徵求同意。費文家世很好，父親是位畫家，擁有財富，不靠賣畫爲生。費文同她父母和弟弟摩立斯（Maurice），常去歐陸旅遊。

艾略特爲人一向穩重小心，愛上費文之後，行爲如此偷偷摸摸，實在很難解釋。很多人認爲，二人相互吸引，肉欲的因素最重要：艾略特一向壓抑自己，因之見到中意的女子，馬上就要結婚。費文有過失戀經驗，二十六七歲尚未嫁人，她想結婚，我們容易了解。但顯然二人相知不深，個性也完全不一樣，婚姻就不可能美滿。婚後，艾略特好多文友見到費文，都認爲她活潑（vivacious）輕浮而帶些神經質，話太多，除了對舞蹈有訓練外，其他文藝都談不上有多少修養。艾略特文質彬彬，並非個性開朗、感情洋溢之人。他的高深學問，亦非費文所能欣賞。他急需結婚，可能一時衝動；但他的性欲不強，有好多年，二人住在一起，卻無性生活可言，到那時候費文早已變成神經失常、歇斯底里的女人了。

費文家裡人，艾略特婚前一個也沒有見過。婚後相會，岳父岳母並不生氣，小舅對他感情更好，倒平安無事。艾略特父母知道他祕密同英國女子結婚，當然失望，父親更爲生氣，囑他回麻州別墅聽訓。艾略特八月乘船返美，新娘怕德國潛水艇，未同行，也很可能怕見公婆。艾略特論文寫好，即可拿哈佛博士學位，但那時候他已決定當詩人，回稟父母，拿到學位後，不想返美教書，要留在倫敦寫詩賣文爲生。祕密結婚，已很不對，媳婦不來拜見公婆，更不對；現在不孝的兒子，不想當教授，反要去幹那清苦的行業，生活一無保障——父親大發雷霆，就不再給他錢用。艾略特抱頭鼠竄而返，得不到父母諒解，連經濟援助也停止了，牛津的獎學金也早已滿期了。小夫妻住在倫敦，一貧如洗，身心交困。羅素仗義相助，不由得他們不感激。

二

蓓屈仁・羅素（Bertrand Russell，一八七二至一九七〇，一九三一年蔭襲伯爵之位），生於貴族世家，歐戰以前早已譽滿天下。一九〇三年他寫了一本《數學原理》（*Principles of Mathematics*）；一九一〇至一九一三年，他同劍橋恩師懷德海（Alfred North Whitehead，一八六一至一九四七）合寫一部《數學原理》（*Principia Mathematica*），更是煌煌巨著。一九一二年劍橋收了一位奧國來的猶太裔學生維特根史坦（Ludwig Wittgenstein，一八八九至一九五一），拜羅素爲師。他人也是絕頂聰明，其苦學好問的精神連羅素也感到吃不消。一堂課下來，師生二人舌辯數小時，有些問題羅素從未想到過。那時羅素給朋友寫信，講起這位怪傑，既讚揚又搖頭。懷德海、羅素、維特根史坦師生三代，年齡相差不大，都是頂尖兒的哲學家，各有千秋，爲現代正統哲學奠定了基礎。懷、羅二人建樹了「符號邏輯」（Symbolic logic）這門學問，維氏富於懷疑精神，更從事於「文字分析」（Linguistic analysis），從此正統哲學同文字分析結了不解之緣，反而忽視世道人心這些大問題了。這三個人，懷德海純粹是個智者（sage），維特根史坦甘於貧賤，不求名利，是位苦行僧，而羅素風流自賞，關心世事，繼承了十九世紀浪漫主義、自由主義的傳統。

在《自傳》前言裡，羅素開門見山，總結了他做人的宗旨：「三種單純而強烈得不由我不服從的情感支配了我的一生：渴望愛情、探索知識、關懷人類的痛苦而不能自堪。」這句話，說得多麼漂亮，但美國哲學家兼反共鬥士雪尼・霍克（Sidney Hook），在最近一篇書評裡，跟不少同行一樣，認爲羅素本人並沒有這樣崇高[3]。在數學、邏輯、純理智的哲學領域裡，羅素探索知識、追求眞理的精神當然是值得欽佩的。但所謂「渴望愛情」，其實是生活上少不了女人，少不了情欲的刺激。羅素稱得上是有史以來最風流的哲學家，先後四個太太，情婦何止四十個。不管他同某人相愛期間如何溫柔體貼，到分手的時候，總不免帶給她或多或少的痛苦。羅素誠然有愛人類的熱誠：爲了破除迷信，年輕時就公開表示不信上帝；爲了消除貧富不均，就提倡社會主義；爲了促進世界大同，就超越了狹隘的國家主義、民族主義而堅決反戰。但同大半自由主義者一樣，「人類」對他來說，還只是個抽象名詞，他並不把所有他日常接觸的人都包括在內。他憐憫人類，可並不憐憫即將被逼離婚的太太。他急於公義而骨子裡去不掉「私欲」——他盡可能爲社會、世界謀幸福，但他同樣重視，也可說更重視自己個人的幸福，不讓自己在愛情生活上吃一點虧。

照中國人的看法，羅素心胸裡燃著欲火，雖是舉世公認的大哲學家，實非聖賢。我並不喜歡羅素的爲人，政治思想也和他不同，但他的道德勇氣我認爲是值得欽佩的。早在維多利亞時代，教會勢力這樣大，只有羅素、蕭伯納這樣的大智大勇，才敢公開否定上帝。歐戰期間，也只有羅素、蕭伯納、勞倫斯等少數文人，膽敢公開反戰，大多數知識分子都支持英國政府，跟著醜化德國人爲匈奴（Huns）。一九一八年，羅素曾因反戰入獄，他在監獄裡照舊寫書，關了九十天，書也寫完了。

歐戰剛結束，羅素即跑到蘇聯去參觀，表示他對共產主義寄以厚望。但親眼看到了列寧的暴政，回國後即寫了一本書（*The Practice and Theory of Bolshevism*，一九一九），揭露共產主義的眞相，實在很有勇氣。同樣情形，二次大戰剛結束，羅素即看透了史大林奴役世界的野心，呼籲美國政府投原子彈於蘇聯國境，一反其平日和平共存的主張，也很了不起。

但好景不常，五十年代開始，羅素搖身一變，成爲自由世界解除核子武裝的代言人，一個積極活動分子，不時召集羣眾在英美兩國遊行示威，與警察衝突。而且他主張的是一面倒解除核子武裝（unilateral nuclear disarmament），蘇聯、中共加強核武裝，他卻不做抗議。我那時已來美國，不時在報章上看到那位白髮紅顏老「嬉痞」的形象，對他反感很深，也更無興趣讀他任何著作了（當然，我並不知道他曾是反蘇健將）。他榮獲諾貝爾獎那一年（一九五〇）已七十八歲，算得上是老糊塗了。但他還有二十年好活，生命力實在旺盛。

生命力愈旺盛，通常說來，性欲也愈強烈。歌德（J. W. Goethe）一生戀愛了不知多少次，活到八十三歲，在十九世紀初期，也可算是古稀之年了。羅素活到九十八歲，畢卡索（P. Picasso）也好女色，享壽九十二歲。那位天分不太高而以淫穢小說馳名於世的亨利・米勒（Henry Miller，一八八一至一九七三），九十二歲才壽終正寢。羅素對待女人，雖沒有歌德這樣癡情，卻也沒有畢卡索、米勒這樣粗俗。大體說來，他屬於浪漫傳統，寫起情書來，熱情洋溢，不由對方不動心。但人很厲害，一旦發覺在太太或女友身上得不到愛情的眞趣了，就去另找對象，但同時他也有本領同好幾位女友維持親密關係。

受他傷害最深的是他第一任太太阿麗絲（Alys Pearsall Smith）。皮色爾・史密斯家是移民英國的美國望族，阿麗絲的哥哥 Logan Perasall Smith 和姊夫 Bernard Berenson 都是文藝界名流。雖然文化背景不同，羅素與阿麗絲一八九四年婚後，一向平安無事。一九〇一年有一天，羅素在鄉村小路上乘著自行車，忽然悟到他已不愛阿麗絲了。回家即如實直告她，而且當夜即同她分床睡。明知她是賢妻良母，羅素待她如此辣手，而且不給她一點委曲求全、重拾舊歡的希望。羅素《自傳》寫這段「頓悟」經驗（上冊，頁一四七至一四八），文筆再好，也不能自圓其說，掩蓋他的自私。經克拉克的考證，原來那時羅素愛上了懷德海的夫人伊芙林（Evelyn），才這樣硬下心腸來，棄髮妻如糞土。後來羅素誘騙費文，也不顧艾略特曾是他的學生，一九一四年春季在哈佛研究院上過他一門課。羅素上欺老師，下侮學生，照中國人的傳統看法，其人品可為下流之尤了。

三

阿麗絲一九二一年才同羅素離婚，但一九一一年二人正式分居之後，大哲學家恢復其自由身，即到處風流。關係同他維持得最久而且到老還稱得上是他摯友的情婦乃烏托蘭・摩萊爾夫人（Lady Ottoline Morrell）。此人原姓 Cavendish-Bentinck，乃英國王家的親戚，有一兄弟（half-brother）貴為波特蘭公爵（The Duke of Portland）。夫婿費利浦（Philip Morrell）係國會議員，也非常有錢。烏托蘭婚後，即廣交文友，搖身變為倫敦文藝沙龍女王。她家住百花區（Bloomsbury），同百花團文藝團員過往最密[4]；任何團員〔吳爾芙夫婦、史決謙、凱恩斯（Maynard Keynes）等〕的傳記沒有不提到烏托蘭的。百花團的男士們也都是劍橋出身，他們深受劍橋另一哲學教授摩爾（G. E. Moore）的影響，講究友誼，鄙視世俗道德，強調生活上美的情趣。羅素比他們年長十幾歲，他們服膺摩爾，不免有些妒忌；對他們有些人〔史決謙、凱恩斯、福斯德（E. M. Forster）〕的同性戀作風，也有些看不慣。但羅素是烏托蘭夫人的老相好（一九一一年開始相愛），因此每有宴會必到，同百花團這夥人搞得很熟。可是羅素還有別的女友，實在應接不暇。一九一五年秋，摩萊爾夫婦遷居牛津附近的嘉辛頓大宅（Garsington Manor）後，羅素才透了口氣，每周拜訪一次大宅就夠了，可有充分時間同其他女友來往。他同烏托蘭通信甚勤，我們也藉以知道大哲學家歐戰那幾年的浪漫行徑。

烏托蘭搬進那幢伊莉沙白時代的古宅前，即把它修飾一新。添置的家具擺設以及花園裡養著的孔雀，都配合著她自己身上穿的妖豔服裝。嘉辛頓大宅房間多，周末客人都可以在那裡過夜，因之客人來得愈多，住得愈久，烏托蘭沙龍女主人的名望也愈大。百花團的邊緣人物——勞倫斯、墨瑞（J. Middleton Murry）、曼殊斐兒（Katherine Mansfield）、阿爾多斯・赫胥黎（Aldous Huxley）——也都是摩府常客；艾略特婚後也帶費文去過。一九一五年赫胥黎還在牛津讀書，愛上了寄居嘉辛頓的比利時女郎瑪利亞・尼斯（Maria Nys），日後同她締結良緣。他的哥哥裘利安（Julian）愛上了烏托蘭女兒的保母，瑞士女郎朱麗葉・貝育（Juliette Baillot），婚後二人白首偕老。烏托蘭自己鼻子太長，一點也不漂亮，但她的周末集會裡總有幾位青春少女點綴場面，嘉辛頓大宅裡發生的風流韻事眞不知有多少。

四

嘉辛頓的文人集會，現成是小說家的材料，勞倫斯第一個就把這夥人寫進了《有女懷春》（*Women in Love*，一九二〇年美國版，一九二一年英國初版）這部經典小說。書裡兩對男女主角其實就是勞倫斯夫婦、墨瑞、曼殊斐兒四人。烏托蘭改姓換名變成了赫迷溫妮・若迭絲（Hermione Roddice），此女尚未婚，與其兄弟亞歷山大（也是國會議員）同住一幢大宅。第八章專寫大宅集會，非常精彩。若迭絲對卜金（Rupert Birkin，即勞倫斯自己）頗有意思，卜金對她似理不理，陰陽怪氣，她氣極了。那天下午，趁其不防，她手握鎮紙寶石，用全力打他的腦袋，眞欲置之於死地。勞倫斯寫此類想鎭服男人的女人，實在沒有話講。

羅素是烏托蘭家裡的常客，第八章當然也有他。勞倫斯巧妙地改稱之爲麥西生爵士（Sir Joshua Mattheson）[5]，「一位博學、乏情的從男爵。此人老是口吐妙語，自己先哈哈大笑，笑聲刺耳如馬嘶。」「他的神經如此堅韌，可說已毫無感覺了。」古菊仁（Gudrun，曼殊斐兒）還是初會麥西生，對她姊姊說道：「眞的，烏素拉（Ursula），此人屬於太古時代，那時地面上爬滿了巨大蜥蜴。」[6]不止一位小說家把羅素比成巨大的蜥蜴。

赫胥黎第一部長篇小說《克羅穆莊園》（*Crome Yellow*，一九二一），專寫嘉辛頓大宅這夥人。烏托蘭即莊園女主人，迷信於占星學的溫布虛太太（Priscilla Wimbush）。史各根先生（Mr. Scogan，羅素）當然是她家裡的常客。此人形似上古時代的飛行蜥蜴，鷹嘴鼻，雙眸靈活一如知更雀的眼睛，但臉上乾皺的皮膚呈鱗狀，雙手好像是鱷魚的前腳。《克羅穆莊園》是部談話小說，史各根先生意見很多，表露的學問當然不壞，但其爲人總給克羅穆莊園有些客人一點陰險、邪惡（sinister）的感覺[7]。

到了一九五五年，赫胥黎又把羅素寫進小說裡去；且硬把當年的勞倫斯夫人（Frieda Lawrence）同他匹配成老夫少妻。小說（只能算是中篇）題稱《天才與女神》（*The Genius and the Goddess*）。十九歲的「女神」凱蒂（Katy）初會「天才」科學家馬香斯（Henry Maartens），但見他「一鉤鷹鼻，淡色的眼睛像是長在暹羅貓臉上的；此人酷似畫像裡的巴斯噶（Pascal），但笑的時候，其聲宏大如一噸焦炭（coke），隨一條滑運道（chute）直瀉而下。」[8]小說主角對他上司馬香斯的終結評語是：此人做學問誠是「天才」（genius），處世待人卻是個「笨伯」（half-wit）。他對房中事，樂此不疲，是個不懈不怠的做愛老手（an indefatigable lover），永遠饑渴的色狼（a hungry lover），同時他依賴女性，卻猶似尚未離開母體的胎兒（fetus）[9]。赫胥黎把晚年的羅素比作「胎兒」，顯然已不覺得他「陰險」了。馬香斯是位待在實驗室裡的純科學家，連日常事務也辦不來，這點當然不像羅素。「天才」和「色狼」這兩個稱呼，羅素從青年時代到暮年，都當之無愧。

很巧，早在一九一五年艾略特也寫了一首影射羅素的詩，題名〈阿波里奈克斯先生〉（Mr. Apollinax）。一九一四年十月，艾略特同羅素在倫敦大街上碰到過一次。一九一五年婚後兩星期，艾略特偕同新娘請老師吃飯，之後三人就一直來往。《阿波里奈克斯先生》想來是艾略特婚後寫的，但詩裡回憶的卻是一九一四年春季訪問哈佛期間的羅素教授。勞倫斯、赫胥黎都強調羅素的大聲怪笑，艾略特也如此，寫他在上流仕女、教授夫人的茶會上笑聲不絕，大發怪論。赫胥黎兩次三番描寫他的鼻子、眼睛，艾略特卻看到了他「尖尖的耳朵」（his pointed ears）。勞、赫二氏都把羅素比成上古時代的蜥蜴，艾略特更把他比成希臘神話裡的神、魔以及半人半馬的怪獸（centaur），「理智」和「邪惡」、「天才」與「色狼」的對比也就更爲形象化。很湊巧，「胎兒」一詞也在詩裡出現。赫胥黎寫《天才與女神》時，一定想起了艾略特這首詩。

我不善譯詩，杜國清教授譯過〈阿波里奈克斯先生〉這首詩，連把英文註釋也譯了，曾發表於《現代文學》。我很感謝國清弟，特把他的譯本抄錄寄我，給我不少方便。按照中譯註解：阿波里奈克斯是「詩人自撰的名字，影射希臘神話中天上的太陽神阿波羅（Apollo）與地下惡魔阿波倫（Apollyon）兩者。阿波羅是詩歌和音樂之神，是文化的象徵，代表創造；阿波倫是無底坑的魔王，代表破壞。」全詩譯文大半抄錄如下：

當阿波里奈克斯先生訪問合眾國時，
他的笑聲在茶杯間玎玲噹啷地響。
……
在菲拉可絲夫人的公館，在羌寧豹教授家，
他笑得像個沒有責任感的胎兒。
他的笑是潛水的，深不知底
像那海底老人的一樣
隱藏在珊瑚島底下
……

我尋找在椅子底下滾動的阿波里奈克斯先生的頭。
或者在屏風上面露齒而笑
頭髮纏著海草。
我聽見了人馬獸的腳蹄在硬草地上的踏響，
當他那乾烈而熱情的談論吞沒了下午。
「他是個吸引人的人」——「可是到底他說的是什麼意思？」
「他那尖尖的耳朵……他一定有哪兒不平衡吧？」——
「他說的一句話我本來想反駁的。」
關於富孀菲拉可絲夫人，以及羌寧豹教授夫婦：
我記得一片檸檬，和一塊咬過的杏仁餅乾。

阿波里奈克斯的笑聲，按照國清所譯的註解，「代表知性方面的脫俗、反常、乖戾，甚至荒謬，以及行為上的放蕩不羈、精力旺盛的放縱、原始粗暴的舉止。」那些教授、貴婦們聽到了，掩耳莫及，不知所措。此詩主要諷刺他們所代表的那種空洞、無聊、貧乏而蒼白的文明，羅素這樣的人馬獸，帶給他們一種威脅，反可說是全詩的正面英雄。但艾略特明知羅素是個專與山林仙女們胡搞的「人馬獸」——到了晚年，畢卡索愛畫此被仙女包圍著的人馬獸、馬尾人（satyrs）以自況——怎麼會放心讓羅素對他的新婚夫人大獻殷勤而不起疑竇呢？老師為人誠然很慷慨，也有意濟助窮學生，但艾略特真看不出他的用心何在嗎？

五

詳敘羅素對艾略特夫婦大表友善之前，我們還得介紹他的另一位女友海倫・杜德莉（Helen Dudley）。

一九一四年春季講學結束，羅素即離開哈佛，訪遊美國其他都市。他早已在牛津交識了美國女郎海倫，留居芝加哥期間，即住在海倫父母家裡，甜言蜜語把她騙住了。羅素返英不久，海倫也乘船追到倫敦，想來有意同他結婚的。美國留居半年，羅素對其老相好烏托蘭熱情稍微冷卻，海倫送上門來，他當然高興，憑他「渴望愛情」的宗旨，同她相愛。但到了一九一五年秋天，海倫已不夠刺激，雖然照常敷衍，事實上他在另找對象。一九一八年一封信上，羅素對烏托蘭直言，人都是自私的，骨子裡他自己需要的即是刺激（stimulus）。有了愛情的刺激，他的腦筋就靈活，也就精神百倍。「我想我變成了吸血鬼（vampire），原因在此。」羅素同烏托蘭一向無話不談，只瞞掉些他同其他女友交往的緊要關節，免得她生氣。這次信上他自承爲吸血鬼，倒很有勇氣（他可能讀過一八九四年出版後一直流行的吸血鬼小說 *Dracula*，此鬼生前也是伯爵。小說第一次拍成有聲片，中譯片名爲《殭屍》）。

到了三四十年代，艾略特早已同羅素齊名，而且在文藝界威望更高。在《自傳》裡，羅素也樂於稱他爲好學生，表示自己識才。但當年艾略特僅上了羅素一門課，師生關係並不太深。艾略特信奉唯心論，博士論文寫了唯心論大師勃雷德萊（F. H. Bradley，一八四六至一九二四）；羅素屬於新興的唯實論（New Realist）派，二人的哲學系統也不一樣。一九一四年十月兩人在倫敦街上重逢，羅素正在搞反戰運動，艾略特無意支持，不免讓老師失望。二人也就沒有來往（艾略特當時沒沒無名，羅素公私皆忙，地位懸殊，當然也沒有必要來往）。翌年婚後兩星期，艾略特請老師吃飯，倒有意聯絡他。事後，羅素即寫信給烏托蘭，報告這對新婚夫婦給他的印象：

他如此神祕，我原以爲她一定很醜，但她長相倒不壞。她體態輕盈（light，也可解作「輕佻」），帶點俗氣，adventurous（指「人生道路上，毫不畏縮，愛好新經驗」之意），很有精神。我記得他說過她是個藝術家，但我總覺得她應該是個女演員。他斯斯文文，也顯得無精打彩。她說她跟他結婚原想刺激（stimulate）他，可是激之勵之，他還是老樣子。他娶她，顯然要找刺激。我想不待好久，她就會討厭他，覺得他無味。因爲怕潛水艇，她不肯到美國去見他家裡人。婚姻如此，他覺得丟臉（ashamed）；如有人待她好，照顧她，他會由衷感激的（very grateful if one is kind to her）。

羅素寫信給烏托蘭，總把新交識的女性寫得醜一點、壞一點，讓老相好放心。他認爲費文長相不壞，而且還有其他特點"light, a little vulgar, adventurous, full of life"，當然表示相當喜歡她。下一封信提起費文，他就對烏托蘭說：「我是愈來愈喜歡艾略特太太了，當然對她毫無『邪念』（not in an "improper" manner）。」表示友誼已推進一步了。雖然那年秋天，羅素也寫信告訴烏托蘭，對二人的婚姻比較樂觀[10]，他同費文初會，即能看出她對丈夫不滿，丈夫也認爲娶她「丟臉」，二人婚姻已有裂痕，實在表示他看人看事很厲害，簡直有些可怕（sinister）。

當然，羅素自己喜用「刺激」（stimulate, stimulus）這個字眼，那晚在餐廳裡，很可能他就問了艾略特夫婦，你們新婚的生活夠不夠「刺激」？費文也就順著他，開玩笑地說，湯姆娶我原要找刺激，可是他是書呆子，我簡直沒有辦法給他什麼刺激。羅素聽了此話，正中下懷，也就信以爲眞。他自己正在找女友，二人婚姻既不太愜意，大有機可乘，也就相信艾略特滿不在乎有人去看她、對她表示友善了。艾略特赴美省親的兩三個星期，羅素同費文會不會常有約會，我們沒有證據。但我想這是極可能的事：學生出遠門，老師更有理由去照顧他太太了。

艾略特回來後，羅素對他夫妻更顯得友善了：他自己有一套樓房，就讓一間供他們住[11]；他也送給艾略特幾張債券（debentures），票面價值爲三千英鎊，發行債券的那家公司在戰時製造軍貨，市面價值可能更高。艾略特未把債券賣掉，可是公司每年發的利息，也是一筆不少的收入。隔幾年經濟情形好轉，他就把債券奉還羅素。

父親不再寄錢來，艾略特返英後只好在一家中學（High Hycombe Grammar School）教書。學校離倫敦二十六哩，艾略特每周五六天（我在蘇州讀小學時，星期六上午也有課的；歐戰期間，英國中小學可能也如此）乘火車到校，早出晚歸，夜間還得改學生作業，趕寫博士論文，實在很勞累。費文卻天天在羅素樓房裡閒著，羅素當然也住在那裡——一個是輕佻活潑的女子，丈夫不能滿足她，她自己有時對他也很「殘酷」[12]；一個是情場老手、英國貴族、名滿天下的大哲學家——二人日裡在幹些什麼，也就不難想像了。

那年年底，託辭費文身體不好，需要一個假期，羅素竟陪她到英國西南角妥基城（Torquay）度假五天。該城即在海邊，向是英國人度假的勝地。請問兩個人到那裡去幹什麼？羅素非魯男子，即使二人各開一間房間，旅館裡誰管得了誰？二人日間流連於海灘、餐廳，晚上同度春宵，等於「蜜月」（下文還有交代：羅素同另一女友打得火熱後，也帶她到鄉下去幽會兩周）。羅素離開妥基城的那一天，艾略特才趕去正式同太太度假。事前還寫封短簡給羅素，表示費文已寫信或打電話對他說：「你待她好如安琪兒。」（Vivien says you have been an angel to her.）信的下一句：「我即要乘十點半這班火車趕來，向你當面表達我極度的感謝（utmost gratitude）。」艾略特早已在詩裡直稱羅素爲淫亂無度的「人馬獸」，怎麼會放心讓他同自己的太太度假五天？難道他真相信羅素閒著沒事做，甘當男護士陪她到海濱去養病嗎？

羅素、費文度假五天，可說是二人偷情過程的高潮。艾略特夫婦是一九一六年八月底、九月初搬出羅素樓房，喬遷新居的。那年年初，艾略特辭掉了那家中學，另在倫敦一家初中（Highgate Junior School）任教，不必天天乘火車，在家裡的時間也多一點。羅素雖很喜歡費文，她神經兮兮，且「帶一點俗氣」，不是最理想的伴侶。他仍在找新刺激，春天在嘉辛頓見到曼殊斐兒後，就同她不斷通信，大有意思追她。曼殊斐兒寫短篇小說，自有風格，那時已小有文名，但她早已跟墨瑞同居（一九一八年結婚），羅素竟同她無相戀之緣。艾略特夫婦搬出後，羅素就叫芝加哥來的海倫・杜德莉住在家裡。暫時找不到更具刺激性的女友，家裡有人作伴總是好的。可是九月間，他生命上又添了一段強烈的愛情，一下子其他女友（包括費文在內）都黯然失色了。

新事件發生之前，羅素仍同費文日常來往，也照例把她的新聞轉告烏托蘭。老相好對費文不免有些妒忌，要想見她一面。羅素也不在乎，就約她同艾略特夫婦在館子裡相會。事後烏托蘭給朋友寫信，對費文大表不滿：

> 這頓晚餐吃得不太痛快。T.S.艾略特太拘謹客氣了一點，他的太太我認爲是「寵壞了的小貓」型的女子，實在很平庸而且故作嬌態，既頑皮又不懂事。她急切要人家知道，羅素已給她「霸占」了（anxious to show she "possessed" Bertie）。我們一走出餐廳，她即攔住去路把他拉住了；二人挽

臂同行。她如此無禮，我眞的頗爲生氣。

費文膽敢在他老相好面前把羅素一人獨占，故意觸犯烏托蘭，表示她同風流哲學家的關係絕不簡單。至於艾略特自己，太太同老師挽臂同行司空見慣了，可能並沒有生氣。但費文在不太熟的貴婦面前如此失態，終會感到有些窘吧。

那次餐廳見面之後，艾略特也到嘉辛頓大宅去拜謁烏托蘭夫人了，有時也帶費文同去的。有一次帶她去的卻是羅素，不管烏托蘭喜歡不喜歡。信上他也繼續敘述他同艾略特夫婦交往的新動態；六月一封信上說：「自從我認識她之後，學習舞蹈的費用都是我替她付的。」怪不得烏托蘭給朋友寫信，又埋怨羅素：「他亂花錢送禮物給她，眞絲內衣內褲也送，各色各樣的無聊東西都送。她習舞蹈，學費也是他付的。他在她身上錢都花光，我們還是籌款替他付一百鎊罰款。」即在今日美國，乳罩內褲是不能當禮品送女朋友的；一般太太們也喜歡自己購買此類用品。只有不正經的女人才會有男人送褻衣給她。羅素買了眞絲內衣內褲給費文，二人之關係也就可想而知了。

六

明眼的讀者，看了本文上節所敘一九一五年八月開端那一年中，羅素和費文的交往經過，應該不會否認：至少到了妥基城度假的那五天，費文已當定羅素的情婦了。讀者可能也會同意我的看法（雖然證據不夠充足）：艾略特婚後請他吃飯的那晚，羅素已對新娘有染指之意了；丈夫赴美探親的當口，二人可能已發生了曖昧關係了。羅素同阿麗絲正式分居之後，其「渴望愛情」的狂態前文已加略述，我們可以斷定他是不會放過費文的。但可笑的是：克拉克、森科、貝爾都聽了羅素一面之辭而給他騙了。克拉克和森科都知道羅素同費文關係非比尋常，卻從未明言二人有什麼私情。貝爾爲此問題做了一番研究，更堅決否定，費文住在羅素家裡一年，二人有過什麼不正當關係。

羅素《自傳》談及好多同他有私情的女子，而且直率道來，一無忌諱，給人的印象他是不在乎世俗的批評的。但雖然在某些章回裡兩位太太出現次數不少，他卻完全瞞了他同伊芙林・懷德海相戀的關係，也把他同費文・艾略特的關係加以僞裝了。雖然「渴望愛情」的時候，他不顧「師生」這一倫，同師母相戀，講出去總是不好聽，而且要牽連到懷德海，所以羅素特別謹慎，對任何人都瞞了。加上那時羅素年紀還輕，並非情場老手，他多少受拘束於當時維多利亞時代的道德觀念。後來寫《自傳》，當然更對此事諱莫如深了。

羅素剛同費文偷情，艾略特尚沒沒無名，當然用不到太謹慎。他同烏托蘭通信，等於寫日記，但多少也怕她失望或生氣，也就把事件輕描淡寫，表示他對費文滿不在乎。他既想勾引費文，想到艾略特這位聰明的窮學生，確是可造之才，欺侮他實在有些不應該，因之眞心予以經濟援助。同時他也眞覺得很喜歡他。一九一五年秋天他在信上對烏托蘭說：「說也奇怪，我愈來愈愛他了，眞當他兒子看待。」另一封信上，他要烏托蘭放心，也就更進一步把費文說成自己女兒了：「今後我會常常同她見面——我對她的那份愛（affection），即是父女之愛。這份愛很強烈（very strong），而我認爲沒有什麼不對（and my judgment goes with it）。」羅素把自己僞裝成父親，良心平安些，同朋友講起來也好聽些，而且短時期內也眞騙住了烏托蘭。假如羅素眞待費文如女兒，後來艾略特不准老師再見她，他爲什麼不寫信表明一番心跡呢？爲什麼差不多等於默認有罪，也就同他們從此疏遠了呢？

克拉克寫《羅素傳》，要查閱不知多少資料。費文事件在大哲學家的生命史上只能算是一件小事，他就按照《自傳》重寫，對此事未加深究，未做評斷。二人交往之事記載頗詳，但克拉克無意爲費文翻案：羅素自承不是她的情人，傳記家也就默認此點了。

森科不比克拉克，他是艾略特生前老友，常去他家，同費文也很熟。他對二人都深表同情，當然知道費文事件的內情。但他是虔誠的聖公會會員（一九二七年艾略特加入聖公會，也受了他的影響），與人爲善，不想得罪任何人。在《回憶錄》第五章裡，他大捧羅素對待艾氏夫婦如何友愛、誠懇、慷慨，對費文的精神病態，如何關懷而且有先見之明，給讀者的印象是她同羅素並無曖昧關係。爲慎重起見，《回憶錄》出版前，森科特別把書稿同大哲學家有關部分寄呈羅素，以求斧正。羅素讀後，大爲高興，寫封回信給他：

> 你寫我同艾略特夫婦之關係，以及你對我們三人所處情況之了解，都很正確。我未同費文有過親密的性關係。艾略特夫婦那時面臨的困境，主要因費文服藥而引起。服了那些藥，她就常有幻覺（hallucinations）了。⑬

森科雖對羅素十分恭維，書裡也說了一句十分厲害的話，不知如何羅素審閱書稿時竟未加注意：

> 他們初婚那幾年，沒有哪樁事情比費文同羅素爲時甚短的affair，留給他們更深遠的影響了。她原先抱定同湯姆白首偕老的希望，因此事發生而大大受了打擊。她本來身心就脆弱，此事發生後，她的身心健康也就更岌岌可危了。⑭

引文裡森科用了 affair 這個字，我想是有意針砭。任何事件都可稱之爲 affair，但用在此處，應指「男女私情之事」無疑。不僅此也，森科顯然認爲費文後來對婚姻絕望、神經失常，羅素應負重責。

貝爾是威廉士學院（Williams College）的英文系副教授，想來年紀還輕。爲了研究羅素與艾略特夫婦之關係，他不僅把已發表的有關資料都看了，他也同艾略特遺孀凡樂莉（Valerie Eliot）通了信，且跑了美國、加拿大七家大學，專看有關羅、艾二氏的文件檔案。研究報告僅十六頁，少說他也花了半年的工夫。他在加拿大麥克麥斯特大學（McMaster University），看到了羅素同馬勒蓀夫人（Lady Constance Malleson，即一九一七年九月開始同他熱烈相愛的那位女友）二人互通的大束情書，以前學者從未見過，十分珍貴。但貝爾死腦筋，認爲羅素告訴馬勒蓀夫人有關費文的一切事情都是靠得住的，因此下了一個新的結論：一九一七年秋，羅素、費文曾春風一度，除此之外，二人並無親密關係。這個結論實在荒謬。但要知道那次幽會詳情，我們還得把馬勒蓀夫人好好介紹一番。

七

馬勒蓀夫人，愛爾蘭人，係伯爵之女，也是貴族。但她思想開放，生性浪漫，一九一五年下嫁演員邁爾斯・馬勒蓀（Miles Malleson）後，自己也以演戲爲業，藝名柯萊脫・奧尼爾（Colette O'Neil）〔到了三四十年代，邁爾斯・馬勒蓀仍活躍於英國電影界。一九四〇年彩色名片《月宮寶盒》（*The Thief of Bagdad*）裡他演一個胖胖的國王。他也是該片編劇人之一。〕這對夫婦，履行公開婚約（open marriage），各有自由另找情人。羅素一九一六年七月三十一日同柯萊脫初會，果然不出兩個月，即於九月二十三日晚上同她纏綣終宵，難捨難分。柯萊脫天生麗質，還不到二十一歲，比羅素其他女友都漂亮（《自傳》中冊就有她整頁大照）。此後兩個多月，羅素雖然照舊敷衍烏托蘭、海倫、費文三人，柯萊脫才是他的熱戀對象。但到了十二月初，他又感到厭倦了，寫封信給他的新寵，實在工作太忙，要有「好長一段時間」（some very considerable time）不能見她。據克拉克考證，羅素對曼殊斐兒心不死，暫時玩膩了柯萊脫，又想動女小說家的腦筋，找求新的刺激。

一九一七年初，艾略特辭掉教職，進勞埃銀行（Lloyd's Bank）工作，薪水高，心境也好得多了。他致函母親：「費文一直很關心我的健康。現在，我身體較好，心情也比較愉快，她也較前快樂得多了。」另一主要原因，想是羅素公私太忙，沒有去干擾他們。那年春季，羅素幹些什麼，我們無必要交代。是夏，他同柯萊脫遠離倫敦到鄉下去「蜜月」兩周。

羅素對待好多女友都如此：「蜜月」一過，他的熱情也就冷了下來，一時很難復燃。果然，入秋之後，羅素又對費文大感興趣，把柯萊脫冷卻一旁。他對艾略特夫婦提出了一個荒謬的建議：聽說你們有意思要分居一段時間，他自己卻需要經常有伴（he needed more constant companionship——貝爾語）。他要去鄉下找一幢房子，費文何不搬去同住？艾略特周末有空也可來村舍住一兩晚。費文對此建議，竟表贊同。艾略特本人反應如何，貝爾未做交代。但他既有意同費文分居一段時間，想來也就默認太太和羅素的關係了。

羅素出了歪主意，柯萊脫大爲震怒。她在信上對他說：這樣也好，我們做普通朋友就算了。新人到底比舊人好，羅素見信著慌，連忙寫封情書討饒，並把一切責任都推在費文頭上。很遺憾，我們看不到這封信（貝爾得遵守麥克麥斯特大學規定，羅素檔案裡的文件皆不准抄錄原文發表），只好根據貝爾的要點重述，改寫成信的樣子：

> 我同費文一直保持著柏拉圖式的友誼，並不能滿足她。我既提出了同居鄉下的計畫，她就有理由把關係搞得更親密了。我同她終於做了愛，可是那次經驗對我來說，像進了地獄一樣，著實可憎（貝爾原文："hellish and loathsome"）。但我並未告訴她我的眞實反應，因之費文對那次引起我反感的經驗，看來似乎滿意。
>
> 可是從此以後，我常常作噩夢。假如我同她搬居鄉下之後，她又要同我做愛，我就不想去了。親愛的柯萊脫，難道你看不出，我同任何其他女子發生性關係，都是不能忍受的痛苦嗎？你知不知道，我眞心愛你，爲你受苦多深！說穿了，那鄉居計畫實在是費文搞的陰謀，要離間我倆，但這個計畫已給我看穿了。想到她的卑劣〔貝爾原文係 corruption（腐敗）〕，我就要作嘔。
>
> 我想同她一刀兩斷，可是也怕擔負不起可能產生的後果。假如你讓我重新回到你的懷抱裡，我可能眞會拿出勇氣來同她決絕。

此信原文，想來寫得又長又懇切，當年騙過了柯萊脫，六十多年之後又騙了我們的貝爾教授。羅素情書老手，在信裡一派胡言，只不過想博取柯萊脫的歡心和信任而已。在《一九八四》小說裡，溫斯頓（Winston Smith）久不近女色，嫖了個老嫗私娼，倒盡胃口。他那次經驗才當得起"hellish and loathsome"這三個字。費文大家閨秀，體態輕盈，非盲非痳，白白淨淨，羅素同她初試雲雨，哪裡會得到如進地獄的感覺？信上先說，他提出了同居鄉下的計畫後，費文才採取了主動，同他做愛的。怎麼後來又說，鄉居計畫原也是費文的陰謀呢？柯萊脫看不出信上自相矛盾之處，情有可原，因爲她根本捨不得放走她的半老情郎。可是貝爾教授也看不出矛盾，眞讓人驚訝。

貝爾眞相信羅素爲那次地獄經驗所震動，從此對費文再也親熱不起來。因之貝爾也相信，未發生關係之前，羅素一直待她正正經經，未有越軌行動。他在《自傳》裡，在給烏托蘭的信上所敘有關費文部分，貝爾也認爲是千眞萬確的。甚至他給森科信上那句話，也不能算是謊言：他同費文從沒有過「親密的性關係」（intimate sexual relations）。對的，羅素曾同她有過一次「性關係」，但那次經驗太可怕了，也就同她「親密」不起來。平常他同女友發生關係，都是很愉快的、親密的，唯獨同費文情形不同，因之他就把這段經驗壓入潛意識中，再也記不起來。到了暮年，當然寫給柯萊脫的那封信也早已忘懷了，因之羅素給森科信上的那句話，不能算是謊話。

羅素致柯萊脫函，貝爾雖認爲是關鍵性文件，卻沒有把它看懂。給他地獄經驗的，不止是費文一人呀！爲了討好柯萊脫，他撒了個大謊，自承「同任何其他女子發生性關係，都是不能忍受的痛苦」（貝爾原文："Sex with anyone else, he told Colette, was unbearable"）。原來風流半生，第一任太太且不去說她，懷德海夫人、烏托蘭、海倫、費文同他發生關係，都給了他「不能忍受的痛苦」，也就是說，地獄式可憎的經驗。唯獨柯萊脫才是他的救星，他的皮阿屈麗絲（Beatrice），把他帶進魂銷骨酥的天堂裡去！貝爾教授花了一年半載的工夫做考證，連這封信也未加細審，完全給羅素騙了。

柯萊脫看到信，果然氣平心軟，又同羅素親熱起來。同居鄉下的計畫推不動，羅素也眞的同費文疏遠了。一九一八年五月至九月，羅素在監獄過了九十天和尙生活，寫了一本《數理哲學入門》（*Introduction to Mathematical Philosophy*，一九一九）。在監獄裡，他同柯萊脫經常通信，她也不時去看他，二人感情大增。海倫一人住在羅素家裡無聊，八月間乘船返美，臨走前幾天同他牢獄告別。羅素親友太多，每周訪客人數有限，可能羅素自列的那張訪客名單表，連費文的名字都沒有。

出獄後，羅素在聖誕節前後與費文同餐，也就毫不含糊地對她說：工作太忙，要有一段長時間（some considerable time，克拉克語）不便同她見面了。費文自己也想通了，新年正月十八日給他一紙短簡，謂既然如此，我們就斷了罷。這下子羅素又寫起信來了，一封連一封，反把艾略特惹火了。他親寫一信，謂岳丈身體不好，費文自己也有過一次精神崩潰，現遵醫師之命，不准與羅素通信云云。奇怪的是：艾略特爲什麼要等到費文精神崩潰之後，才不准羅素去干擾她呢？一年半之前，羅素要同費文鄉下同居，他反而不抗議呢？警告信很有效：從此羅素再不去挑逗她了，同艾略特也難得通信，而且也絕少見面了。

羅素疏離費文之後的戀愛生活，雖然非常有趣，已不在本文範圍之內了。簡單交代幾句：一九一九年夏天，他交識了一位新女友杜拉・白拉克（Dora Black），從此柯萊脫多了一位勁敵。一九二〇年十月羅素赴華講學一年，動身之前，他得做一個重要決定：帶杜拉呢，還是帶柯萊脫？柯萊脫不願生孩子，杜拉最喜歡小孩，因之被選爲旅伴。翌年返英，杜拉已肚子很大了。阿麗絲終於同意離婚，杜拉也就當定了羅素第二任夫人。

八

伊芙林・華（Evelyn Waugh）的《日記》裡引錄了格拉姆・葛林（Graham Greene）的一句話：「羅素始亂終棄」，乃費文發瘋之「起因也」（Vivien's insanity "sprang from her seduction and desertion by Bertrand Russell."）。貝爾文章裡引了這句話，認爲是謠傳，不足爲憑。其實，伊芙林・華和葛林都是信奉天主教的大小說家。葛林的幾部名著都以了解人心透徹著稱，他這句話，同上文所引森科那段話一樣，很有見地。我們至少可以說，羅素的自私風流行徑傷害了艾略特，也更傷害了費文。但婚姻的悲劇，夫妻也都卸不掉自己的責任。羅素渴望愛情，找尋刺激，他的爲人比較容易了解。我們要了解艾略特、費文這對夫婦，就困難重重了。

艾略特不贊成把受苦受難的詩人本身（the man who suffers）和他創作的心靈（the mind which creates）混爲一談，他的詩論是非個人的（impersonal）。他文章裡從來不談及個人私事，也不喜歡人家研究他的生平，爲他立傳。大家都知道他婚後生活很痛苦，才能寫出〈荒原〉、〈空心人〉（The Hollow Men）這類詩篇來。也因爲婚姻不幸，他才皈依教會，認爲男女之愛帶來的只是痛苦，甚至是「恐怖」（horror）。只有接受上帝之愛，把自己帶進無時間的境界裡去，才能眞正悟會做人應有的寧靜和快樂。在他的詩劇《家人重圓》（*The Family Reunion*，一九三九）裡，男主角哈利（Harry, Lord Monchensey）婚姻生活極爲痛苦，自承有一晚上在輪船上，把太太推到海裡去了。當然，很可能他並未謀殺親妻，只因她死後，問心有愧而產生了幻覺。艾略特詩劇之中，以《家人重圓》自傳味道最濃，但我們並不能因此肯定，這位受苦受難的詩人潛意識裡也存著殺妻之念。至於他爲什麼要同費文結婚，爲什麼這樣信任羅素，爲什麼甘戴綠帽子，縱容二人公開偷情，我們當然也一無所知。

費文一生沒有發表過幾篇東西，她的個性、爲人以及精神失常之後的病態心理，更難捉摸[15]。初婚那幾年，她同艾略特、羅素兩人的關係，我們略知一二，但她心裡究竟想些什麼，存了些什麼希望，我們也只能臆測。費文身心脆弱，神經失常，身邊沒有子女，處境當然是可憐的。一九三二年秋，哈佛禮聘艾略特返母校做一套演講。結婚十七年，艾略特從不像羅素這樣的拈花惹草、追求刺激，也就在家裡（除了幾次短期旅行外）伴了髮妻十七年。他曾在一首未發表的詩裡說過：「老跟另一個人在一起，寂寞可怖」（it is terrible to be alone with another person）。這次去哈佛，他硬下心腸來不帶太太。費文惡作劇，把他的重要文件（可能即是已寫就的講稿）藏起來。找到文件，乘火車到碼頭，輪船即要航行了。翌年返英，艾略特也就住在朋友家，不願意再同費文見面[16]。一九三八年，費文弟弟遵醫生之命，把她送進了精神病療養院⑰。費文死於一九四七年正月，不到六十歲。

近十多年來，女權運動大行其道。好多英美學者、文人爲歷史上有些地位的婦女寫傳記，強調她們在大男人主義社會中所受到的苦痛、冤屈。不少文豪〔卡萊爾（T. Carlyle）、羅斯金（J. Ruskin）、亨利・亞當斯（Henry Adams）、詹姆斯兄弟（J. W. and J. A. James）等〕的太太、情婦或姊妹都有人爲她們翻案。費文・海烏一生如此不幸，當然也一定會受到注意。果然，今年早春，倫敦上演了一齣話劇，題名《湯姆與費芙》（*Tom and Viv*），專講艾略特這對夫婦。作者海斯丁士（Michael Hastings），四十五歲，我以前未聞其名。劇本當然一時也看不到，但他把男女主角的名字都縮成三個字母，我就有點生氣。艾略特的親友當然有資格稱他湯姆，但我想連他自己也從未稱呼費文爲「費芙」的。早在三十年代，英美文藝界即有人攻擊艾略特思想頑固、政治立場反動、詩作晦澀難懂。艾略特生前地位太崇高了，影響力也實在太大了；去世後，不少人（尤其是左派）生前同他並不相識，在文章裡故意稱他爲湯姆，透露一種輕視或報復的心態。麥修斯（T. S. Mathews）當年曾是《時代》（*Time Weekly*）周刊的機要編輯，一九七三年出了一本艾略特評傳，書題即稱《偉大的湯姆》（*Great Tom*）。

《湯姆與費芙》未上演前，艾略特遺孀凡樂莉即在倫敦《泰晤士報文藝附刊》上登了啓事，否認先夫生前曾虐待過前妻，斥責海斯丁士歪曲事實以製造轟動，品德可憾。劇本上演後，各界議論紛紛。史班德（Sir Stephen Spender）、劍橋大學奈滋教授（L. C. Knights，一九六一至六二年任匹茨堡大學客座教授，我同他相識）都發表談話，對劇本極表不滿，且對海斯丁士以揭露當代名人私生活爲號召的寫作動機，大加譴責。但艾略特生前的文壇友好，至今健在的人數已絕少，肯爲他挺身而出說幾句公平話的也不會太多了。歌舞劇《貓》（*Cats*），算是根據艾略特一本兒童詩集改編的，在倫敦上演多年，至今生意鼎盛。對艾略特私生活感興趣的倫敦居民、遊客一定很多，看樣子，《湯姆與費芙》也會轟動一時。

有關此劇的報導，我只看到了《紐約時報》（*New York Times*）一九八四年三月二十一日星期版上所登的兩篇。海斯丁士認爲艾略特娶費文，主要想躋身英國上流社會，這個假設就非常不通。艾略特自己家世很好，初娶費文那幾年，一貧如洗，也從未求助於費文的父母。假如眞想討好他們，也絕不會不爭取同意就祕密結婚了。羅素在劇本裡演什麼角色，我們也不得而知。很可能海斯丁士專寫夫妻之間的摩擦和衝突，把羅素輕輕放過了。但根據《紐約時報》報導，海斯丁士是看過費文的日記的〔一九八〇年，費文家屬已把日記交牛津大學博德利圖書館（Bodleian Library）保管〕。日記裡一定有好多處提到羅素，我們如能看到，對他和費文不尋常的關係，也就有更清楚的了解了。

艾略特遺囑，他留下來的手稿、書信以及其他文件，公元二〇二〇年才開放供學者參閱之用。但不止是海斯丁士這齣戲，近年來學者們看不到第一手資料，所記艾略特生平事蹟失實之處想也一定不少，艾略特夫人有理由不遵遺囑，至少先把先夫的書信全集整理出來。同期《紐約時報》報導，書信初集定於六月間交飛白書局（Faber & Faber），集了一九二六年底以前的書信。另有阿克洛德（Peter Ackroyd）其人，寫了一部艾略特傳，今秋英國出版。新資料、新傳記不斷問世，我們對於艾略特、費文的婚姻生活當會有更正確、更詳盡的了解。我這篇長文主要修正了目今學者過分信任羅素，而對這段婚姻悲劇所造成的誤解，且強調羅素本人在此悲劇中所扮演的角色，實不容忽視。

一九八四年八月二日完稿

原載《聯合文學》同年十一月創刊號、《明報月刊》同年十一月號

＊本文所敘羅素、艾略特夫婦生平事蹟以及所節譯羅素、烏托蘭的信札，皆以下列三書一文爲根據，似無必要一一作註，點明出處及頁數。有興趣的讀者可直接查閱此四項資料：

1. *The Autobiography of Bertrand Russell.* London, George Allen & Unwin, 1967-1968. Vol. I: 1882-1914. Vol. II, 1914-1944.
2. Ronald W. Clark, *The Life of Bertrand Russell.* New York, Knopf, 1976.
3. Robert Sencourt, *T. S. Eliot: A Memoir.* Edited by Donald Adamson. Paperback edition. New York, Dell Publishing Co., 1973.
4. Robert H. Bell, "Bertrand Russell and the Eliots", *The American Scholar*, Vol. 52, No 3 (Summer 1983), pp. 309-325.

註

①在《評文選集》（Selected Essays，一九三二）裡，艾略特有兩三處提到羅素，只表示他所代表的那種思想，都是艾氏自己所不能同意的，惟在《詩的功用》（*The Use of Poetry and the Use of Criticism*，一九三三），頁一二六，他說羅素老爺（Lord Russell）在他那篇早年名文〈一個自由人的崇拜〉（A Free Man's Worship）裡寫了「這樣拙劣的散文」（such bad prose），也代表了現代人感情上最 sentimental 的一面，顯然有意諷嘲。我當年聽信艾略特的見解，也就不想看羅素的著作了。

不管個人恩仇，以及宗教、政治意見之不同，艾略特對羅素的散文有極高的評價，認爲他是「休謨（D. Hume）以來，英國哲學家間最偉大的散文家」（the greatest master of English philosophical prose）。語見雪尼・霍克（Sidney Hook）爲《羅素文集・第一卷》（*The Collected Papers of Bertrand Russell* Vol. 1: Cambridge Essays, 1888-1899）所寫的書評，載 *New York Review of Books*（一九八四年一月二十九日），頁七。艾略特這句讚語，非直接引文，我不知道出處。他剛去倫敦時，還是哲學系研究生，曾寫過不少哲學著作的書評。艾氏自己寫散文，學習了另一英國哲學家兼散文大師勃雷德萊（F. H. Bradley）。

②艾略特生於一八八八年九月二十六日。費文比他大四個月，生日應在同年五月。按照實足年齡算，結婚那一天，新郎二十六歲，新娘二十七歲。參閱馬修斯（T. S. Matthews）所著 *Great Tom: Notes towards the Definition of T. S. Eliot*（紐約，Harper & Row，一九七三），頁四〇至四一。

③有關霍克書評的 data，見註①。

④連故友吳魯芹也把 Bloomsbury 這個地名音譯成「布羅姆斯貝萊」，且把 Bloomsbury Group 這個名詞譯成「布羅姆斯貝萊一夥人」，讀起來似嫌嚕囌。我把此二名詞意譯成「百花區」、「百花園」，主要寫起來省力，讀起來順口。

⑤本文第六、七節要提到羅素一位女友馬勒蓀夫人（Lady Constance Malleson）。麥西生（Mattheson）這個姓顯然影射了 Malleson，羅素讀了《有女懷春》這本小說，非常生氣。克拉克（頁二六五）誤記勞倫斯給了羅素"Sir Joshua Malleson"這個名字。

⑥古菊仁那句話見《有女懷春》（*Women in love*，紐約，Viking Compass Ed.，一九六〇），頁六四；前面兩句描寫見同書，頁七六。

⑦《克羅穆莊園》（*Crome Yellow*, Harper & Brothers，一九二二），頁三六。女主角珍妮（Jenny）對男主角丹尼斯（Denis）說，史各根先生看來"slightly sinister"。史各根那段描寫意譯自同書，頁二六。

⑧《天才與女神》（*The Genius and the Goddess*, Bantam Books，一九六六），頁四三。

⑨同書同頁。

⑩有一封信上說：「他對他的太太的忠誠既深刻又不自私，她也眞心喜歡他，可是有時會有對他殘酷的衝動。」引文見貝爾，《美國學人》（*The American Scholar*），頁三一三。

⑪克拉克（頁三一一）誤記羅素把他 Bury Street 一套樓房全部讓給艾略特夫婦住了。羅素《自傳》（中冊，頁一九）自己寫道：「因爲他們太窮，我就把我寓所兩間臥室之一間借給他們，這樣我同他們可多日常見面（with the result that I saw a great deal of them）。」貝爾文章裡也說羅素借給他們一間臥室。羅素的 flat 只有兩間臥室，不大。

⑫見註⑩。

⑬羅素一九六八年五月二十八日致書森科。信原文見貝爾，《美國學人》，頁三一〇。貝爾全文無腳註。此信如已發表，原刊何處待查。

⑭森科，頁六二。

⑮艾略特於一九二二年創辦高級文藝學術季刊 *The Criterion*。一九二四至一九二五這兩年間，費文在她丈夫鼓勵之下，曾用不同筆名在該刊上發表過小說、詩、散文凡十一篇。此後沒有續寫。這些作品想都由艾略特加以潤飾的。馬修斯（Matthews）在《偉大的湯姆》（*Great Tom*，頁八四）裡引了她小說的一段。小說題名爲"Fête Galante"。

⑯一九三五年十一月十八日艾略特在倫敦某處公開演講。費文也趕去找他，未進演講廳，即同他見面了。她打招呼："Oh, Tom"，艾略特同她握手，說一句"How do you do?"，就走開了。演講完畢，費文問他：「要不要跟我回家？」艾略特答道：「我現在沒有空同你講話。」這是他們最後一次見面。事見《偉大的湯姆》，頁一二一。

⑰海斯丁士在他的劇本裡認爲艾略特勾通了小舅摩立斯（Maurice Haigh-Wood），請醫生證明費文是瘋子，於一九三五年把她送進精神病院的。艾略特遺孀登報闢謠，謂費文一九三八年才送進病院。此事由費文醫生作主，獲得摩立斯同意後辦的，與艾略特無關。艾略特早已同費文合法分居了；費文關進病院的那段時期，他人不在英國。此項報導見《紐約時報書評》周刊（一九八四年三月十一日），頁八。

談談卡萊・葛倫

——名片、名導演、名女星

一、巨星生平瑣敘

卡萊・葛倫（C. Grant）去年十一月二十九日中風去世，紐約市兩大小型日報都以首版大標題新聞處理，並附圖片、小傳悼念其生平。十二月十五日那期《時代》周刊也以整頁篇幅盛讚其成就。一九六一年五月賈利・古柏（G. Cooper）去世後，《時代》的悼文，記憶中只有兩欄，並未給他整頁。二十五年前，好多三十年代紅星還在拍電影，死掉一兩個超級巨星——克拉克・蓋博（C. Gable）一九六〇年去世——震撼還不太大。早五年亨利・方達（H. Fonda）謝世情形就不同，大家追悼他，實在感到好萊塢黃金時代的明星所餘無幾了。去年詹姆士・賈克奈（J. Cagney）比卡萊・葛倫早幾個月離開人世，各報追悼篇幅也很大，卡萊・葛倫情形更是不同。他走了之後，碩果僅存三十年代的小生、四五十年代的大明星就只有詹姆・史都華（J. Stewart）一人了。史都華是個老實頭，晚年還一直在電視上出現，他年邁的姿態大家已看慣了。不像卡萊・葛倫從未拍過電視節目，一九六六年即告別影壇，那時他才六十二歲，給影迷保持一個英俊瀟灑、永遠不老的形象。無怪他的死，美國報章（連紐約的中文報紙也如此）都以大新聞處理，好萊塢的黃金時代眞的一去不返了。

賈利・古柏、克拉克・蓋博都是老派人，從來不忌菸酒，不注意營養，六十歲前後都過去了，而且晚年銀幕上的形象顯得蒼老（埃洛・弗林（E. Flynn）、泰隆・鮑華，死得更早更年輕，弗林私生活出名的荒唐）。亨利・方達、詹姆・史都華、卡萊・葛倫都活過來了，晚年當然都特別注意健康。三人間，方達、史都華從小一起奮鬥，說得上是患難之友，雖然方達政治上是民主黨的左派，史都華卻是共和黨的右派。卡萊・葛倫對政治不感興趣，但思想、行爲比方、史二人更新派。他是眞正服用過LSD迷藥的，當然服藥並非找尋刺激，而眞想藉以了解人生的祕密，得到幸福。他一生離婚四次，而且同三位太太結褵時期極短，表示婚後才發覺，同她們實在合不來。報上都說一九八一年他同英國女郎芭芭拉・哈麗絲（Barbara Harris）結婚後——卡萊也是英國人——才眞正找到幸福。到那時，當然他早已不服迷藥了。

卡萊逝世後，報章上對他的婚姻生活也講得很起勁。第四任太太黛安・卡儂（Dyan Cannon）人非常美，有些張艾嘉的味道。她爲卡萊生了個女兒，但結婚不到一年就分手，讓人感到很奇怪。按常情，女兒生下來才不久，做母親的是沒有精神去鬧分居、辦離婚的。卡萊並無別的子女，對珍妮佛（Jennifer）（現在史丹福讀三年級）從小寵愛，也一定不情願同黛安分手的。

卡萊的第一任太太浮琴尼亞・邱麗兒（Virginia Cherrill），報章上都不提她的來歷。我曾看過一部研討卓別林（C. Chaplin）藝術的電視片，才給我想起，原來在《城市之光》（*City Lights*，一九三一）裡演賣花盲女郎的就是她。卓別林同當今自導自演的伍迪・艾倫（W. Allen）、華倫・比提（W. Beatty）一樣，同他配戲的女主角經常也就是他當時的情婦。邱麗兒卻是個例外。她係好萊塢當地名媛，卓別林請她配戲顯然有意勾引，她卻不爲其所動。片子拍了兩三年，二人關係很僵，片子上映後卓別林也就不給她做什麼宣傳。《城市之光》大爲轟動，而邱麗兒卻未受重視，沒有紅起來。眞想不到卡萊・葛倫一九三四年會同她結婚。這些陳年舊事（翌年二人即離異），對我來說卻還是極有趣的新聞。

卓別林、卡萊・葛倫都是英國的窮小子，從小得不到父母的愛護，只好走江湖賣藝爲生，都是到美國拍電影後才成大名的。卓別林一直誤傳是猶太種人，其實並非；卡萊雖原名 Archibald Leach，倒有些猶太人的血緣，因之形象同純英國種的男明星不太一樣：卡萊頭髮黑，眉宇之間讓人覺察到《時代》周刊所謂「些微的威脅感」（a bit of menace），因之也更增強他對女性的魅力。想不到卓、葛二氏先後都愛上了邱麗兒。《城市之光》我還是一九三二年春在上海看的，以後還沒有重看過。爲了二巨星都曾鍾情於邱女，倒想去重賞這部名片，也看看她的芳容。

二、葛倫影片雜憶

卡萊・葛倫一九三二到一九六六年一共拍了七十二部片子，其中我看過二十三部，不算多。眞正欣賞他的演技和喜劇的風格，還是近三四年的事。出國以前，專門爲了看卡萊・葛倫而去看他影片的情形，並未發生過。其實來美之後，我也並未專爲看卡萊・葛倫而去看他的新片的，主要還得考慮到女主角和導演。《謎中謎》（*Charade*，一九六四）我看了，因爲奧黛麗・赫本（A. Hepburn）的片子我都要看的；《水上人家》（*Houseboat*，一九五八）我看了，因爲女主角是蘇菲亞・羅蘭（S. Loren）。據《時代》周刊報導，卡萊自己對《釣金龜》（*Indiscreet*，一九五八）此片特別滿意，但女主角雖是英格麗・褒曼（I. Bergman），當年我對此片影評未加注意，也就沒有去光顧。

二十三部片子，我有五部看過兩遍，都和其導演有關。一部是喬治・史蒂文斯（George Stevens）導演的印度戰爭巨片《貢格廷》（*Gunga Din*，一九三九），當年在上海南京大戲院首映看過一遍後，六七年前又在哥大附近一家小戲院重看一遍。虧得看了一遍，前幾年史匹柏（S. Spielberg）的《魔宮傳奇》（*Indiana Jones and the Temple of Doom*）上映，片中抄襲《貢格廷》之處就給我看得一目了然了。另四部都是希區考克（A. Hitchcock）導演的：《深閨疑雲》〔*Suspicion*，一九四一，瓊・芳登（J. Fontaine）合演〕、《美人計》（*Notorious*，一九四六，英格麗・褒曼合演）、《捉賊記》〔*To Catch A Thief*，一九五五，葛瑞絲・凱莉（G. Kelly）合演〕，《北西北》〔*North By Northwest*，一九五九，伊娃・瑪麗仙（Eva Marie Saint）合演〕。《深閨疑雲》重看不免令人失望，但後三片值得再看、三看，主要當然欣賞希區考克導演手法出神入化。但近兩三年來重看希氏名片，也增高了我對卡萊・葛倫的愛好。任何大明星要同大導演合作，拍出來的片子，就更加教人滿意。卡萊・葛倫早年不以演技著稱，後來演喜劇表情精純老到，都得感謝史蒂文斯、李奧・麥卡萊（Leo McCarey）、喬治・寇閣（George Cukor）、霍華・霍克斯（H. Hawks）、希區考克教導之功。其中要算後三位的功勞最大。

二十三部片中，有兩部是我根本無意看戲而看到的。一九五〇年某日下午，我好好在耶魯宿舍讀書，忽然夏道泰兄（近三十年來一直在國會圖書館充任要職）從紐約來訪，講了不少話，他有興要同我去看電影。看的是正在新港博覽戲院（Loew's Poli Theatre）上映的《危機》（*Crisis*）。荷西・法勒（Jose Ferrer）在片中演一南美小國的獨裁領袖，卡萊・葛倫演一位醫生或科學家。這部黑白片，枯燥沉悶，簡直一無是處。若無朋友陪同，我是絕不會去看的，可見卡萊・葛倫戲路較狹，政治片以及古裝歷史片皆非其所長。

一九三六年夏季，我修滿高中一後，在南京郊區受軍訓。每星期一上午在大帳篷裡聽黨國要人演講，但也看過一部電影，可惜銀幕只是布幕，放映條件很差，全體學生踞坐泥地上也不太舒服。在大帳篷下看過的電影可能不止一部，但我只記住了坐在布幕反面看的那部空軍片，片名爲《鷹與隼》（*The Eagle and The Hawk*）。多年之後，把這部童年時看得模模糊糊的影片做一番調查，才知道它是派拉蒙公司一九三三年出品，由蒂特立·馬區（F. March）、卡萊·葛倫、卡洛·朗白（C. Lombard）主演，講的是第一次大戰期間一個美國空戰隊的故事。照今日眼光看來，三位都是頭挑大明星，但在當時只有馬區已榮獲金像獎，卡萊出道才一兩年，卡洛·朗白也尚未走紅。

眞正自己要看的一部空軍片，叫《天使之翼》（*Only Angles Have Wings*，一九三九），卡萊·葛倫、琪恩·亞瑟、麗泰·海華斯（R. Hayworth），再加上一位也曾拍過空戰片的默片紅星理查·巴塞爾默斯（Richard Barthelmess）協力合演，對哥倫比亞這樣的小公司來說，已算是傾全力攝製的巨片了。我那時已隨家遷居上海法租界，看此片在離家不太遠的金門大戲院，已是二輪映出，而且看的是十時早場，票價便宜些，下午晚上照樣可以讀書。我那時已在滬江讀英文系，聽對白並無問題，但對電影藝術還談不上有什麼眞心的領會。《天使之翼》導演乃霍華·霍克斯，我在《雞窗集》裡曾有專文講他。但文中我主要談了四十年代後期所看的《傷面人》、《神鎗手》這兩部經典之作，《天使之翼》是我大學一二年級看的片子，印象實在太淡了。

大半年前我重看了亨佛萊·鮑嘉（H. Bogart）、洛琳·白考兒（L. Bacall）合演的《夜長夢多》（*The Big Sleep*，一九四六），霍克斯導演手法之高超，讓我讚歎不止。要眞懂電影藝術，就必須領會爲什麼這樣一部純娛樂、毫無社會意識的私家偵探片，要比威廉·偉勒（W. Wyler）、比利·懷德（B. Wilder）的好多金像獎巨片還要高明。寒假期間，爲了紀念卡萊·葛倫，我看了霍克斯一九三八年的名片《雙豹趣史》〔*Bringing-Up Baby*，凱塞琳·赫本（K. Hepburn）合演〕。此片如此滑稽突梯，我對霍克斯更爲敬佩，同時覺得演胡鬧愛情片（所謂 screwball comedy），實在沒有比葛倫更理想的男主角了。蓋博、馬區、古柏皆演過此類鬧劇，卻比不上卡萊動作乾淨利落，擠眉弄眼、舉手投足都恰到好處。人家演古裝片、戰爭片、西部片，比他得心應手，但卡萊自己苦練，以演喜劇取勝，也是他的聰明處。我若在上海期間即看了《雙豹趣史》，可能早已對他另眼相看了。但此片我未看，兩年之後，葛倫、赫本再加上詹姆・史都華三大明星合演的喜劇《費城故事》（*The Philadelphia Story*，寇閣導演，史都華因此片獲金像獎，赫本也被紐約影評家公選爲一九四〇年最佳女演員），我也未看。說起來我這樣的影迷當年偏見太多，是不可理喻的。《雙豹趣史》下文還要暢談。

我在上海時，看電影已有歷史癖，《費城故事》這樣的新片錯過沒有關係，如有想看的舊片重映，就非去光顧不可。三十年代早期有個眼睛水汪汪的圓臉女星雪爾維・錫耐（Sylvia Sidney），善演悲劇，中國人很欣賞她。每有新片上映，廣告上往往標明她是《蝴蝶夫人》主角。靜安寺路邊街——派克路——有家老戲院叫卡爾登，四十年代改演話劇後，生意興旺，三十年代後期映些舊片，則觀眾極少。有一次《蝴蝶夫人》（一九三二）在卡爾登重映了，我特去看了一場，想不到演那黑心腸的美國海軍軍官平格登（Pinkerton）即是卡萊・葛倫！《蝴蝶夫人》歌劇搬上銀幕，憑其曲調之悅耳還可以掩蓋其故事之不通。當普通對白片映出，當然沒有什麼好看的：好好一個賢妻良母，爲了早已遺棄她的外國丈夫切腹，徒顯其愚蠢。好萊塢女星演日本女子，臉上粉搽得太多，頭上假髮戴得太重，表情也就不太自然了。三十年之後，莎莉・麥克琳（S. MacLaine）蹈錫耐覆轍，特到日本去拍片，演一個藝伎，果然影評惡劣。卡萊演《蝴蝶夫人》的丈夫，那時拍片不滿一年，演技當然很差。

卡萊初抵好萊塢同派拉蒙簽合同的那一月，賈利・古柏正在歐洲同義大利貴族女子玩得很起勁，公司有人靈機一動，把 Gary Cooper 姓名的首字母倒裝，稱新演員爲 Cary Grant，也有些警告古柏之意，教他早些回來。派拉蒙當然也有意把卡萊培植成大明星的，但當年派拉蒙、米高梅這樣的大公司，一年要拍五六十部電影，要照顧的大明星太多，卡萊這樣的新人，只好讓他多拍片子，以求演技進步。假如觀眾擁護他，遲早會升級成明星的。卡萊一生拍了七十二部片子，倒有二十五部是攝於隸屬派拉蒙公司的那五年（一九三二至一九三六）的。

到了一九三六年，卡萊自信星運亨通，也就不再同派拉蒙續訂合同，卻同雷電華、哥倫比亞這兩家小公司簽了合約。一下子他變成了二公司的台柱小生，加上他自己選片嚴格，竟於一九三七年拍了兩部大受歡迎的喜劇：《真情難言》（*The Awful Truth*，李奧・麥卡萊因編導此片而榮獲兩項金像獎），同《逍遙鬼侶》〔*Topper*，根據史密斯（Thorne Smith）幽默小說改編，麥克勞（Norman McLeod）導演〕。卡萊・葛倫從此建立了自己的形象和風格，變成好萊塢的大明星了。哥倫比亞於一九四二年推出一部《滿城風雨》（*Talk of the Town*），卡萊掛頭牌，琪恩・亞瑟二牌，老明星羅納・考爾門（Ronald Colman）屈居三牌。當年我在上海看到廣告，嚇了一跳，考爾門二十年代走紅以來，從來沒有掛過二牌的。非洲戰爭片《紅粉金戈》（*Under Two Flags*）一九三六年發行，考爾門掛頭牌，克勞黛・考白（C. Colbert）掛二牌且不去說他。但想來考爾門規例獨當一面，因之此片廣告上寫明 staring 考爾門，featuring 考白，雖然二名並列，字體大小也是一樣的。想不到，到了一九四二年，考爾門竟屈居卡萊・葛倫之下了。

《真情難言》、《逍遙鬼侶》都是值得一看的名片，雖然前片的女主角愛琳・鄧（Irene Dunne）演任何片子我都不太喜歡。後片的女主角乃三十年代初期的紅星康絲登斯・蓓耐（Constance Bennett，下文簡稱康妮・蓓耐），到了一九三七年已算是過氣的明星東山再起了。去年初看《逍遙鬼侶》，我對她卻特別賞識。她的妹妹瓊・蓓耐（J. Bennett）我早在國內看過她不少片子，不知如何同其姊姊無緣。康妮・蓓耐同卡洛・朗白是同一類型的金髮喜劇演員，到了一九三七年卡洛已大紅特紅，雖然論風度、氣質，我覺得她比不上康妮。

《逍遙鬼侶》裡的陶普（Topper）先生是銀行家，由羅倫・楊（Roland Young）演來，非常出色。中學期間，我在銀幕上初次見到他，他演的是《塊肉餘生》裡的歹角 Uriah Heep，還以爲他是專演壞人的。多看三十年代舊片後，才知道他慣演既好色又膽怯（往往怕老婆）的中年富家子，輕性喜劇裡少不了他。卡萊、康妮這對夫妻是陶普的好友，錢太多了，專以吃喝玩樂爲正務，某晚爛醉後車禍喪生，生前花天酒地，死後照舊風流瀟灑，二人不時穿著陽間的服裝在陶普面前顯靈（別人可看不見他們），關切他的近況。陶普先生永遠按照太太的指示做人，生活上一點情趣也沒有，二鬼也就爲他多找玩樂的機會，但康妮如同他過分親密，卡萊也會吃醋的。卡萊、康妮演輕性喜劇，眞是極理想的一對，但麥克勞到底不是大導演，《逍遙鬼侶》雖不時在電視上映出，算不上是部經典之作。到了三十年代中期，好萊塢自列的清規很多，陶普先生要在影片裡眞革太太的命是辦不到的。當然，麥導演也無意於此，陶普在影片裡只是個取笑的對象，而非眞有勇氣改變其生活方式的覺醒者。

三、赫本、葛倫合演的兩部特佳片

我在專映舊片的 Regency 戲院看《雙豹趣史》的那一晚，也看了葛倫、赫本一九三八年合演的另一部名片《假期》（*Holiday*，寇閣導演），滿意非凡。我不僅因此二片對卡萊・葛倫好感大增，對凱塞琳・赫本的演技，更佩服得五體投地，《費城故事》下次在紐約重映，風雨無阻我要去看它一場。

赫本一九〇八年出生於康州哈特福市富裕之家，賓州布林莫爾（Bryn mawr）女子學院畢業，稱得上是新英格蘭地區的名門閨秀。一九三二年初上銀幕，至今尚未退休。她一連拿過四次奧斯卡金像獎，稱得上是美國有史以來最偉大的女演員。蓓蒂・黛維絲（B. Davis）乃金像獎二度獲主，演技也很出色，但我覺得比不上赫本。黛維絲的成名作乃《人性枷鎖》（*Of Human Bondage*，一九三四），她演的是一個女招待，處境可憐，但心也狠毒。此後黛維絲常演小心眼、妒忌性很重的女子，有些片子只能算是拍給女觀眾看的，男人看了總有些不舒服。比起黛維絲來，赫本自己家世好，善演大富之家的千金小姐。闊小姐當然也要追男人，爲自己幸福打算盤，但由赫本演來，那些貴族女郎行徑脫俗，縱任不拘，身上沒有黛維絲或者瓊・克勞馥（J. Crawford）那種哭啼啼、凶狠狠的女人氣，更對當今美國高水準影迷（也就是杯葛時下低級趣味劣片的一夥知識分子）的胃口。

《雙豹趣史》、《假期》二片裡，凱塞琳・赫本看上了卡萊・葛倫，就一心追他。到電影末了，我們觀眾覺得，卡萊自己也覺得，同赫本相愛結婚，是做人一世最合情理、最平凡而又最幸福的決定了。《費城故事》之後，赫本同史本塞・屈賽（S. Tracy）前後合演過十部片子，大半是米高梅發行的。二人都以演技精湛著稱，私生活上也是一對未婚的愛侶，搭檔演戲當然十分精彩。但屈賽從來算不上是英俊小生，到後來赫本自己也是美人遲暮，總不像她在三十年代跟卡萊・葛倫合演四片時，二人同樣都是青春玉貌，眞正代表了好萊塢的黃金時代。一九三五年二人首次合演的那部《男裝》（*Sylvia Scarlett*，寇閣導演），我也沒有看過。

赫本以一九三三年那部《豔陽天》（*Morning Glory*）初獲金像獎，雷電華公司當然視之爲台柱，且有意拿她來同當時最享盛名的兩大歐洲女星——米高梅的嘉寶（G. Garbo），派拉蒙的瑪琳・黛德麗（M. Dietrich）——一爭短長。所有雷電華公司分贈報章雜誌、大小影院的赫本肖像，莫不把她攝成一個富於神祕感的尤物樣子。其實赫本從來不是尤物，也從未演過嘉寶、黛德麗所善演的風塵女郎。兩三部喜劇除外，嘉、黛二姝三十年代所演的不外乎受男人磨折或磨折男人的傳統歐洲女子。赫本雖在三十年代已演過女王、貴族，骨子裡她是富有獨立精神的美國新女性，而非甘爲情欲奴役的舊式婦女。當然她也爲愛情而苦惱，但要她爲了愛情而去自殺、殺人，甚至像蓓蒂・黛維絲這樣爲了錢財、情人而去謀殺親夫——這種勾當，她是絕對不幹的。

赫本在她三十年代黑白片裡，臉顯得特別潔淨，眉清目秀，輪廓分明，身上無半盎斯肥肉，不會讓人聯想到淫邪肉欲這方面。但她那副靈秀之態，卻和默片時代最具靈秀之氣的悲劇明星麗琳・吉許（Lillian Gish，當年喬志高兄最崇拜她，請參閱《吐露集》）大異其趣。吉許當年在《懲淫紅字》裡演霍桑（N. Hawthorne）小說的女主角，想來恰合身分，感人至深。但在赫本的眉宇之間，不僅看不到一絲清教徒的犯罪感，她比亨利・詹姆斯（H. James）小說裡的美國女郎更推前了一個時代。詹姆斯把美國千金小姐送到英國、歐陸去，主要讓她們吸收文化、豐富生活，但往往失身於代表歐洲文化的騙子，而得不到幸福，且失掉了行動的自由。赫本在《假期》、《雙豹趣史》裡扮演的千金小姐，象徵了一個一無自卑感，眞正向歐洲文化宣告獨立了的新美國。赫本不會給歐洲的沒落貴族、藝術家所欺騙，自己有主張，行動比歐洲王室的公主還自由。我們可以說，亨利・詹姆斯筆下的美國公主，在三十年代的胡鬧愛情片裡轉成任性的闊小姐（所謂"madcap heiress"），終於獨立而獲得幸福了。

在《假期》、《雙豹趣史》二片裡，紐約闊小姐赫本都在本市找對象，無意給她碰到了卡萊・葛倫這樣一位俊俏如意郎。卡萊比她窮得多，身上有些憨氣，甚至是個不解風情的書呆子，但正因爲他有這些優點，他比歐洲那些自命風雅的掘金勇士可愛得多了，也容易駕馭得多了。在女人追男人的鬧劇裡，男人總要吃些虧，讓女方擺布他，情節看起來才覺得滑稽。假如男子胸有成竹，明知對方擁有財富而對她大獻殷勤，以便人財雙收，這樣的男子就一無足取了，這樣的喜劇演變下去，也就有可能轉成悲劇了。

在《逍遙鬼侶》、《眞情難言》這兩部喜劇裡，卡萊・葛倫已爲自己創造一個新形象，非常了不起，但在翌年《雙豹趣史》這部鬧劇裡，他更把自己的形象滑稽化，把那位考古學專家演得既憨且傻，忍受了滑稽明星在影片裡所忍受的一切刑罰——跌跤、衣服給撕破、穿女人衣服遮體、關進牢獄——看了讓人不斷哈哈大笑。但這位天大的好人相貌英挺，儀表非凡（雖然戴了黑邊眼鏡），畢竟還是女子眞心喜愛的男子。卡萊在霍華・霍克斯指導之下，集滑稽戲男角同愛情戲小生於一身，眞可說是革命性的成就。但到了一九三八年，赫本已有「票房毒藥」（box office poison）之惡名——嘉寶、黛德麗情形相同——《雙豹趣史》如此想入非非的滑稽，竟不受當年觀眾歡迎。三十年代美國觀眾教育程度比八十年代的高得多，但眞有革命性的創作，他們一下子不習慣，也就不想光顧。好多部我最欣賞的三十年代名片，當年都並不賣座。

記憶中，最著名的幾部胡鬧愛情片裡，女角都是嬌生慣養、放誕任性的千金小姐。一九三四年《一夜風流》裡的克勞黛・考白開此先例，下來《閨女懷春》（*My Man Godfrey*，一九三六）裡的卡洛・朗白更狂得厲害，把街上的癟三帶回家裡，當自己的寵僕看待。虧得此人刮了鬍子，換了衣服，乃是儀表非凡的哈佛畢業生威廉・鮑威爾，談吐文雅，理財有方，最後卡洛・朗白下嫁於他，一點也沒有吃虧。但在此二片裡，女主角固然神經兮兮，男主角都是頭腦清醒的，沒有跟著胡鬧。克拉克・蓋博一貫他銀幕上大男性主義的形象，對考白一無處世經驗的樣子，很看不慣。身爲新聞記者，公共汽車一路上長途行駛，他卻事事比不上考白，也只好忍了，心裡還是不服的。《閨女懷春》裡的鮑威爾算得上是大不景氣時代的哲學家——住在朗白的豪華大宅裡，大有一家人皆醉而我獨醒的氣概，保持了他理智的清醒和男性的尊嚴。

在《雙豹趣史》裡，卡萊・葛倫營造了一個不同於蓋博、鮑威爾，也就是不同於一般英俊男主角的形象。他自甘屈服於女性，原先聽從未婚妻的話，碰到赫本之後更是反抗無力，任她擺布，也跟著她一起瘋狂，而在瘋狂中找到人生眞諦。男女主角一起瘋狂，這可說是胡鬧愛情劇的大突破；卡萊同赫本配戲，如此勢均力敵，不分高下，也表示他個人演技之突飛猛進。

在《雙豹趣史》裡，卡萊演一個研究恐龍頗有成績的古代生物家。未婚妻也在歷史博物館工作，態度比他更認眞。明天星期天即要舉行婚禮了，今天她還要叫卡萊到高爾夫球場同一個律師會面。律師受託於康州大富婆某，要先同卡萊談談。如談得投機，即捐款百萬美金給博物館，供研究恐龍之用。律師、富婆如對卡萊印象不佳，那項巨款另派用場。偏偏到了球場，卡萊尙未打幾下高爾夫球，即被赫本所發現，同他糾纏不清，從球場一直纏到那晚在一家俱樂部舉行的一個鄭重的宴會上。卡萊給赫本撕破晚禮服，根本無法出席同律師酬酢一番。後來聽了赫本的話，半夜三更反去吵醒他以便同他談話，使他對卡萊惡感更深。

翌晨，赫本帶了她的寵物——原是小豹，現在已長得很大了——來夾攻卡萊。他婚結不成，反而隨同赫本及豹開車到康州富婆家——赫本原是她的侄女或甥女——大鬧了一天，晚上給警察關起來。事後卡萊才覺悟到，生平從來沒有這樣開心過，也可以說，赫本闖進他生命圈以前，他沒有好好活過，只是一位每天刻板工作而不知道生命裡缺少了什麼的古生物學家。赫本對他窮追硬追，當然爲了自己的幸福，但她不顧一切，把卡萊從一個毫無情趣女子的手裡搶救出來，也是他的大恩人。胡鬧兩天，連那百萬美金也沒有丟掉。富婆決定把這筆錢送給赫本，她照舊可以把巨款轉贈博物館，不用卡萊發愁。今天的影評家可能要問：赫本不僅是卡萊的太太，也是他的衣食父母，二人的婚姻生活眞會美滿嗎？但我們看電影時，見到赫本勇往直前，智擒卡萊，只有爲她喝采叫好的分；見到卡萊老是狼狽不堪，尷尬萬分，更是狂笑不止，絕不會想到電影以外的問題上去的。謝謝霍克斯，赫本、卡萊配演滑稽戲如此合拍，《雙豹趣史》稱得上是三十年代最偉大的一部 screwball comedy。

寇閣導演《假期》，已是同赫本三度合作了。赫本的處女作《離婚起訴》（*A Bill of Divorcement*，一九三二）即是他導演的。此片我前幾年才看到，赫本演一個孝女非常出色，但演她爸爸的約翰・巴里摩亞（J. Barrymore）我總覺得名過於實，表情過火。《小婦人》（*Little Women*，一九三三）是寇閣、赫本再度合作的一部經典之作，當年比《離婚起訴》、《假期》更有名。抗戰期間，我在上海初賞此片，心裡充滿了溫暖，雖然一直沒有機會重看。《假期》原是當年名劇作家貝利（Philip Barry）的話劇。影片拍得滿意，赫本再央求他特編一部喜劇讓她先在百老匯上演。此劇演出大受歡迎，赫本先把劇本攝製權買下來，再把它賣給米高梅。搬上銀幕後的《費城故事》仍然生意鼎盛，赫本從此也就不算是「票房毒藥」了。

《假期》是部溫馨的愛情劇。身爲紐約第五街大銀行家的長女，赫本雖富有，對自己的處境卻並不滿意。她不愛社交，經常躲在早已去世的母親房裡彈琴讀書，回憶過去。卡萊是個孤兒，憑自己的努力在一家公司裡已小有建樹。但對他來說，人生目的不只是賺錢，度假想問題、考察人生可能更有意思。有一次在新英格蘭度假，無意結識了赫本的妹妹，一下子二人熱戀起來。到紐約後，他於星期天拜訪女友，特走後門，原以爲她是底下人。走到客廳，一路見到這幢單家住宅的豪華氣派之後，才知道已同他私下定情的女郎乃是位闊小姐，完全出他意料之外。

那時代規矩，即是第五街的富翁，星期天也要帶一家大小到教堂去做禮拜的。二小姐陪同父兄上教堂，反給赫本同卡萊有單獨談話的機會。卡萊是個有些詩意夢想的人。錢要賺的，但有了足夠維持生活的錢，就不必再在名利場裡打轉了。赫本自己對錢也看得極淡，因之二人談話極爲投機。但赫本並無意把卡萊從她妹妹手裡搶過來，反想成全他們的好事，幫卡萊在她父親面前說好話。但妹妹〔杜麗絲・諾倫（Doris Nolan）演，相貌極普通〕同爸爸一樣世俗，總要女婿聽丈人的話，到他銀行裡去工作才稱心。卡萊心裡大爲不願，但不想使杜麗絲失望，也就勉強答應她的請求了。

訂婚那天，紐約的社會名流畢集，只有赫本賭氣，一人躲在先母房裡不出來會客，也不向妹妹、準妹夫道喜。代表男方的僅有一對中年夫婦，像劉姥姥那樣未見過大場面，糊裡糊塗闖進赫本房裡，反而得其所在，再也不出去看那些闊佬、貴婦的白眼了。後來杜麗絲的酒鬼哥哥〔劉・亞理斯（Lew Ayres）演得好極，他是《西線無戰事》（*All Quiet on the Western Front*）主角，一直沒有走紅。一九四八年名片《心聲淚影》（*Johnny Belinda*）裡他演盲女珍・懷曼（J. Wyman）的醫生〕無意敷衍客人，也就跑到赫本那裡去了。最後卡萊奉杜麗絲之命，上樓催他下來，也就一去不返。舞會結束前，又恨又氣的杜麗絲自己也跑到樓上來，目睹卡萊、赫本親愛的情形，也就知道大勢去矣。

妹妹是她爸爸的女兒，認爲假如丈夫婚後不出去做事，賺大錢，對她是個侮辱。家裡錢多沒有關係，堂堂男子還得再去賺。赫本同卡萊不相信這一套，也知道享受人生之可貴，二人墜入情網是極自然的事。當然這次又是赫本主動，卡萊同杜麗絲相愛不多久，一時腦筋轉不過來。妹妹才情胸襟遠比不上姊姊，應該人長得漂亮一點才對，寇閣選用杜麗絲・諾倫，實在不智（想來隸屬於哥倫比亞的女演員太少，無人可選）。但寇閣處理卡萊、赫本相互吸引的過程，非常細緻，展露了《雙豹趣史》裡看不到的男女相愛的溫柔面。赫本演技高超，看她的一舉一動、一言一笑，皆令人心服。卡萊憑苦練（他從未拿過最佳男演員的金像獎），同她配戲，成績如此優秀，眞算是不容易的了。

卡萊・葛倫臉型方圓，不像長臉型男星這樣易演詩人、藝術家式的夢想者，因此《假期》主角這樣的角色，他也難得一演。但一九四四年那部根據英國小說改編的《寂寞芳心》（*None But the Lonely*

Heart），美國名劇作家奧德茨（Clifford Odets）自編自導，的確詩意十足，如先兄在其日記裡所寫的：「導演攝影配音都美極。」卡萊演個戴鴨舌帽的工人或窮人，滿口倫敦土話（Cockney），濟安當年「聽不大懂」，我自己情形也相仿。四十年前僅看過一遍的電影，當然故事全忘了，只記得雨後濕漉漉的倫敦街道，還有長年在屋子裡坐著的伊瑟兒・巴里摩亞（E. Barrymore），此嫗若非卡萊的媽媽，必是他女友的母親。錢鍾書先生讀書過目不忘，《紐約客》影評人寶琳・凱兒（Pauline Kael）對多年前看過的二三流影片，看樣子也記得清清楚楚的。比起此二人來，我的記憶力實在太差了。

四、希大師導演葛倫的首三片

《假期》之後，卡萊・葛倫拍過好多部溫馨式的愛情喜劇。我只看了《水上人家》這一部，其他的不看也並無遺憾。我既無意研究卡萊一生的作品，多看那些算不上眞正上乘之作，就等於浪費時間了。他也拍過好多部《雙豹趣史》式的愛情鬧劇，我也都沒有看，但有三部霍華・霍克斯導演的作品，我是遲早會看的：《女友禮拜五》（*His Girl Friday*，一九四〇，羅莎琳・羅素合演），《戰時新娘》（*I Was a Male War Bride*，一九四九，安秀麗丹合演）、《妙藥春情》〔*Monkey Business*，一九五二，琴逑・羅吉絲（G. Rogers）合演，瑪麗蓮・夢露（M. Monroe）配演〕。《雙豹趣史》如此滑稽，此三片我想都值得一看的。我遲遲未去看《女友禮拜五》（根據二十年代名劇 *The Front Page* 改編），主要對沙喉嚨的高頭大馬羅素女士不感興趣。《戰時新娘》、《妙藥春情》未看，我想當年此二片評價不太高。早在四五十年代，《時代》周刊、《紐約時報》的影評家對霍克斯不太重視，連希區考克也不認爲太了不起。

我對希區考克一直很喜歡，因之他導演卡萊的四部片子，頭輪上映時就去觀賞了。希區考克移居好萊塢拍片後，看上了卡萊・葛倫、詹姆・史都華這兩大男星，也是他們的福氣，因爲希氏的作品五十年、一百年之後照舊會有其觀衆的。目今美國大都市專賣電影錄影帶（video cassettes）的店鋪比書店多得多，晚飯後自己在家裡放映新舊電影，要比靜下心來閱讀新舊小說的人數也多得多了。那些無知的影迷，在戲院裡看了史匹柏、史泰龍、艾迪・墨菲的劣片不算數，還把它們買回家一遍一遍地去重賞，當然讓我們搖頭。但目今歐美的最高級知識分子，也不得不承認，像希區考克這樣的製作人，比起二十世紀任何特超級文藝大師來，都毫無愧色。最主要，他的影片雅俗共賞，而且愈看愈有味道，情形同莎士比亞、莫里哀、蕭伯納的劇本相仿。近年來希氏的片子我看得多了，不得不歎服他是有電影以來最偉大的導演。他的片子娛樂性最高，也最耐人尋味，好多部我看過兩遍、三遍，還想再看四遍、五遍。我以前一直最推崇劉別謙（E. Lubitsch），但他一九四七年即發心臟病去世了，才五十五歲。而一九四七至一九七六那三十年間，希區考克爲我們，爲我們的後代，攝製了多少部不朽名片！同行天才間，到最後是體力比賽，德國小胖子身體遠不如英國大胖子，老天不公平，這是沒有辦法的事。

製片巨頭塞爾士尼克（D. O. Selznick）請希區考克來好萊塢導演《蝴蝶夢》（*Rebecca*，一九四〇），此後他就長在美國，難得返英拍片。塞氏雖以《亂世佳人》（*Gone With the wind*）馳名於世，他製片細心而無決斷，趣味也較庸俗，因之由他監製的那三部希氏影片〔另二部是《意亂情迷》（*Spellbound*）、《凄豔斷腸花》（*The Paradine Case*）〕，實在比不上希區考克獨當一面、自製自導的大多數影片。《深閨疑雲》雖係雷電華出品，但其情節同《蝴蝶夢》相仿，導演、女主角（瓊・芳登）也同樣是跟塞氏訂有合約的這兩位。《深閨疑雲》並非塞氏親自攝製的一部影片，雷電華出高價借用希區考克、瓊・芳登二人，主要因爲《蝴蝶夢》好評如潮，再仿製一部，當然有利可圖。

在此二片裡，英國女郎瓊・芳登雖然愛死了那男的〔勞倫斯・奧立維埃（L. Olivier）、卡萊・葛倫〕，毫無猶疑同他結婚，婚後生活卻充滿了疑慮恐懼。《蝴蝶夢》裡的奧立維埃乃名門貴族，新嫁娘瓊・芳登搬進他大廈之後，誤聽管家婆之言，認爲夫君至今深愛其亡妻莉貝茄，她自己黃毛丫頭，哪可同客廳牆上掛著的大美人畫像相比？在《深閨疑雲》裡，瓊・芳登乃將軍之獨女，家世地位比那續弦夫人好得多，而卡萊・葛倫卻是來歷不明的陌生人，身分不能同奧立維埃相比。他來到瓊的村莊，數度邂逅之後，也就同她結婚了。周遊各地的蜜月生活當然很甜蜜，但回到英國後，卡萊不務正業，行動神祕，瓊對他也有些疑心起來：夫君經濟拮据，會不會存心不良，圖財謀命，眞把自己殺了？電影末了有一景，我在上海南京大戲院初看此片時，即記得清清楚楚。晚上卡萊雙手端了一個銀盤，盤內一玻璃杯白白的牛奶（希氏在杯裡放了一個小電筒，把牛奶照得發亮），慢慢走上樓梯。觀眾爲此捏了一把汗，眞不知卡萊是否在牛奶裡放了毒藥，想把病中的嬌妻害死。但這只是一場虛驚，原來卡萊並無意殺妻，只怪瓊・芳登疑心病太重。但不僅瓊受了騙，觀眾也都受了騙，因之去年我重看此片，不免對之失望。

多年後，希氏對此片自加說明，原來計畫，男的眞是有意殺妻的，但雷電華公司堅決反對，卡萊・葛倫乃大眾情人，豈可改變其形象？卡萊殺妻，影片賣座一定很慘。改編之後的《深閨疑雲》果然生意興隆，瓊・芳登也因此片而得了金像獎（一般人以爲此獎是補償性的，她在《蝴蝶夢》裡的演技特別細膩，但那一年的獎卻給琴逑・羅吉絲奪走了）。但假如卡萊眞的謀害妻子，影片一定要精彩得多。希氏幾部公認的傑作，就有殺夫〔《怠工》（*Sabotage*，又名 *A Woman Alone*），雪爾維・錫耐主演，康拉德（J. Conrad）名著改編〕、代人殺妻〔《火車怪客》（*Strangers on a Train*）〕、謀殺甥女〔《辣手摧花》（*Shadow of a Doubt*），名作家 Thornton Wilder 編劇）等難忘的情節。這些片子，不止緊張而已，希大師處理謀殺，對人心了解之透徹，實在稱得上「深刻」二字。

《假期》、《雙豹趣史》等片早已確定了卡萊・葛倫「淑女好逑」的君子形象：通常女主角見他就追，簡直不給他喘息的機會，《深閨疑雲》裡的瓊・芳登也如此，但她的造型可憐兮兮，一個乖乖聽話的妻子，只有給卡萊哄哄騙騙的份，二人之間缺少一種性衝突的緊張。《美人計》則反是。英格麗・褒曼原也常演貞淑型的女子，但在此片她演一個美國納粹間諜的獨女，反正爸爸已關入牢獄，沒有人看得起她，也就醉酒尋歡，放浪形骸起來。監視她的國家情報局特派員即是卡萊・葛倫。褒曼愛得他死去活來。四十年代的美國電影根本不可能有上床脫衣做愛的場面，褒曼就憑她兩片吐情話、送熱吻的嘴唇，竟讓觀眾感到銀幕熱度太高，會不會燃燒起來。當年影評盛道該片之 sizzling love scenes，即指那些接吻的特寫鏡頭。

卡萊有任務在身，不便這樣感情外露，但他回報以喃喃情語，人也顯得十分帥。那幾場特寫，褒曼雪白的臉龐緊貼卡萊曬得較黑的面頰，實在很美。十二月十五日那期《時代》上卡萊自謂：「哪個人不想做卡萊・葛倫？我自己也想做卡萊・葛倫。」二次大戰結束之後那幾年，全世界女影迷又哪一個不想當英格麗・褒曼？尤其在《美人計》裡擁吻卡萊的當口？

褒曼聽從卡萊的話，到南美洲去同效忠希特勒（A. Hitler）的納粹間諜聯絡，且下嫁她父親的生前至友克勞德・瑞恩斯（Claude Rains），以便偷聽祕密，轉交卡萊。瑞恩斯是大大有名的英籍性格演員，演技精湛，口齒清楚，聽他字準腔圓的道白眞是一種享受。瑞恩斯對褒曼眞有情，婚後當然欲火上升。褒曼對之卻冷若冰霜，必然啓他疑竇。他的年邁母親跟他同住一幢大宅，一開頭就不相信褒曼的謊話。兒子婚後，她便時時刻刻監視媳婦，情節發展不僅緊張，也道出了自古以來婆媳之間的仇恨。

希區考克拍片選用配角，尤其是歹角，特別用心。有了好的配角，戲就不會有冷場。他不知從哪裡找到一位康斯坦丁夫人（Madame Konstantin），我在別的影片裡從未見過她，由她來演納粹惡婆，的確給人恐怖之感。母子二人不立即把褒曼結果掉，卻在她飲食裡加以毒藥，慢慢把她處死。到後來褒曼日夜昏睡床上，半死不活，要同卡萊聯絡求救也不可能。電影末了，卡萊單身闖進瑞恩斯私邸，從容在他監視之下走上樓梯，再雙手抱住褒曼，從容下樓，走出大門。眞影迷當然記住《深閨疑雲》上樓梯送牛奶這一景，在《美人計》裡又看到了卡萊上下樓梯，自會暗暗叫好不止。

《美人計》初映的那一年，卡萊四十二歲，褒曼三十歲，年齡相差不大。到了《捉賊記》初映的那一年（一九五五），卡萊五十一歲，葛瑞絲．凱莉才二十七歲。卡萊做她父親也有資格，但他養生有道，加上影片在鄰近摩納哥的法國海邊名勝區實地攝製，人曬得肌膚棕褐，看來很年輕。《捉賊記》裡卡萊演一個退隱多年的盜賊前輩。葛瑞絲．凱莉和其母親在觀光大旅館裡初會卡萊，當然不知道他是當年名賊，但總看得出一點他儀表不俗的英雄氣概。同《假期》裡的赫本一樣，凱莉也是美國的千金小姐，一見到卡萊就想把他占爲己有。她用鬥嘴方法吸引他——二人唇槍舌劍，來往好多回合，聽來煞是有趣。《捉賊記》只是兩大明星調情說愛的一部輕鬆喜劇，卡萊最後躍上屋頂捉賊（原來是個一向崇拜他的女賊！）說緊張也不算太緊張，只是好玩而已。《捉賊記》算不上是希翁傑作，但也是部值得一看再看的精緻小品。

兩三年前我在 Regency 戲院重賞此片，銀幕不大，但眞想不到金髮女郎凱莉竟如此出奇的可愛。三十二年前在闊銀幕上初看這部 Vista Vision（超視綜藝體）的影片，自己才三十四歲，更應該覺得凱莉美如天仙了。我在《雞窗集》幾篇文章裡，講起奧黛麗．赫本、莎莉．麥克琳，卻把葛瑞絲．凱莉忘了。好萊塢五十年代平步青雲、一下子大紅特紫的女星就只有赫本、凱莉、麥克琳這三位，再沒有第四位可同她們相提並論（瑪麗蓮・夢露四十年代後期即充任配角，不算在內）。只可惜，凱莉從影時期太短，即在拍攝《捉賊記》那段日子結識了摩納哥親王雷尼埃，一九五六年同他結婚，一九八二年駛車失事，死也死在摩納哥。

五、希大師四導葛倫：《北西北》

伊娃・瑪麗・仙差一點成爲五十年代第四位紅女星，但卻沒有。一九五四年她同馬龍・白蘭度（M. Brando）合演《岸上風雲》（*On The Waterfront*），非常出色。四五年之後，希區考克挑選她爲《北西北》的女主角，同卡萊・葛倫搭配，片子賣座鼎盛，她卻沒有跟著走紅，堪稱怪事。對希區考克來說，《北西北》更是拿手好戲，三十年代初期，他即在英國拍攝此類情節的影片了。好好一個人，一幫歹徒視之爲危險分子，非把他殺掉不可。此人也就開始逃亡，往往拉住一個女伴同逃，最後靠運氣、勇氣，竟自闖匪巢，萬分驚險。到最後，歹徒領袖必然伏法，給警察抓起來。男女主角一路上同甘共苦，也必然相愛。《北西北》是希大師此類公式片的最後一部，活用公式，變化無窮，更值得影迷珍貴。到了六十年代初期，套用希氏公式的詹姆斯・邦影片大紅特紅，大師自己也就不屑再拍此類影片了。

希大師第一部世界揚名的英國片《國防大祕密》（*The 39 Steps*，一九三五）即是《北西北》的樣板，其男女主角——羅勃・杜納（Robert Donat）、梅黛琳・卡洛兒（Madeleine Carroll）——即是一對初不相識而必須共同奮鬥的患難旅伴。殺人嫌疑犯羅勃急急逃往倫敦車站，乘火車北駛。警察查得緊，他只好抱住一個金髮女乘客接吻，表示二人關係十分親密，沒有給警察看破。同樣情形，卡萊・

葛倫有性命之憂，在紐約車站急忙跳上即將西駛芝加哥的火車。肚子餓，在餐車裡同一位無伴的金髮美女搭關係，此人即變成他的護身符。二人不僅同餐，到晚上還同睡一鋪（卡萊根本未訂臥車鋪位），比《國防大祕密》裡那對旅伴打得更是火熱（到了五十年代末期，美國電影對許多有關男女之防的清規都不太遵守了）。

但二片男主角處境不同，遠不止卡萊多享豔福這一點。梅黛琳眞是一個無辜乘客，硬給羅勃拉進他的命運圈裡，一同到蘇格蘭去冒險吃苦。伊娃・仙卻並非不知情的火車乘客，她是歹徒領袖詹姆斯・梅遜（J. Mason）的枕邊人，特奉命來謀害卡萊，雖然到後來也算愛上了他了。更不同的一點，羅勃・杜納目擊歹徒殺人，因之他們視之爲眼中釘，非拔除不可。而《北西北》電影開始，卡萊・葛倫硬給綁票，完全是小流氓看錯了人，害他莫名其妙活受罪，也就更具些現代氣息。

比《北西北》早三年，希大師推出一部黑白片《伸冤記》（*The Wrong Man*，一九五六），主角亨利・方達誤判爲搶保險公司之罪犯，天大的冤枉。《北西北》影片性質不同，以緊張、幽默、熱鬧取勝，但卡萊一開頭即身負不白之冤、無妄之災，才乘火車逃亡的。除了電影專家之外，一般人還不習慣把希區考克同卡夫卡（F. Kafka）、杜思妥也夫斯基相提並論。在他們看來，希氏的影片只是娛樂，杜、卡二氏的作品才是嚴肅的文學。但給歹徒灌醉上刑之後的卡萊，翌晨醒來，發現自己已給人丟在公路旁邊，情形同卡夫卡小說主角一夜之間變成一條巨大的昆蟲，區別（「寫實」與「超現實」）看來很大，其實同樣道出了人生處境之荒謬。

上文說過，好多部片子，卡萊一上場，即是女主角追逐的對象。《捉賊記》裡的葛瑞絲・凱莉如此，但她畢竟好家庭出身，還保持些少女的矜持。《北西北》裡的伊娃・仙閱人已多，有意勾引卡萊，道白幽默而多挑撥性，比起凱莉，另有一種成熟的味道。伊娃雖然在做戲，她在芝加哥車站同卡萊分手時，當然也對他眞有些情感了。但領袖的命令是非執行不可的，於是她教卡萊先乘巴士到伊利諾州某站下車，等候一個人。卡萊果然上當，下面這場戲可謂是導演藝術最驚人的一段表演，總有七八分鐘教人透不過氣來。這場戲我想任何專業電影的研究生已在課堂裡看了不知多少遍，熟得不能再熟了。希大師功力之高，實在高不可攀。

一九六六年六月我在香檳伊州大學開會，曾有人帶我們幾個與會之士，開小汽車南下去參觀林肯（A. Lincoln）故居。一路下去，我從來沒有見過這樣平坦的平原。希區考克拍這場戲，整個銀幕先是一大塊伊州平地的靜景，公路兩旁都是農田，一無樹木丘陵。慢慢的，老遠一部藐小的公共汽車開近了，車體也轉大了。巴士到了小站（bus stop），稍停片刻，有一個乘客下車，他就是卡萊。四面八方沒有一個人，他等得有些不耐煩，也有些疑懼。好不容易，公路對邊出現一個人，但他只是等公共汽車的旅客，不久他也就上車了。然後，天空出現一架噴灑農藥的小飛機，愈駛愈近地面，愈近卡萊。敵機不來，他也早已焦急萬分，現在只有拚命向前奔這條路。但平原無垠，他又哪能逃避飛機上機關槍的掃射？卡萊如何死裡逃生，飛機如何撞地爆炸，實非筆墨所能形容，只好讀者親自到電影院去觀賞。當然，二十七八年前即已看過《北西北》的老影迷，經我一講，這場情景應該記憶猶新。

《北西北》脫胎於《國防大祕密》，但詹姆斯・梅遜上場之後，我們也必然聯想到《美人計》。同瑞恩斯一樣，梅遜也是演技老到、口齒清楚的英籍名演員。年輕時他是英國紅星，晚年在好萊塢有時也反串歹角，非常成功。梅遜相貌英俊，講起實際年齡來，還比卡萊・葛倫小四歲，伊娃・仙甘爲其情婦，且享受其財富，合情合理，不像褒曼下嫁雷恩斯，連老頭子自己也不敢深信。《北西北》少了瑞恩斯母親這樣一個角色，很可惜。梅遜的下屬也只是普通流氓片裡的打手，不像瑞恩斯那批納粹朋友，相貌、談吐各別，看來更有意思。但梅遜同瑞恩斯一樣，也是滿腹妒恨的失意者，卡萊闖進他的世界，不僅窺破他的祕密，也贏得了伊娃的芳心，因之非殺死他不可。卡萊平安脫險後，《北西北》還有不少驚險的場面，但希大師處理三角之間充滿性緊張的衝突也異常出色。希區考克不僅是緊張大師，也是洞察人情的心理大師。

《北西北》是卡萊・葛倫最後一部傑作，討論了它，本文也可以結束了。但寫完文章，我倒想參閱一下電影專家對卡萊這幾部名片的意見。手邊現成一本參考書是影評家安諸・薩里斯（Andrew Sarris）一九六九年出版的那冊《美國電影：導演品評》（*The American Cinema: Directors and Their Directions*，一九二九至一九六八）。此書已公認爲經典之作，薩里斯現任哥大電影系教授，享譽甚隆。最了不起的一點，薩氏胸有成竹，敢把一九一五至一九六七那五十二年間的佳片及其導演，按年分立榜。有聲片以來，每年榜上有名的導演三四十人不等，薩氏按其導演藝術之高低，把這些人及其作品毫不含糊地先後排列。

本文所討論的影片，薩里斯品定：

《美人計》、《北西北》爲一九四六、一九五九這兩年的最佳片；《雙豹趣史》、《夜長夢多》、《捉賊記》爲一九三八、一九四六、一九五五這三年的第二最佳片；《深閨疑雲》爲一九四一年的第三最佳片。這些評斷對我來說，並不稀奇，因爲薩里斯在書裡把希區考克、霍克斯、劉別謙、卓別林等人尊稱爲「天王導演」（Pantheon Directors），他們的片子總是名列前茅的。重翻薩著，最使我高興的是，一九三八年的最佳片竟是《假期》！薩里斯未封寇閣爲「天王導演」，而如此推崇此片，實在很有眼光。寒假那天晚上，我看了《假期》、《雙豹趣史》興奮不已，倒也可說是薩里斯的知音。

原載一九八七年六月十五至十七日〈聯副〉，同年六月二十三至三十日紐約《世界日報》副刊

〔附錄〕

夏志清傳奇

劉紹銘

夏志清總也不老。

這話的口吻，自然是從白先勇的小說借來的。說得有點誇張，因爲人總會老的。志清先生今年已達八十高齡。步履雖不如前穩健，思路卻敏銳如昔。但最能顯出夏志清教授「依然故我」一面的，毫無疑問是他依然故我的 nervous energy。

無論什麼場合，只要有夏公在，這種 energy 就會瀰漫四周，令人精神抖擻。他說的話，每出人意表，因此絕無冷場。

這種 energy 是夏志清旺盛生命力的投射。人生苦短。要全情投入的不單是文學與藝術，還有他關心的人與事。他說話急如連珠炮，因爲節拍一慢，就趕不上自己快如電光石火的思路。

應知說話急不及待，實是一種對人生全情參與、精力豐沛的表現。

有洋朋友因夏教授「快人快語」的作風而戲稱他爲 loose cannon，意謂「口沒遮攔」。殷志鵬教授《夏志清的人文世界》一書，記錄先生的學術貢獻外，還蒐集了不少有關他的趣聞逸事。附錄有湯晏〈右手與左手猜拳〉一條，記唐德剛訪夏志清，茲抄一段：

這個故事剛說完，他（唐德剛）又說了一個關於夏志清結婚的笑話。當年夏志清與王洞女士在紐約最大、最豪華的旅館 Plaza Hotel 舉行婚禮，婚宴中夏志清對這家氣派不凡的名旅館，讚口不絕，興奮之餘，他轉過身來對唐德剛說，「下次結婚再到這地來。」

夏公當天口沒遮攔開這個玩笑時，今天的夏夫人王洞女士不知在不在旁。我相信，即使在場，她也不會介意。她不知夏公性情，又怎會下嫁這位鼎鼎大名的 loose cannon？

殷志鵬以夏教授私淑弟子身分，把自己的文章和別人所寫的有關資料，收輯成書，爲先生八十大壽賀禮。

依殷志鵬的說法，夏先生爲學做人，有八點特別値得稱道。其中之一是：「獨來獨往，不喜逢迎。人到無求品自高……四十年來，他一直以眞才實學，在美國學界爭一席之地，從不在洋人面前低頭、折腰。這種『國士』風格，足可做我們美國華知的榜樣。」

要知夏先生爲學怎樣實事求是，不在「洋人」（或「同胞」）面前「低頭」，得仔細翻閱他三十多年來爲美國學報所寫的書評。此事說來也眞話長。我倒有一個現成的例子。

一九六四年春天，我就讀的印第安那大學召開了第二屆東西比較文學會議。張愛玲來了。夏志清來了。在康奈爾（Cornell）大學任教的英國漢學家 A. C. Scott 也來了。

Scott 的 *Literature and the Arts in Twentieth-Century China*（《二十世紀中國文學與藝術》），薄薄的一本書，剛出版了一年。

我當時是研究生，在酒會負責招待貴賓，夏先生初會 Scott 教授時，我在旁。猶記夏公跟 Scott 握手過後，劈頭第一句就問："How come so many mistakes in your new book?"（新作錯誤百出，怎麼搞的？）

我不忍看Scott的現場反應，藉故引退。

夏公說話如此「不留情面」，得罪行家，在所難免。江湖上，剃人頭者人亦剃其頭。若非「武功」高人一等，早遭「仇家」清算。

但事實證明：夏志清的英文學術著作，並沒有爲這一二十年興起的「新學」所取代。這個擺在我們眼前的事實是：*A History of Modern Chinese Fiction*（《中國現代小說史》）自一九六一年耶魯大學出版後，一再修訂再版。

The Classic Chinese Novel（《中國古典小說》）也一樣，一九六八年哥大出版後，已先後由印第安那大學和康奈爾大學兩家不同的出版社再版兩次（一九八〇，一九九六）。

本文以〈夏志清傳奇〉爲題。能目爲傳奇的人物，其言行、能力、性格總在某些方面異於凡品。觀夏公言行，常使我發生錯覺，直把他看作活脫脫一個從《世說新語》鑽出來的原型角色。

「下次結婚再到這地來。」這絕對是任誕狂狷人物才說得出來的話。

夏志清總也「不老」的一面，是他對傳統和現代中國小說的詮釋。在《中國現代小說史》中，他這麼給張愛玲定位：

> ……張愛玲該是今日中國最優秀最重要的作家。僅以短篇小說而論，她的成就堪與英美現代女文豪如曼殊菲兒（Katherine Mansfield）、泡特（Katehrine Anne Portor）、韋爾蒂（Endora Welty）、麥克勒斯（Carson McCullers）之流相比，有些地方，她恐怕還要高明一籌。

話說得斬釘截鐵，一下子把一個曾被目爲「鴛鴦蝴蝶」、身世頗受「爭議」的上海女作家，引進現代中國文學的廟堂。

我記得英國老前輩文評家李維斯（F. R. Leavis）名著 *The Great Tradition*（偉大的傳統）是這麼開頭的：The great English novelists are Jane Austen, George Eliot, Henry James and Joseph Conrad — to stop for the moment at that comparatively safe point in history.

說話人口吻顯得渾身是膽，不是對自己見解信心十足，是說不出口的。李維斯說得對，如果怕人批評，那別在給作家論斤兩的緊要關頭上伸出頭來（never to commit oneself to any critical judgment that makes an impact）。這就不會「禍從口出」。

夏志清論張愛玲的口吻，其有理不讓人處，與李維斯相似。這不奇怪，夏先生英美文學出身，讀書時心儀的大家，李維斯是其中一位。文學趣味與價值取向受其影響，自所難免。

張愛玲是不是「今日中國最優秀最重要的作家」？或者，我們可以問：the great English novelists 是不是只限於李維斯所列四位？

這眞的是個「信不信由你」的問題。在結構解構等「新學」興起前，文學批評基本上是一種「以理服人」的工夫。

夏志清從文學藝術的觀點，一落筆就肯定張愛玲的成就。跟著就把她作品的文字層次和想像空間抽絲剝繭去分析。他會毫不含糊的告訴你，張愛玲在哪些地方夠得上稱爲一家之言，值得重視。

你看了他羅列的實例，還是覺得張愛玲不外如是。那也不奇怪，「見仁見智」而已。讀書本來就應該各自適才量性，勉強不得。給李維斯抬舉的亨利．詹姆斯，「頑童」馬克．吐溫（M. Twain）就受不了。說這位老兄悶死人了，詹姆斯如在天堂，他寧願下地獄。

夏志清在耶魯拿到的，雖是英國文學博士學位，但日後的 career，卻是中國文學。爲了教學和研究需要，他只好「正襟危坐」重讀方塊字。由於他的科班訓練有異於漢學傳統，因此他讀的不論是線裝書或橫排的現代文學作品，見解若與時俗大異其趣者，亦不足爲怪。

夏教授時發諤諤之言，不愧爲中國文學的「異見分子」。《小說史》對張愛玲另眼相看，已教人「側目」。但更令「道統派」文史家困擾的，是他評價魯迅的文字中，一點也看不出對這「一代宗師」瞻之在前、「仰之彌高」的痕跡。

《小說史》今天能一版再版，不因其史料豐富（因參考資料早已過時），而是因爲作者的「史見」四十年後仍不失其「英雄本色」。此書既「揚」了一個「小女子」的名聲，也「顯」了一位「才子學究」的小說家地位。錢鍾書今天在歐美漢學界享盛名，絕對與受夏志清品題有關。

中國現代小說史的「英雄」，給夏志清重排座次，出現了不少異數。一些向受「冷落」的作品，自《小說史》出版後，開始受到歐美學者的重視。如蕭紅，如路翎。沈從文在三、四十年代本來就薄有文名，但其作品受到「另眼相看」，成爲博士論文和專題研究題目的，也是因爲《小說史》特闢篇幅，對這位「蠻子」另眼相看的關係。

夏志清的《中國古典小說》英文原著出版了三十多年，可惜到今天還未看到中譯本出現。夏教授既爲中國文學的「異見分子」，對《三國》、《水滸》、《西遊》、《金瓶》、《紅樓》這幾本「奇書」，當然有他的「另類看法」。

記得當年捧誦《古典小說》，看到夏公把唐僧目爲 cry baby（哭包），不禁暗暗叫絕。他對悟空的「寓言意義」解讀爲 the restless genius（不安分的天才），尤見眼光獨到。

殷志鵬以《夏志清的人文世界》爲書名，想是爲了突出先生文章濃不可開交的 humanism。的確，先生讀古人書，懷抱「人者仁也」善心，看《水滸傳》時，覺得哥兒們對待女人的手段和處置「仇家」的凶殘，實在說不上是什麼「忠義」行爲。假「替天行道」之名，像「同類相食」（cannibalism）這些勾當，也可以「合法化」了。如此看來，這本素以「陽剛之氣」見稱的流行小說，在某些程度上，亦可做中國傳統文化陰暗面的索引看。

夏志清的話，算不算「離經叛道」？當然是。難得的是他爲了堅持己見而甘冒不韙的勇氣。他的英文著作，大筆如椽，黑白分明，少見「無不是之處」這類含混過關的滑頭話。

他拒絕見風轉舵，曲學阿世。也許這正是他兩本論中國新舊小說的著作成爲經典的原因。「夏志清總也不老」，靠的就是這種 restless 的文學基因。

原載二〇〇一年六月十六日《信報》

32.	台灣原住民族漢語文學選集——小說卷（下）	孫大川主編	300 元
33.	台灣原住民族漢語文學選集——評論卷（上）	孫大川主編	300 元
34.	台灣原住民族漢語文學選集——評論卷（下）	孫大川主編	300 元
35.	長袍春秋——李敖的文字世界	曾遊娜、吳創合著	280 元
36.	天機	履　彊著	220 元
37.	究極無賴	成英姝著	200 元
38.	遠方	駱以軍著	290 元
39.	學飛的盟盟	朱天心著	240 元
40.	加羅林魚木花開	沈花末著	200 元
41.	最後文告	郭　箏著	180 元
42.	好個翹課天	郭　箏著	200 元
43.	空望	劉大任著	260 元
44.	醜行或浪漫	張　煒著	300 元
45.	出走	施逢雨著	400 元
46.	夜夜夜麻一二	紀蔚然著	180 元
47.	桃之夭夭	王安憶著	200 元
48.	蒙面叢林	吳音寧、馬訶士著	280 元
49.	甕中人	伊格言著	230 元
50.	橋上的孩子	陳　雪著	200 元
51.	獵人們	朱天心著	260 元
52.	異議分子	龔鵬程著	380 元
53.	布衣生活	劉靜娟著	230 元
54.	玫瑰阿修羅	林俊穎著	200 元
55.	一人漂流	阮慶岳著	220 元
56.	彼岸	王孝廉著	230 元
57.	一個青年小說家的誕生	藍博洲著	200 元
58.	浮生閒情	韓良露著	220 元
59.	可臨視堡的風鈴	夏　菁著	280 元
60.	比我老的老頭	黃永玉著	280 元
61.	海風野火花	楊佳嫻著	230 元
62.	家住聖・安哈塔村	丘彥明著	240 元
63.	海神家族	陳玉慧著	320 元
64.	慢船去中國——范妮	陳丹燕著	300 元
65.	慢船去中國——簡妮	陳丹燕著	240 元
66.	江山有待	履　彊著	240 元
67.	海枯石	李　黎著	240 元
68.	我們	駱以軍著	280 元
69.	降生十二星座	駱以軍著	180 元
70.	嬉戲	紀蔚然著	200 元
71.	好久不見——家庭三部曲	紀蔚然著	280 元
72.	無傷時代	童偉格著	260 元
73.	冬之物語	劉大任著	240 元
74.	紅色客家庄	藍博洲著	220 元
75.	擦身而過	莫　非著	180 元
76.	蝴蝶	陳　雪著	200 元
77.	夢中情人	羅智成著	200 元

78.	稍縱即逝的印象	王聰威著	240 元
79.	時間歸零	林文義著	240 元
80.	香港的白流蘇	于　青著	200 元
81.	少年軍人的戀情	履　彊著	200 元
82.	閱讀的故事	唐　諾著	350 元
83.	不死的流亡者	鄭　義主編	450 元
84.	荒島遺事	鄭鴻生著	260 元
85.	陳春天	陳　雪著	280 元
86.	重逢——夢裡的人	李　喬著	280 元
87.	母系銀河	周芬伶著	220 元
88.	消失的台灣醫界良心	藍博洲著	280 元
89.	影癡謀殺	紀蔚然著	150 元
90.	當黃昏緩緩落下	黃榮村著	150 元
91.	威尼斯畫記	李　黎著	180 元
92.	善女人	林俊穎著	240 元
93.	荷蘭牧歌	丘彥明著	260 元
94.	上海探戈	程乃珊著	300 元
95.	中山北路行七擺	王聰威著	200 元
96.	日本四季	張燕淳著	350 元
97.	惡女書	陳　雪著	230 元
98.	亂	向　陽著	180 元
99.	流旅	林文義著	200 元
100.	月印萬川	劉大任著	260 元
101.	月蝕	施珮君著	240 元
102.	北溟行記	龔鵬程著	240 元
103.	像一盒巧克力——當代文學文化評論	范銘如著	220 元
104.	流浪報告——一個台灣旅人的法國行腳	阿　沐著	220 元
105.	之後	張耀仁著	240 元
106.	終於直起來	紀蔚然著	200 元
107.	無限的女人	孫瑋芒著	280 元
108.	1945 光復新聲——台灣光復詩文集	曾健民編著	280 元
109.	我未來次子關於我的回憶	駱以軍著	240 元
110.	辦公室	胡晴舫著	200 元
111.	凱撒不愛我	王健壯著	240 元
112.	吳宇森電影講座	卓伯棠主編	280 元
113.	明明不是天使	林　維著	280 元
114.	天使熱愛的生活	陳　雪著	220 元
115.	呂赫若小說全集（上）	呂赫若著／林至潔譯	350 元
116.	呂赫若小說全集（下）	呂赫若著／林至潔譯	350 元
117.	我愛羅	駱以軍著	270 元
118.	腳跡船痕	廖鴻基著	320 元
119.	莎姆雷特——狂笑版	李國修著	220 元
120.	CODE 人心弦——漫遊達文西密碼現場	伍臻祥著	240 元
121.	流離記意——無法寄達的家書	外台會策畫	260 元
122.	腿	陳志鴻著	180 元
123.	幸福在他方	林文義著	240 元

124.	餘生猶懷一寸心	葉芸芸著	360 元
125.	你的聲音充滿時間	楊佳嫻著	180 元
126.	時光隊伍	蘇偉貞著	270 元
127.	粉紅樓窗	周芬伶著	220 元
128.	一個人@東南亞	梁東屏著	260 元
129.	人生，從那岸到這岸	外台會策畫	240 元
130.	浮花飛絮張愛玲	李　黎著	200 元
131.	二〇〇一：迴游之旅	張　復著	240 元
132.	野翰林──高陽研究	鄭　穎著	300 元
133.	鱷魚手記	邱妙津著	240 元
134.	蒙馬特遺書	邱妙津著	200 元
135.	鏡花園	林俊穎著	240 元
136.	無人知曉的我	陳　雪著	280 元
137.	哀豔是童年	胡淑雯著	230 元
138.	棗與石榴	尉天驄著	240 元
139.	孤單情書	袁瓊瓊著	200 元
140.	玉山魂	霍斯陸曼・伐伐著	330 元
141.	老憨大傳	郭　楓著	400 元
142.	走進福爾摩沙時光步道	曾心儀著	300 元
143.	反叛的凝視──他們如何改變世界？	張鐵志著	199 元
144.	繾綣情書	袁瓊瓊著	200 元
145.	小說地圖	鄭樹森著	180 元
146.	史前生活	賴香吟著	200 元
147.	霧中風景	賴香吟著	200 元
148.	晚晴	劉大任著	260 元
149.	冰火情書	袁瓊瓊著	200 元
150.	真情活歷史──布袋戲王黃海岱	邱坤良著	180 元
151.	掌上風雲一世紀──黃海岱的布袋戲生涯	黃俊雄等著	280 元
152.	聖與魔──台灣戰後小說的心靈圖象	周芬伶著	320 元
153.	陳黎談藝論樂集	陳　黎著	280 元
154.	陳黎情趣散文集	陳　黎著	280 元
155.	最美的時刻	明夏・柯内留斯著／楊夢茹譯	260 元
156.	航海家的臉	夏曼・藍波安著	200 元
157.	時光倒影	周志文著	240 元
158.	老師的十二樣見面禮	簡　媜著	320 元
159.	樂園不下雨	李　黎著	240 元
160.	南方澳大戲院興亡史	邱坤良著	320 元
161.	曖昧情書	袁瓊瓊著	200 元
162.	白米不是炸彈	楊儒門著	260 元
163.	江湖在哪裡？──台灣農業觀察	吳音寧著	450 元
164.	態度	陳思宏著	260 元
165.	哈德遜書稿	陸先恆著	240 元
166.	自己的空間：我的觀影自傳	李歐梵著	240 元
168.	紅樓人物的人格論解	余　昭著	300 元
169	談文藝　憶師友──夏自清自選集	夏志清著	320 元
170.	色戒愛玲	蔡登山著	200 元

文學叢書 169

談文藝 憶師友——夏志清自選集

作　　者　夏志清
總 編 輯　初安民
責任編輯　施淑清
美術主編　高汶儀
美術編輯　張薰芳
校　　對　呂佳真　施淑清

發 行 人　張書銘
出　　版　INK 印刻出版有限公司
台北縣中和市中正路 800 號 13 樓之 3
電話：02-22281626
傳真：02-22281598
e-mail : ink.book@msa.hinet.net
網　　址　舒讀網 http://www.sudu.cc

法律顧問　漢廷法律事務所
劉大正律師
總 代 理　展智文化事業股份有限公司
電話：02-22533362・22535856
傳真：02-22518350
郵政劃撥　19000691 成陽出版股份有限公司
印　　刷　海王印刷事業股份有限公司

出版日期　2007 年 9 月 初版
ISBN　978-986-6873-34-8

定價　320 元

國家圖書館出版品預行編目資料

談文藝 憶師友：夏志清自選集
／夏志清著；--初版，
--臺北縣中和市：INK 印刻，
2007〔民96〕面；　公分（文學叢書；169）
ISBN 978-986-6873-34-8（平裝）
1.文學評論

812　　96014709